Rıfat Ilgaz

Yıldız Karayel

Rıfat Ilgaz / Bütün Eserleri / Roman
Yıldız Karayel

ISBN 975 - 348 - 016 - 4
6. Basım İstanbul, Şubat 1996

Kapak Tasarımı: *Cem Günübek*
Baskı: *Zafer Matbaası*

Çınar Yayınları;
Rıfat Ilgaz Kültür Merkezi
Küçükparmakkapı Sokak No:23
80060 Beyoğlu/İstanbul
Telefon : 0.212. 293 23 98 - 99
Fax : 0.212. 293 28 96

Rıfat Ilgaz

BÜTÜN ESERLERİ

Yıldız Karayel

ROMAN

çınar

BİRİNCİ BÖLÜM

Şaduman sabanın kulpunu bıraktı. Öküzlerin önünde giden Emriye, babasının kiraz dalında asılı duran çiftesine doğru yürüdüğünü görünce, «Hooo!» dedi öküzlere.

Tomurcuklanmış dallarda kuş aradı. Oysa babasının başı, yukarlarda değildi, köstek dikenlerinin arasındaydı. Ya tilki arıyordu, ya tavşan. Babası tarlayı keçi yolundan ayıran talimlerin* gerisinde gözden kayboldu, Emriye tüfeğin patlamasını beklerken sıklığın ötesinden çıkıverdi.

Elindeki tüfek daha da kalkmış, başının hizasına gelmişti. Emriye soluğunu tutarken, anası sabanın açtığı çiziden:

«Gözü işte değil ki, hep kurtta kuşta!» dedi. «Gene hangi hayvanın canını yakacak kimbilir.»

Kazmasına dayanmış, tüfeğin patlamasını bekliyordu o da. Tüfek bir patladı mı, sağ çıkan olmazdı, karşısında.

«Tavşan!» diye ünledi Emriye, «Aha, dikenin dibinde!»

Tüfeğin patlamasıyle, bir çift kulak oracığa devriliverdi.

«Vurdu!» dedi sevinçle. Ağzında keçi etininkine benzer bir tadın yayıldığını duyar gibi oldu birden.

«Ya gebeyse!» dedi anası.

Kocasının çift dolaşan kargaya bile tüfek atmıyacağını bildi-

---

(*) Talim: Defne.

ği halde gene de kadınlığından kurtulamamıştı.

«Atmaz Babam!» dedi, «Gebe tavşana kurşun atmaz.»

Şaduman köstek dikeninin dibinde kıvrılan tavşanı arka ayaklarından kavradı, kiraz ağacının dibine getirip bıraktı. Tüfeğine,torbadan çıkardığı fişeği sürdükten sonra dala astı yeniden.

Gün, tarlada doğmuştu üzerlerine. Beş evleklik yeri göz kararı ayırıp çizilerini sabanın burnuyla çekmişti, ilk iş olarak. Bu gün bu beş evleklik yerin ekimi bitmeliydi. Kıştan çıkar çıkmaz tarlayı derince kabartmıştı. İşe yarar bir yağış olmamıştı bir aydır. Toprak sertti, iri kesekler çıkıyordu. Fasulye de, mısır da ekilmeliydi bugün bu çizisini çektiği evleklere. Sabahtan beri daha ikinci evlekteydi. Ümmüye'nin huysuzluğu da bundan ileri geliyordu biraz da.

Şaduman kestirmeden geldi, yapıştı sabana. Kızı boyunduruğun önüne geçti yeniden. Öküzler yaşlıydılar, yorgundular ama, bu kadar dinlenme de yeterdi onlara. Alışkanlıklarının adım atışlarıyla kara sabanı çekmeğe başladılar ağır ağır.

Güneş tam tepelerine gelince iki evleğin sürülmesi ancak bitmişti. Sabanın burnunu ekili yerden çıkarıp yoz toprağa sokarken:

«Ümmüye!» dedi, «Getir mısır çanağını! Torbadan doldur da, ver kızın kucağına, eksin. Senin adımların uzun geliyor. İki dönümü seyrek ektik bu yüzden.»

Her söylenenin karşılığını veremezse çatlardı Ümmüye:

«Ne olur seyrek ektiysem!» dedi, «Fasulye var aralarında, bunalmasın mısırlar.»

«Ben ne dedimse onu yap. Bir avuç fazla koy çanağa! Benim de bir bildiğim var helbet. Bu yıl tavşanlar çok üredi. Her çalının dibinde bir çift tavşan.Tohum mu dayanır onlara. Bütün ektiklerin çıkacak mı sanıyorsun. Hadi kız Emriye, başla üçüncü evlekten... Her adımının burnuna bir mısır.»

Kendisi de fasulye torbasını olduğu gibi aldı eline. Kızının önünden avuç avuç saçmaya başladı. İki evleklik yere saçtı fasulyeleri. Bilirdi tilkilerin, tavşanların fasulyeyi sevdiklerini. Ektikleri yeşerene kadar çayın bu geçesinde avlanmalı, bu muzur yaratıkların köklerini kurutmalıydı.

«Kız, aç biraz adımlarını! Sık olsun dedikse hepsini bir çukura bırak demedik ya!» diye söylendi.

Bir süre baktı kızının arkasından. Her adım atışta çift örgülü saçları inip inip kalkıyordu. Öğretmen gene suratını asacaktı, neden bugün okula göndermedin diye. Köy yerinde her gün okul mu olurdu? Nazife okumuştu da ne olmuştu sanki. Üç dört yıldır oturuyordu evde. Biçki dikiş kursu da olmasa yapacak iş bulamayacaktı gevezelikten başka.

«Ümmüye!» dedi, «Nerde kaldı bu kız?»

«Evin bütün işini üzerine yıkıp çıktık!» dedi karısı,«Var mı köyde bizim gibi sabah namazı yollara düşen!»

Yemek yemenin tam sırasıydı şimdi. Keşkek pişirip getirecekti gelirken, diye düşündü anası, caba ekmeği de yapacaktı. Yoğurdu erken çaldıysa uyunurdu, keşkek pişene kadar.

Kalktı çayın kıyısına, kuytu bir yere çömeldi. Sarı yazmasını iyice örttü üzerine. Yandaki tarlada Yıbıl* Arif, çoluk çocuk çift sürüyordu. Eteklerini biçimlice indirdi. İşini görüp de doğrulurken çekti şalvarını el çabukluğuyla. Dövüne dövüne akan Deli Çay'ın kıyısına yeniden çömeldi. Yüzünü, avuçladığı sularla çarpa çarpa yıkadı. Su öyle soğuk değildi. Lastik ayakkabılarını sıyırıp girdi suya, birbirine sürte sürte elini değdirmeden yıkadı ayaklarını.

Yıbıl Arif, çoluğunu çocuğunu çevresine almıştı, elmanın dibinde. Ya fasulye kaşıklıyorlardı, ya da keşkek... Kızı Çiçek tam karşısındaydı. Alıcı gözüyle baktı:

«Yok, Nazifem'den güzel değil!» diye düşündü. «Ama çirkin de sayılmaz.»

Ümmüye, kızının geleceği keçiyoluna baktı. Sarı yazmalı birini görmüştü. Oydu işte, kıvrak kıvrak adım atışından belliydi.

«Geliyor Nazife!» dedi, övünerek.

Duyuramamıştı Şaduman'a çayın çağıltısından. İşini bitir-

(*) Yıbıl: R'leri söyleyemeyen kişi.

mişti. Kız dördüncü evleğin ortasındaydı, bir gidiş, bir geliş tamamdı. Karısı:

«Nazife göründü, talimlerin gerisinden!» diye yineledi sözünü.

Başlar o yana döndü birden. Emriye'nin adımları hızlanmıştı, bu arada.

«Kız Emriye !» dedi babası, «Bozma kararını! Hızlandın mıydı adımların ufalır. Hep bi boy atacaksın adımlarını! Mısırları ayağının burnuna burnuna bırakacaksın, şuraya buraya değil!»

Başını çevirip Nazife'nin geldiği yöne bir kez daha baktı. Var mı kızının yanı sıra bi gelen diye... Kulağına bi laf çıtlatmıştı şu Yıbıl Arif. Bir ay öncesi toprağı aktardığı sıra, Çamalan'dan Hafız'ın oğlu Selim'i gördüm buralarda, demişti. Yanında Hurşit Ağa'nın o besmelesizi, Akif!.. Buraların belalılarıydı bu kaçakçı göbelleri... Birinin babası ağa, birinin hafız, sözüm ona, diye düşündü. Sonra kendini ayıpladı. Kaçakçıydı da neden verdin Harun'u, Hurşit Karaman'ın motoruna!.. Ya sözümü geçiremezsem diye diretmemişti. Askerden yeni gelmişti oğlu. «Bunlar ellerine beylik tüfeği aldılar mı kendilerini Köroğlu sanırlar.» demişti karısına. «Hele bi anlasınlar yeniden köylü olduklarını.»

Dipden doruğa yapraklanmış kayınların dibinde kızını görünce içi rahatladı birden.

Evin direğiydi Nazife. Tarlaya yaklaşınca sarı yazmasını biraz da öğle sıcağının bunaltısından, omuzlarına kaydırıvermişti. Saçları, güneş vurdu mu daha da sararıyor, yüzünün pembeliğinde yansımalar yapıyordu.

İki elinde birer bakraç vardı. Ekmek çıkınını koltuğunun altına sıkıştırmış olacaktı. «Bu kızın tek başına bu kadar yolu tepmesi hiç doğru değil,» diye düşündü. Yoksa anasına mı bıraksaydı tarlaya yemek getirme işini. Onun yerini tutar mıydı anası. Hep bu oğlunun motorcu oluşu değil miydi evin düzenini alt üst eden. Erkek evlat, babanın yardımcısı, el ulağı olmalıydı. Motorcu olmakla da bitmiyordu ki derdi tasası. Bir daha dönmeyecekmiş gibi geliyordu ona, kıyıdan her ayrılışında... Hadi o da bi yana, ne yaptığı ne iş gördüğü belli değildi ki... Bu motoru kestane, ceviz taşımak için yaptırmamıştı ki Hurşit Ağa. Görünüşte taa Sinop'a kadar, mevsimi geldi mi, meyva topluyordu kıyı köylerinde... Oysa... Arada bir Bulgar kıyılarına gidiyor, tonlarca sigara alıp geliyordu. Yalnız sigara mı?..

«Geldin mi?» dedi anası,«Hoş geldin!»

«Hemen yiyelim,» dedi, Nazife «Soğumasın, ateşten indirip getirdim.»

«Yıbıllar çoktan yiyip kalktılar.»

«Geç mi kaldım yoksa?..»

«Yooo!» dedi, «Biz de iki evleği yeni bitirdik.»

«Tabanını da çektiniz mi?»

«Kesekleri yeni kırıp bitirdim daha, kazmaylan.»

Babasından yana ürküyle baktı:

«Pek bi iş görmemişsiniz,» dedi, «Alakaranlıkta çıktığınıza bakılırsa... İki evleklik yer, olmuşu olacağı... Hadi yiyelim de kalksın şunlar.»

Kızının ağzını kapatması için bir eksiğini bulmalıydı.

«Terecedeki buzağıya baktın mı gelirken?» diye sordu.

«Baktım, baktım... Suyunu da verdim otunu da, çıkaralım onu gayri tereceden.»

«Anasını mı emdirelim çıkaralım da!.. Çift zamanı, bir de onunla mı uğraşalım! Çağır babanı da gelsin! Oturmuş aç karnına cigara içiyor.»

«Hadi gel, Baba!..» dedi Nazife, şimşir kaşıkları örtünün üstüne dizerken.

«Siz başlayın hele, bitsin şu cigara!..» dedi, «Ne var ne yok köyde kız?»

«Ne olsun, Muhtar Mecit Efendi'yi gördüm bizim kapının önünde... Yanında iki yabancı vardı. Aşağı köyden bir iki de adam. Şu kahveci Sarı Memiş dediğiniz...»

«Yani Hurşit Ağa'nın adamları, öyle mi?»

«Oğlu da vardı . Hani şu Harun Ağabeyim'in arkadaşı.»

«Nerden arkadaşı oluyormuş...»

«Motorlarında çalışıyor ya...»

«O yabancılar da kim oluyormuş acaba? Neden gelmişler yukarı köye?»

«Ben sayımcı sandıydım. Gözleri hep dağda tepede... Muhtar beni görünce, baban evdeyse çağır dedi.»

«Ne? Beni mi aradılar?»

«Evde yok deyince, peki, ben görürüm onu sonra dedi Muhtar.»

«Kız, sakın yol için gelmiş olmasınlar?»

«Muhtar Mecit Efendi, Mühendis Bey diyordu onlara.»

«Tamam!» dedi, «Yol için gelmişler, demek doğru. Yol aşağı Akpelit'ten değil de, Yukarı Akpelit'ten geçecek. Demedim mi ben sana karı, er geç kabak bizim köyün başında patlar demedim miydi? Hem de patladı işte!»

«Hele dur!» dedi, «Hep böylesin sen! Çayı görmeden paçaları sıvarsın! Muhtar varmış aralarında. O da yukarı köyün adamı değil mi?»

«Değil! Sen toprağa bak! Tarlaları aşağı köye giderken oralarda... Evi de tepenin üstünde... Yol geçecek yerde değil senin anlayacağın!»

«Hele şu yemek kalksın ortadan. Görürsün sonra Muhtarı.» dedi karısı.

«Yiyin siz, diyorum, başlayın. Şu cigara bitsin!»

İkinciyi de yakmıştı dalgınlıkla.

«Anlaşıldı, rahat vermiyecekler! Sahil yolu, kıyı şeridi diye yazmış gazeteler. Sahil yolunun dağ başında işi ne! Biz dağ köylüsüyüz. Hayvancılıktan geçinmekteyiz. Dört dönüm toprak bir bende var. Ona da bu adamlar göz diktiler. İlle de yol geçirecekler üstünden!»

Sigarasını dibine kadar içti. İsteksiz isteksiz kalkıp sofraya oturdu. Kendini toplamaya çalışarak ilk kaşığı aldı keşkekten. Tadını bile anlayamamıştı. Gene de. «Eline sağlık!» demeyi unutmadı. Üçü de çoluk çocuktu bunların. Karşılarında kendini salıvermenin bir anlamı yoktu. Bir kaşık da yoğurttan aldı. Taş gibi uyunmuştu. Bu da kızının becerisiydi işte. Bu tarla giderse bozulacaktı ağızlarının tadı. Kış yaz sel rahat vermiyordu bu tarlaya. Bir ucunu koparıp götürüyor, sonra başka bir yıl birazını getirip bırakıyordu. Tapuda dört dönüm yazıyordu ya, hiçbir zaman dördü de bir araya gelmemişti. Hele yılın birinde, tarla hemen hemen tümüyle gitmişti. Tam üç yıl iki evlek yeri ekip biçmişlerdi. Öylesine iki evlek yerdi ki, herkesin dört evleklik toprağından daha çoğunu vermişti onlara.

Ekmek çıkınından bir baş soğan aldı, bir taşın üstünde bir yumrukta ezdi, birikmiş öfkesiyle. Soğanın suyu keşkeğin içine sıçramıştı. Keşkekle soğan iyi giderdi. Kızının bunu anlayışı, huyunu bilişi de ayrıca hoşuna gitmişti.

Çocuklar yemeğe önce başladıklarından, kendi payını bakraçların dibinde bırakmışlardı. Sıyırdı ekmekle. Soğanın son kırığını da son lokmalarla yuvarladı. İçini yakmış, susatmıştı soğan.

«Kız Nazife!» dedi, «Şu yoğurt bakracını çaydan doldur da getir!»

Kızı bakracı kapıp giderken:

«Haydi bakalım,» dedi, «Ayıklanacak taşlar var tarlada, kesekler un ufak olucak.»

Sabanın kulpuna yapışıp öküzleri nudulladı. Canı yanan öküzler, dengesizce zorladılar boyunduruklarını. Öküzlerden biri kaykılıvermişti geriye doğru. Nerdeyse arka ayağı sabanın demirine basacaktı. Acımasızca dürttü nudulu Şaduman. İş yoktu bu yaşını başını almış Akkuyruk'ta. Yerine çekeceği tosunun büyüyüp öküz olmasına iki yılı vardı daha. Ne de olsa, evden öküz işe yaramazdı, para verip gözünün tuttuğunu çekmeliydi Dörkeni pazarından. Oğlu Harun, sen hiç gücünü üzme baba, diyordu, ben iki sefer daha kaptırdım mı, bir çift canavar gibi öküzü sen damda* bil! Sözünün üzerinden tam üç uzun sefer geçmiş, anasına anca beş yüz kağıt bırakabilmişti. Bu mal sahipleri gemicilerine peşin para mı verirlerdi. Hep içerde, tutarlardı ki paralarını, can-

(*) Dam: Ahır.

ları isteyince çekip gidemesinler. Bu Hurşit Karaman da anasının gözüydü. Motorcu kısmının eline toplu para geçti mi alır voltasını, gider, derdi. Bölük pörçük verirdi ki bir hayrı dokunmasın verdiği paranın.

Eğer bu Harun, motorculuğa heves edip limandan gemici tezkeresi çıkartmışsa, biliyordu babası, oğlunun gözü parada değildi. Bunalmıştı askerde, Bingöl'lerde Karaköselerde... Karadeniz'i, Akdeniz'i dolaşıp içinin afatını dağıtmak istiyordu. Kendisi de geçmişti bu yollardan. Oğlundan daha talihli sayılırdı bir bakıma. Onu Sarıkamış'larda, Hatay'larda dolaştırmadan denizci yapmışlardı. Bahriye askeriydi, hemen o dönemdeki tüm Cideliler, İnebolulular gibi. Gene hemen tüm denizci olan Cideliler gibi de bir deniz subayının emirerliğini yapmıştı. Amirali, Malta'ları, Marsilya'ları, dolaşırken o Maçka'da Nişantaş'ta, bakkal, manav dolaşıyor, hanımına hizmet ederek 'vatan borcu'nu ödüyordu. Bir gün Osmanbey'deki Cideliler kahvesinde kapiği beş kuruştan prafa oynarken piyastos olmuş, plakadaki borçlarını bile ödemeye vakit bulamadan Erkin ikmal gemisine sürülmüştü. Oysa bu sürgün değil özgürlüğüne kavuşmaktı ona göre... Emirerliğinde ancak hemşerilerin kahvesini belleyebilmişti ama, bu gemide İstanbul'un, İzmir'in, Mersin'in tüm kıyısını, köşesini öğrenmişti.

Harun, denizciliğin başıboşluğunda gençliğinin sorumsuzluğuna kavuşmuştu. İlk aylarda, patronu onu çok karışık işlere sürmüştü. Eline geçen kısıtlı parayla gene de yaşamanın tadını çıkarma yollarını bulabilmişti. Bu olanaklar kıtı kıtına da olsa kullanılacaktı ki delikanlı gözünü kızdırıp karışık işlere girebilsindi. Öküz parası için kimsenin kaçakçılık ettiği görülmemiştir bu kıyılarda. Kazanılan para barlarda, kumar masalarında yenecek ya da bileziğe küpeye yatırılacaktı.

Oğlundan hiçbir çıkar beklemiyordu Şaduman. Bu fırtınalı dönemi kısa zamanda atlatıp bir limana çıkmasını, canını kurtarmasını istiyordu. Bu tarla eğer ellerinde kalırsa ona da, evlenince çocuklarına da yeterdi. Biliyordu oğlunun az bulunur bir delikanlı olduğunu. Kendisi ondan da baskın değil miydi gençliğinde? Şimdi rakıyı bile ancak avdan ava arıyordu. Bir çulluğu, bir kekliği kuru kuru yollamamak için...

Vurduğu tavşanı tepside görür gibi olmuştu. Çok körpe olmalıydı eti. Bir kuzu gibi kömür ateşinde çevirse nasıl olurdu? Karşısına da bir kafadar bulsa; şu gemi ustası Şemsi'yi alsa... Sözü sohbeti de çekilirdi haaa!.. Ara sıra çeker giderdi zembiline takımlarını koyup da... Ne olacaktı onun takımından. İyi bir ustaya takım mı gerekirdi? Bir tek keser yeter de artardı bile... Ustalık adamın bileğinde olmalıydı.

«Hooo de, Emriye!» dedi, «Dur ki soluk alayım. Çekip götürüyorsun beni peşinden, şu iki öküzle birlikte! Bu adam artık yaşlandı, yorulmuştur dediğin yok. Hadi bakalım sen de çiçek topla şu ağaçların altında. Bu akşam Şemsi Amcan gelecek! Dağ çiçeklerinden hoşlanır Şemsi Amcan!..»

«Bize mi gelecek Baba?» dedi, aklı başka yerlerde.

«Kime gelsin. Bu tavşan kuru kuru mu gidecek, tek başına.»

«Biz varız ya!» dedi, Nazife gerilerden.

«Siz varsınız helbet. Ha siz, ha ben! Her gün bir arada karşı karşıyayız. Bi değişiklik istemez mi insan? Annenin bile entarisi iki, üç çeşit. Pazarlığı var, bayramlığı var, kündiyesi var!..»

«Beni karıştırmasan edemezsin! Benim kadar taş düşsün depene!»

« Aman yavaş! Senin kadar, başıma taş düşerse acıma dayanamaz da gelirsin sen de arkamdan!»

Sabahtan beri hepsinin de sinirleri gergindi. Başka bir gün dudaklarının ucuyla gülüp geçecekleri bu söze katıla katıla gülmüştü kızlar, anneleriyle birlikte. Şaduman'a şaka yapmak yakıştığı halde, bütün usta şakacılar gibi olur olmaz yerde bu yeteneğini kullanamaz, suratını asar dururdu.

«Bu akşam çardağa güzel bir sofra isterim!» dedi, «Şu yeryüzüne, oturup iç çekmek için mi geldik biz be!»

Nazife'nin bakışları bir ara karşıda, bükün üstünde kümelenen talimliğe kaymıştı. Önce yeşilliğin üzerinde yürüyen başlar görmüştü. Az sonra bu başların alt yanı da çıkmıştı ortaya... Atların, katırların üzerinde bir yolcu kümesiydi bu yana doğru kıvrılanlar.

«Geliyorlar,» dedi.

«Kim?» diye sordu kuşkuyla babası. Yüzü bir anda karma karışık olmuştu. Gözleri ister istemez kiraz dalında asılı duran tüfeğe gitti. Sonra köy yoluna döndü. Görmüştü gelenleri:

«Kim kız bunlar?»

«Köyde gördüklerim olacak.» dedi, Nazife.

«Mühendisler öyle mi?»

«Şu öndekiler...»

Hiç kimsede az önceki güleryüz kalmamıştı. Taşlanmış güvercinler gibi bir anda uçup gitmişti sevinçleri... Ümmüye'yle, Nazife omuzlarına kayan sarı yazmalarını kaşlarının üzerine kadar çektiler. Şaduman ayakta yolcuların gelişini bekliyordu. Neden sonra:

«Geçiyorlar,» dedi, «Kavlanlı* köprüye doğru gidiyorlar.»

Köprü dediği, karşılıklı kalın gövdeli iki çınarın arasına uzatılmış kalın bir kalastı. Bir yanına da korkuluk görevi yapan tutamaklar çakılıydı. Dirice yağan yağmurlardan sonra kabaran sular, ilkin bu köprüyü alır götürürdü. Muhtarın ilk işi yağmur dinince bu çınar gövdesini selintiler** arasında aramak olurdu. Eğer denize kadar sürüklenip gitmişse yenisini biçimleyip yerine koydurmaktı ilk görevi.

«Bu yana çevirdiler hayvanların başını!» dedi Nazife.

Şaduman tarlanın sınırına kadar yürüdü. Onların yaklaşmalarını bekliyordu. Yaz kış yapraklarını dökmeyen defnelerin koyu yeşilliğinden kurtulup, yeni yeşeren kayınların sarıya çalan açık yeşilliğine girdiler. Çok geçmeden de dalların arasından sıyrılıp Şaduman'ın karşısına çıkıverdiler. Bir anda kaç kişi olduklarını sayamamıştı. Çoktan beri görmediği, görmeye görmeye unuttuğu Bucak Müdürü'nü iki yabancının ortasında zor tanıdı. Arkalarında Hurşit Ağa'nın oğlu Akif'le, babasının hesaplarına bakan Raşit

---

(*) Kavlan: Çınar.
(**) Selinti: Sellerin ya da dalgaların getirdiği odun, kütük gibi döküntüler.

Bey vardı. Şaduman'ın bildiği kadarıyla Ağa, hesabına en karışık işleri için yanına alırdı bu İstanbulluyu. Raşit Bey'in, aralarına karıştığına bakılırsa Ağa hesabına çözümlenecek çok karışık bir iş olmalıydı. Muhtar nedense en geride kalmıştı. Demek ona pek iş düşmüyordu. Daha gerilerde de iki jandarma... Bucak Müdürü jandarmasız şurdan şuraya adım atmazdı. Bu iki erin bulunuşu jandarmalık bir olay olasılığından değildi. Bu alışkanlığını bulup çıkaran Şaduman, biraz olsun rahatlamıştı. Kendisinin de bu kümede bulunuşunu belirtmek isteyen Muhtar Mecit Efendi:

«Beyim!» dedi, «Kavlanlı köprü az ilerde. Yıbıl Arif'in tarlasının bitişiğinde...»

En öndeki eli defterli mühendis, defterin geniş sayfalarını çevirerek sordu:

«Arif mi, dedin?»

«Evet Beyim, Arif Şahdamar»

«Burda Şaduman Dağlı diye yazmışım ben... Üç dönüm kadar toprak görünüyor üzerinde!»

«İşte bu tarla, o okuduğunuz tarla... Sahibi de karşınızda işte. Şaduman Dağlı.»

Uzun uzun Şaduman'ın yüzüne baktı, mühendis.

«Peki bu tarla senin olursa...» dedi, «Arif'in tarlası nerde? Evet her ne kadar köprünün yeri işaret edilmiş ama, bir tarla olması gerek bu yanda... Buraların kadastrosu çıkmadığına göre... Neyse... Biz gözümüzle görelim, köprüyü... Yani halkın köprü olarak seçtiği yeri... Bizim işimize gelmeyebilir, teknik bakımdan...»

Şaduman işin doğrusunu tam açıklarken Raşit Bey atıldı:

«Sayın Cengiz Bey,» dedi, «Halk yıllardan beri karşıdan karşıya bu Kavlanlı Köprü'den geçtiğine göre mutlaka en uygun köprü yeri de orası olacaktır. Bakın, boğaz burada nasıl daralıyor, tam köprüye elverişli bir şekilde...»

«Evet!» dedi, Bucak Müdürü, «Vadi burada birden daralıveriyor. Aşağılar sanki ova... Biz buralara dağ köyü nazarı ile bakarız. Ne yol vardır, ne iz... Bir cinayet oldu mu ölümdür Cengiz

Beyciğim. Ne doktor çıkabilir olay yerine, ne savcı... Hele bir de olay kışa rastlarsaaa...»

Raşit Bey'in gözleri pırıl pırıldı. Kendisi de konuşsa ancak bu kadar inandırıcı nedenler bulup çıkarabilirdi. Büyük yolun da buralardan geçmesi zorunluğu kendiliğinden çıkıyordu ortaya. Akif, konuşmaların, babasının istediğine uygun biçimde geliştiğini düşünüyor, bu topluluğa katılmakla çok büyük işler çevirdiğine inanıyordu. Kendisini öylesine kaptırmıştı ki konuya, tarlanın ortasında dikilen Nazife'ye göz ucuyla bile bakamıyor onun kendisine istekle baktığını bile sezinliyemiyordu . Mühendis Cengiz Topkaç, yanındaki arkadaşına elindeki defteri uzattı.

«Güngörcüğüm!» dedi,«Çiziver şu durumu. İki dönüm kadar ekilmekte olan bir tarla tam geçit üzerinde... Onu da belirtiver. Muhtar Efendi, kimin demiştiniz bu tarla!»

«Arif Şahdamar'ın.» dedi Mecit Efendi.

«Anlıyamıyorum, benim notlarda neden yok?»

«Eğer bu notlar beş yıl önce çıkarılmışsa...»

«Evet beş yıl önce...»

«O zaman bu tarla yoktu beyim; gitmişti!»

Bucak Müdürü de gülüyordu.

«Sakın, sel alıp götürmüş olmasın.» dedi, Güngör Şenyurt.

«Doğru Beyim.Sel alıp götürmüştü. Üç yıl oluyor, bir su baskını daha... Sel çekilince bir de ne görelim tarla yerinde duruyor. Yıbıl Arif selintilerini kaldırdı hemen... Kaymak gibi bir tarla çıktı ortaya. Herkes güneş gübresi serper tarlasına. Bu çay boyundakiler, mısırların arasında tonlarca fasulye yetiştirir, bir avuç gübre kullanmadan !»

Muhtar Mecit Efendi'nin gözleri Şaduman'ın bakışları ile karşılaşınca, birden anlamını yitirip kararıvermişti. Hemen lafını değiştirdi:

«Bir de su bastı mı, ne var ne yok alır götürür. Hiç güven olmaz bu Deliçay'a!..»

Mühendis Cengiz:

«Bak, ben o deliyi nasıl zincire vuracağım, göreceksiniz!»

dedi, «Kuzu gibi edeceğim onu.»

Kendini ne zamandır tutan Şaduman:

«Beyim!» dedi, «Bizim, tarlamızdan da, Deliçayımız'dan da yakındığımız yok! Geçinip gidiyoruz. Size yol lazımsa başka yerden geçirin!»

«Yol bize değil, size lazım!»

«Kendilerine lazım olanlar yolu başkasının toprağından geçirmek istiyorlar! Durum bu merkezde senin anlayacağın!»

«Sen de öyle istemiyor musun? Doğrusunu ararsan herkes böyle ister. Bizim görevimiz yolun da, köprünün de amacına uygun olarak tam yerini bulması...»

«Biraz da ekonomik yönünü düşünerekten...» dedi, Bucak Müdürü. «Yani, Devlet Baba'nın kesesine uygun olanı göz önünde tutaraktan...»

«Her ne kadar öyle ise de... Yerine göre devlet bunun masrafından da çekinmez.. . Halkın yararını düşünerek...»

Mühendis Cengiz'in buradaki çelişkisini görür gibi olmuştu Şaduman:

«Daha kolay, daha masrafsız yerden geçecekse ordan geçirilmeli!» dedi, «Durup dururken yol neden buralara uzatılıyor, anlamıyorum.»

Bucak Müdürü, suçunu sezinler gibi olmuştu. Bu tartışmanın nedenini kendi densizliğinde buluyordu. Oysa Şaduman haksızlığı çoktan sezmişti. Yol, aşağı köydekilerin çıkarı için taaa buralardan geçirilerek uzatılıyordu. Ne var ki, çıkarları yolun buralara doğru uzamasından yana olanlar, takılmışlardı bu iki mühendisin arkasına. Muhtar bile onlardan sayılırdı. Evi buradaydı ama, iki büyük tarlası aşağı köydeydi. Yol bu köprüden geçirileceğine göre tarlaları ister istemez kurtuluyordu.

Yıbıl Arif, tarlasının çitlerine dayanmış duruyordu, konuşmadan. Ağzını açsa ne söyleyebilirdi. Adı üstünde, Yıbıl Arif'ti o. Bir oğlu vardı işe yarar... Tam yanına alacağı sırada İnebolu'ya İmam-Hatip lisesine göndermişlerdi. Anlıyordu tarlasıyla tabanıyla ilgili dolapların döndüğünü. Olanı biteni Şaduman'ın yüzünden izliyor, onun bağırıp çağırmasını, göz göre göre giden toprakları için direnmesini, dokunaklı sözler söylemesini istiyordu.

«Gidelim!» dedi, Mühendis Cengiz arkadaşına. Karşıya geçelim. Sudan geçebiliriz hayvanlarla.»

Şaduman'a bir «Eyvallah!» demeyi bile düşünmeden, Bucak Müdür'üne eğildi. Buralarda öğrendiği bir bilmeceyi soracaktı. Az önce Müdür ona bir başkasını sormuş, bilememişti.

«Bilin bakalım Müdür Bey,» dedi, «Üstü tahta, altı taş... Sekiz ayak, iki baş?»

«Değirmen!»

«Değil!»

«Ahır mı?»

«Hayır, değil.»

«Köprü mü yoksa?»

«O da değil!»

Bucak Müdürü'nün düşündüğünü gören Mühendis Güngör Şenyurt:

«Ben buldum.» dedi, «Harman yerindeki düven. Tamam mı? Şimdi ben soracağım sana, sıkı dur!»

«Sor bakalım!» dedi, Cengiz Topkaç.

«Ama, benimki katkısız Karadeniz bilmecesi. Ancak Karadenizliler gibi düşünürsen çıkabilirsin işin içinden!»

«Hadi sor, uzatma!»

«Sarıdır, asılıdır, öter. Bunu Karadenizliler gibi sormam gerekirdi... Saridur, asilidur, oter? Ya bilin bakalum oni?»

İskete dediler... Saka kuşu dediler, fare dediler, tutturamadılar. Karadenizli, bu bilmeceyi, sorulan kişileri şaşırtmak için düzenlemişti. Cengiz Topkaç :

«Bilemedik.» dedi, «Neymiş bakalım?»

«Hamsidur daaa...»

«Pes doğrusu!»

«Pes edecek ne var bunda? Tarlasından yol geçirdiğin Şaduman Dağlı'ya verdiğin yanıttan ne farkı var, bu yanıtın?»

«Dam üstünde saksağan!»

«Damın üstüne kondurulan saksağan bile daha anlamlıdır, Yukarı Akpelit Köprüsü'nden!»

Sözü uzatmak istemeyen Cengiz Topkaç gülmeğe çalışarak:

«Bayılıyorum şu Karadenizli fıkralarına!» dedi.

«Ben de bayılıyorum. Herbiri başa gelen olayın, saflığa vurulmuş bir yergisi... Karadenizli, vuracağını, tam yere serebilmek için, her zaman kendi yaptığı tabancayı kullanmaz. Tabancasının gezine, göz uyduramazsa, kendine çullanan kişiye söz uydurmakla yetinir.»

«Doğru söyle Güngörcüğüm, sen de Karadenizlisin, değil mi? Bu kadar övdüğüne göre...»

«Ya sen ?»

«Akdenizli.»

«Tamam!» dedi, «Senin ak dediğin şeye ben kara demek zorunda kaldığıma göre, Karadenizliyim, ben de!»

«Anlaşamıyoruz seninle, öyle mi?»

Sağına soluna baktı. Bucak Müdürü'nden oldukça açılmışlardı:

«Anlaşamıyoruz, evet.» dedi Güngör, «Bu yol güzergâhı işinde olduğu gibi. O Şaduman denilen adam var ya?..»

«Eee!..»

«Haklı o adam. Yolu tam otuz altı kilometre kısaltmak için, yolun kıyıdan geçmesi gerekiyor.»

«Demek fizibilite raporunu imza etmiyeceksin?»

«Böyle bir şey, demedim. Sonuna kadar, haklı olduğumu yukarıdakilerine inandırmaya çalışacağım.»

«Bakalım başarabilecek misin?»

«Raporumu hazırladım bile. Mutlaka başaracağım.»

İKİNCİ BÖLÜM

Topal Satı donunu kaşıya kaşıya girdi kahveye:

«Boyuna, yağmur yağış, Deliçay'ın seli götürmez ya tarlayı. Bu sefer de mühendisler alır götürür,» dedi.

Bunları Şaduman'ın gözlerinin elifine baka baka söylüyordu. Oysa kendisinin köy içinde bir karışlık bağı bostanı varmış gibi. Çakılan flamalardan habersizdi Şaduman. Avdan dönmüş, tüfeğini, kahve kapısının arkasındaki çengele kayışından asmıştı. Karaburçak karışımı kahveden ilk yudumunu almıştı ki Safiye'nin Aptul:

«Şaduman Emmi!» dedi, «Sen Gülgen kuyusundan geçmedin kahveye gelirkene ellam!»

«Yok!» dedi, kısa kesmek için. Bu otuzunu bulduğu halde yetimliğinden ötürü hala anasının adıyla anılan, çocuk kalmış delikanlıya içini açıp derdini mi dökecekti.

«O yandan gelmediğin belli!» dedi, «Tepeleri, bükleri kazıklamaya başladı Karayolları'nın adamları. Ellerinde ip, kazık, önlerinde üç ayaklı dürbün...»

Topal Satı, yarı kalmış müjdesini pekiştirdi:

«Çay boyu, tüm yola gidiyormuş. Yukarı Köy olduğu gibi.»

Muhtar Mecit Efendi, kahve halkını yatıştırmak için:

«Daha bir şey yok,» dedi, «Kalemlen kağıtlan köyün ne alt başı gider, ne üst başı.»

Gerilerden biri:

«Hele alt başı hiç gitmez, sen de biliyorsun emme...» dedi, «Söz gelimi söylüyorsun!»

Bunu kim söyledi diye başını kaldırıp bakan Muhtar:

«Lan, Gebeş Ali!» dedi, «Bilen bilmeyen de köyün üst başı tüm senin sanacak!»

«Ya kimin? Benim değilse, hepimizin... Dağ başına doğru tüm sürdüler bizi. İki üç baş sığırımızın hatırına bekliyoruz şu kahveyi... Oğlanlarımız bizim gibi sabırlı değil, çekip gidiyorlar iş aramaya, Zonguldak'lara İstanbul'lara.»

«Ya çay boyundaki tarlalar?..» dedi, Sübek Yaşar.

«O da yola gider, sen sağ ben selamet ... Üç beş ay istimlak parasıyla kılıç çeker, barbut atarız... Sonra açarız ağzımızı poyraza.»

«Sonrası ortada... Önce köy kahvesinin kapısını çeker Halim Dayı... Bi kahvenin veresiyesi körelendi mi çekiver kuyruğunu. Ne dersin Halim Dayı?»

«Yooo!» dedi, Ben sizin gibi düşünmek zorunda değilim Eğer yol benim kahvemi alıp götürmezseee, şurdan şuraya gitmem!»

«İşin iş, değil mi? Tüm yoldan gelip geçenler senin müşterin o zaman!»

«Ya alıp götürseee bu yol, kahveni? Ya yola amele yazılırsın, olmazsa başını alır sen de düşersin yollara...»

«Canım aşağı köyde bi kahve açar kalırsın. Kahveci Sarı Memiş'in karşısına.» dedi Cılız İbram.

«Hurşit Ağa'nın kayıkhanesinin bi köşesine öyle mi? Olmaz da değil hani. Hurşit Ağa'nın hesabına çay kahve satarım motorculara...»

«Bol bol Amerikan sigarası, viski... Yoldan gelenlere geçenlere...»

«Hişşşt!.. Karıştırma işin o yanını. Karadeniz'in haracını sen yiyemiyorsan, başkaları da mı yemesin!»

Havaların ısınmasıyla ardına kadar açık duran kapıda çamurlu çizmeli gençten biri belirdi. Koyu kıvırcık saçlarına bakılırsa bu kıyının adamı olmadığı bir bakışta belli oluyordu. Muhtar, önce sivil giyinmiş jandarma eri sandığından, yüzünün çizgilerini yumuşatmaya çalışarak:

«Gel aslanım!» dedi, «Gel bi çay iç.»
«Sağ ol!» dedi, kapıdaki genç, «Yemek yiyecekler de...»
«Anladım,» dedi, «Yol mühendislerinin adamısın sen. Hele gel otur.»
«Cengiz Bey, yirmi otuz yumurta bul da gel, dedi, sordum gelirken bir kaç kişiye... Satılık yumurtamız yok, dediler... Ne demek bu, anlayamadım!»
«Anlamayacak ne var!» dedi, Muhtar, «Yani parayla yumurta satmayız, köy yerinde demek istemişler. Biz yumurtayı, ya Çamalan'da satarız, ya Soğuksu pazarında...»
«Burda yumurta yiyemiyecek miyiz biz?»
«Neden yiyemiyesiniz... Buyurursunuz evlerden birine, pişirip korlar önünüze... Eh bir bakraç da yoğurt çıkarırlar, doyarsınız. Kaç kişisiniz?»
Biliyordu kaç kişi olduklarını ya, soruyordu işte. Belki de bir evde onlara yetecek kadar yumurta bulunamıyacağını söylemek istiyordu.
«Varız on sekiz, yirmi kişi...»
«İkişerden kırk yumurta... Tavuklar daha kıştan yeni çıktı. En iyisi, bugünlük vazgeçiverin yumurta yemekten...»
«Bir haber salsınlar Çapar Yusuf'a... Bi kabran* yumurta gönderir oğluynan,» dedi Cılız İbram.
«Hurşit Ağa tavuğunu da barabar gönderir. İstesinler yoksa.»
Birden doğruldu Şaduman
«Bekle arkadaş!» dedi. «Gidelim seninle!»
Kahveciye içtiği çayın parasını verdi. Kapının arkasında asılı duran çiftesini aldı eline:
«Hadi eyvallah!» dedi, kahvedekilere, biraz da suçlu suçlu. Bütün başlar kapıdan yana dönmüştü. Sanki kimsede, «Hadi var sağlıcaklan.» diyecek güç kalmamıştı. Susuyorlardı.
Kapının önünde dikilen Mühendisin adamına:

(*) Kabran: İncir ağacının kabuğundan yapılmış sepet.

«Yürü, gidelim!» dedi, «Ne kadar varsa alalım bizim evden.»

«Sağ ol Ağabey!»

Bir süre bayır aşağı yürüdükten sonra:

«Aklım ermiyor...» dedi, yol işinde çalışan genç adam, «İstanbul'a Ankara'ya yumurta buralardan gitmiyor mu?»

«Eskiden buralardan giderdi, benim delikanlılığımda...»

«Ne oldu sonra?»

«Bir salgın girdi tavuklara, iki yıl içinde kökü kurudu. Kuşlardan geldi, dediler. Kuşlar hastalığı bir kümesten, bir kümese taşıdı dediler... Ne derlerse desinler, tavukların kökü kurudu, iki yıl içinde... Şurdan burdan tavuk getirdik. Bi daha eski tavukculuğu tutturamadık... Bu hastalığın kuşlardan yayıldığını biliyoruz da kümeslerimizin dört bi yanını, altını, üstünü kafeslemesini düşünemiyoruz. Düşünsek de kulak asma.»

Biliyordu bu iş biraz da hükümetin yardımını gerektirirdi. Köyleri dolaşıp ilaçlamadan bir kişinin kendi tavuklarını kurtarmak için uğraşmasıyla olmazdı. Hadi diyelim ki sen tavuklarını kurtardın, komşunun tavuğu hastaysa, ölüyorsa... Er geç senin tavuklarına da sıçrayacak demektir.

Şaduman, bu köyde tavuk kırımından sonra ilk tavuk yetiştirenlerdendi. Biliyordu bütün bunları. Biliyordu ya bu kimin nesi olduğunu bilmediği bir yabancıya açmanın ne anlamı vardı ki. Ne de olsa hükümetin bir adamı sayılırdı. Anlatıp da neden canını sıkacaktı, böyle nazik bir zamanda. En önemlisi altındaki tarla gidiyordu işte!

«Ya işte böyle!..» dedi, «Bu yüzden yumurtamız kıt, hemşerim! Ama ne de olsa konuğumuz sayılırsınız, size istediğiniz yumurtayı bulmak bizim borcumuz. Şu yolun açılması için çalışıyorsunuz.»

«Tam iki aydır buralardayız.» dedi, «Çoluğu çocuğu görmeyeli sekiz ay oluyor.»

«Memleket uzak olmalı?..»

«Yakın olsa haftada bi giderdim. Erzincanlıyım, Sivaslı da diyebilirsin... Adım Alişan... Bizim oralarda bu adda insan pek bulunmaz ya, babamın yüzbaşısının adıymış!..»

«Bizim de bir çavuşumuz vardı, gemide...Adı Alişan'dı... Gemide askerlik büsbütün başka... Hep bi teknenin içinde olduğumuzdan... Seninki de bi askerlik sayılır. Çadırlarınızı gördüm dün sabah...»

«Avdaydın bana kalırsa...»

«Sabahları dolaşmadan yapamam!»

Gözlerini tüfeğe çeviren Alişan:

«Ben de meraklıydım köyde,» dedi, «Benim de ağızdan dolan bir çiftem vardı... Seninki de çifte değil mi, hem de iyi bir kırmaya benziyor.»

«Piper marka... En iyisi... Allah selamet versin, bi İbrahim Bey vardı, orman mühendisi. Durup dururken Şark'a gönderdiler... Ne adamdı ya... Söylediklerine göre yolladıkları yerde ne ağaç varmış, ne orman... Av da yoktur sanırım oralarda, dedim, giderken. Niyetim tüfeği kaç kuruşsa, almaktı. Bizim buralara yolu düştü mü birlikte çıkardık ava... Bir su başı buldu mu tüfeği dala asar, bırakalım da cana kıymayı, gel seninle şu ormanın tadını çıkaralım, derdi.»

Kestane ağaçlarının altından geçiyorlardı... Alişan'ın gözü ciyaklayan bir karatavuğa takılmıştı. Şaduman:

«Bakala mı bakıyorsun?» dedi, «Nah, dalın ucunda!.. Karşı dalda da bir tane var. Cilveleşiyorlar... Bir av bulamazsak bakal da vururuz. Gördüler bizi... İkisi bir olup kaçacak... Al şu tüfeği, at peşlerinden... Bakal da olsa av değil mi? Saçması boldur tüfeğin. Biçimlersen ikisini birden düşürebilirsin!..»

Alişan, tüfeği almıştı eline... Dalı silkeleyerek kalkan kuşun önüne çevirmişti, tüfeğin burnunu. Çevirir çevirmez de tetiğe dokunmuştu. Geride kalan karatavuk, eşine yetişmek için sanki daha çabuk davranmak gereğini duymuş gibi nişan alanına girmişti. Tüfeğin patlaması ile kapkara iki kuş, yeşilliklerin üstüne düşüvermişti. Tetiği çeken Alişan bile şaşırmıştı bu rastlantıya. Çifteyi sahibine uzatarak koştu. Kuşlardan biri ağacın dibine düşmüştü, ikincisi biraz uzakta olmalıydı. Alişan eğilip alırken birden kanatlarını açıp kaçmaya başlamıştı yaralı kuş.

«Kanadına değmiş saçmalar.» dedi, arkasından koşarken.

Yakalamıştı çok geçmeden de:

«Bakıyor!» dedi, Alişan, «Ne yapalım bunu, canı yanıyor hayvanın.»

«Al şu bıçağı!» dedi Şaduman, «Al da koparıver başını!»

«Yapamam ben!.. Göz göre göre kesemem başını. Al sen kes.»

«Vurmak kolay, vurup da canını yakması... Gel sen başını kes bakalım! Zor iş bu. Eh, avcıyız diye çıkmışız yola. Keseceğiz ister istemez. Onun can çekişmesini bekleyemeyiz ya... Bizim dinde kolayını bulmuşuz. Mundar gitmesin, demişiz... Kesmek için bi vesile... İş avcıyım diye tezkereyi alıp şu dağlara çıkmakta değil, ara sıra bıçak da kullanacaksın ki tezkereyi hak etmiş olasın.»

Çıkardığı bıçakla, gözlerini bi yana çevirerek kopardı kuşun başını. Kopardığı başı çalılıkların içine atıverdi.

«Ver!» dedi, «Onun da başının keselim. Biri başlı, biri başsız olmaz. Götür çadırdaki arkadaşlarına desem, kime yeter ki... Mühendislere bir tavşan vurup götürürüm ben sonra!»

«Tanırsın demek mühendisleri?»

«Tanıştık bizim mısır tarlasında.»

«Sizin tarla mı, nerde sizin tarla? Aşağıda çayın kıyısındaki mi, yoksa?»

«İşte o tarla...»

«Gördüm!» dedi, «Ben de reçberim Ağabey. Şimdiden bir karış boy atmış mısırlar. Fişek gibi çıkmış topraktan... Haftayı geçirmeden çapa ister. Gübrelemişsin toprağı anlaşılan?»

Güldü Şaduman:

«Gübreleyecektim tarlayı bu yıl ama, vaz geçtim. Tarlayı zorlamaya gelmez. Süzgeçli tenekelerle üç dört gün suladık tarlayı... Çay tarlanın altında... Suladık çoluk çocuk...»

«Belli.»

«İyi de sürmüştüm tarlayı, derince... Kesekleri un gibi ufalattırdım, çocuklara... Eğer her kökte iki üç kelle görmezsem, biçer sığırlara veririm.»

«Sormak ayıp olmasın...Adın neydi Ağabey, bağışla adını?»

«Adım, Şaduman!»

«Şaduman Ağabey, verir bu tarla... Her kök iki üç kelle verir vermesine de... Yazık!»

Birden duraklıyıverdi Şaduman. Dizlerinin bağı çözülüvermişti sanki. Gene de kendini toparlaması gerekirdi. Öğrense öğrense bu içi dışı ayna gibi olan delikanlıdan öğrenebilirdi işin doğrusunu. Onu güçlendirmek için:

«Ben ne yapsam boş!» dedi, «Gidecek bu tarla... Yola gidecek...»

«Öyle diyorlar...»dedi, Alişan. «Daha etüd bitmedi. Yakında bitecek... Alıp götürecek kağıtları Cengiz Bey...Güngör Bey'i yerine bırakacak da, Kastamonu'ya gidecek.»

«Köprü de bizim ordan geçecekmiş. Tam Kavlanlı Köprü'nün yerinden.»

«Yol buralara vurduktan sonra başka çare var mı ki... Biz de mühendislerle geze geze yarı buçuk mühendis olduk.»

Şaduman'ın susup kaldığını görünce biraz umut vermek için:

«Belki bu yıl kaldırırsın ekini ama...» dedi, «Köprülerin yapımı erken başlar, bana kalırsa... Malzeme çekilmeye başladı mı, dağ taş kum çakıl, çimento olur...Bir de yol işçisi bastırdı mı tarlanın hayrını gör. Zordur Ağabey bu işler, zor!»

«Ben bi görsem de konuşsam, senin mühendisinle.»

«Cengiz Bey'le mi? Bilmem bi faydası olur mu?»

«Bi görmeliyim onu. Ev burda, uzak değil! Şu cevizleri dönünce... Evden yumurtaları alır... Gideriz yavaş yavaş...»

«Benimle mi?»

«Öyle ya... Geze geze gideriz...»

«Bilmem ki, birlikte gitmemiz doğru olur mu? Sen bilmezsin bu adamı... Senin yanında görürse huylanır. İkimizi bir arada görmezse daha iyi olur. Döner giderim çadıra... Ne oldu yumurtalar diye soracak bana... Getirecekler derim, kampa gelmişken görüşürsün onunla...»

«Haklısın!» dedi, duyulur, duyulmaz bir sesle, «Öyle yapalım!»

İkisi de yüz yüze çakılıp kalmışlardı. Kendini ilk toplayan Şaduman oldu. Biliyordu Alişan'ın da kendisi kadar bu işe üzüldüğünü.

«İyi oldu seni tanıdığım.» dedi, «Gelirsin eve de, iki laf ederiz. Ava da çıkarız birlikte, tavşan avına. Meraklısın sen de benim gibi, dere tepe dolaşmaya.»

«O kahveye gelirim, seni görmeye,» dedi Alişan.

«Pek kahvede oturmaktan hoşlanmam. Hele mısırlar boy atsın... Seninle geceleri tarla bekleriz, elimizde tüfek... Çakal da gelir mısırlara, domuz da.»

«Sağ ol, yumurtalar çok minnete geçecek... Arayınca bulamıyoruz burda. Beni zorluyor Cengiz Bey. Tavuk bul, yumurta bul diye.»

«Merak etme hepsini buluruz. Hadi, var sağlıcaklan...»

ÜÇÜNCÜ BÖLÜM

Akif, babasının baklakırı atından, elindeki dizgini bırakmadan atladı. Yola doyamadığı için huysuzluk eden atının başını çekiştire çekiştire asmaların altına gelişi güzel atılmış masalara doğru yürüdü. Şu kadar yoldan gelmiş bir karşılayan olmamıştı. «Heey! Bodur Ali!» diye seslendi içeriye, «Neredesin be! Hiç olmazsa çırağını gönder be!»

Çırak sanki çağrılmasını bekliyormuş gibi donunu çekiştire çekiştire göründü bahçe kapısından:

«Buyur Abi!»

«Nerde ustan?»

«Alışverişe gitti, Zülküf Amca'ya. Balık çıktı da, yağ alacak!»

Bu iyi haberdi işte:

«Demek balık çıktı ha? Ne balığı?»

«İstavrit de var lüfer de...»

«İşimiz iş desene!.. Şu atı al da gezdir bakalım, teri kurusun!»

«Olur Abi!»

Bir kamyon horultusu duyulmuştu. Sesin geldiği yöne başını çeviren Akif:

«Bu da ne?» dedi, «Nerden çıktı bu kamyon?»

Tepeleme tomruk yüklüydü. Lastiklerinin kızıl çamurundan ormandan geldiği belliydi.

«Hafız Esat'ın kamyonu.» dedi çocuk.

Ne Cide yönünden yol vardı bu Çamalan'a, ne de İnebolu' dan.

«Nerden geldi buraya?» dedi, «Nasıl getirdiler?»

Çocuk, sanki kendisi getirmiş gibi böbürlenerek:

«He he, dubanın üstünde İnebolu'dan getirdiler!» dedi.

Şaşırıp kalmıştı Akif. Demek babasından daha baskındı bu Hafız Esat. Onun aklının ucundan bile geçmezdi, kamyonla ormandan tomruk taşıyıp motor yüklemek. Hiç de bir zorluğu yoktu. Bu gidişle tüm bu kesimin kereste işlerini de alacak, motorculukta da ün yapacak demekti. Bu kamyonla geçen tomruklar onun motoruna yüklenecekti. Bu kamyon ormandan o kadar çok tomruk indirecekti ki, Hafız'ın tek motoru İstanbul'a taşımaya yetmeyecekti. Bir Motor... Arkadan bir motor daha...

Öfkeyle çırağı tersledi:

«Ne duruyorsun!» dedi, «Yapış dizginlere de gezdir şu atı, teri kurusun! Hadi açma ağzını öyle salak salak!»

Kamyon tam önünden geçerken at kıçın kıçın kendi üstüne doğru geliyordu. Atın çiftesini hiç hesap etmeden, «Höst,» diye bir şaplak indirdi sağrısına.

Ne biçim adamdı, bu Selim! Bir hafta önce buluşmuşlardı Akpelit'te de Yirmibir oynamışlardı ormancılarla. Akşam üstü de içmişlerdi Recep'te. Hiç bu kamyon işinden söz etmemişti. Belki gözüyle görmese uzun zaman da gizleyecekti. Öyle ya, bu işler biraz da gizlilik isterdi. Bu bir çeşit kaçakçılıktı. Karşısındaki uyanana kadar elini çabuk tutacaktı. «Demek böyle ha!» diye söylendi. Tam çırak atla hizasından geçerken:

«Ver şunun dizginlerini.» dedi, «Çağır onu, çabuk gelsin!»

«Selim Abi'yi mi?» dedi, çocuk, «Selim Abi motor yüklüyor.»

Sen, benim geldiğimi söyle! Akpelit'ten Akif Karaman gelmiş de!»

«Demesine derim de... Orası biraz uzakçana. Usta kızar, dükkanı bırakıp da gittim diye...»

«Ustana da, sana da!»

Dizginleri terazileyip ayağını üzengiye geçirdi. Çalımla atladı atın üzerine.

«Ustana benim geldiğimi söyle!» dedi, «Koysun lüferleri ızgaraya geliyorum aha.»

Atın başını, ortaokuldan yana çevirdi. Okul dağılalı çok olmuştu. O Matematik Öğretmeni hanım, çıkmış mıydı acaba, Nesrin Akarsu? Tam bir İstanbul kızıydı. Onu gördükçe İstanbul'u görmüş gibi oluyordu. En azdan bir liseyi bitirmiş olmalıydı. Oysa kendisi orta ikiden ayrılmaydı. Babası İnebolu'da haylazlık ettiğini anlayınca çekip almıştı okuldan. Hep suçun büyüğü şu sınıf arkadaşı Selim'deydi. Sigaraya da, rakıya da o alıştırmıştı. Selim de okuyamamıştı ya... Şimdi nerde okumuş, yazmış bir kız görse eli ayağı tutuluyor, konuşurken dili dolaşıyordu. Bu Nesrin Akarsu da onlardandı işte. Ama gene de onu görmek, onunla konuşmak istiyordu. Okulun bahçesinde iki üç öğrenci görünce atın başını çekti:

«Çocuklar!» dedi, Müdür Bey içerde mi?»

«İçerde» dedi en kabacası.

«Daha kim var içerde?»

«Ahmet Bey var. Ahmet Belli.»

«Başka?»

«Başka kim olucak.» dedi, «Hepsi bu kadar öğretmenlerin.»

«Nesrin Hanım, yok mu?»

«Onu sürdüler, Silvan'a gitti.»

«Yaaa! Neden sürüyorlarmış?»

Aklına Bucak Müdürü gelmişti. Selim, onun kızı rahatsız ettiğini söylemişti. Açığa vuramazdı ya, Selim'in de aklı hep kızdaydı.

«Neden sürdüler durup dururken?»

«Bizden değildi o!» dedi, çocuk.

«Peki...» dedi, «Müdür'le Ahmet Bey sizden mi?»

«Müfettiş geldi geçen gün... Bize birçok şeyler sordu. İfadelerimizi aldı. Hafız Amca, babama demiş ki, eli kulağındadır onların da demiş, öyleleri yaramazmış bizim buraya.»

Topukladı atını. Biraz da Hafız Esat'a kızdığından... Ne adamdı ya. İstediğini sürdürebiliyordu. Babasında hiç iş yoktu bu bakımdan. Bir kurs öğretmeni Emel Hanım vardı, ağzının içine giriyordu. Hafız Esat gibi davranacaksın bu öğretmenlere.

Selim'i iskelenin ucunda gördü. Az önce önünden geçen

kamyonun başındaydı. Kamyon tomrukları denize boşaltıyordu iskeleden. Bir sandalcı az ilerde demirli bulunan motora doğru, bu suya atılan tomrukları kancalayıp çekiyordu.

«Hey, Selim.» diye bağırdı, iskelenin beri başından. Atından inmemişti. Selim sesin geldiği yöne çevirdi başını. Arkadaşını gördüğü halde yavaştan alıyordu. Kamyonun sürücüsüne elini kolunu sallayarak emirler verdi. Çabuk olmasını söyledikten sonra iskelenin başına yönelmişti. Uzaktan elini salladı. Biraz daha yaklaştıktan sonra;

«Hoş geldin,» dedi, «Nerden buldun bu beygiri?»

«Halt etmişsin sen! Babanın var mı ahırda böylesi.» dedi. Akif kızmıştı büsbütün. Sesini daha da dikleştirerek;

«Peki!» dedi, «Bu kamyon da nerden aklına geldi, senin Hafız'ın?»

«Onun aklına gelir. Daha neler gelecek!.. Hele şu sahil yolu yapılsın bi!»

Oysa Akif'in babası yolu aşağı köyden uzaklaştırmak için ne paralar dökmekteydi. Kaç kez Kastamonu'lara, Ankara'lara gitmişti. Yoldan vazgeçmeleri için... Onun da çıkarı kamyonların köye girmemesiydi demek...

«Hadi, çabuk ol!» dedi, «Ben lüferleri koydurdum bile ızgaraya.»

«İyi yaptın! Canım da öyle bir rakı çekiyordu ki...»

«Hafız izin veriyor demek, böyle erken erken?»

Babası İnebolu'daydı ama hiç bozmadı.

«Kim dinler Hafız'ı!» dedi, «Hem oğluna hiç karışmaz Hafız, Hurşit Ağa mı sandın sen onu!»

«Adamın altından atını alıp buralara geliyoruz iş zamanı da aldırdığı yok.»

«Böyle atlara mı biniyor koskoca Hurşit Ağa!.. Yazık onun ağalığına be!»

Böyle diyordu ama, bu gösterişli at üzerinde dimdik durmaya çalışan Akif Karaman'ın seyisiymiş gibi başını kaldırarak konuşmak hiç hoşuna gitmiyordu. «Şu atı Zülküf'ün hanına çek de rahatça oturup içelim. Sen git, ben aha peşinden geliyorum.» dedi.

«Bekletme beni oralarda!» Dizginlerini salıverdi atın. Selim'in çevresinde şöyle bir harmanladıktan sonra geldiği yoldan döndü. Atını da bahçeye kavlanın altına çekti.

Bodur Ali gelmişti. Akif, onu kapıda görünce seslendi;

«Getir bardakları!» dedi, «Büyüğünden bir de kulüp rakısı getir!»

Az sonra tepsiyle dönünce, Bodur:

«Bahçede mi oturacaksınız?» diye sordu. Getirdiği bardakları masanın üstüne bırakırken. «Öylesine bi yağmur geliyor ki!» dedi, başı yukarda.

«Burda başlayalım da... Bastırınca içeri kaçarız. İşin ne, taşırsın! Hele sen bana şimdilik tek lüfer getir de bir yudum içeyim, Selim gelene kadar.»

İlk yudumunu almıştı ki alnına birkaç damla düştü. Aldırmadı, bulut geçmiş olabilir diye düşündü.

Selim çok geçmeden gelmiş, dükkânın önünden sesleniyordu ona;

«Yağmur altında mı içeceğiz be!»

Hızlanmıştı birden. Bodur Ali çırağıyla masayı taşıdı içeriye. Selim ızgaradaki lüferlere bakıyordu;

«Çok da yağlıymış mübarekler.» dedi, «Bu mevsimde böylesi bulunsun, şaşılacak şey. Ama ben gene de rakının yanında istavrit tavadan şaşmam. Sen birer porsiyon da istavrit koy tavaya... Orta yapraklarından kıvırcık salata... Biraz da taze soğan... Hadi bakalım şimdi iş başına, durma!»

Akif'in aklı hep kamyondaydı. Dubayla kamyon getirip, ormandan tomruk çekmek... Üstelik de bunu şu kadar zamandır kendisinden gizlemek... Arkadaş mıydı bu Selim be!

«Haydi, kara kara düşünme!» dedi, Selim, «Bir gün sen de erersin muradına!» Köşedeki iki balıkçıya, ancak oturunca gözüne ilişmiş gibi seslendi;

«Ooo!» dedi, «Siz de burda mıydınız? Rakı mı içiyorsunuz,

balık mı yiyorsunuz?»

Her ikisi de önlerine tepeleme kılçık yığmışlardı. Ortalarındaki geniş tepsiden, kıtır kıtır kızarmış istavritleri elleriyle alıyorlar, kılçığını çekip çıkardıktan sonra, olduğu gibi atıyorlardı ağızlarına. Arada bir rakı bardaklarına el atınca, bu kez de balığı bırakıp salataya çullanıyorlardı.

«Boldu bu gün istavrit!» dedi, en yaşlısı, «Hava birden serinledi mi böyle olur, karaya vurur bu balıklar. Yattıkları suyun değişmesi keyiflerini kaçırır... Daha sıcaktır kıyı suları... Camgözler kovaladı mı da vururlar karaya... Bilmezler ki biz camgözlerin de camgözüyüz. Gösteririz onlara ne adam olduğumuzu.»

«Ne yapalım yani Rüstem Abi.» dedi, Selim, Toplayalım istavritleri de kavanozlara mı koyalım.»

«Yooo.» dedi, «Öyle bi şey demedim. Kaçmasınlar camgözlerden... Hepsi bir olup analarını ağlatsınlar camgözlerin.»

«Olur mu böyle şey?»

«Olur mu? Olmaz helbet! Olsun istiyor insan... Bir gün birleşsinler de çullansınlar şu canavarlara.»

Selim pek bir şey anlayamamıştı söylediklerinden. Arkadaşına yavaştan;

«Kendimi bildim bileli hep böyledir Rüstem Abi.» dedi, «Söyler bir şeyler ama, yalnız ben mi, kimse bir şey anlamaz. İstanbul'larda da balıkçılık etmiş, dalyanlarda... Bi farkı yok oraların, bizim şu Çamalan'dan diyor, akşam oldu mu, balıkçılar orda da çekiyorlar kafayı, burda da. Neden kahrını çekmeli gurbetin? Doğru değil mi? İnebolu'da Hadiye Hanım'ın pansiyonunda çektiklerimizi, bir düşün. İyi ki baban seni aldı da ben de kurtuldum! Bilirsin babalarımızı, biri ne yaparsa öteki de ondan aşağı kalmamaya çalışır.»

İçi cız etti Akif'in yeniden. O yıllarda babası daha başkaydı. Bu kıyılara motoru ilk getiren adamdı. Kereste işlerinde de yoktu üstüne... Bu Hafız Esat, daha uyanık mıydı babasından yoksa?.. Kamyonu denizden getirtip ormandan tomruk çekmek nasıl onun aklına geliyordu ilkin?

Birden toparlandı, niçin buraya geldiğini anımsadı yeniden. Kendisine göre Çapar Yusuf için plânlar düşünmüştü. Bu gidişle o da geçecekti babasını. Daha şimdiden şeriti oturtmuştu Deliçay'ın kıyısına... Yarın öbür gün motor sahibi de olur, ormandan indirdiklerini biçer, İstanbul'a tahta olarak yollardı, hem de kendi motoruyla... Bekir Usta'nın evini kaçak kereste deposu haline getirmişti Yusuf. Bunu babası bile bilmiyordu daha. İhbar edip bastırmak gerekirdi. Onun tüylenmesi Hafız'ın da işine gelmezdi... Ha Akpelit, ha Çamalan... Biri Bucak olmuştu da neye yaramıştı. Bir karakolu vardı, başçavuşuyla uyuşamadın mı al başına belayı! Yeni Başefendi'de hiç iş yoktu... Bunları artık Hurşit Ağa'lar, Hafız Esat'lar değil, geriden gelenler düşünmeliydi.

«Bodur Ali!» diye seslendi Selim, «İstavrit getir, bir porsiyon daha. İyi pişsin! Kavrulsun kıtır kıtır!... Hadi içelim, arkadaşım. Geleceğim bu günlerde Akpelit'e. Alıp seni yukarı köye çıkaracağım. Neredeyse çapa başlayacak. Alırız elimize bir tüfek... Sözüm ona tavşan avına çıkarız. Kavlan köprüsünden geçeriz karşıya... Şaduman'ın tarlasının üst başında dolaşırız!»

«Geçeriz taaa aşağılara, muhtarın gelininin tarlasına,» diye sözünü kesecek oldu.

«Acele etme,» dedi, «Hele biraz kayanın altında oturup bi soluk alalım! Birer sigara yakalım!»

«O Şaduman var ya, namussuzum, senin neden oturduğunu anlasın, çiftesini dayar alnının ortasına... Tavşan vurur gibi...»

«Kolayı var onun... Biz de bir iş çıkarırız ona, karakola gider gelir...Mecit Efendi'yle sırt sırta postalarız.»

«Sonra da İnebolu'ya elleri kelepçeli. Kereste kaçakcılığı bir seneden başlıyor. Muhtara yapalım bu oyunu, bıraktığı yok yakasını Gülüzar'ın. Ama, ne gelin ya. Bi bel, bi göğüsler... Senin genç kızına değişmem namussuzum!»

«Değişmediğin iyi. Bi yan gözle bak Nazife'ye, toz ederim seni! Sen de aç gözünü, açık vermemeye bak! Değirmenci Mehmet Dayı'nın dul kızı değil o!»

Tam üçüncü kadehten sonra açılacak konuydu bu. Birbirini

kıskanmadıkları belki de tek konu... Duman Köyü'ndeki Değirmenci Mehmet Dayı'ya arada bir konuk giderlerdi, bol hediyelerle... Heybelerin gözlerini tıka basa doldururlardı, çarşı helvasından viskisine, sigarasına kadar... Dul kızı Huriş arada bir görünürdü, sofraya öte beri koyup kaldırmak için. Kafalar tütsülendi mi çıkarlardı şunu bunu bahane ederek... Kız her seferinde... «Yavaş! Babam geliyor!» diye onları büsbütün kışkırtırdı. Oysa babası çok şeyler bilirdi. Hatırı sayılır çok konukları vardı onun. Kimi zaman konuklar birbirlerinin üzerine giderlerdi yanlışlıkla.

Ev ardıçların, kayınların arasındaydı. Değirmenin çağıltısı başka bir güzellik katardı bu iki tepe arasının görünümüne... O gece sıra kendisine gelmese de çok şey yitirmiş olmazdı konuk. Evli kişilerdi gelenlerin çoğu... Ertesi gün çarşıda pazarda karşılaştıklarında takılamazlardı birbirlerine. Kocalı kocasız kadınlara sataşma alışkanlığı, belki de burdan geliyordu Akif'in. Ama Muhtar'ın gelini öyle kolay ele geçeceklerden değildi. Ne var ki, el altından, el üstünden çok şeyler çevrilirdi köy yerinde... Çoluk çocuk bu aylarda eve köye girmezler dağda, bayırda günlerini geçirirlerdi. Elbet bir yerde kıstırırdı Muhtar'ın gelinini.

«Beğendin mi bizim damperli kamyonu?» diye sordu, Selim.

Akif bu damperden pek bir şey anlamamıştı. Hâlâ aklı Gülizar'daydı. Mehmet Dayı'nın kızını da çekiyordu canı ama, bu Gülizar başkaydı. Sevmek bu muydu yoksa?.. Doğruyu açıklaması gerekirse o bütün kızları seviyordu. Şu Matematik Öğretmeni Nesrin'i, Yıbıl Arif'in kızı Aynur'u Gaffar'ın kızı Emine'yi... Gölköy'de okuyan Zekiye'yi, Habibe'yi, Seher'i, Müyesser'i... Başka? Köyde ne kadar kız varsa... Nazife'yi... Birini az seviyordu; birini bir parça daha çok... Ama al birini, evlen, bir daha öbür kızlara başını çevirip bakma deseler, işine gelmezdi. Bu Gülizar'ı bile... Deli oluyordu onun için. Babası Hurşit Ağa, onu Almanya'daki kocasından ayırsa da onunla everse. Kaçardı buralardan. Onun kendisini, beğenmesini, sevmesini isterdi ama, onunla evlenmeyi... İş evlenmeğe geldi mi, köydeki kızlardan hiç birini kendine yakıştıramıyordu. Büyük kentlerdeki kızlara gelince... Okumuş yazmış olanlarına da kendini yakıştıramıyordu. Ya kendini beğenmezler de bilgisizliğini, görgüsüzlüğünü yüzüne vururlarsa? Daha, çok zaman vardı evlenmesine. Önce askerliği bitirmeli, babasından ayrı bir iş tutmalıydı. Şöyle bir kaç yüz bin lira çekip önce Cide'de, ya da İnebolu'da bir iş kurmalıydı. Yol yapılınca bir iki otobüs, kamyon alıp işletmek... İstanbul'a yolcu taşımak... Şu karışık işlerini kendi eğilimlerine göre geliştirmek... Diyelim ki tabanca kaçakçılığı... Daha olmazsa Trabzon'lardan Rize'lerden bir usta getirtip köyde gizli bir yapımevi kurmak... Babası şu kadar yıl bu işlerin içindeydi ama, hâlâ ikinci el olmaktan kurtulamamıştı. Geçmeliydi babasını. Onu nerdeyse yeni tüylenen Çapar Yusuf bile geçiyordu işte. Hiç olmazsa bu adamı olsun barındırmamalıydı gözünün önünde. Hafız Esat alıp başını gidiyordu. İlerde ona da dur demeyi düşünürdü. Daha olmazsa partiye girer, karşısına geçerdi...

«Eee yol işleri nasıl gidiyor, sizin oralarda?» dedi, Selim.

«Bir Cengiz Bey var ki ateş gibi mühendis... Çizip duruyor boyuna... Geçen gün beni de yanına aldı... Aşağı köyden vurduk yola, dağ tepe dolaştık... Senin Şaduman'ın tarlasından da geçtik... Çoluk çocuk tarladalardı.»

«Onu da gördün mü? Nazife'yi?»

«Yıbıl Arif'in kızı Çiçek, Şaduman'ın kızı Nazife, hep tarladalardı.»

«Onu sırt sırta saramazsın benim Nazife'mle. Bi tanedir o.»

«Tek tek mi söyleyeyim. Peki, öyle olsun. Önce oturuyordu, annesiyle kardeşi Emriye'nin arasında. Mühendis Cengiz Bey konuşmaya başlayınca baktı ki tarla gidiyor ellerinden, birden kalktı ayağa. Yüzü pancar gibi kızarmıştı öfkeden. Babası ters adamın biri. Terslik para mı eder? Tarlanı elinden alan senden güçlü... Dikilsen de alacak, yatıp yuvarlansan da... Elinden gelse mühendisi atından aşağı alacak Şaduman. Muhtar daha kurnaz... Neden mi? Kendi tarlaları açılacak yolun berisinde kalıyor da ondan!»

İlk kez kuşkulanmıştı Selim durumdan:

«Peki, sizin ne kadar toprağınız var, Deliçay'ın iki yanında?»

diye gözlerinin içine bakarak sordu.

«Çok değil canım... Bin dokuz yüz, iki bin dönüm, ya tutar ya tutmaz...»

«Parça parça mı, bütün mü?»

«İki bin dönümün parçası, bütünü mü olur, hepsi bir arada... Ortasından da çay geçiyor.»

«Haklı Baban,» dedi, «Buradan da yol geçirilirse köy olduğu gibi gider. En sağlamı, mühendisle anlaşmak.»

Ne demek istediğini anlamıştı. Pişkinliğe vuran bir gülüşle:

«Kolay mı sanıyorsun bu işi sen!» dedi.

«Kolay, zor gireceksin ister istemez pazarlığa. Para dökeceksin. Valileri göreceksin. Olmazsa Ankara'lara gideceksin.»

«Siz öyle mi yaptınız?» diye sordu suçlarcasına.

«Bizim öyle verimli tarlamız mı var? Hepsi dağ başında. O da çarşı ekmeği gibi dilim dilim...»

«Demek onun için yolun kıyıdan geçmesine ses çıkarmadı baban!»

«Nerden geçerse geçsin. Babam önceden düşündü, işin sonunu. Bu kamyonu neden getirdi Çamalan'a?»

«Yol açılınca işi kamyonculuğa döktü demesinler diye...»

«Doğrusunu istersen, onun ne düşündüğüne ne senin aklın erer, ne de senin babanın. Ne Hafız'dır o! Neyse şimdilik onların kanadının altındayız ya ona bakalım biz!»

«Onlar sağ oldukça da kanatlanıp kendi başımıza uçamayız, bunu da böyle belle!»

«İyisi mi canımızın çektiği gibi yaşarız biz de.»

«Peki öyleyse!» dedi Selim, «Biz de canımızın çektiği kadar içelim! Haydi bizim ihtiyarların sağlığına.»

Bodur Ali beklettiği lüferleri sonunda getirtmişti sıcak sıcak... Babalarının şerefine çektikleri rakı, lâyık olduğu mezeyi bulmuştu şimdi! Bir süre lüferleri didiklediler konuşmadan...

Kesilen yağmur yeniden hızlanmıştı. Çınarın kalın dalları altına sığınan atı, unutmuş gibiydiler. Hızlanan yağmurla birden anımsadılar;

«Yazık!» dedi Bodur Ali, «Şu atı kapalı bir yere çekseydik.» Dükkânın bahçeye açılan kapısından bakıyorlardı. Sokağın başından nal sesleriyle birlikte iki atlı göründü:

«Bizim Cengiz Bey!» dedi Akif, «İnebolu'dan geliyor.»

Atlılar, bahçenin geniş kapısından girip çınarın altında durdular. Atından atlayan Mühendis Cengiz, atının dizginlerini yol arkadaşına verip koştu içeri. Üzerindeki naylon yağmurluğu hemen kapının önünde sıyırıp Ali'nin eline tutuşturdu. Akif'i görmüştü bu sırada:

«Demek buradaydın öyle mi?» dedi, «Korkarım sen de yağmurdan çıkamadın yola?»

«Öyle oldu,» dedi Akif, «Ali'nin lüferleri yüzünden geç kaldık biraz da. Buyrun, taze balıklarımız var. Haydi bakalım, Bodur Ali. Önce şu atları Zülküf'ün ahırına çekiverin. Islandıkları yeter. Biz burda senin işini görürüz. Önce kadehle bardağı bırak masaya. Mühendis Bey yuvarlasın ki kendine gelsin biraz.»

Bardakları kaldırdılar. Kendi tabaklarını sürdüler konuklarının önüne.

«Burdan buyrun, sizinki gelene kadar.»

«Öyle bir yağmur ki...» dedi, «Korkunç! İnebolu'dan çıkar çıkmaz başladı. Nerdeyse dönecektim. Yanımdaki adamdan utandım. Yahu baban çok büyük adam. Onun telefonu çok işime yaradı. Ben bir haftadır Kastamonu, Ankara dolaşıyordum. Bütün buraları gezip dolaşmak iş değil de, bütün mesele İnebolu'dan Akpelit'e geçebilmekte. Birden aklıma babanın yeni çektirdiği, telefon geldi. Aradım. Hurşit Bey çıktı karşıma. Aman Hurşit Bey, dedim bizim ayak işlerinde çalışan Alişan'ı telefona çağırtıverin dedim kamptan... Sağ olsun. Emredersiniz dedi. Ben de size bir müjde vereyim, dedim, yarın yola graydерler giriyor dedim. Hayırlı olsun dedi ama, pek de sevinmedi gibi geldi bana.»

«Sevinmez olur mu, Mühendis Bey,» dedi Akif,«Çok sevinmiştir. Babam öyledir, hiç belli etmez sevindiğini.»

Selim biraz da gürültülü bir davranışla;

«Aman Sayın Mühendisim!» dedi, «Siz Hurşit Ağamız'a değil, önce bize müjde ediyorsunuz demektir. Yol Çamalan'a gelmeden Akpelit'e geçemiyeceğine göre müjde önce bizim hakkımız, değil mi? Şerefinize, Sayın Mühendisim. Başarınızın şerefine!»

Balıkçıların masası daha da kalabalıklaşmıştı. Selim'in bu coşkulu konuşmasını onlar da duymuşlardı. Yolun artık kâğıt kalem işi olmaktan çıktığını anlamışlar, birer denizci oldukları halde gene de sevinmişlerdi. Dolu bardaklarını kaldırıp katıldılar bu coşkulu törene:

«Mühendis Bey'in şerefine!»

Çok geçmeden Bodur Ali'nin meyhanesi düğün evine dönmüştü. İlkokul öğretmenleri, kahvedeki oyunlarını bırakıp geldiler. İçmek için güzel bir vesileydi bu. Durgun geçen ders yılının bu son günlerine biraz renk katmak için, içen de içmeyen de rakı söylüyordu. Küçük şişenin yarısı gazoz şişesine konup verildiğinden çırak ustasına siparişleri aldıkça istavritlerin peşinden sesleniyordu:

«Usta, bi gazoz.»

«Bi gazoz daha.»

Bu gazozlardan bir anlam çıkaramıyordu Mühendis Cengiz, dayanamadı:

«İstavritle mi içecekler bu gazozları?» diye sordu.

«Evet Mühendis Bey,» dedi, «Sizin Alişan'a da söyleyelim bir gazoz. Balığın yanında iyi gider.»

«Bodur, bi gazoz da şu arkadaşa!»

Bir işçiyle mühendisin aynı masada içmesini doğru bulmayan Alişan, atları hana bırakıp gelmiş, kapının önündeki masaya oturmuştu. Selim'in gönderdiği şişeyi gülerek kabullenmişti. Gene de mühendisinin izin vermesini bekliyordu. Gazozun, ne anlama geldiğini geç de olsa anlayan Cengiz Topkaç, gülümseyerek:

«Peki,» dedi, «Sadece bir gazoz.»

Bucak Müdürü'nün de bu mutlu geceye katılmasını öneren Nüfus Kâtibi azınlıkta kalmıştı. Müdürünün sözcüsü durumunda olan Belediye Saymanı koskoca bir Bucak Müdürü'nün Bodur

Ali'nin meyhanesine kalkıp gelmesini, halkla yüzgöz olmasını daha çok kendi çıkarı bakımından sakıncalı bulmuştu. Başefendi, böyle yerlere ancak saat on birde, dükkânın kapanması gereken saatlerde uğrardı. Son saatlere doğru katılan Kızılaycı Necati Yavuz:

«Getirin evden benim sazımı!» dedi, «Bu mutlu geceyi birlikte kutlayalım!»

Çırak, dükkânın karşısındaki evden meydan sazını alıp gelmişti. Tekbaşına oturan Alişan'ı masalarına almışlardı, belediyeciler.

Mühendis bir ara bakıp da adamını yerinde bulamayınca:

«Alişan.» diye ortaya seslenmişti.

Kalabalıkça bir masadan almıştı sesinin yanıtını:

«Buyrun Mühendis Bey.»

Kızmıştı izinsiz yer değiştirmesine. Eğer yağmur kesilip de yola girerlerse, bu kafayla işine yaramayacağından korkmuştu onun. Meyhanenin gürültüsünden yağmurun şakırtısı duyulmuyordu. Çekekteki motorcular bile yağmurun tentelerden üstlerine geçtiğini görünce birer ikişer içeri giriyorlardı. Son gelen gemici:

«Çay yükseliyor,» diye uyarmıştı onları. Çayın taşması evler kadar çekekteki motorlar için de tehlikeliydi. Balıkçıların masası olduğu gibi kalkıp sandallarını sağlama almak için çıktılar. Henüz denizden bir tehlike beklenemezdi. Yağmur hızlandıkça dalgalar kırılıyordu üstelik.

«Kaldık Çamalan'da.» dedi Mühendis.

Babasının İnebolu'da olduğunu bilen Selim, kendi adına eve konuk çağırabilirdi. Bu tür işlere elverişliydi, Hafız Esat'ın evi. Yalnız bir haberin salınması yeterdi evdekilere. Eve gidip gelen çırak, haberlerin en acısını vermişti.

«Sokakları su basıyor!»

Bu çayın yükselmesi demekti... Çayın yükselmesi de yeni ekilen, nerdeyse çapaya girilmesi beklenen mısır, fasulye tarlalarını suların alıp götürmesi anlamına gelirdi. Gel gelelim, bunları kim, düşünecekti?

«Şu Cide,nin çeşmesi
Şıldır şıldır akıyor.
Aç kapıyı gardiyan
Yar yoluma bakıyor!»

Divan sazına eşlik eden Belediye Tahsildarı, içerdekileri başka dünyalara alıp götürmüştü. Murat Başçavuş kapıda görünmüştü, neden sonra:

«Hey millet!» dedi, «Çamalan'ı sel bastı, siz kendi keyfinizdesiniz! Çıkın dışarı, biraz daha beklerseniz boğulacaksınız, içerde!»

DÖRDÜNCÜ BÖLÜM

Plak mı bu acaba, yoksa radyo mu, diye düşündü, Şaduman Dağlı. Evde ne radyo vardı, ne de buna benzeyen bir araç... Oğlu İstanbul'dan dönmüş, bunları getirmiş olamaz mıydı?

Durdu dinledi, içerden genç bir erkek sesi geliyordu ama, Harun'un sesi değildi. Biraz sonra oğlunun da sesini duyunca içi rahatladı. Önce sağ selamet denizden döndüğünü, sonra bu yolculukta bir arkadaş bulduğunu düşünerek rahatladı... Her bi adamı getirmezdi eve, biliyordu. Gelinlik kız vardı evde... Akpelit Köyü bu kadarını pek kaldıramazdı. Ne de olsa gene de canı sıkılmıştı. Çengiden cümbüşten hoşlanmaz değildi ama, her şeyin bi yeri, bi sırası vardı... Sabah sabah da olur muydu bu!..

Kulluğa girince kaba kaba öksürdü. Bir süre duyurabildim mi diye bekledi. Cümbüş sürüp gidiyordu.

«Harun,» diye seslendi.

«Buyur Baba!»

«Hele gel.» dedi, «Ben çıkmayayım yukarı, işim var, gideceğim de...»

Oğlu patır patır indi basamaklardan.

«Pikap çalıyorduk... Akif de yukarda!..»

«Anan falan?»

«Onlar teyzemlerde...»

«İkiniz misiniz?»

«Bizim motordan Sinop'lu Hayri de var... Makinist...»

«İyi,» dedi, «Yemeğe kalacaklar mı?»

«Anam, yiyecek bir şeyler ayırıp gitti. Onlar teyzemlerde yiyeceklermiş... Baban da gelirse tencerelere bi baksın, dedi... Kızlarının da kursu varmış... Orda yemek pişireceklermiş öğretmen hanımları...»

«İyi, iyi... Bakın işinize!.. Gidiş ne zaman?»

«Hava güzel, dedi kaptan... Dışarı rüzgârıynan çıkar gideriz. Gidin şimdi, çamaşır değiştirin de gelin, dedi. Kestane, ceviz yükleyip çıkarız yola dedi.»

«Bunlar da kaptan sözüm ona... Motor suda yatacak... Siz burda cümbüş yapacaksınız, öyle mi?.. Kimse, kimsenin işine karışmaz amma, bizim işimize gelince... Karışmayan yok. Şu yumurta kabranını olduğu gibi indir aşağı... Size yumurta lazımsa, al içinden! Hadi durma, gidiyorum ben!»

Babasının canı sıkkındı, ama neye?..

«Peki baba,» dedi, «Görüşemezsek var mı bi isteğin? Nazife'nin istediklerini getirdim. Gösterecek öğretmenine... Aldı, götürdü!»

«İyi... iyi... Sağlıcaklan git, sağlıcaklan gel! Ne isteyim senden... Dolaşık işlere girme. Çıkamazsın içinden sonra... Senin üzerine yıkıverirler... Yoksa motoru Hurşit Ağa'nın adamları mı boşaltıyor, sizi buralara savdılar da... Aç gözünü, gitme okkanın altına... Askere de gittin geldin, adam oldun mu olamadın mı, göster!»

Çoktan basamakları çıkmıştı Harun. Yukardan sesleniyordu;

«İki sepet de dolu. İkisini de getireyim mi?»

Büyük sepeti, dolusunu getir!»

Merdivenin alt başına inmek istemiyordu, babasının öğütlerini dinlemek zorunda kalmamak için. İçerdeki arkadaşlarından utanıyordu. Çekinerek indi.

«Dediğim gibi...», «Ayağın karada olursa göynüm daha rahat olacak. Karada ol da ne işe girersen, gir!.. Gemici olduğuna kızıyorum sanma... Ben de denizciydim... Denizaltısından hücumbotuna kadar yaptım bu işi ... Denizden korktuğumdan değil... Bulaşık iştesin de ondan.»

«Baba,» dedi sesini alçaltarak, «Senin bildiğin gibi değil iş. Bu işlerin başka adamları var. Elimizi sürmüyoruz! Biz gemiciyiz, hepsi o kadar!»

«Sus,» dedi, «Söyletme beni kötü kötü. Ellerini sürmüyormuş. Siz gemici değil misiniz? Vapurlardan atılan sandıkların üzerine giden siz değil misiniz, Motor kendiliğinden mi gidiyor? Karadeniz'de yanaştığınız yabancı bandıralı gemiler? Haritada adı geçmeyen kaya diplerinde, kuytu yerlerde ne işiniz var sizin!»

Birkaç basamak daha indi Harun. Babasının eline yapışarak kulluğun dibine doğru çekti.

«Yavaş konuş baba!» dedi, «Duyacaklar. O Akif'in kulakları tazı gibidir. Kuşkulanmasın benden... Baba bu işin yolları eskisi gibi değil. Gümrükçülerden adamları var bunların... Limanlardan alıyoruz sandıkları, açıktan... Gene iskelelere indiriyoruz, manifaturadır, bakkaliyedir, diye... Eskidendi o, senin dediklerin. Anlatırım, öğrenmek istersen... Yaş tahtaya basmaz Akif'in babası... Gümrükler, karakollar bağlı.»

«Yaş tahtaya basar mı Ağa? Basmaz helbet!.. Siz ne güne duruyorsunuz. Haberim yok benim der, sıyrılır işin içinden! Bak, oğlunu bile sokmuyor motora!.. Akif motora bindi mi, ya gelin almaya gidersiniz, ya da Ayancık'tan kereste yüklemeğe...»

Elinde yumurta kabranı, kapının önünde tavukları ürküterek çıktı dışarı Şaduman;

«Geç geleceğim ben!» dedi, «Aşağı Köye de inerim!»

Böyle tüfeklen mi?» diyecekti... Caydı.

«Peki baba!» dedi, «Güle güle!»

Hızla çıktı merdivenleri. Suratı karma karışıktı. Akif bir bakışta anlamıştı;

«Canını sıkmışa benziyor...» dedi, «Ne söyledi senin Avcıbaşı.»

«Hiç!» dedi, «Ne söyleyecek... Babalık ediyor.»

«Büyümeyiz biz. Benimki de öyle. Kırk yaşımıza girsek gene on yaşında göbeliz, onlara göre. Benim daha askerliğim çıkmadı. Sen askerliğini de yaptın. Keşke babam iki yaş küçük yazdırmasaydı da yapıp bitirseydim. Bana sözünü geçiremiyince, konuşma sen, diyor, çocuksun, daha, askerliğini de yapmadın! Yapmadımsa senin yüzünden diyemiyorsun. Adam olmamızı istiyorsan yollasaydın İstanbul'lara okutsaydın, diyorum. Paran mı yoktu. İstanbul şimdi de yasak... Koy ortaya şu viski şişesini be! Gelen giden yok, artık. Viski sandıklarını katırlara yükleyip İnebolu'ya götürürken on yaşında göbel değiliz. Sizin işinizin bi zorluğu yok. Dara geldiniz mi, funda denize. Ya ben ne yapayım, dağ başlarında?»

Koskoca Hurşit Ağa oğlunun başını derde sokar mıydı? Her katırın yuları bir adamın elindeydi. Katırların arası en azdan yüzer adım... Akif kimi zaman önde, kimi zaman geride... Başı sıkıştı mı varıp haber vereceği adamlar vardı. Ona neydi, yolda kendi başına giden katırdan...

Ama, ağzını açıp da bir şey söyleyemiyordu Harun. Sinop'lu Hayri de öyle... Mal sahibinin oğluydu o... Canının çektiği gibi konuşabilirdi. Üstüne varılmazdı onun.

«Yol yapıldı mı, ne katır kalacak, ne katırcı. Altımda mersedes... Adam kamyonlarını yanaştıracak motora... Yükle babam yükle...»

Makinist Hayri:

«Yolu olan yerlerde kaçakçılık böyle mi oluyor sanki» dedi. «Motor hep kaya dibi arıyor yükünü boşaltacak... Yol kıyıdan geçti mi öldü bil buralarda kaçakçılığı!»

«Asıl kaçakçılık yeni başlıyor buralarda. Yol biraz yukardan geçecek... Sen çıkaracaksın sandıkları, balyaları, kartonları...»

«Bak buna bir diyeceğim yok işte!»

«Baban neden sırtını sıvazlayıp duruyor mühendislerin...» dedi Hayri.

«Yalnız sırtını mı?. Daha bu sabah bıraktım çadırına, bir sandık viskiyi... Bir sandık da Marlboro... Gözüm çıksın ki bir hafta dayandırmıyor. Adamlarına mı içiriyor, dostlarına mı gönderiyor, anlayamadım. Bu viski fındık fıstıkla kıyak oluyor, sen biraz ceviz getirsene arkadaşım! Melot kestane de iyi gider haa!..»

Aynı bardağa yarım yarım doldurup içtiler... Harun dolaba sokuyordu şişeyi:

«Koy şunu ortaya,» dedi, «Baban tavşan kovalıyor şimdi. Aç şu teypi de biraz İstanbul havası alalım. Şu ödül alan Neco'nun bir şarkısı vardı, neydi onun adı?»

«Onlar mıydı?»

«Onlar... Bulsana şunu! Neco film çevirmiş duydun mu?»

«Deme!»

«Filmde pelerinliymiş... Bu sefer gider gitmez filmini göreceğim Neco'nun... Adı, neydi dur bakalım. Şoför Mehmet, tamam. Müjdat Gezen'in şoförü... Halit Akçatepe de otomobil tamircisi... Fecri Ebcioğlu arabasıyla geliyor, arabasını Halit Akçatepe'ye baktırıyormuş.»

Şişeyi eline alan Akif:

«Bunu Akpelit'te mi içecektik biz.» dedi, «Önümüz yaz. Söz veriyorum, ikinizi de alıp Deniz Atı'na götüreceğim, Boğaz'a.»

Önündeki kırmızılı beyazlı Marlboro paketini tuttu arkadaşlarına:

«İstanbul'da yirmi beş lira paketi!» dedi. «Sanıyorum babam sizi İstanbul'a boş göndermeyecek.»

Makinist Hayri güldü:

«Ceviz götürüyoruz ya!» dedi.

«Biraz da kestane.»

«Sanıyorum kestaneler burda daha hızlı gidiyor.»

Belli olmuyor ki mübarek. Arka arkaya iki büyük baskın oldu mu İstanbul'da, ceviz de yükseliyor, kestane de.«

Üçü birden gülüyorlardı;

«Ne söylüyordun babana!» dedi, Akif, «Akşama kestaneyle ceviz yükleyip gideceğiz, dedin, öyle mi?»

Ne diyeyim?»

«Adam bir bilse cevizin viski, kestanenin Amerikan sigarası olduğunu.»

O kadarını bilmiyor ya, çakozladıkları da yok değil. Ne yapmalıydım, onu sevindirmek için... Mısır mı ekmeliydim.»

«Tazılık yapmalıydın ava giderken.»

Gülüyordu Akif:

«Sen şu çantadan bir viski daha çıkar... Git, mutfakta biraz ceviz kır. Babam da çok iş bilir, halden anlar adam... Viski küfelerinin üstüne ceviz doldurtuyor ki, mezesi de üstünde olsun diye.»

Makinist Hayri de gülüyordu. İster istemez o da katılıyordu konuşmalarına;

«Viski içenler bol bol ceviz kırsınlar demek istiyor.» dedi, Harun'un açmak için yapıştığı şişeyi eliyle itti;

«Dur!» dedi, «O dört köşe şişeyi bırak da bu sefer de atlısından aç! Onu içenlerden aşağı kalır bir yerimiz mi var bizim be! Hem şu çay bardaklarıyla içkinin tadı çıkmıyor, İstanbul'dan viski bardağı getir! Yok, hayır! Bu bardakları ben alacağım! Şu eve bi armağanım olsun!»

Harun'un şişeyi açtığını görünce:

«Haydi bakalım!» dedi, «Hak geçirmeden dağıt! Hayri'yi bu sefer atlama!»

«Al şişeyi, sen dağıt! Ben meze getireyim!»

«Çarptı mıydı da tam çapar bu namussuz. Mideleri boş bulundurmaya da gelmez. Dur! Ekmek ayvası var mı evde?»

«Ekşi elma var. Babam rakıyı ekşi elmayla içtiğinden yaz kış eksik olmaz!»

«Tamam! Elma getir!» dedi, Akif, «Çal şu bizim Basri'nin havasını! Şu Cide'nin çeşmesi, Şıldır şıldır akıyor. Aç kapıyı gardiyan... Yar yoluma bakıyor. En iyisinden tam on iki viski bardağı! Çay bardağıynan viski içildiği nerde görülmüş! Viski dediğin, viski bardağıynan içilir, tamam mı? Tam on iki tane! Hem de kristalinden!»

Ceplerini aradı. Açılmışını ararken bir kapalı marlboro paketi çıkardı. İç cebinden bir paket daha... Makinist Hayri;

«Çifter çifter marlborolar,» dedi, «Söyle arkadaşım biz yokken buralarda tombalacılık mı yapıyorsun!»

«Bırak da benimle dalga geçmeyi, yak bi sigara! Kim kalıyor

ki buralarda, kime tombalacılık yapalım! Gençler tüm İstanbul'da, Zonguldak'ta... Kimi tornacı, kimi tesviyeci, kimi de kaynakçı!.. Askerliğini yapanlar da Hollanda'da, Almanya'da alıyorlar soluğu.»

«Yol işçileriyle oynarsın sen de.» dedi Harun.

«Oynuyoruz mühendislerle... Her çadırlarına gidişimde iki üç karton... Götür, diyor bizimki... Kes postayı diyorum bizim ihtiyara... Senin aklın ermez diyor, onlar köyümüzün konukları!.. Yolumuzu yapıyorlar bizim.»

«Köyün yolundan senin ihtiyara ne? Eğer yol onun işine gelseydi, Aşağı Akpelit'ten geçirirdi... Onun işine, oğlunun değil, şeytanın aklı ermez. Boşuna mı gitti Ankara'lara. Buralarda seksen beş erkek yok, seksen beş imza topladı. Yol istemiyoruz, geçerse yukardan geçsin bu yol, diye.»

Babasından duyduklarını söyleyebilmek için can atıyordu Harun. Ama, tutuyordu kendini gene de...

«Neyse uzatma!» dedi Hayri, «Baban da buldu ki adamını, yolu Akpelit'in üst başından geçirtiyor... Böyle olmasa çadırların işi neydi Gökyazı'da!»

Çaktığı kibritle sigarasını yakan Hayri'ye;

«Söndür kibritini!» dedi, «Benim tuttuğum sigara böyle değil,gazlı çakmakla yakılmalı!»

Şaşkın şaşkın bakan Hayri'nin kibritini bir üfleyişte söndürdü. Hayri kızmıştı ama, geçiştirdi öfkesini.

«Sen o çakmakları daha yeni mi kullanmaya başladın!» dedi. «Arkadaşım, biz o gazlı çakmakları üç yıl önce daha sizin Yediveren'e gelmeden kullanıyorduk. Modası çoktan geçti onların... Şimdi İstanbul'da kibrit modası başladı, yeniden.»

«Ben de, tabancalı çakmakların modasından söz edeceksin sandım.»

Cebinden bir dolmakalem çıkardı Akif, öğünerek uzattı. Harun, çakmağın böylesini görmemişti. Onun merakla baktığını görünce:

«Al arkadaşım!» dedi. Senden kıymetli değil ya!.. Altı kalem, üstü çakmak!..»

«Kalemle ne işimiz olur ki bizim... Heves etmişin koymuşsun cebine . Sen şunu bi çak da görelim, yeter.»

Hayri de görmemişti çakmağın böylesini ama, başını çevirip bakmıyordu.

«Boş ver bunlara!» dedi, «İşin düştüğü zaman ya bir yerde unutursun, ya da çakarsın, yanmaz!.. En iyisi kibrit, ama su üstünde gezenlerin işine pek yaramıyor. Dalga başladı mı saracaksın muska gibi muşambaya... Git motora bak... Makine dairesindeki bütün kibritler naylon torbanın içinde... Biz giremiyoruz naylon kılıflara... Kıçımızdaki don bi türlü kurumuyor... Bizim patronun oğlunun değil donu, tuzu bile kuru.»

Birden kalktı ayağa. Harun'a döndü;

«Kalk arkadaşım» dedi, «Şu son viskileri çekelim de çözelim bu iskeleden palamarları... Bak, hava nerdeyse kararacak... Gün batmadan motorda olalım... Dışarı rüzgârı başladı mı çekeriz yelkeni.»

«Erken değil mi daha?» diyecek oldu Akif, dinletemedi.

«Daha kaptan da var işin içinde... Adamın ne kahvesi var, ne meyhanesi... Mübarek adam, motorda mı doğdun büyüdün... Of'tan her zaman hoca çıkmaz ya, arada bir kaptan da çıkar işte böyle!»

«Ama ne kaptan!»

«Söz yok Hamdi Reis'e!» dedi Akif, bir mal sahibi kurnazlığıyla, «Kaptan dediğin gemicisinin gözünün yaşına bakmamalı.»

«Peki, ne oturuyorsun öyleyse. Sen mi sileceksin gözümüzün yaşını. Seslen anana da gelsin teyzenden... Gidiyoruz, de.»

Akif, yakası örgülü ceketini omuzlarına attı. Kısa kollu gömleğin henüz mevsimi değildi ya, at nalı büyüklüğündeki aygünlü saatini başka türlü de gösteremezdi, köylülerine. Tek kişilik kaldırımda arka arkaya sıralandılar. Şöyle rahat bir kağnı yolu bile yoktu, köy içinde. Boşuna dememişlerdi, bu kesime «Gardiyansız hapisane» diye... Bu hapisaneye ancak karadan katırcılar, denizden de kayıkçılarla motorcular girip çıkabiliyorlardı... Yıldızlar, karayeller, poyrazlar izin verirse...

Harun kapının önünde oynayan çocuklara seslendi:

«Çocuklar!» dedi, «Toplanın bakalım!»

Köy çocukları çoktan duymuşlardı Harun Ağabeyleri'nin geldiğini. Kapının önünde bekliyorlardı sabahtan beri.

«Bu sefer size naneli, limonlu şeker getirdim. Halkalı şeker yok! Her biri kâğıda sarılı... İstanbul'da buna karamela diyorlar... Yani kağıtlı şeker... Hepinize ikişer tane... Alanlar şu yana!»

Bir sevinç yaygarasıdır kopmuştu. Harun, bütün ceplerini boşalttı. Avuçlarında kalan şekerleri de Akif almıştı.

«Çocuklar!» dedi, «Kimin ablası güzelse şu şekerleri de ona vereceğim! Neden mi? Ablasına götürsün diye.»

Birden duraklama olmuştu. En gerilerden bir çocuk arkadaşlarını yara yara geçti öne;

«Ver Ağabi!» dedi, «Ver de ablama götüreyim!»

«Güzel mi ablan?»

«Güzel olmaz mı. Köyde bir tane.»

«Yemin et!»

«Gözüm çıksın!»

Yemin edince çocuklar kızdılar;

«Sus!» dediler, «Çarpılırsın! Gözün kör olur.»

«Yalan mı?»

«Yalan! Ablan var mı senin?»

«Var ya!. Nazife Ablam!»

«Vay bacaksız!» dedi, «Tongaya bastırdı beni! Korkulur bu Yukarı Akpelitlilerden!»

Harun işi tatlıya bağlamak için çocuklardan birini çağırdı.

«Söyle onlara da gelsinler! Akşama çıkıyoruz yola!»

«Peki Abi, söylerim. Güle güle!»

«Sakız da isteriz Abi!»

«Ne sakızı be! Çiklet isteriz, çiklet!»

BEŞİNCİ BÖLÜM

Şaduman Dağlı, bir elinde incir kuşlarıyla yumurta kabranı, omuzunda çiftesi kestanelerin altından yürüyordu. Gözleri dallardaydı. Tek tük kekliğe de rastlanırdı ya, bu günlerde pek tüfeğin tetiğine gitmezdi eli. Dişe dokunur bir ava rastlamamıştı. Bütün kışı sekiz çullukla kapatmıştı. Oysa köyün yeniyetmeleri, ellerinde gemici feneri, bir gecede topluyorlardı sekiz çulluğu... Coz bakal, kara bakal boldu. Pilavını yaptırıp yemişti. İstanbulluların karatavuk dedikleri bu kuşları... Bir sokumluktu her biri, neresi tavuktu bunların!..

Bir düşünce kondu kalktı, aklının dalına... Doğru mu düşünüyordu acaba? Doğru değil miydi... İşte Hurşit Karaman, işte Çapar Yusuf, işte mühendisler... İşte Çamalan'da Hafız Esat... Nasıl da kaynaşıp anlaşıyorlardı kolayca... Gözü incir kuşlarında...

«Hadi yavrum, hadi sarı kızım!» dedi. «Kon artık! Kon da üçleştirelim kuşları... Hepsi bir araya gelirse bir işe yarar. Hadi utandırma Şaduman'ı. Tamaaam! Böyle olacak işte!»

Elindekini hemen koydu oracığa. Koymasıyla omuzunda asılı tüfeğe yapışıp patlatması bir oldu. Kuş, tüfeğin sesine doğru uçtu, kısa bir süre... Birden ilerisine düşüverdi.

«Haşşöyle! Nasıl olsa yaz sonunda hiç biriniz kalacak değilsiniz! Ben vurmazsam, nasıl olsa bir çaylağın kursağına gideceksiniz. İster çaylak, ister leş kargası, ister şahin... Hepsinin gözü güçsüzlerde... Seni de benden güçlüleri didiklesin bakalım!»

Sıra kafasını kesmeğe gelmişti kuşun. Nasıl olsa ölmüştü kuş... Bıçağını çekmişken, soktu kınına...

«Şükür, kasap yanına vermemiş beni babam!» diye düşündü, «Çok tokadını yerdim, yoksa ustanın. Göz göre göre cana kıymak zor. Ama adına avcılık demişiz bu işin, kasaplık dememişiz de... Bi bakıma hayvan katilliği ikisi de... Biri yakından, biri uzaktan... Karaya çıkmazsak bizim denizcilik de bir çeşit avcılık. Verirsin mermiyi uzaktan. Göz görmedikten sonra, gönül katlanır, dersin!»

Çadırlar görünmüştü Gökyazı da... Yol işçileri çadırların arkasında çayıra uzanmışlar güneşliyorlardı. Yemek için toplanmış olacaklardı. Yumurtaları zamanında yetiştirdiği için sevindi. Gökyazı, köyün en güzel çayırıydı, biraz da Akpelit'in...

«Bulmuşlar çadır kuracak düzü.» dedi, «Az ilerisinde çay. İster içine gir de yıkan, ister kıyısına çömel, yap temizliğini. Şu tarlanın bakımı olmazsa, ben de çalışırım, hiç dinlemem. Tüfeği de astım mı ağaca, karışırım şu babayiğitlerin arasına!»

Uzaktan Alişan el ediyordu;

«Bu yana... Baştaki çadıra.»

Çadırlardan biri mühendislerin olmalıydı ya... Hangisine çağırıyordu Alişan? Yoksa Cengiz Bey'in yanına girmek yasak mıydı?

Alişan kestirmeden yürümüş, yolunu kesmişti:

«Hoş geldin!» dedi. «Sordu Cengiz Bey, köyde yumurta bulamadım, dedim. Bir arkadaş kendi evinden getirecek... Çok güzel, al şu parayı da kaçtan derse, verirsin, dedi.»

Tepesi atmıştı birden Şaduman'ın:

«Bizim satılık yumurtamız yok. Köy yerinde yumurtaya para mı olur. Sekiz on tavuk varken... Al bu yumurtaları... Bu kuşları da al...»

«Sağ ol, Şaduman Ağabey. Ama parasını almazsan kızar Cengiz Bey! Azarlar beni, neden vermedin, diye...»

«Sen yanına gir de söyle kendisine bir çift sözüm olduğunu.»

«İçerde çalışıyor, kendi başına... Kimseyi sokma, dediydi bana. Ne yapsak ki?.»

«Çalışıyor, öyle mi?. Bu saatte ne çalışması bu? Tam yemek zamanı değil mi?»

«Doğru! Yemek zamanı... Daha kendisi de bir şey yemedi... Fındık, fıstık hep yediği...»

Çadırın önüne çıkmış onlardan yana bakıyordu;

«Geldi mi yumurtalar?.. Ne bekliyorsun daha, ver parasını gitsin. Bana üç yumurtayla şöyle bir omlet yap getir, ilk önce!»

«Mühendis Bey!. Bu ağabey...»

«Ne istiyor daha...»

«Sizi görecekmiş...»

«Neden görecekmiş beni. Demedin mi şimdi dinlenme zamanı diye...»

«Bey, çok kısa...» diye girecek oldu konuşmalarının arasına, Şaduman Dağlı. Kapı görevini yapan branda içerden çekilmişti bile... İkisi de yüz yüze bakakalmışlardı. Neden sonra kendine gelen Şaduman;

«Al sen şu kuşları da pişiriver mühendise...» dedi, «Yağda ikisini kızarttın mı, yumurtadan çok minnete geçer.»

İncir kuşlarını Alişan'ın eline tutuşturup Kavlanlı Köprü'den karşıya geçti. Çayın bir kıyısında, bir uçtan bir uca kendi tarlası uzanıyordu. Kızıyla karısı tarlanın sınırlarını yeniden çitle çevirmişlerdi. Değil sığır, insan bile zor girerdi içeri. Sepet gibi örmüşlerdi. Yeni kazıklar, henüz kabuklarını dökmemişlerdi. Belliydi, daha da sıklaştırmışlardı bu kazıkları.

Ne kızdı bu Nazife... Aklına koyduğunu ne yapar eder, ortaya kordu. Tarlanın bir yanını taş duvarla çevirecekti. Bi yol koymuştu aklına... Anasını kandırıp her gün getirebilse, çoktan duvar örülmüş bitmişti, çayın kıyısına.

Mısırların boylarını gözden geçirdi. Tarlanın yukarı kesiminde kalanları biraz cılızcaydı. Sudan da gübreden de yararlanamamışlardı. Yağmur, zamanında düştü mü, alt yandakilerden daha da boylu olabilirlerdi. Gübrenin de, sulamanın da sonuçları koçan vermeye başlayınca belli olacaktı. Düpedüz boy atmanın da bir anlamı yoktu. İş kelleydi. Mısırlar koçan vermezse isterse iki kulaç uzayıp gitsin. Karşı tarlada daha yeni uç vermiş mısırları görünce, kendi mısırları ile övünmekten kendini alamadı:

«Varsın koçan vermesin,» diye düşündü, «Kıyar kıyar ineklere, öküzlere veririm. Tarlayı istimlaktir diye yok pahasına alıp götürmesinler de...»

Diklemesine vurdu karşıya. Her adımda duruyor. Kızının açtığı karıkların doğrultusunda dalıp gidiyordu.

«Kız Nazife!» diyordu kendini tutamıyarak, «Hay elin dert görmeye, senin! Kalemle mi çizdin, ip tutmaca!..»

Mısırların ilk çapası da baştan savma değildi. Her sapın dibi fırdolayı kabartılmış, doldurulmuştu. Toprak da gübre de istediği kadar hava alabilirdi, havanın nemini de... Yağmur yağmasa, sulanmasa da kavrulup kalmazdı bu mısırlar...

Birden duraladı. Çıkıyor muydu bu toprak elinden, dişini söker gibi... Olamazdı. Buna hiç bir vicdan razı gelmezdi. Duydukları tüm yalandı. Soracaktı mühendise... Eğer mühendis bu tarlaya göz ucuyla da baksa kıyamaz, yolu bu tarladan geçirmezdi. Yolu geçirecek dağ, tepe, orman mı yoktu? Gidip soracaktı Cengiz Bey'e. Cengiz Bey, diyecekti. Gözünü seveyim, birlikte gidip bakalım. Yazık değil mi bu tarlaya, bu emeğe? Halı gibi tarla, yemyeşil... Türkmen kızlarının dokuduğu halı gibi... Nazife'm hangi Türkmen'in kızından aşağı kalır... Her mısır kökünde çoluğun çocuğun emeği var... Birer birer çapaladılar diplerini... Bu tarla giderse yaşamanın bir tadı kalmaz onlar için de... Benim dağlarım, ormanlarım var azbuçuk... Onların nesi var, bu tarladan gayri. Oğlumun denizi var avunacak. Gene de bu tarlasız yapamayız... Böyleyken böyle, anlatmalıyım o Cengiz denilen mühendise. Ne de olsa mürekkep yalamış adam, halden anlar... Acır... bize... Yaptığına pişman olur, eğer dedikleri doğruysa... Yolun nerden geçmesi gerekirse ordan geçirir... Bu kadar işe yaramaz yoz topraklar varken... Bulur bi kolayını!»

Çiti aşmış, çizmelerinin konçlarını aşmayan çaya vurmuş gidiyordu. Başının üstünden geçip de tarlasındaki kirazlara konan incir kuşlarını bile gözü görmüyordu. Belki ilk kez başı, toprağa inmişti. Tüfeği niçin taşıdığından habersiz yürüyüp gidiyordu, başı önde.

Aşağı Akpelit'e mi sapacak, köy kahvesine mi gidecekti, yoksa köyün üst başından vurup kıyıya Taşdibi'ne mi inecek, bilmiyordu. Kestanelikten çıkıp da köy içine girerken kırmızıya boyanmış bir ip takıldı ayaklarına. Takılır takılmaz da dik bir ses;

«Hooop.» diye gürledi, «Kör müsün be!»

Yol işçilerinden ikisi biraz ilerde gülüyorlardı. Kendisine seslenen bunlar olamazdı... Başını öfkeyle yana çevirince dört beş kişilik bir kümeyle karşılaştı bakışları... Başlarında parlak çizmeli, parkalı biri vardı:

«Daldırmışsın hemşerim,» dedi.

İpin üzerinden atlayıp geçebilirdi. Az ilerde beyazlı kırmızılı küçük bir kazığı sağa sola kaydırıp duranları da bir süre inceledi:

«Mühendisiniz nerde?» diye sordu.

«Onu mu görecektin?»

«Görsem iyi olurdu...»

«Kabahat sende...» dedi postacıbaşı, yılışarak, «Eğer kuşları getirmeseydin bu saatte işinin başında olacaktı. Korkarım kuşların üstüne biraz da kestirecektir.»

Kümelerin içinde bakışlarını bir kez daha dolaştırıp Alişan'ı aradı, yoktu.

«Peki.» dedi, «Varıp sizin Alişan'ı göreyim!»

İşçilerin en bücürü;

«Bizden de selam söyle!» dedi.

Gülmek için onun bu sözünü bekliyorlardı sanki. Basıp gitti, çadırlara doğru. Bir çadırın önünde, iki işçi ayakta bulaşık yıkıyordu. Eğer onlara bir şey sorsa, yasak deyip yolunu kesecekleri kuşkusuzdu. Sözde, daha önce mühendisin bir işine gönderilmiş gibi hızla en baştaki çadıra doğru yöneldi. Ortada kimsecikler yoktu. Cengiz Bey'in çadırının ağzına gerilmiş branda, bir yana kaymıştı. Karşıdan görünmemek için çadırın yanından dolandı, çizmelerinin burnuna basarak... Tam kapı ağzına varınca sandalyede yan oturan biri kalktı ayağa;

«Kimsin sen?» diye dikildi önüne.

«Ben Şaduman!» dedi, «Çay boyundaki dört dönümlük arsanın sahibi, Şaduman Dağlı!»

«Sen öyle bil!» dedi, «Tüm ölçüldü oralar... Senin toprağın üç dönüm bile yok. Devletin sokağa atacak parası yok, anladın mı?»

«Bizim ne devletin parasında gözümüz var, ne de devlete satacak tarlamız! Toprağımız anca bize kadar...»

«Yani bu sahil yolu açılmasın mı demek istiyorsun.»

«Öyle bir şey dediğim yok, Bey!»

«Ne yapalım, yolu senin tarlandan geçirmeyelim mi?»

«Yok mu bi çaresi, bunun... Ne devlet boşuna para harcasın... Ne de bizim verimli toprağımıza şosadır diye taş dökülsün!»

Gülüyordu Mühendis Cengiz Topkaç. Birden konuyu değiştirmek gereğini düşünmüş olacak ki:

«Kuşları sen gönderdin öyle mi?» dedi.

«Ben gönderdim. Pişirebildiler mi bari.? Biraz ustalık ister bu iş?»

«Nasıl pişireceklerdi? Tavada değil mi?»

Öyle de olur... Bir gün size ben pişirip de getireyim, av etine meraklıysanız...»

«Sen bize her gün yumurta bul, yeter. Ne biçim köy. Kimse yumurta satmıyor.»

«Üç beş taze yumurtaysa kolay.»

«Önce can tabi... Sonra...»

«Getiririm sabahları...»

«Sen mi getireceksin?..»

Boş bulundu Şaduman;

«Başka kim getirecek ki?» diye sordu.

«Yani... Zahmet olmaz mı? Evde çocuk varsa... Yahut... Bizim Alişan getirsin en iyisi...»

Verecek karşılık bulamamıştı. Düşünüyordu.

«Yahu koy şu tüfeğini kapının önüne!» dedi, «Karşımda dikilip durdukça böyle tüfekle.»

Çiftesini brandaya dayayınca elleri boşlukta kala kalmıştı. Tüfeğin kendisine yüreklilik verdiğini ancak onu bırakınca anlamıştı. Kendini bir anda çaresiz, dayanaksız bulmuştu;

«Beyim!» dedi, «İstediğin yumurta olsun. İstediğin yağ olsun, yoğurt olsun... Bu tarla kaldıkça hiçbiri eksik olmaz evimizden... Her gün kendi elimle getiririm. Yalvarırım, dokunma tarlama... Tarla giderse köyde hiç birimiz kalmayız... Yalnız ben mi? Gelirken gördüm, kazıklar... Köyün içine doğru uzayıp gidiyor. Köy içinden yol geçti mi, ne ev kalır, ne bahçe kalır. Hele yol, çay kıyısına indi mi tarla da gider, bostan da... Akpelit Köy'ü dediğin ne kadar yer ki... Yol burdan geçti mi yukarı köy olduğu gibi göç eder...»

«Bütün söylediklerin doğru,» dedi Mühendis Cengiz, umursamazlıkla, «Ne yapalım yani yol yapmaktan vaz mı geçelim. Biz mühendisiz, yol mühendisi!»

Sonra kalktı yerinden gerinerek... Masanın üstünde duran viski bardağını aldı. Kaldırıp baktı içindekine. Bir yudumda içebilir miyim diye düşündü. Ne vardı içemeyecek... Nasıl olsa açık havaya çıkacaktı. Son damlasına kadar dikti. Biraz tuzlu leblebi attı ağzına.

«Bak dostum!» dedi, «Adın neydi, Şaduman, değil mi? Bu yaptığım yolun mühendislikle hiç bi ilgisi yok. Düpedüz köy yolu... Köprüye en azdan iki milyon lira gidecek... Yazık... Gerçek sahil yolu yapıldığı zaman, bu köprüden ancak köyün karasığırları yararlanacak. On kilometrelik yolu ucuz olsun diye, biz elli kilometreye çıkarıyoruz...»

Viski şişesine yapıştı. Portatif masanın üstündeki bardağı eline almadan doldurmaya başladı. Ağzına kadar doldurduğunu anlayınca eğildi, dudaklarını bardağa yaklaştırdı. Elini deydirmeden bir süre içti. Sonra ağzını şapırdatarak kaldırdı başını;

«Ne diyordum...» diye bıraktığı yerden başlamak istedi. «Şunu demek istiyordum. Planını çizdiğim yolu bana diploma verenler görse, verdiğine vereceğine lanet eder... Bu yol tam memleket işi... Az gelişmiş memleketin yolu böyle olur işte. Karadeniz'in yolunun her kilometresi ortalama yüz milyon liraya maloluyor. Kayaları delemezsin. İyisi mi, bizim gibi yaparsın. Katırı salıverirsin, nerden giderse arkasından krokisini çizersin. Yol dediğin böyle olmaz, cetvel tahtasını tutacaksın haritanın üzerine yapıştırıp çekeceksin çizgiyi... Dağa rastladın mı, deleceksin! Çukura mı rastladı? Dolduracaksın! Uçurumdan mı geçiyor, boşluğa köprü yapacaksın! Biz ırmağın üstüne bile köprü yapıp karşıya geçemiyoruz. Kaçıyoruz, çaydan, dereden... Neden kaçıyoruz, köprü çok pahalı da ondan. Yol uzadıkça uzuyor. Köprü iki milyon lira mı? Bu iki milyonu benzin parasıdır, lastik parasıdır diye araba sahiplerine yüklüyoruz. Yani halkın sırtına. Halkın arabası mı var... Bu on milyon liralık otobüsler kimin? Bilet parasını veren halkın değil mi?»

Şaduman altına bir iskemle çekip oturmuş, Mühendis Cengiz'i dinliyordu.

«Haklısın Beyim!» dedi, «Çok doğru söylüyorsun! Bu sahil yolu yüz yıldır kalmış. Babalarımız, dedelerimiz düşmüşler, ak torbalarını sırtlarına vurup yayan yapıldak yollara. Kış dememişler, yaz dememişler çekmişler çarığı, dağ tepe gitmişler... Balkan Savaşı... yol yok... İstiklâl Savaşı... yol yok. Demokrasi gelmiş, gene yok! Kasabaya hâlâ katırın sırtında gidip geliyoruz... Çoğu zaman gidiyoruz da gelemiyoruz... Yola çıkamadığımız da oluyor, kar bastırdı mı... Varsın hükümetten çağırsınlar!»

«Eh, en sonunda siz de kavuşuyorsunuz işte yola!» dedi.

«Yolun böylesi olmaz olsun, Tarla toprak elden gittikten sonra!»

«Yol dediğin böyle yapılır. Ya tarladan geçer, ya topraktan... Başka nasıl olur sanıyorsun!»

«Amma hep fakirin, fukaranın tarlasından, toprağından geçiyor!» diyecek oldu. Dostluk kurar, belki yola getiririm ilerde, diye düşündü.

Bardağının dibindekini ayakta içen Cengiz Topkaç, yerine geçip oturmadı. Bekliyordu ayakta. Artık oturmanın da, konuşmanın da bi anlamı kalmamıştı, Şaduman Dağlı'da kalkmıştı ayağa.

«Bana müsaade Bey!» dedi, «Biraz da bizi düşünün!.. Köylüyü. Eğer yol köy içinden geçerse Yukarı Akpelit'i köreltirsin! Çok yetim ilenir sana! Genç adamsın, kötü adam olamazsın sen!»

«Hadi, hadi...» dedi, «İşine bak sen.»

«Eyvallah Bey! Kal sağlıcaklan! Bir gün bize de buyur... Sana elimle pişireyim av etini de gör!»

«Dirisini göndersen de olur... Ama parasıyla, bundan sonra... Yumurta da bul bize. Rasih geliyor, Ankara'dan, iki üç günlüğüne! Genel müdürlüğe giderim belki, bizim yan ödemeler karma karışık oldu. Rasih sağlığına benden çok düşkündür. Rasih Gürdilek...»

Çadırın brandasına bıraktığı tüfeğini arıyordu. Yoktu bıraktığı yerde. Sağına soluna bakınırken ilerde kestanelerin dibinden bir tüfek sesi geldi. Rahatlamıştı bir bakıma. Alişan'dı bu. Koştuğuna bakılırsa attığını da vurmuş olmalıydı. Tüfek sesine dışarı çıkan Cengiz Topkaç, yüreği ağzında sordu;

«Ne oluyor!» dedi, «Kim buralarda silah atan?»

Onu yatıştırmak için:

«Telaşlanma Beyim!» dedi, «Yabancı değil, sizin Alişan olmalı.»

«Olur mu!» dedi, «Burnumun dibinde, bir daha getirme şu tüfeği buralara... Çağır şu adamı gelsin!»

İçeri girmiş, ceketini alıp çıkmıştı. Çadırın önünde Alişan'ın gelmesini bekliyordu.

«Koş!» dedi, «Çabuk gelsin!»

Çağırmasına hiç gerek yoktu oysa. Vurduğu kuşu kanadından tutmuş, uzaktan Şaduman'a gösteriyordu: «Başımın üstünden geçiyordu. Uçarken attım. Yarası bile belli değil ne tüfek ya...»

Tüfeğini övdüğü için öfkesini unutmuştu. Birkaç adım daha sokuldu.

«Kızdı seninki!» dedi, «Kim bilir, kendisinden izin almadığın için kızdı belkim!»

«Onun neye kızdığı belli olmaz!»

Tüfekle birlikte kuşu da uzatıyordu.

«Onu da kendine pişir,» dedi, «Afiyetle ye.»

Tüfeğini alıp yürüdü. Köstekli sırtlarına doğru vurmuştu. İkindi güneşi arkasında kaldığı için gölgesi yürüdükçe uzuyordu. Yüksekçe bir sırtın üzerinde durdu:

«Ben olsam...» dedi, «Şu çifte cevizlerin ordan vururdum Kayadibi'ne. Aşağı Akpelit'le, Yukarı Akpelit'in ortasından Küme Çalılar'ın ordan, iki kayanın arasından doğru Çay'a... Çay'ı geçtikten sonra Hurşit Ağa'nın tarlasından vurur... Kıyıdan geçer giderdim.»

Durdu düşündü:

«İşte dananın kuyruğu da burda kopar...» dedi, Cengiz Beyle konuşuyordu sanki... «Yok geçiremezsin burdan!» diye çıkışıyordu ona. «Günahı boynuna. Aldın tıkır tıkır paraları... Herif yaş tahtaya basar mı? İşine gelmez Hurşit Karaman'ın. Ne yapar yapar, sana geçirttirmez yolu burdan. Daha olmazsa...»

Önce iki kayanın arasında bir bayrak gördü. «Sığırtmaçlar mı bağladı, talim dallarına» diye düşündü. «Yoksa bi yapı çatısı mı atılmış...»

Yürüdü oraya doğru... Yürüdükçe bayrağın direği uzuyordu. Biraz daha yürüyünce bunun çarmıkları, ip merdiveni, iskele sancak feneriyle bir motor direği olduğunu anladı. Motor olsa olsa Hurşit Ağa'nın ya Akpelit'idir', ya da Yediveren'i, diye düşündü. Harun da burda olduğuna göre mutlaka Yediveren'dir bu.

Ne işi vardı iki kaya arasında bu motorun? Mersinlerin arkasından, biraz da başını eğerek denize doğru yürüdü. Yol biledinlerin, talimlerin kümelendiği yerde birden dikleşiyordu. Motor sanki ayaklarının altında kalmıştı. Geniş bir kalas atılmıştı, motorun kıçından... Kucağında sandıkla bir gemici iniyordu, ayaklarının tabanıyla kalası yoklaya yoklaya... Zift branda çekilmiş bir çatının altına girip bir süre gözden kayboluyordu. Bu çatı göründüğü kadar olmasa gerek diye düşündü... İçeri giren adam sandığı bırakıp hemen çıkmazsa, bu çatının gerisi de olmalıydı daha...

Motorda iki kişi vardı topu topu... Biri kaptandı, şu Ayancık'lı Hamdi Reis, dedikleri adam... Baş üstüne geçmiş sigarasını içiyordu. Sandıkları taşıyan da o dışarlıklı Yahya...

Pekiii, Harun bu motorun adamı olduğu halde neden yükleri ona indirtmiyordu bu kaptan... Belki kaptanın değil, Hurşit Karaman'ın işiydi bu...

Motorun ambarını iyice görebilmek için yerini değiştirip sağ yanındaki sırta doğru süründü. Gene de göremedi ambarın içindekileri. Adamın gidişinin gelişinin hızlandığına bakılırsa, kaptan çabuk olmasını istiyordu. İşleri bitince Akpelit iskelesine yanaşacak, gemicilerini alacaktı, Belki de bu barınaktan gemicilerin bile bilgisi yoktu, Gemi adamlarının, tümüyle bilmemeleri gerekirdi. Bu barınağın bir de silahlı bekçisi olmalıydı. Tüfeğini omuzundan, eline aldı Şaduman Dağlı. Kucağına bıraktı. Belindeki fişeklikten boyalı kalemle işaretlenmiş bir fişek çıkardı. Domuz dolusuydu bu. Barutunu çok koyduğundan gürültüsü de ona göre olurdu. Namludan çıkan dumanın yerini belli etmemesi için mersinlerin arasına girip tetiğe dokundu. Kayaların arasındaki martılarla, arkasında kalan tarladaki kargalar tüfek sesine kanatlanmışlar, kurtuluşlarını ayrı yönlerde aramak için uçup gitmişlerdi. Dalgaların kulaklarda yer eden alışılmış sesi birden çöken sessizlikle daha da belirginleşmişti.

Başüstünde uzanan Ayancık'lı Hamdi Reis, birden kalkmıştı ayağa. Tüfek sesinin nerden geldiğini kayalardaki yankılanma yüzünden bulup çıkaramamıştı. İki yanına bakıp duruyordu. Kalasın üstünden omuzundakl sandıkla inen adam, yükünü kumun üstüne silkeleyivermiş, sesin yönünden çok kaptanın buyruğunu kolluyordu. Her ikisi de ikinci bir tüfeğin patlamasını beklercesine tetikteydiler.

Şaduman ikinci fişeği de sürmüş bekliyordu. Bu hazırlık kendisi de bilincine varmasa bile, biraz da kendini korumak için olmalıydı. Bir görünmeyen kişiye karşı savunmak için... Sürünerek eski yerine gelmiş, yaprakların arasından kıyıyı gözlüyordu.

Kaptan elini kolunu sallayarak bir şeyler söylüyordu. Depo yerine kullandıkları yeri gösteriyor, belki de kitleyip gelmesini öğütlüyordu. Ama durum birden değişmiş, depo tarafından gelen bir adam, onlara ne yapması gerektiğini anlatıyordu olsa olsa. Tanımıştı Şaduman, Hurşit Ağa'nın yakın adamlarından biriydi bu. Raşit Bey'di bu bildiği kadarıyla. Hurşit Karaman'ın hesaplarına bakar, defterlerini tutardı. Buralı değildi. Ancak senede üç beş kez gelir, nerden geldiğini, nereye gittiğini kimse bilmezdi. Ne var ki bir İstanbul kokusu vardı bu adamın üzerinde.

Şaduman, yaprakların arasına biraz daha sokuldu, «Tamam!» dedi içinden, «Şimdi çıkacak ortaya Raşit Bey'in Raşit Bey'liği. Eğer bu kadarcık, patırtıyla koskoca motoru kaldırıp kendisi de kaçarsa, hiç iş yok demekti, onun Raşit Bey'liğinde.

Eliyle kumdaki sandığı gösteriyordu, adama. Sandığı omuzlamasını söylemiş olmalıydı. Taşıyıcı deponun yolunu tutmuştu.

Raşit Bey, depoya dönmüyor, bir kaç adım atıp dört yanını kolluyordu. Dolaştığı alan yüz, yüz elli adımın içindeydi Şaduman'a göre, pek aldırış etmediği anlaşılıyordu, tüfek sesine. Beğenmişti adamın soğukkanlılığını. Yapılan işin, kaçakçılıkla ilgili karmaşık bir iş olduğundan hiç kuşkusu kalmamıştı. Bu sandıklar, sabun sandığı, şeker sandığı olamazdı. Ya türlü içkiler vardı içlerinde, ya sigara, ya da tabancayla mermi... Esrar da. eroin de olabilir mi, diye düşündü? Hiç de gerek yoktu bunların kaçakçılığına. Hem zordu, hem de tehlikeli... Viskiden, sigaradan parlak iş mi vardı bu dönemde... Nereye gitsen, kime versen paraydı. Birden uyanmıştı. Mühendis'in bardağındaki de bu deponun malıydı olsa olsa... Kim bilir böyle kaç depo daha vardı, Hurşit Ağa'nın elinde. Bir de kalkmış, onların elinden tarlasını kurtarmaya çalışıyordu.

Birden toparlandı. Neydi bu miskinlik.

«Kimin kimden korkması gerekir be!» dedi, «Onlar benden korksunlar. Avından korkan tazılar gibi yaprakların içine girmiş yatıyorum. Elimde devletin verdiği, kapı gibi av tezkeresi var. Bu tüfeği canımın çektiği yerde kullanırım. Ben bu tüfeği insandan başka her canlıya, her canlı av hayvanına doğrultur atarım. Her attığımda da vurmak zorunda değilim. Arkasından uğurlamak için de atarım, tilkilerin, çakalların. Her gümbürtüden sonra, kimse vurduğun av nerde diye soramaz bana. Kafam kızdı mı boyuna dokunurum tetiğe...»

Bununla birlikte tetiğine dokunmadı ikinci kez. Tüfeğini omzuna astı. Motoru sağ yanına alarak iskeleye doğru yürüdü. Hava da azar azar kararıyordu. Arada bir varlığını belli eden poyraz, suların yüzünü kırıştırıyor, alçalan güneşin yansıyan parıltılarını silip götürüyordu. Memiş'in kahvesi uzaktan görünene kadar yürüdü.

Güneş batmış, hava soğur soğumaz da dışarı rüzgârı başlamıştı. Hurşit Ağa'nın kayıkhanesinin kapısı aralıktı. İçerden ölü bir ışık sızıyordu. Motor Taşdibi'nden döner dönmez verilecek yükleri hazırlıyorlardı, içerde.

Harun'u arıyordu ortalıkta. Ona barutla saçma ısmarlıyacaktı. İnebolu'da ateş pahasıydı, karaborsadan aldığı için... Hele kurşun hiç bulunmuyordu. Mısırlar kelle verdi mi domuzlar da çıkardı geceleri... İri saçmalar bile işlemezdi, kolay kolay derilerine. Onlara kurşun gerekirdi. İstediği biçimde dökerdi, eline parça kurşun geçti mi...

Kahvede kimse kalmamıştı. Sarı Memiş ocağı dürtükleyip duruyordu. Şaduman'ı kapıda görünce bıraktı maşayı:

«Ooo Şaduman Ağabi!» dedi, «Gel, buyur bakalım! Hangi rüzgâr attı akşam akşam?.»

«Hangi rüzgâr atacak, dışarı rüzgârı. Uğradı mı bizim oğlan bugün, kahveye?»

«Motordan çıkınca bir uğradıydı, sonra bilmem ne oldu?»

Ağzını aramak için sordu:

«Sakın motor kalkıp gitmesin, görecektim oğlanı.»

Kuşkulu kuşkulu bakıyordu, Şaduman'ın yüzüne:

«Gitmez Ağabi!» dedi.

«Neden gitmezmiş, ortada görünmediğine bakılırsa...»

«Gelir nerdeyse...»

«Yani burada mı demek istiyorsun?»

«Onun gibi bir şey.»

«Yahu bu motor deniz yarıldı da içine girmedi ya...»

«Otur Ağabi!» dedi gülerek, «Telaşlanma!.. Ne telaşlanıyorsun? Otur bi çay iç... Çay bayat... Sana az şekerli bir kahve yapayım da iç! Biraz öfkelisin, iç de öfken dağılsın.»

Şaduman, camın önündeki masaya iskemlesini kaydırarak oturdu. Oğlu kahveye uğramadan geçerse, görüp çağırmalıydı.

«Böyledir bunlar,»dedi, «Denizden gelirler de babalarını bile görmeden çekip giderler. Biz de böyle değil miydik gençliğimizde?.. Babamız da denizdi, anamız da... Az daha karnımız da deniz oluyordu ki, dur dedim. O Hurşit Ağa, geç otur dedi de köylü olduğumuzu belleyebildik.»

«Sen mi köylüsün?» dedi, «Kaç dönüm toprağın var?»

«Canım, toprağa ne bakıyorsun sen. Bu köyde karnım doyuyor mu benim, ona bak!»

«Bu köyde karnın neylen doyuyor? Ekmeğini topraktan mı çıkarıyorsun?»

«Yooo! Ne toprağı? Kim topraktan ekmeğini çıkarabiliyor ki... Kimin kaç dönüm toprağı var buralarda?..»

«Var canım, olmaz olur mu? Diyelim ki Hurşit Ağa...»

«Var... Allah vermiş...»

«Ekmeğini çıkarsın diye mi? Senin Hurşit Ağan bunca yıldır ekmeği topraktan mı çıkarıyor?»

«Birazını topraktan değil mi Ağabey...»

«Birazını topraktan, birazını sudan, birazını da havadan. Hem de daha çoğunu havadan. Sen de onun gibi değil misin?»

«O kadar derinine gitme! Al şu kahveni iç, çok karıştırma! Hem Ağabi ben tüfekten, tabancadan çok korkarım. Şunu aklımdayken kapının arkasındaki çiviye asayım da rahatça konuşalım!»

«Al, as bakalım! İçinde fişek yok. Kent görmüş adamız biz. Bir yere girerken tüfeğimizi boşaltmasını biliriz.»

Tüfeği eline alan Sarı Memiş:

«Hay Maşallah!» dedi, «Ne tüfek ya! Rahat bi on bini var bunun! Böyle bi tüfeğim olsa, namussuzum hiç durmaz dağa çıkardım!»

«Ağan izin vermez dağa çıkmana. İşin burda iyidir. Hiç ses etme!»

«Geçinip gidiyoruz işte! Bu yaştan sonra gurbet kahrı çekemeyiz biz.»

«Hadi ordan!» dedi, «Senin elinden gurbetçilik de gelir, pazarcılık da... Arada bir katırların yularından tutup Azdavayları, Dadayları dolaşan sen değil misin?»

«Bilirsin neden dolaştığımı... Arada bi çorap toplarım, yün çorap... İnebolu'da satarım. Soğuksu'da Cide'de... Şenpazar'da... Zemheri bastırdı mı motorlar sandallar çekekte... Ben de çekerim kahvenin kapısını...»

«Peki motorcular, sandalcılar nerde?»

«Evlerinde... Ocak başında...»

«Yalı kahveleri dururken, gemici kısmı ocak başında kül karıştırır mı?»

«Ağabi çok kurcalama diyorum sana! İnsan bi kere topraktan, denizden koptu mu her bi işe burnunu sokar. Baş, başa bağlı... Baş da şeriata bağlıymış... Yani yasalara... Herkesin yasası da kendine göre. Biz başımızı bağlayacak sağlam bi yasa arıyoruz. Kimin yasasını sağlam görürsek ona bağlanıyoruz.»

«Bağlarken de gemici düğümü atıyorsun ki, çek çek kopmasın diye.»

Kahveci Sarı Memiş, işi tatlıya bağlayıp kapatmak için zorlama bir gülüşle:

«Kafamız kopuyor, düğüm kopmuyor. Biliyorsun, köpeklik bizimki...»

Yoldan geçenleri görmek için ayağa kalkan Şaduman Dağlı:

«Nerde kaldı bizimkiler?» dedi. «Geç kaldılar ...»

«Er geç gelecekler, ne telaşlanıyorsun?.. Daha motor da yok ortalarda...»

Tam ayağındaki çizmelerden birini çıkarıyordu ki kapı açıldı, içeriye Muhtar Mecit Efendi girdi: Elini istemeye istemeye selam niyetine başına kaldırıp indirdikten sonra dönüp gitmek ister gibi bir süre bekledi. Yorgun bir hali vardı. Başka bir masaya yönelip oturacak sandalye arıyordu ki, Şaduman:

«Gel, buyur,» dedi, «Ne kaçıyorsun benden?»

Ayağını sıktığı için çıkardığı çizmeyi yeniden giydi. Masasında yer gösterdi Muhtar'a.

«Canın sıkılmışa benziyor!» dedi, Şaduman, «Bak Memiş, sor ne içiyor Mecit Efendi?»

«Az şekerli bi kahve yap. Şeker koymasan da olur... Cezvenin bulaşığıyla!.»

Başını çevirmeden, soruların karşılığını verdi:

«Sıkılmış da ne kelime!.. Can burnumun ucunda... Peki senin ne işin var akşam akşam buralarda? Kendi canının sıkılmışlığını beni konuşturup da mı dağıtmak istiyorsun?»

«Oğlana baktıydım da buralarda...»

«Harun'a mı?» dedi, «Geliyor Harun... Şimdi geçer önümüzden... Yanında da...»

Başını kahve ocağından yana çevirdi, öylece de kaldı.

«Kim vardı yanında? Olsa olsa Hurşit Ağa'nın oğludur.»

«O dürzü işte. Bir de makinist... Yediveren'in makinisti Hayri... O çocuğun da başını belaya sokacaklar.»

«İyi de makinisttir haa...» diye lafa karıştı kahveci Memiş. «Geçen ay, Akpelit'in makinesi istop etti. Yelken kürek getirip demirlediler köy altına... Uğraştı motorun makinisti Ekrem, tam bi hafta... Görünürde ne kırığı belli, ne çıkığı!.. Bu Hayri var ya, Sinop'lu Hayri, makinenin bi parçasını söktü, benzin tenekesinin içine attı. Bir iki deliğini üfledi, taktı, motor fayrap! Çapar Yusuf beş bin lira vereyim, bana geç, demiş. Olmaz demiş, Sinop'lu Hayri. Altı bin vereyim, haa!.. Yedibin? Sağ ol, aldığım para yetiyor bana demiş. Peki kazanca ortak olalım, demiş Yusuf. Ne dese beğenirsin? Demiş ki, ortak olurum ama, kaçak mal sokmam motora, razı mısın?»

«Hiç Yusuf razı gelir mi? Namuslu çocuk, Allah selamet versin! Eee... Kaçakçılık yapmayınca, tabancayla fişek getirip el altından sürmeyince motorun ne yararı olacak Yusuf'a! Bak geçiyor, senin Harun! Çağırayım mı?»

Oysa Harun'la Akif kahveye yönelmişlerdi. İçerdekileri görünce, Harun'u çekip götürmek istedi arkadaşı. Şaduman, hemen fırladı yerinden. Kapıdan seslendi oğluna:

«Harun! Hele bak biraz!»

Sanki babasının ayağına gelmesini bekler gibi duruyordu iki arkadaşının arasında.

«İşimiz acele baba!» dedi, «Bi şey mi söyleyecektin?»

Birkaç adım atan Şaduman Dağlı:

«Yolcu musunuz akşama?» diye sordu.

«Motor yanaştı iskeleye. Çıkıyoruz yola.»

«Şey lazımdı bana...»

«Anladım... Barutlan, saçma...»

«Bir iki kilo da kurşun... Domuzlar nerdeyse mısır tarlalarına iner...»

«Peki kurşun da getiririm... Bir iki kilo...»

Motor iskelede diyordu ya, Taşdibi'nden yeni kıvrılmıştı köy altına.

«Bi çay içer miydiniz?»

«Yok, sağ ol baba! gidelim biz!»

«Hadi, yolunuz açık olsun!»

«Sağ ol baba!»

Durdu, her zamanki öğüdünü vermeyi düşündü, Hurşit Karaman'ın oğlundan çekindi. Arkalarından yutkundu kaldı.

Kahveye döndüğü zaman, Muhtar:

«Gelmediler öyle mi?» dedi, «Hiç gelirler mi? Ne yüzle gelsinler.»

Birden kaşları çatıldı Şaduman'ın:

«Söyle!» dedi, «Bi halt mı işledi Harun?»

Dik dik yüzüne baktı Muhtar Mecit Efendi:

«Daha bi halt işlemedi.» dedi, «Daha işlemedi ya, eli kulağında... Bu Akif'le arkadaşlığı uzun sürerse çok haltlar işler. O işlemese de işlenmiş olanları onun üstüne yıkıverirler, kalkamaz altından!»

Onu, kaçakçılık işlerinden söz ediyor sanıyor, hak veriyordu. Hep aynı şeyleri söylemiyor muydu, oğluna. Oysa Muhtar'ın derdi çok değişikti. Kahveci Memiş'ten çekiniyor, açıklamıyordu. Hem ondan çekiniyordu, hem de onun aracılığıyla bu adamın ayağını denk almasını duyurmayı düşünüyordu. Nasıl olsa kulağına gelenleri yetiştirecekti. Akif'e anlatmasa bile mutlaka Hurşit Ağa'ya duyuracaktı. Görevi de bu değil miydi, Sarı Memiş'in!

«Gözümden kaçtığını sanıyorlar...» diye sürdürdü konuşmasını, «Kör belliyorlar beni. Bi gözüm köyde, bu gibilerin üzerinde... Bi gözüm de karakolda, Kaymakamda... Bi adam yirmi iki yıldır bi köyde Muhtarsa, vardır bi eğilip bakacak yanı.»

Şaşırmıştı Şaduman. Bu adam hiç böyle konuşmazdı. Ucu dönüp dolaşıp Hurşit Ağa'yı bulan konuşmalarda dilini tutmasını bilirdi. Şimdi ne olmuştu da ağzından baklayı çıkarmış, dikine dikine konuşuyordu?

«Bu köyün namusu benden sorulur, Kahveci Memiş, Hurşit Ağa'dan sorulmaz!»

«Doğru.» dedi, «Neye verdik sana oyumuzu. Bu Akpelit'in Muhtar'ı sensin, Hurşit Ağa değil!»

«Darılma, gücenme yok Şaduman, bu oğlunun gidişatından ötürü aramızın bozulmasını istemem! Dizginlerini eline alacak mısın, başına dolayıp salıverecek misin, köyün içine?»

Kaçakçılık işiyle köyün namusunun bir bağlantısı olabilir mi diye düşündü. Hayır, olamazdı. Kaçakçılık başkaydı, namus gene başka. Bunu açıklasa da Şaduman kendi ağzıyla yakalanmasa.

«Yani...» dedi, «Bir namusssuzluğunu mu gördün Harun'un. Söyle de motordan çekip kapatıvereyim onu samanlığa!.. Benim çifteye de domuz dolusunu sürüp nöbetçi durayım kapısında!»

«Bilirim yaparsın. Şimdi sorduklarıma bir cevap ver... Bu köyün delikanlılarından tornacıdır, tesviyecidir, kaynakçıdır diye İstanbul'a gidip de karısını kızını burda bırakan var mı?»

«Var, olmaz olur mu?»

«Alamanya'ya gidip de bırakan?»

«Alamanya'ya giden de var, çoook.»

«Askere giden?»

«Olmaz olur mu? Karımızı da mı askere götürecektik giderken.»

«Bunların namusu önce kendilerinden, sonra köyün Muhtarından sorulmaz mı?»

«Sorulur sorulmaz olur mu?»

«Hadi, onlarınki Muhtar'dan sorulmasın. Benim bir iki yıllık gelinimin namusu?»

«Helbet senden sorulacak ilk önce... Sonra hepimizden... Kız evlât sahibiyiz.»

«İyi söyledin. Pekiii, ne oluyor oğlun, her seferden dönüşünde bu dürzüyle bir olup bizim evin önünde dolaşmak, bizim Gülizar'a sataşmak... Az önce yukarda kavlanın altından kovaladım onları... Ne içtilerse içmişler, burunlarının uçlarını görmüyorlar... Gülizar suya gidecek kuyu başına, gidemez onların şerrinden... Neymiş, kavlanın dibinde oturmak da mı yasakmış. Ben, ağzımı açıp da namusuyla oturana kim yasak edebilir derdemez, biz namussuz muyuz diye dikilmezler mi karşıma... Al başına belayı. Az önce uğrattım da önümden, indim çarşıya.»

«Demek bizimkinin suçu, bu adama kafadarlık etmek... Uyardın beni sağ ol. Motor döndü mü, tutup yakasından çekeceğim bir kenara. Peşini bırakırsam bana da Şaduman demesinler... Kıpırdadı mı tuttuğum gibi samanlığa. Çamaşır değiştirecekse samanlıkta değiştirsin!»

«Belimizi doğrultmamız için varsın, bi yıl daha kalmayıversin oralarda bizim oğlan. Karısından değil de köyünden ufak bir kuşkusu olsa kalkıp gider miydi! İzinli geldiğinde karısı çıtlatır diye ödüm koptu, yer bu oğlanı, güçlü kuvvetli adam! Başımıza iş açar. Gözü karadır oğlumun. Hurşit Ağa'dır Murşit Ağa'dır dinlemez. Yola getirinceye kadar, gözlerime uyku girmedi. Akif'in kafadarı da bir senin oğlan, bir de Çamalan da Hafız'ın oğlu Selim. Bu Selim senin oğlan gibi de değil... Karakol yaka silkiyormuş. Ama iş oraya dökülmesin. Eskisinde hiç iş yoktu ama, yeni Karakol Komutanı, yürekli birine benziyor.»

«Onların şımarıklığının önüne geçmek zor. Parayı bizim gibi alın teriyle kazanmıyorlar ki.»

Muhtar içtiği kahvenin parasını vermek için ocağa doğru yürürken, Şaduman yolunu kesti:

«Müsade et Mecit Efendi, bizim kahvemiz dost kahvesi, ağa kahvesi değil.»

«Sağ ol!» dedi, «Dost bilmesem, akşam akşam açılmazdım bu kadar. Kendi işimi kendim görmeye bakardım. Sana, yalnız oğlun için değil, bu dürzünün şurdan burdan gelen kafadarları için, uyanık duralım diye açıldım. Feyzi'nin aşçı dükkânı akşamları Topane gazinolarına dönüyor. Yedi köyün iti kopuğu orda!»

«Uyardın, iyi de yaptın Mecit Efendi! Beni her zaman yanında bil! Var sağlıcaklan.»

Ne yana gidiyor diye baktı arkasından, yalıya sapmıştı tam Hurşit Ağa'nın dükkânının önünden. İçine kuşku girmişlerin dalgınlığıyla gittikçe de hızlanıyordu.

Yediveren, çoktan yanaşmış olacaktı iskeleye. Kayıkhaneden kestane, ceviz yükleyeceklerdi. Hâlâ sefere çıkabiliyordu bu aylarda bile. Hurşit Ağa'ya sorarsan, İnebolu'ya bakkaliye getirecektir motor, İstanbul'dan. Yağ getirecektir. Sabun getirecektir. Kestaneyle ceviz, mazot parasını karşılamaz motorun...

Şaduman Dağlı da çıkmıştı kahveden. Yalıya doğru yürüdü bir süre. Motoru görünce rahatladı. Oğlunu tanıdı, Kalasın üstünde. Omuzundaki çuvalla sendeliyordu. Doğruydu demek içtikleri... Askerliğini yapmış adamdı, ne olurdu içerse!..

Alacakaranlıkta seçemiyordu motoru yükleyenleri. Kaptan bile yardım ediyordu, yüklenmesine. Makinist dedikleri delikanlı da, yükleyenler arasındaydı. Demek bir ayak önce yola çıkacaklardı.

Hava da tam gelin havası... Bayılırdı böyle havada yolculuğa... Gençliğinde yelken kürek çok yolculuk etmişti, beş altı tonluk sandallarla... Kerempe feneri, bu saatlerde çakıp sönmeye başlar, yolculuğun insanın içine işleyen garipliğine karma karışık anlamlar katardı. Köy birden dönülmez uzaklıkların sisinde yok oluverirdi gözlerden. Ne varsa, ilerdeydi artık, sandalın burnunda. Yeni memleketler, yeni dostlar yeni sevgililer... Limanlar, gazinolar, meyhaneler, barlar, bar kızları... Evet, bir zamanlar bu yanı da dolmuştu Şaduman Dağlı'nın... Bitmeyecek sanılan bahriye askerliği bitmiş köy yaşamı başlamıştı, toprağın çilesi... Başkalarının çıkarına orman kaçakçılığı... O zaman da Hurşit Karaman'ın babası vardı, Hacı Mahir... Ne kayınlar, meşeler, kestane ağaçları çekmişti, onun kızağındaki tekneler için... Ne ceviz tomrukları ne direkler, serenler... Karış karış bilirdi kereste yataklarını... Onun kestirip de sakladığı yerleri, değil orman koruma memurları, şeytan üstünden geçip gitse bulamazdı. Bu yüzden bölük bölüktü uykuları... Hâlâ gecenin bir yarısında, gözleri birden aralanırsa, o günlerin alışkanlığındandır.

Şimdi devir değişmiş, eski kaçakçılıklar kalmamıştı. Ne ki, tüm silinip gitmemiş, günün koşullarına uyarak biçim değiştirmişti. Artık Çapar Yusuf'un bile şeriti vardı, kereste kaçakçılığı daha hızlı sürüp gidiyordu ya, buna yenileri eklenmişti yeni biçimlere bürünüp sigara kaçakçılığı, viski kaçakçılığı... Kim bilir, eroin esrar da karışmış olabilirdi bunlar arasına. Gençliğinde çakmaktaşı kaçakçılığı, sigara kâğıdı kaçakçılığı bile kabadayı işiydi. Şimdi bu işi tüyü bitmedik delikanlılar yapıyordu... Oğlu da ister istemez düşecekti onların arasına. Bir gün enselenirse elebaşılar arasına bile geçecekti adı, sonra çok satan gazetelerin birinci sayfalarına...

Motorun iskele, sancak fenerleri yanmıştı. Hava iyiden iyiye karardığından suyun üstünde motordan bu ışıklar kalmıştı yalnızca. Bir de makine bölümünün silik ışığı... Çekilen çapanın zincir hırıltıları... Tatlı bir poyraz, dışarı rüzgarını bastırarak bu sesleri kulaklarına kadar getiriyordu.

«Haydi yolunuz açık olsun!» diye bir dilek geçti içinden. Sağ omzundaki tüfeği soluna geçirdi. Boşta kalan elini denizden yana bir kaç kez salladı:

«Uğurlar ola!»

Makinenin hemen bir dokunuşta başlayan pata patları gecenin suskunluğunda dileklerinin karşılığı olarak dile gelmişti sanki... Nereye gidiyorlardı, İstanbul'a mı? Bunu bilse bilse eğer içindeyse o bilirdi. O Raşit Bey dedikleri karışık adam... Oğlunun geleceği kimlerin elindeydi? İçini çekti köy içine yönelirken... Yetmiyordu, Karadeniz'in çilesi... Yetmiyordu yıldızı... Karayeli... Hele yıldız karayeli... Az geliyordu, bu gencecik delikanlılara... Bir de Hurşit Ağa'lar, Raşit Bey'ler, ağa göbelleri Akif'ler, Selim'ler... Yeni ağa özentileri Çapar Yusuf'lar... En kötüsü, kötünün de kötüsü okuyup yazmış satılık adamlar...

Şaduman tüfeğini öfkeyle sağ omuzuna geçirdi, tuttu evinin yolunu.

ALTINCI BÖLÜM

Aşağı Akpelit'in çarşı içine kümelenmiş evlerinin önünden geçtikten sonra ortalık büsbütün kararıvermişti. Yeni zenginlerin evlerinden sızan ışıklar çarşı kaldırımlarını ışıtmış, çizmelerinin burnunu sağa sola çarpmadan Çukurmeşe'ye kadar gelmişti. Avcı yürüyüşüyle en azdan bir saatlik yolu vardı daha... «Ne halt etmeğe bu Aşağı Akpelit'e indim...» diye kendini suçluyordu. Oysa bir yol mühendisi gibi sahilden geçecek şoseye onların deyimiyle, bir «Güzergâh» bulmak için yönelmişti. Kendi aklına göre en tutarlısını bulmuştu da... Neden yol Taşdibi'ne sapmıyordu? Çapar Yusuf'un tarlasından geçip de Hurşit Ağa'nın tarlalarına vurmuyordu? «Sahil yolu»nun Kavlandüzü'nde ne işi vardı? Oraya da neden tepedeki Yukarı Akpelit evlerini kavlan tomruğu budar gibi dalını yaprağını budayarak iniyordu? Yol işte evleri arasında yürür gibi yürüdüğü şu Akpelit yolundan geçirilemez miydi? Şimdi bile sıkışınca köyden köye öküz arabasıyla bile gidilmiyor muydu?

Bahçe içindeki Toraman Halil'in evini seçebilmişti. Mısır hevenklerini kuruttuğu çardak nerdeyse yola kadar uzanıyordu. Kör bir ışık yanıyordu damda. Kızıyla karısı, ineklere bakmaya inmiş olacaklardı. Kendi inekleri geldi aklına. Şu mühendis cenabetine her sabah süt yollasa... Hiç kimse sütünü dışarı vermezdi bu köyde. Bu adam da parayla istese, kimse süt vermezdi. Gelenekti, evden dışarı çiğ de olsa, pişmiş de olsa sütün çıkmaması...

Okula giderken Emriye'yle yollasa... Gelenek melenek dinlemese... Üç beş tane de taze yumurta... Çocuklarına yedirmese de ona yedirse? Bayılırlardı dışarlıklılar yumurtayı sütle çalkalayıp içmeğe... Mühendis de İstanbullu olacaktı herhalde... Hep bu İstanbullular okuyup adam olurlardı... Adam olmak... Adam ha! Okumak başkaydı, adam olmak gene başka... Hurşit Ağa'nın parasına puluna viskisine, sigarasına tamah ederek yolu fakir fukaranın tarlasından geçirmek adamlık mıydı? Hurşit Ağa'nın adamlığı... Sonra Çapar Yusuf'un adamlığı... Bütün bu adamlıkların çok eğilip bakacak açık yanları, ayıp yanları vardı.

Ay çıkmamıştı daha... Göz gözü görmüyordu. Eğer ayakları alışmış olmasa bir adım atamazdı. Ne yol belliydi, ne iz... Toraman Halil'in evi çok gerilerde kalmıştı. Şu karaltı şu yamacın böğründeki höyük, olsa olsa İstanbul'a göç eden, Kaynakçı Bekir'in dededen kalma çandırlı eviydi. Ne evdi ya! Rahmetli Deli Bekir, «Şu eve çivi çakarsam bana da Dülger demesinler bu Akpelit'te demişti. Ne Cide'de böyle bir usta vardı, ne de İnebolu'da... Temel çivisi yerine geçecek şimşirden eyseriler yapmış, burguyla delip çakmıştı hatıllara.

Yoksa bu karaltı Deli Bekir'in torunu, Kaynakçı Bekir'in evi değil miydi? Saç gemilerinde çalışmıyor muydu artık, İstanbul'da. Çoluk çocuk iki yıl önce göç etmemişler miydi? Eee bu ışık da ne oluyordu, damın tömeğinden sızan kör ışık? Nurcular mı toplanıyordu ara sıra, Süleymancılar mı? Damdan gelmiyor muydu bu kandil ışığı?

«Höyyyt! Kim o?»

Durdu. Yere yatıp korunmayı düşündü.

«Ben Şaduman Dağlı!» dedi, «Sen kimsin?»

Biraz da meydan okur gibiydi bu soruş. Omuzundaki tüfek yılların alışkanlığıyla kayıvermişti avuçlarına. Ağzında fişek var mı, yok mu diye duraladı. Kahveci Sarı Memiş'in sözü üzerine fişeklerin ikisini de çıkarmış, fişeklikteki yerine koymuştu. Eli domuz dolusu fişeklere gitti, yeniden sürmek için. Bu davranışı karanlıkta bile gözünden kaçmamıştı, pusuda yatanın.

«Kıpırdama!»

«Kıpırdadığımız yok! Kimsin sen?»

«Kim olursam olayım. Yoluna gidecek misin adam gibi?»

«Gitmiyor muyduk yolumuza?»

«Hadi uğurlar ola!»

Bu, karanlıktan gelen ses, duymadığı, bilmediği bir ses değildi. Kimse bu sesin sahibi, tanımış olmalıydı kendisini. Yoksa elindeki tüfekle uğurlar olsun, demezdi arkasından. Gene de, bu dik sese boyun eğerek yola girmek ağır geliyordu kendisine.

Tüfeği omzuna asmadan dört yanını kollaya kollaya yürüyüşe geçmişti. Yolun alt yanındaki çitin dibinde tepeleme yüklü bir araba gördü. Karanlığın içinde kirli beyaz bir ev karaltısı gibi yükseliyordu. Tomruk olamazdı arabada, olsa olsa yeni biçilmiş tahta olmalıydı. Gecenin bu saatinde taşındığına göre de, damgasız tezkeresiz, kaçak olması gerekirdi. Kimin kerestesiydi? Hurşit Ağa'nın parmağı var mıydı bu işte? Onun parmağı yoksa Çapar Yusuf'un işi olmalıydı.

«Yusuf Ağa sen misin?» diye sorarsa... Az buçuk merhabası vardı onunla... Cide'ye kadar bir karlı havada, motorların işlemediği zemheri soğuğunda katırlarla gidiş geliş yolculuk etmişlerdi.

Bu ses, bu kaba, çatlak genizden gelen ses, ondan başkasının gırtlağından çıkamazdı.

Karanlıktaki adam, onun duraladığını ayak seslerinden anlamış olacaktı. Bu çatlak ses yeniden duyuldu:

«Doğru yoluna! Bırak dikilip durmayı da... Yürü!»

«Ne telaşlanıyorsun be!» dedi Şaduman, «Yaptığın iş, kereste kaçakçılığı değil mi? Bilen bilmeyen de eroin kaçırıyorsun sanacak!»

Arabadan yana bir kez daha baktı. Önlü arkalı iki kişinin omuzlarında getirdiği tahtalar arabaya yükleniyordu.

«Aldanmışım.» dedi, içinden. «Ben keresteyi dama istifliyorlar sanmıştım.»

Bu saatte nereye götürülürdü bu tahtalar? Yol mu vardı ki İnebolu'ya, Cide'ye, Küre'ye götürecek? Demek yakın bir yere boşaltacaklardı. Alıcısını bulmuştu tahtalar... Hem yürüyor, hem düşünüyordu. Orman köyüydü burası... Ev yapacak olan adam, gösterilen yerden damgalı tomrukları alır, şerite götürtüp biçtirir, serbestçe kullanırdı. Neden kaçak keresteyi pahalı pahalı alsın da kullansındı? Olsa olsa bir kaçakçıdan bir kaçakçıya geçiyordu bu keresteler... Acaba kime?

Ona ne oluyordu. Keresteler kimden kime geçerse geçsindi. Kendi derdi, kendine yetmiyor muydu? Bu köy kaçakçı köyüydü işte. Babaları dedeleri zamanında bir yaprak tütün ekmedikleri halde konturabatçılık ayınkacılık yaparlardı. Biliyordu, tüm bunları çocukluğunda... Kalıp kalıp paketler içinde kız saçı gibi kıyılmış tütünler... O zaman aşağı köyde tütün havanı varmış, bu tütünler orda kıyılırmış. Rize dolaylarından gelenler çekermiş bu işin başını... Bu köy bildi bileli böyleydi işte! Tabancanın en para edeni burdan gelir geçerdi... Öyle «Takarof»lar* vardı ki, fabrikasının müdürü görse parmağını ısırırdı. Bugün istese düzineyle alır, düzineyle satardı. Ama şu çocukların kursağına mevsimsiz vurulan av eti girerdi ama, kaçakçılıktan kazanılmış bir lokma ekmek... Bir yerine kıymık batmış gibi canı yanmıştı birden:

«Ya Harun!» dedi, «Harun'un kazanıp getirdiği para? Söz verdiği öküz parası... Kız kardeşlerine getirdiği ufak da olsa armağanlar!» Gönül rahatlığıyla yaşanamaz mıydı bu köyde... Şöööle bi oooh çekerekten?

Çamurdan, çirkeften kaçar gibi hızlandı. Kestirmeden vurdu, mezarlığın ordan. Mersinlikten geçip tuttu evin yolunu. Geç kaldı mı karısı Ümmüye kapıyı içerden sürgülemezdi. Anahtarı tömek dibindeki kemrenin içine sokar, damın kapısını da sıkıca çekerdi. Bir kulağı kapıda beklerdi kendisini.

Gece Ümmüye kocasının ne zaman geldiğini, kendisini uyarmadan nasıl yanına kıvrılıp yattığını anlamamıştı. Sabahleyin sığırlar için gözlerini açınca onu yanında görmüş, uykusunun ağırlığından kendini suçlamıştı boşuna.

(*) Takarof: Tokarev.

YEDİNCİ BÖLÜM

Emriye, ablasının gazelden ördüğü çantaya kitaplarını, defterlerini yerleştiriyordu merdiven başında. Anası damdan sesleniyor, sesini duyuramıyordu bir türlü.

«Kız Emriye!» diye öfkeyle ünledi, bir kez daha.

«Ne var!»

«Kız sana sesleniyom iki saattir, neye duymuyon kız! Azıcık bekle de okuluna giderkene şu hayvanları katıver sığırtmaca!»

«Bekleyemem ben!» dedi, «Öğretmen yoklama yapacak. Ablam katıversin!»

«Hele şu hayırsıza bak! Sana akıl mı sordum ben, sığırları kim katsın diye.»

Sığırtmacın geçeceği yola gönderemiyordu Nazife'yi... O yanda bi dolu kahve halkı yetmiyormuş gibi, bi sürü de yol işçisi gelip geçerken laf atıyorlardı kızına. Babası bi rastlasa, bırak rastlamayı bi kulağına gitse başı derde girerdi. Hele bu günlerde hiç üstüne varılmaya gelmiyordu! Kızının da öyle! Babası kızından, kızı babasından tersti. Dokunur dokunmaz ateş alıyorlardı. Hadi kocası tarlaya takmıştı aklını... Ya bu kızın nesi vardı? «Ne sinsidir ooo!.. Ne içinden pazarlıklıdır,» deyip başını buruyordu, iki yana.

«Ablan gidemez sabahınan. Bekle de götüreceksen götür!.. Götürmiyeceksen bakarım ben başımın çaresine. Hiç birinden fayda yok bunların. Hepsi kendi havasında. Git, erken de tüysüz öğretmenle koşmaca oyna!»

«Oynarım elbet. Sığır çobanlığı etmektense... Hem okumazsan sığır çobanı olursun dersin... Hem de...»

«Ben ne zaman demişim. Baban der onu! Bana kalsa okulu rüyanda bile göremezdin!»

«Hadi anne, her şeyim hazır! Bak sana şehir kızları gibi anne diyorum, daha ne istiyorsun. Okula gitmeseydim, anaaa diye danalar gibi ünlerdim arkandan... Hadi sağdınsa katayım önüme sığırları da gönlün hoş olsun!»

«Hadi, hadi! Öğlen gelmemezlik etme yemeğe! Aç açına atlayıp zıplama oralarda...»

«İki yumurta kırarsan gelirim!»

«Yumurta dola kalmış evde! Bi de mühendis çıktı başımıza. Bi sepet yumurtayı, götürüp teslim etti, eli titremeden. Bi hayrı dokunsa barim!»

Emriye çoktan kulluğa inmiş ayakkaplarını giyiyordu. Tam kapıdan çıkarken iki orman koruma memuru kılıklı kişiyle yüz yüze gelince tüm okulda öğrendiklerini unutuvermişti.

«Anacum!» diye iki adım geri gitti.

«Baban evde mi?» dediler ikisi birden.

«Evde!» dedi, duyulur duyulmaz bir sesle...

«Çağır gelsin!»

Ümmüye kadın, damdan çıkmış, sarı yazmasını başına çekiştire çekiştire dikilmişti karşılarında:«Ne yapacaksınız erkeğimi?»

«Çağır gelsin işimiz var!»

Yeşil kasketi, bol saçlarının ortasında daha da ufalmış görünen yeşil urbalı adam olsa olsa ormancı olmalıydı, orman koruma memuru, yanındaki de bi Candarma. Mavzerinin dipçiğini yere dayarken sordu:

«Saat kaçta geldi kocan?»

«Saat yok evde, ne bilem ben!» dedi, umursamazlığa vurarak.

«Yani geç geldi, öyle mi?»

«Arasıra gecikir o!»

Geç de kalsa tüfekle de dolaşsa kocasına güvenirdi. Kolay kolay kavga çıkarmazdı. Yoksa yol işinden ötürü mü arıyorlardı? Kavga etse, kiminle dalaşacaktı? Mühendisle mi? Mühendisin adamlarıyla da olabilirdi. Kim bilir?

«Hele dikilip durma da, çağır gelsin!» dedi, Jandarma.

Merdivenden ayak patırtıları duymuş kocasının kalktığını anlamıştı. Kendini toparlamaya çalışan Ümmüye:

«Hele buyrun içeri!» dedi, «Gelmişken bi süt olsun için «Yeni sağdım. Kahvemiz de var... Sütlü Kahve...»

Merdivenin üst başından sesleniyordu. Şaduman Dağlı:

«Şevket Efendi sen misin? Hele çıkın yukarı!»

İşin önemini belirtmek için iki kez öksürüp sesini ayarlayan Ormancı Şevket, bi solukta:

«Hele sen in de şu kerestelerin hesabını ver Başefendi'ye!» dedi, «Bitsin bu iş! Bi dirhem uyku girmedi gözümüze. Şikayet var hakkında!»

«Ne şikayeti bu?»

«Karakol olduğu gibi Akpelit'te... Yanımda jandarma... Başefendi Akpelit'te köy odasında, yürü gidelim.»

Eğer kapıya bir ormancı gelmeseydi, oğlunun kaçakçılığından işkillenebilirdi. Gerisi önemli değildi öyleyse. Geceki rastlantının tanıklığı için çağrılıyordu olsa olsa...

Şaduman ceketini kapmış, kollarını merdivende geçiriyordu inerken:

«Demek işiniz acele öyle mi? dedi, «Bi sabah kahvesi içseydik hiç olmazsa.»

«Bırak kahveyi!» dedi, Ormancı Şevket, «Bitsin şu iş de rahat edelim.»

«Ne işi canım anlayamadım.»

«İhbar var, ihbar. Anlatır Başefendi şimdi sana. Hiç beklemezdim senden Şaduman Abi! Bizi de yaktın arada.»

Merdivenin alt basamağında durdu birden. Kuşkuyla önce jandarmanın yüzüne baktı. Bir cinayet de işlese bu gözler kendisine aynı soğuklukla bakacaktı, tanıklığa götürülse de... Yolda rastlasa da bu yüzde, en ufak bir değişiklik olamazdı. Ormancı Şevket'in gözlerinin içine baktı. Şakacı yanını bildiği için, bakışlarından bir ip ucu yakalamayı ummuştu, iş umduğu gibi görünmüyordu.

«Hadi, düş önümüze de bekletmeyelim Başefendiyi!» dedi, asık bir yüzle.

Demek işin şakaya gelir yanı yoktu. Başefendi kalkıp Çamalan'dan buralara geldiğine göre büyük bir olay vardı ortada. Yeni gelmişti bu komutan. Dürüst olduğu söyleniyordu. Bu yüzden bir korkusu yoktu. Er geç bu işle bir ilişkisi olmadığı ortaya çıkacaktı. Yalnız bir korkusu vardı. Başefendi yeni geldiği için çıkarları birbirine ters düşenleri şimdiden öğrenebilir miydi? Kim kimin adamıydı, perdelerin arkasında kimler vardı, on on beş günde zordu bunları öğrenmek!

«Eğer dedikleri gibi bir adamsa, kolay anlaşırız onunla.» diye düşündü, yeniden.

Ev sahibi olarak önce onların çıkmalarını uygun görmüş olacak ki:

«Hele buyrun siz!» dedi.

Jandarma eri, bu işin uzamasına canı sıkılmış gibi, koluna uzanırken:

«Yürü hemşerim!» dedi, «Düş önümüze de gidelim.»

Karısıyla kızı Nazife'nin, çardağa çıkıp arkasından bakacaklarını biliyordu. İşine gelmiyordu ormancıyla, jandarmayla kapıdan çıkıp köy içinden birlikte geçmek. Böyle suçlu suçlu. Kimin parmağı vardı bu işin içinde?.. Kimdi sabah sabah köylüsünün karşısında yüzünü kara çıkarmak isteyen? Hangi düşmanı düşünüp başarmıştı?

Köy odasından girerken Muhtar, içerden çıkıyordu. Birden durdu, söyleyeceğini kestirmeden söyleyip, yoluna gitmek için. Aradığı sözü bulamayanların çaresizliğiyle:

«Ne iştir bu!» dedi, «Bir namussuzun parmağı var bu işte ama, hangi namussuzun?»

Kapıda görünen Başçavuş'un bakışlarından kurtulmak için üç basamaklı merdiveni bir solukta indi. Başefendi, Ormancı Şevket Sargın'a:

«Kim bu?» dedi, «Şaduman dedikleri adam olmasın?»

«Evet Başefendi!»

«Siz ikiniz dışarda bekleyin!» dedi, «Muhtar da benden izinsiz evinden ayrılmasın! Sorgunun sonu alınana kadar beklesin.»

Jandarma eri:

«Başüstüne!» dedi.

Oysa Başefendi, ormancıdan bekliyordu bu karşılığı.

«Tamam mı Şevket Efendi?» diye üsteledi.

«Tamam, Başefendi!»

«Dışardan da eve giren olmasın. Kim Muhtar'la konuşmak istiyorsa önce beni görsün!»

«Olur, Başefendi!»

Şaduman, muhtarlıktan sorgu için getirtilen masayı tanımıştı. Üzerinde bir iki kağıtla, bankaların yılbaşlarında dağıttığı bir tükenmez kalem, az önce burada bir soruşturmanın geçtiğini açıklıyordu. Öyle bir soruşturma ki henüz yazı makinesinden geçip resmîlik kazanmamıştı. Yazı makinesi kılıfından çıkarılmamış, bir iskemlenin üzerinde öylece bırakılmıştı. Başefendi yerini alır almaz, bir araya gelip de yarenlik ettikleri bu odanın kısa zamanda karakolun sıkıntılı havasına nasıl dönüştürüldüğüne şaşıp kalmıştı. Şaduman Başefendinin de böyle bir havanın nasıl yaratılabileceğini iyi bildiğini anlamıştı. Bu havayı bozmamak için karşısında dikilen henüz tanık mı, sanık mı, neyin nesi olduğunu kendisinin bile bilmediği bu yaşlıca köylüye iskemle bile göstermiyordu. Komutan onun gözlerinin içine bakarak:

«Adın neydi Şaduman değil mi?» diye sordu bir giriş olsun diye.

«Şaduman! Şaduman Dağlı!»

Alışkanlıkla boş kağıtlardan birini çekti. Üst başına günün tarihini yazıp altını çizdikten sonra, adını soyadıyla birlikte yazdı. Bu durum, sorgunun başladığını açıkça gösteriyordu. Ama, makine kılıfından çıkmadığına göre de çok yazılıp bozulacak yerleri olacaktı bu işin daha... Şaduman bu umut verici durumu anlayınca ilk gördüğü bu Başefendi'ye karşı içinde bir sıcaklık duyuvermişti. Onun soracaklarını değil de, köyün yol sorununu olduğu gibi açığa vurup ondan yardım istemeyi bile düşünmüştü, bu iyimser hava içinde.

«Bak, Şaduman Dağlı!» diye başladı birden sesini dikleştirerek:

«Keresteler elimize olduğu gibi geçti!» dedi, «Damgalanmadığına göre kaçak olduğu meydanda. Bu kerestelerin bu köyde üç ortak tarafından ne zamandır alınıp satıldığına dair ihbar var...»

«Kim bu ortaklar? diye sözünü kesmek istedi.

«Dur acele etme! Seni buraya çağırdığımıza göre, hiç kuşkun olmasın, biri sensin!»

«Biri de Muhtar, öyle mi? Üçüncüsü?..»

Durdu bir süre...

«Bak, Başefendi, bu üçüncüsü çok önemli işte!»

Başefendi soruşturma planı alt üst olduğu halde, sormaktan kendini alamadı.

«Neden önemli oluyor?»

«İhbarı yapan Hurşit Ağa tarafı ise bu suçlu Yusuf Çapar'dır. Eğer ihbarı Çapar Yusuf yaptıysa keresteler Hurşit Ağa'nındır.»

«Peki, sen geç işin bu yanını da... Şu soruma cevap ver!»

«Kestaneliğe giden araba yolunda... Kavlanların altındaki Yardibi'ne şu iki gün içinde keresteleri nerden getirdin?»

«Neyle gelmiş bu keresteler, manda arabasıyla mı?»

«De ki manda arabasıyla.»

«Benim bir çift öküzüm var... Araba da kullukta... Kasımdan beri çıkarmadım dışarı... Gider görürüz.»

«Başkasının arabasıyla çekilemez mi?»

«Çekilir, neden çekilmesin! Arabanın sahibini buluruz. Mandasıyle birlikte bana verdiğini söyler... Gerisi kolaylaşır, o zaman.»

«Sana bu arabayı Muhtar veremez mi?»

«Verdiğini söylüyorsa Muhtar'ı yalancı çıkaramam ben!»

«Evet, yalancı çıkarmayacağın belli. Dün yalı kahvesinde karşılıklı bunları konuşmuş olacaksınız! Havanın kararmasını beklerken...»

Kahveci Sarı Memiş'in kendisinden önce bu sorgudan geçtiğini anlayıvermişti. Güldü Şaduman Dağlı:

«Bunları söyleyen kişi, kahve parasını da benim verdiğimi söylemiş olmalı!»

Başefendi kızar gibi olmuştu birden. Böyle çok sorgular yönelttiği, çok ifadeler aldığı belliydi.

«Yani aranızdan su sızmıyormuş son günlerde Muhtar'la... Bizim öğrenmek istediğimiz, kerestelerin gerisi! Bunun için senin yaşındaki adamı falakaya çekecek kadar insafsız değilim ben... Bu keresteler bu kadar değil kuşkusuz. Tahtaların cinsi bile başka başka... Yani en aşağı yirmi tomruğun tahtası bunlar. Kestanesi, meşesi, kayını, kızılağacı... Hepsi bir arada... Aceleye gelmiş, karıştırmışlar... Ya da ayrı ayrı yerlere taşınmış. Arıyorlar bizim çocuklar... Bulurlarsa kurtuldun demektir. Söyle nerde bunun deposu?»

Bir süre düşündü.

«Sahildeki Taşdibi'nde...» demek geçti bir anda aklından... Çapar Yusuf bilmiyor muydu buradaki ardiye biçimi yerde saklandığını... Ya da içki cinsinden kaçak şişelerin... Söylemezdi. Bu ihbarı yapanın Hurşit Ağa yanlısı olduğunu biliyordu. Bilse de söylemezdi. Sakın Hurşit Karaman'ın oğlu Akif olmasındı, muhbir? Muhtarın da adı karıştığına göre... Gelinine sarkıntılık eden bu dürzü, Muhtar'ı da uzaklaştırmak isteyebilirdi köyden... Muhtar dürüst adamdı. Hurşit Ağa gibilerin boyunduruğuna koşulacaklardan değildi. Akif bunu kendisi yapmasa bile Çamalan'daki kafadarı Hafız'ın oğlu Selim'e yaptırabilirdi. Peki ama, «Beni neden karıştırıyorlar bu işe?» diye düşündü. Neden olacak, ben içeri düşersem Harun'u ellerine geçirebilmeleri için.

«Düşünme o kadar.» dedi Başçavuş, «Er geç çıkacak ortaya. Vızır vızır arıyor, bizimkiler... Bu kadar ormancı da cabası.»

Şevket Sargın'ı anımsamış olacaktı. Dışarda mıydı acaba? Kalktı, kapıdan seslendi. Oradaydı.

«Senden bir ricam olacak.» dedi, «Gitsen, Yusuf Çapar'ın şeritine!.»

«Var orda arkadaşlar, Başefendi!»

«Güzel! Şeritin bir ambar defteri olacak herhalde?..»

«Vardır.»

«Kimler, damgalı tomruk verip biçtirmiş, bir listesini çıkarsan... Senin dediğine bakılırsa, bu tahtalar yeni biçildiğine göre... Bu damgalı tomrukların sahibi, araya damgasızlarını da karıştırarak...»

«Yusuf Çapar'a fazladan üç beş kuruş vererekten...»

«Evet... Olamaz mı?»

Güldü Şevket Sargın. Zaten şeritlerde yapılan iş de buydu. Kendilerine düşen görev de, «Canım evini onaracak köylünün üstüne gidecek değilim ya!» demekten öteye geçmezdi. Ama kimlerin evi onarılacak, kimler bu tahtaları kente götürüp en azdan on katına satacaktı, gene o bilirdi. Ormancılığın inceliği de buraydı işte. Başefendi daha yeniydi. Açıkca ondan kaçakçıların listesini istiyordu. Çapar'ın yapacağı, sadece evini onarmak için Orman Müdürlüğü'nden tomruk isteyenlerin listesini düzenlemek olacaktı. Ama gerçekten ev yaptırıp, ev onaranların listesini...

«Baş üstüne Başefendi!» dedi, «Yalıdadır şerit... Gecikebilirim.»

«Zararı yok!» dedi, «Bu gidişle bu gece de burdayız anlaşılan... Daha olmazsa ben de bir uğrarım oraya... Bir de ben görürsem hızarı, çok iyi olur sanırım.»

«Sen bilirsin!»

«Peki, ben gideyim. Muhtar'ın katırını alayım da... Şimdilik hoşçakal Başefendi!»

Odaya girdiğinde yüzünü biraz yumuşamış gördü Başefendi'nin

«Çek bir iskemle!» dedi tatlılıkla. «Otur!»

Masanın üstünde duran sigarasını bir süre cebinde aradı. Görünce uzanıp Şaduman'a tuttu:

«Yak!» dedi, «Birer sigara içelim, karşılıklı.»

Hiç üsteletmeden aldı. Pek öyle, «resmiyet»ten anlamazdı Şaduman. Alışkındı, müdürler, yüzbaşılar, binbaşılar elinden sigara alıp karşılıklı içmeye. Bunu kötüye kullanmayacak kadar da olgundu.

Şuçlu duruma düşürülmüş olsa da, kanı kaynayıvermişti şu komutana. Yaşı bir bakışta belli olmayan kişilerdendi. Üstelik bir babacan hal de vardı üzerinde. Komutanlığa yakıştığı kadar, üstündeki urbaları çıkarırsan, çifte giden bir rençpere de benzetebilirdin.

«Bak Şaduman Efendi,» dedi, «Sen bu kerestelere sahip çıkmıyorsun amma, bunlar senin öz malın olabilir. Doğruyu söyle bana!»

«Doğru söylüyorum. Bu keresteler benim değil!»

«Evinin onarımında kullanabilmek için bir şeritte biçtirmiş de olabilirsin.»

«O zaman ne demeye saklıyacağım böyle bucak bucak? Neden gece yarıları kaçırayım? Orman köylüsüyüm, veririm ihtiyaç için orman işletmesine bir dilekçe... Çekerim gösterilen ormandan ucuzca tomruğu, veririm şerite, biçtiririm!»

«Yüz liradan tomruğu alır, biçtirip de büyük kaçakçılara beşbin liradan böyle gece yarıları çekemez misin?»

«Değer mi Başefendi! Bir araba tahtadan ne kazanacağım ki? Bu işi yapacak kadar geçimim bozuk değil ki... Dört dönüm toprağım, bahçem, bostanım var... Oğlum da motorcu... Buralarda kaçakçılığı, çoğu bi karış toprağı olmayan kişiler yapar. Büyük kaçakçıların hesabına... Sen bu Çamalan'a bir orman bölgesinden gelmemiş olabilirsin... Bilmeye bilirsin bu işleri... Önce büyük para sahiplerinin, motor, kamyon, şerit sahiplerinin üzerinde durmalısın. Ağa geçinenlerin... Mal mülk sahiplerinin... Ağa olmaya özenenlerinin... Buralarda kimler var bu durumda, onları gözden geçireceksin.»

«Anlattıkların pek yabana atılır şeyler değil. Peki Şaduman Efendi, sana bir soru daha... Bu durumda ihbarı kimler yapabilir?»

«İhbarı yapan mı? Keresteler, depolandığı yerde mi ele geçmiş, götürüldüğü yerde mi? Yoksa tam çekilirken yolda mı?»

Bunları söylerken Çapar Yusuf'un motoruna yüklenmek üzere Kaynakçı Bekir'in evinden kaldırılan keresteleri düşünüyordu. Ne motora yüklenmişken yakalanmıştı bu keresteler, ne de Kaynakçı Bekir'in evinde...

Deniz kıyısına yakın bir yerde... Eğreltilerin arasında... Yolda götürülürken yakalandığına bile aklı yatmıyordu. Gece rastladığı arabaya Çapar Yusuf'un keresteleri yüklenmiyor muydu? Bu keresteler damgasızdı kuşkusuz. Kendi şeritinde biçilmişti. Onun motoruna yüklenip kaçırılacaktı. Ya da bu keresteler arabanın sahibine satılmıştı. Herkes biliyordu ki Çapar Yusuf bu işlere yeni başlıyordu. Onu tüylendirmek istemeyenler kimler olabilirdi? Hurşit Ağa'lar, Hafız Esat'lar?..

Başefendi sorusunu tazeledi, onun düşünüp kaldığını görünce:

«Kim olabilir ihbarı yapan sence?»

Soru biçimini beğenmeyen Başefendi:

«Daha da açayım...» dedi, «İhbarı yapan, seninle Muhtar'ı ikinizi birden niçin karıştırıyor bu işe?»

«Bir de sahil yolu meselesi var, bu Akpelit'te... Bu ihbarcı bilmiyor mu benim Muhtar'a karşı olduğumu? İkimizin bir araya gelemiyeceğini...»

Boş bulundu Komutan:

«Bilmez olur mu, biliyor.» dedi, «Ona göre düşün sen de... Bu ihbarı yapan seninle Muhtar'ın, içeri atılmanızı istediğine göre... İkinizin de ortalarda dolaşmanızdan hoşlanmadığına göre... Kim olabilir bu adam?.»

«Bu adam mı?. Beni bi yana bırakalım... Muhtar'dan hoşlanmayan...»

Kahvede Muhtar'la konuştukları geldi aklına... Oğlundan,

Akif'ten dert yanan Muhtar değil miydi?.. Öyleyse bu işte ya oğlunun parmağı vardı, ya da Akif'in...

«Evet...» dedi, «Hakkın var Başefendi... Muhtar'dan hoşlanmayan... Yani onu evden köyden uzaklaştırmak isteyen biri... Bu da olsa olsa Hurşit Ağa'nın oğlu Akif olabilir... Ama benimle ne zoru olabilir bu adamın?..»

Yüzü birden ışıyıvermişti Başefendi'nin:

«Akif... Öyle mi? Muhtar'la ne zoru olabilir bu delikanlının?..»

İstemeye istemeye güldü Şaduman Dağlı:

«Delikanlılığından ötürü olmasın, sakın?» dedi.

«Bak bu akla daha yatkın... Şimdi söyle bakalım, Muhtar'ın kaç kızı var?»

«Kızı yok.» dedi, «Muhtar'ın!»

«Olmadı öyleyse!»

Başefendi'yi yanıltmaya hakkı yoktu. Hem de kimlerin hesabına.

«Kızı yok amma...» dedi, «Gelini var... Tüm düşündüklerin tutuyor, Başefendi!»

«Demek gelinine takılıyor bu haylaz öyle mi?» dedi gülümseyerek.

«Öyle görünmüyor mu?»

«İster istemez öyle, diyeceğiz. Peki, Muhtar'ın gelini var, ya senin neyin var, bu hesaba göre?»

«Benim de ona kafadarlık edecek oğlum var.» dedi Şaduman «Geline kolayca sahip olmak için, benim de uzaklaşmam gerekiyor, evden köyden... Onun hesabına göre...»

«Demek, kızından söz etmek gereğini duymuyorsun?»

«Bu işte duymuyorum. Ama gene de belli olmaz. Başefendi! Bu adamların kafasının içinde neler dolaştığına bizim gibilerin pek aklı ermez.»

İskemlenin üstünde duran yazı makinesini, kılıfından çıkarıp koydu önüne. Doğum yerini, doğum tarihini de sorduktan sonra, yazacaklarını yazdı.

«Dün akşam Muhtar'dan, saat kaçta ayrıldın?» diye ilk karakol sorusunu dayadı. Bu dikine çıkış, şaşırtmıştı Şaduman Dağlı'yı.

«Hava anca kararıyordu...» dedi.

Yanıltmamak için bir süre düşündükten sonra:«Hangi yoldan döndün köye? Yolda kimlere rastladın?» diye sordu.

Başefendi'nin bu işlerde ne kadar usta olduğunu şimdi anlıyordu. Demek bunları biliyordu, öyle mi? Belki kendine karanlıktan seslenen Çapar Yusuf'u da çekmişti karşısına. Arabacıyı da bulmuş ifadesini almıştı. Ne demesi gerekirdi. Doğrusunu olduğu gibi söylemeli miydi? Yusuf'u tanımadığını söylese...

«Hadi çok düşünme. Doğruyu söylemezsen sen gidersin bu sefer okkanın altına!»

«Aşağı köyden çıkmıştım. Bahçe içindeki Toraman Halil'in evini geçtim. İşte oralarda bir araba gördüm.»

«Nerelerde? Tam yerini söyle! Kimin evinin önünde?»

«Karanlıkta ev falan görünmüyordu...» diyecek oldu.

Birden çatılmıştı kaşları.

«Bak Şaduman Efendi!» dedi, «Sana Efendi diyorum!..»

«Bana köy yerinde çocuklar bile Şaduman derler, Efendi demesen de olur.»

«Peki Ağabey! Yaşın benden büyük, böyle diyeyim. Bak Şaduman Ağbi! Sen buralısın, yolu,izi tazı gibi bilen bir avcı olduğunu da söylediler. Karanlıkta da olsa, o arabaya yolun neresinde, hangi evin önünde rastladığını bilirsin sen? «Kimin evinden yüklüyorlardı bu tahtaları?.. Dikkat ediyor musun? Kimin evine boşaltıyorlardı demiyorum.»

«Doğru söylüyorum. Bahçe içindeki Toraman Halil'in evini geçmiştim diyorum. Kimin evi var ondan sonra... Kime sorsan söyler, Kaynakçı Bekir'in evi var diye... Ben de öyle diyebilirim...»

«Neye diyemiyorsun ya!»

«Ya yalan söylemiş olursam. Benim bildiğim Kaynakçı Bekir burda, köyde değil ki...»

«İyi ya... Köyde değilse onu da ele vermemiş olursun!»

Biliyordu Şaduman, Başefendi önünden gidip istediğini teker teker söyletiyordu. Ne yapsaydı? Yoktu başka çaresi... Kötü kıstırmıştı kendisini.

«Arabayı gördüm Kaynakçı Bekir'in evinin ilerisinde... Karanlıkta bir ses, kim olduğumu sordu. Söyledim. Omuzumdaki av tüfeği boş mu dolu mu diye düşünürken, doğru yoluna git dedi bana.»

«Sen ne yaptın? Hiç çekinmedin mi? Bu adam ya arkandan ateş ederse?»

Bu sorunun altından ne çıkacağını sezinlemişti:

«Yok, hayır!» dedi, «Doğru yoluna git, diyen adamdan niye çekineyim. Ben de sağıma soluma bakmadan yürüdüm gittim!»

«Olmadı Şaduman Ağabi!» dedi, «Olmadı... Sen kim olduğunu anladın o adamın. Değil mi? Ancak ondan sonra rahatça girdin yola, yeniden.»

«Kim olduğunu anlayamadım Yola girdiğimde içim o kadar rahat da değildi. Pusuda bir adam vardı arkamda, her zaman için tetiğe dokunabilirdi.»

«Olmadı Şaduman Ağabi! Kereste kaçakçısı, her yoldan geçen adama neden kurşun atsın. O senin ormancı olmadığını öğrenecek, sen de onun kim olduğunu bileceksin ki, ikiniz de rahatlıyabilesiniz... Demek istiyorum ki, ikiniz de birbirinizi tanıdınız.»

«O beni tanıdı ama, ben onu tanıyamadım.»

«Tanıdın Ağabi, tanımamak olmaz. Sana kimsin diye soruyor. Tanımaz mısın bu sesi sen? Köyünden bir adam bu. Hemen hemen senin yaşında. Kim bilir kaç kez duydun bu sesi!»

Sonuna kadar diretmesi gerekirdi. Sevmiyordu, tutmuyordu bu adamı ama, onu bile bile de ele veremezdi. Bu Başefendi ne yaparsa yapsın, nerden bilecekti gece onu tanıdığını, göz göre göre ele veremezdi bir köylüsünü. Erkeklik değildi bu.

«Bu adamın kim olduğu biliniyor bizce...» dedi, Başefendi. «Ama kendisi de Bekir'in evinden keresteleri kaçıran bendim, demiyor, durum böyle olunca sen çıkıp da önüme çıkan Çapar Yusuf'tu, sesinden tanıdım, desen mahkemede bir değeri yok. Adam yüzümü görmüş mü diyecek?... Ben bu soruyu seni tanımak için üsteledim ne biçim adam olduğunu anlamak için. Sen bal gibi tanıdın bu Yusuf'u sesinden. Öylesine bi sesi var ki bu adamın, ömründe bi yol duyan, bir daha ömrü billah unutmaz. Az önce ne dedin sen, ne olursa bu kaçakçılık işinde köylüye olur, köylü gider okkanın altına demedin mi? Keresteyi yükleyenler kimdi? Araba kimin arabasıydı? Biliyor musun? Araba, Gebeş Ali'nin... Yükleyenler de Ali Osman'la, Yıbıl Arif... De, buyur bakalım! Hani Çapar Yusuf? Öldür Allah ele vermezler Yusuf'u... Bu kerestelere gelince yarısını Cami'ye göndereceğim, yarısını da okula... Okul dökülüyor... Çocukların oturacağı sıra bile yok... Ormancılar mı diretir diyeceksin! Buyursun diretsinler bakalım. Onları şerite neden gönderdim, bir daha damgasız tomruk verilmesin diye... Onlar göz yummazsa bu ormanlardan tek ağaç kesilmez, damgalanmamış.»

Şaduman, Başefendinin yüzüne dalıp kalmıştı. Böylesine sağlam bir görevliye bugüne değin hiçbir yerde rastlamamıştı. Böyleleri de kalmış mıydı dağ başlarında? Halktan yana olan öğretmenler, ordan oraya sürülüp duruyorlardı. Bu Başefendi de buralara sürgün mü, gelmişti? Köyler sürgün edilen öğretmenlerden geçilmiyordu. Çamalan'daki Faruk Bey'le karısı Leman Hanım taaa Edirne'lerden gönderilmişti buralara. Onların da konuşmaları Başefendi'ye benziyordu. Nerde yetişiyordu bunlar?

Anlatsa Başefendi'ye şu yolun geçişindeki haksızlığı... Ama ne gelirdi elinden. «Hayır, yol ordan geçmesin de burdan geçsin!» mi diyecekti? Hem de sözü geçer miydi? Daha bilmiyordu ki Hurşit Ağa'yı, Hurşit Ağa'nın yukarılara kadar giden gücünü.

Daldırıp gitmişti gene. Ama Başefendi makineye taktığı kağıdın alt yanına da bir şeyler ekliyordu. Yazdıklarını da okuya okuya:

«Çok karanlıktı ortalık... Yolun sağ tarafında kereste yüklü bir arabaya rastladım. Manda arabası mı, öküz arabası mı belli değildi. Arabanın sahibini de görmedim. Tahtaların ne arabadan boşaltıldığını anlayabildim, ne de arabaya yükletildiğini... Böyle değil mi Şaduman Efendi? Üst yanını da okuyayım mı?»

«Yok, istemez Başefendi, sağ ol!»

«Tamam, demek! Öyleyse at imzanı! Bu tutanak on beş gün bende kalacak anladın mı? Keresteler yerini bulana kadar... Baktım ki bi sızıntı çıkmıyor. Doğru ocağa. Bunu yalnız sen bileceksin bir de Muhtar. İş ikinizin üzerinde dönüyor çünkü... Bu ihbar önce beni inandırmalı ki, üzerinde durayım. İkinizin de Çapar Yusuf'la bir olup işbirliği etmenize kargalar bile güler. Ama hapse girdiniz mi, bir iki tane hergele köyde daha rahat dolaşacak. Köyün çivisi çıkacak. Köyün güvenliği için köyde kalmanız gerekiyor. Burda bir işin kalmadı. At imzanı şuraya! Haydi güle güle!»

SEKİZİNCİ BÖLÜM

Gezici kurs öğretmeni Emel Hanım, el dikişiyle pijamanın alt yanını diktiriyordu köy odasında. Kursa gelen Akpelitli kızlar, kadınlar nedense pijama biçmeyi, pijama dikmeyi çok istiyorlardı. Hem de koyu, kalınca bezlerden... Bunun nedenini ancak bir iki ay sonra anlayabilmişti. Kadın erkek bu pijamaların pantolonunu giymeyi çok uygun bulmuşlardı yaşayışlarına. Genç kızlar, artık kırmızı paçalığı bırakmışlar bu pijama altlarını çekiveriyorlardı. Hemen her erkeğin köy kahvesine giderken giyebileceği bir pijama üstü vardı, ceket yerine.

Köyün pijama pantolonu modasına en geç uyanlardan biri de Muhtar'ın gelini Gülizar'dı. Maviye çalan mor bir kumaşı bir gün önce Başçavuş'un yazı makinesini koyup ifade aldığı masanın üzerine sermiş, Emel Hanım'ın aldığı ölçülere göre kendi eliyle çizmişti. İş kalıyordu kesmeğe... Eline makası aldı mı iş değişiyordu. Sabun çizgisi silinirdi yanlış olursa ama, makas bir yürüdü mü yanlışı kolay kolay düzelmezdi.

«Haydi!» dedi Emel Hanım, sigaradan çatal çatal olmuş erkeksi sesiyle, «Elini korkak alıştırma!»

Onun elini bağlayan, yalnızca kumaşın yanlış kesilip ziyan olması korkusu muydu? Kocası köyde olmayan bir kadının bu pantolonla köy içinde gezip dolaşması, suya gitmesi, tarlaya gidip gelmesi, köyün genç kızlarıyla giyim yarışına çıkması doğru olur muydu?.. Açıkcası her işine titizlikle karışan kaynatası onu paylar mıydı? Gelin olalı bir iki yıl da olsa yirmisinde genç kız sayılırdı. Daha çocuğu bile yoktu.

«Sen kesemiyeceksin anlaşılan...» dedi, Emel Hanım, «Ver şu makası bana!»

Veremezdi makası, işin biçimi değişirdi o zaman, bütün kadınlar hele on beşindeki on altısındaki genç kızlar, kendi elleriyle biçmişlerdi pijamalarını. Kimden aşağı kalırdı Gülizar... Duyulur duyulmaz bir «besmele» çekip yürüttü makası... Onun kararsızlığını izleyen Nazife, içtenlikle:

«Güzel günlerde giy, Gülizar Abla!» dedi.

«Sağ ol!»

«Haşşöyle!» dedi, Emel Hanım, «Ne varmış bunda korkacak! Birlikte ölçü almadık mı? Hemen hemen bütün kızların ölçüleri aynı değil mi? Boy iki üç santim değişirse ne çıkar. İçine pay koydunuz mu, üst üste koyup biçseniz bile tıpa tıp oturur bedeninize. Filinta gibi kızlarsınız. Ben bu köyde hiç tombul kız görmedim nedense... En tombulunuz Zekiye.»

Birden dikişten başını kaldıran Zekiye:

«Aman Hoca Hanım!» dedi, «Benim nerem tombul! Belki boyum biraz kısa da size öyle geliyor! Biraz da belim kalınca, beş santim kadar... Mısır çapasına girdik mi göreceksiniz en ince belli ben olacağım köyde!..»

«Biz de seni köyün kraliçesi seçeriz. Ama ne kraliçesi... Mısır çapası kraliçesi!»

Babası İstanbul'da saç gemi yapımında çalışan Gülay:

«Hocanım!» dedi, «Bizim kirazlar kızarmaya başladı. Bahçeye gitsek bir gün hep birlikte?»

«Nerden aklına geldi bu kiraz bahçesi?» dedi Emel Hanım.

«Sizi bütün kış kapalı yerlerde bunalttık. Biraz da...»

«Aşağı köyde sergimizi açalım da önce.»

Gerilerde oturanlar konuşmanın kuyruğu, bu sergi konusuna doğru uzayınca başlarını işlerinden kaldırıp Nazife'ye baktılar, göz ucuyla da olsa. Nazife bu bakışları teker teker görmüyordu ama, onların dürtüsünü sanki tüm vucudunda duyuyordu. Uzun kış gecelerinde neler biçmemişler, neler ne entariler, pijamalar, gelinlikler... Düğünde, bayramda giyilecek ne etek, ceketler dikmemişlerdi. Ördükleri kazaklar, hırkalar, soğuk günlerde bile giyilmemiş hep o güne, o sergi gününe saklanmıştı.

Dayanamadı Gülay, yanında oturan Nazife'yi dürttü. Onu da kışkırtan Gülizar'dı.

«Söylesene kız ne duruyorsun!» dedi.

O dürtmese de kendini toparlamıştı, söyleyecekti:

«Öğretmenim!» dedi, «Bir şey söylicem!»

«Söyle bakalım!»

«Biz aşağı köyde sergi açmayalım, diyoruz.»

«Nedenmiş bu?»

«Aşağı Akpelit bize uzak gelir de...»

«Kaymakam da Bucak Müdürü de senin gibi düşünmüyor ki, günü, tarihi gazetelere bile geçti serginin.»

Bir bavul büyüklüğünde olan çantasının iki kanadını açtı. En alttan bir, «Kastamonu» gazetesi çekti, çıkardı.

«Nah, şurda yazıyor!.. Aşağı Akpelit Köyü'nde... Kaymakam kurdelayı kesecek diyor... Belki Vali de gelir, belli olmaz!»

«Biz bu köyde açmak istiyoruz sergimizi...»

«Aşağı köyün kızları...» dedi, sözünü keserek, «Onlar hazırlandılar bile.»

Bütün sorun burdaydı işte. Aşağı köyün kızları ipekliler, atlaslar üzerinde becerilerini gösteriyorlardı. İstanbul'dan alınmış konfeksiyonları kendi işleriymiş gibi sergiliyorlardı. Ucuz bezlerden, basmalardan yapılma işler saklanıyor, biraz da Hurşit Ağa'nın manifaturacılığının reklamı yapılıyordu bu sergilerde. Yukarı köy kızlarının göz nuru işleri kapı diplerine bile asılmıyordu.

«Ayrılık gayrılık olmaz!» diye sözünü yineledi, Emel Hanım, «Bu da nerden çıktı? Aşağı da olsa, yukarı da olsa, Akpelit Köyü bir köydür. Altı ayımı orda geçiriyorum, altı ayımı da burda... Ama yıl sonunda bir tek sergi olacak diyor Kaymakam Bey. Ben

Bucak Müdürü'nü de gördüm geçen gün, sergiyi sordu.»

Gaffar'ın kızı Emine:

«Biz geceli gündüzlü hazırladığımız işleri nasıl bırakırız Aşağı Köyde!» dedi.

«Akşamları kapısı kitleniyor salonun, bir çöpünüz bile kaybolmaz! Sergi bitene kadar hep Hurşit Ağa'nın evinde kalıyorum. Ben beklerim sergiyi daha olmazsa!»

Sergi, salon dediği yer de Sarı Memiş'in kahvesiydi. Beş on gün kahvelikden çıkıyor, kahve ocağının önüne bir perde geriliyordu. Ağa böyle istiyordu, nasıl çıkardı sözünden Sarı Memiş!

«Ben sizden sayıyla alırım işlerinizi...» dedi, Emel Hanım, «Gene size sayıyla veririm. Kimden ne aldımsa elinde bilsin. Herhalde bana güvensizlik göstermezsiniz!»

Emel Hanım ne yapsa, ne etse geçinemiyorlardı Yukarı Köy'le, Aşağı Köy'ün kızları, kadınları... Hurşit Karaman'ın bir senedir uygulamaya çalıştığı pazar yerine bile darda kalmazlarsa inmek istemiyorlardı. Aşağı Köy'e inmektense Çamalan'a kadar uzanmaktan bile yılmıyorlardı. Hele bu yol işi çıktı çıkalı adını bile anmıyorlardı Aşağı Köy'ün. Orası bütün açıkgözlerin, acımasızların harman olduğu yerdi, onlara göre. Yumurtalarını bile satmazlardı onlara, söz birliği edip fiyat kırdıklarına inanırlardı. Sergi için kızlarını kışkırtan biraz da babalarıydı. Bu gerginlik Hurşit Ağa'nın hiç işine gelmiyordu. Onları darıltmamak için tüm özgeçileri göze alırdı ama, yolu kendi tarlalarından geçirtmek için Mühendis Cengiz'in projesini yırttıramazdı ya. Bu projenin çizdirilmesi nelere mal olmuştu ona. Bu topraklar biraz da, «ecdat yadigârı»ydı!

«Peki, kızlar!» dedi Emel Hanım, «Gelecek dersi kirazların altında yapalım. Gölgesinde oturur, dikişlerimizi dikeriz. Yorulunca dallarından kiraz toplarız eğleniriz.»

İş bahçeyi seçmeye kalıyordu.

Kızlar köyden açılmak istiyorlardı, şöyle Gökyazı'ya doğru. Kavlanlı Köprü'den geçip. Nazife:

«Köprü başındaki tarla olsun diyeceğim ama...» dedi, «Kirazlarımızda hiç iş yok! Günseller'in bahçesi hem daha otlu, hem de kuyuları var...»

«Açılmayalım o kadar» dedi Gülizar, «Köy içinde olsun... Bahçe mi yok. Gülsümler'in bahçesi... Kirazları da en önce olur, onların!»

«Buyrun bizim bahçeye, kara kirazlarımız bir haftaya kalmaz olur...» dedi, Coz Etem'in kızı, «Dutlarımız bile ağardı ağaracak...»

Bir at kişnemesi duyulmuştu. Gözler dikişlerden camlara döndü. Bir şey göremediler. Yukarı köyde kimsenin atı yoktu. Hemen her damda ya bir eşek vardı, ya da bir katır... Demek bir konuk inmişti köye, Muhtar'ı arıyordu.

«Atla bir gelen var» dedi, Gaffar'ın kızı Emine.

«Sakın Hurşit Ağa olmasın!» dedi, Emel Hanım.

Yukarı köyde onun sevilmediğini bilirdi. Evinde yatıp kalktığı bir adamdı. Yukarı köyde Ağa, onun konuğu sayılırdı. Belki de kendisini arıyordu. At kişnemeleri yaklaşınca pencerenin önüne dikildi. Oydu, yanındaki de Raşit Bey, daha gerilerdeydi, bir katırın üstünde. Hurşit Ağa öğretmeni görmüştü. Köye gelişine şanına yakışır bir anlam verebilmek için Muhtar'ın kapısından yana seslendi:

«Muhtar nerdesin?»

İçerlerden telaşlı bir ses duyuldu:

«Buyrun, Ağa, hoş geldin!»

Sesinden tanımış, kapıya koşmuştu. Emel Hanım, onun mutlaka içeri girip kendisini göreceğini biliyordu. Odaya bir biçim vermek için bir iki kişinin yerini değiştirdi. Boş yerleri doldurmak istiyordu. Gösterişli işleri olanları, gerilerden kaldırıp kapının önüne oturttu. Öğretmenlerinin bu hazırlanışını görenler, sarı yazmalarını pazara giderken örttükleri biçime soktular. Gene de Anadolu köylerinde az görülen bir örtünme serbestliği içindeydiler. Toplanmaları sadece adı bilinen bir erkeğe saygıdandı, kaç göçten değil. Babalarına yüklüce bir başlık parası kazandırıp genç kızlık onurlarını kurtarmak için önlüklerine, entarilerine biçim verip en güzel gülümsemelerle kapıyı gözlemeğe geçenler bile olmuştu. Bu kapı bir Müfettiş, Bir Bucak Müdürü, bir Kaymakam'a açık olduğu kadar, Hurşit Ağa'ya da açıktı, belki de daha çok... Bu biraz da Emel Hanım'ın özel ilgisinden ileri geliyordu. Yalnız Gülizar'dı içlerinde yüzüne en çekingen, en soğuk anlamı veren. Ağa demek, ona göre, edepsiz oğlu demekti. Ona göstereceği güler yüz, doğrudan doğruya en yılışık bakışlarla yolunu kesen kent şımartması oğlu Akif'eydi. Gülizar evliydi çünkü, öylesine bir evlilik ki, başlık parası söz konusu olmadan sevdiği erkeğin karısı olabilmişti. Bu biraz da Muhtar Mecit Efendi'nin işbilirliğinden ileri gelmişti.

Emel Hanım, tam zamanında açtı odanın penceresini:

«Buyurmaz mısınız Hurşit Bey!» dedi, «Size öğrencilerimin işlerini göstereyim!»

Öğrencilerin işleri onu daha çok bezi, basması için ilgilendirirdi. Bir de yapılanların işçiliği... Görmesinde yarar vardı ne de olsa... Ucuz dikişçi çıkarsa dükkan işleri için çalıştırabilirdi. Aşağıda açılacak her sergi biraz da siyasal gücüne güç kattığı için önemliydi.

Eliyle bir işaret yapmıştı Hurşit Ağa. Selam vermek miydi, yoksa, dur geliyorum mu demekti? Evin geniş kapısından girmişti bile. Ayak seslerinden anlamıştı geldiğini. Kapıyı ardına kadar açıp buyur etti:

«Hoş geldiniz Hurşit Bey. Bakın Aşağı Köy'den hiç de aşağı kalmıyor kızlarımız?»

Gelenlere nasıl davranacaklarını önceden düşünüp saptayan kursçu kızlar kımıldamadılar yerlerinden. Gelenlere başlarını kaldırıp bakmadılar bile. Yalnız iğneler, kolların kısa kısa kalkıp inişleriyle işlerinin üzerinde ilerliyordu. En iyi, en sağlam dikiş el dikişiydi. Dağ başında bile işe yarardı. Ama Hurşit Ağa hiç de böyle düşünmüyordu:

«Nerde bunların dikiş makineleri...» dedi. İçeri girer girmez.

«Yok değil, var...» dedi, Emel Hanım, «Var da ben el dikişine alıştırıyorum onları.»

Emine'nin sağ kalçasının altına sıkıştırıp diktiği boyanmış kaput bezine gözü takılmıştı. İki parmağının arasına aldığı bezin niteliğini bulup çıkardıktan sonra:

«Sen mi boyadın bunu?» dedi.

«Anam boyadı!» dedi övünerek, «Ceviz yaprağıynan!..»

«İyi tutturmuş! Kimin kızısın sen?»

«Gaffar'ın kızı.»

«Söyle babana. Gelsin görsün beni, renkli patiskalarımız geldi. Sen kimin kızısın?»

Nazife'ye soruyordu. Gözleri hiç de diktiği pijama altında değildi. Sarı yazmasından taşan, yazmanın sarısına karışan gür saç larında, bu saçların çevirdiği sağlıklı yanaklarındaydı. Boyu bosu üzerinde bilgi edinebilmek için gözlerini, kıvrılan dizlerine kaydırırken sordu:

«Okula gittin mi sen?»

«Gitmez olur muyum, gittim!» dedi, meydan okur gibi, «Dört yıl oluyor bitireli.»

Hurşit Karaman'ın istediği de buydu. Bu sorudan kızın yaşını bulup çıkarmak... Demek en azdan on altı, on yedi yaşındaydı. Köy yerinde tam gelinlik çağı... İş pazarlığa kalıyordu demek. İlk sorusunun karşılığını almadığını anımsamıştı:

«Kimin kızısın sen?»

Babasının adını söyleyince yüzünün altüst olacağını biliyordu Nazife. Sesini daha da dikleştirerek:

«Şaduman'ın kızıyım!» dedi, «Şaduman Dağlı'nın!»

«Ne!» dedi, «Şaduman'ın kızı mı? Demek Şaduman'ın böyle yetişkin kızı da var, öyle mi?»

Yetişkin olmak... Övünülecek bir şeydi, yetişmek, çocukluktan çıkmak. Belki de boylu boslu, güzel olmak anlamına da geliyordu. Daha da kızardı yanakları, kızarınca da biraz daha güzelleşti. Şakaklarına taşan saçları daha da sarardı sanki... Barok çiçeğinin* acı sarısına dönüştü. En azdan bir kırk bini vardı kızın

(*) Barok çiçeği: Katırtırnağı.

başlığının. Bu para Şaduman'ı yatıştırmaya yeter miydi?

Eski gemicilerdendi, bilirdi İstanbul'un tadını. İstimlâkten alacağı parayı da ekleyip Taşlıtarla'ya çoluk çocuk yerleşebilirdi. Bu Akif, kısa zamanda evermezse bir kepazelik çıkaracak, başını belaya sokacaktı.

«Emel Hanım» dedi, «Bakıyorum, bunların diktikleri kumaşlarda hiç hayır yok! Gelsinler dükkandan istediklerini alsınlar. Atlas matlas, ipekli mipekli, ne isterlerse... Fransız keteni var ki, ipek kumaş gibi... Atlaslar, poplinler, picamalıklar, gömleklikler... Sen kefil oldun mu tamamdır. Daha olmazsa cevizlen, kestane, fındıklan öderler. Bizimki harman veresiye!.. Kışa girerken silerler defterdeki hesaplarını. Canım açacağınız sergi şatafatlı olsun, bizim Aşağı Köy'ün kızlarının yanında boyunları bükük kalmasınlar. Haaa? Ne dersin Raşit Bey?»

Hiç düşünmeden ağız alışkanlığıyla doğruladı Hurşit Karaman'ı:

«Siz münasip gördükten sonra!»

Nazife'nin başucundan ayrılamıyordu bir türlü:

«Sen de inecek misin bizim oraya? Ne istersen alırsın!»

«Babama bi danışayım da...»

Aldığı cevap içini açmamıştı:

«Emel Hanım!» dedi, «Bizim Sarı Memiş'e ne zaman izin vereyim.»

«Az önce onu konuşuyordum kızlarla. Ayrı iki sergi olsa nasıl olur, diye soruyorlardı bana... Aşağı köyün sergisi ayrı olsun. Yukarı köyünki de yukarda olsun diyorlardı.»

«Nasıl olsa bir yıl sonra Yukarı Köy yoktu. Cengiz Bey'i az önce görmüştü. Yol, tam köyün ortasından geçiyordu. On beş metre genişliğindeki yol, bütün evleri alıp götürüyor, çay boyundaki tarlaları silip süpürüyordu. Yolun köy içinden geçmesi zorunluğu vardı. Dağa taşa vurdu mu, dökülen para istimlâk tutarının yüz katı artardı. Köy ne orman köyüydü zaten, ne rençperliğe gelirdi. Hele hayvancılığa hiç elverişli değildi. Her evden bir iki erkek dışardaydı. Tası tarağı toplayıp gideceklerdi ister istemez. Bu konuda Cengiz Bey de kendisi gibi düşünüyordu.

«Olmaz öyle şey!» dedi Hurşit Ağa, «Bu köyün adı ne? Akpelit Köyü! Aşağılı, yukarılı da olsa bi köy... Muhtarı bile ayrı değil, bu köyün! Öyle bölücülük yok! Ne diyor büyüklerimiz!»

«Bakın kızlar!» dedi Emel Hanım, «Hurşit Bey de razı değil! Size istediğiniz kadar kumaş, demek istiyor. On beş gün içinde hazırlanırsınız geceli gündüzlü, çıkarız ortaya alnımızın akıyla!»

Bütün kızlar önlerine bakıyorlar, işlerini az sonra müşteriye teslim edeceklermiş gibi harıl harıl çalışıyorlardı. Her konuda kulağı delik, gözü açık olan Raşit Bey, bu işin içinde bir kurt yeniği olduğunu anlamıştı. Üstelemek yersizdi. Daha önemli işler için gelmişlerdi Yukarı Akpelit'e. Kapının önünde dikilen Muhtar'a yönelerek:

«Yol mühendisleri şikayetçi sizden!» dedi, «Aç kalıyorlarmış köyde.»

Kaçakçılık ihbarı için gelmişlerdi oysa. Raşit Bey'in konuyu yol işlerine aktarmakta yarar gördüğünü anlamıştı, Hurşit Karaman.

«Konuşalım bu meseleyi!» dedi, «Doğrusu onları darıltmak köyümüzün zararına olur. Bir köyden hükümet yolu geçmesi ne demek? Her karış toprağın beş kat değer kazanması demek. Ama dur, ilk evvela şu kadınların sergisini bi hale yola koyalım. Bizim Sarı Memiş'i en azdan bir ay izinle alacak tahsiline göndermemiz gerekecek. Kahve kapansın ki sergi işi de hızlansın!»

Bu sözün altında yatan anlamı da Raşit Bey'in anlaması gerekirdi. Yüz binlerin üstünde alacak kısılıp kalmıştı piyasada. Kolun bir ucu Kastamonu'daydı, bir ucu İnebolu'da, Sinop'ta. Malın hemen büyük bölümünü Kastamonu çekiyordu. Azdavay'dan kalkan arabalar, yerine göre Kastamonu'ya bile uğramadan dağıtım yapıyordu Orta Anadolu'ya. «Yıldırım Nakliyat» malın güvenle dağıtılmasını üzerine almıştı. Bugüne kadar büyük ölçüde bir sakatlık da olmamıştı. Bir iki delikanlının elinde yakalanan birkaç karton sigara, bir iki şişe viski, üç beş ruhsatsız tabanca, yakalayanların oyalanması için gerekliydi. Bu beş parça malı buralara Alamanyalı işçiler de sokamazlar mıydı? Canlarının çektiği dostlarına veremezler miydi? Bu altın yumurta yumurtlayan tavukların, bu kadarcık olsun yasa dışına çıkmaları hoş görülemez miydi?

«Muhtar!» dedi Hurşit Karaman, «Şu bahçeye iki üç sandalye at da, gelmişken hoşbeş edelim biraz! Sana aşağıda güzel bir yer buldum. Benim telefondan da bi tel çektim mi karakol elinin altında... Sen ne Yukarı Köy'ün, hatta ne Aşağı Köy'ün Muhtarısın! Akpelit Muhtarı değil misin sen!»

«Sağol, Hurşit Ağa!» dedi Mecit Efendi, «Yirmi yıllık muhtarım. Burda kalmak daha da kolayıma gidiyor benim!»

«İyi ama, sakar bi başefendi gelmiş. Geçen gün az daha bir kaza çıkacakmış elinden! İnebolu'dan gelirken uğradım karakola da düzelttim. Sen benim dediğime bak, Muhtarlık aşağı köyde olsun. Neyse, konuşuruz bunları dışarda. Hava da tam ilkyaz havası. Önce getir ayranları da içelim!»

Muhtar dışarı çıkarken seslendi arkasından Hurşit Ağa:

«Sakın yemek için ortalığı ayağa kaldırma! Ayranların üstüne kahveleri de söylersin olur biter!»

«Eee aç gönderirsek aşağıda ayıplamazlar mı bizi! Önce Emel Hanım'ın dilinden kurtulamam!»

«O bizim aşağıda da olsa, yukarıda da olsa konuğumuz. Sağ olsun, kızlarımızı hüner sahibi etti. Neyse, sen sür kahveleri şimdiden!»

İyi adamdı bu Muhtar, İsteseydi, çoktan daha iyisini bulurdu yerine aşağıdan. Adam aramanın ne gereği vardı! Öylesine bir muhtardı ki dürüstlüğü, ayrıca kendisine hiç mi hiç çaparız vermiyordu. Çıt çıkmasını istemiyordu şu Akpelit'te. Para canlısı da değildi. Neler çevirdiğini bildiği halde bir gün gözünün üstünde kaşın var dememişti. Bu it, bu haylaz Akif de nerden musallat olmuştu bu adamın gelinine! Raşit Bey'e kaşıyla gözüyle işaret etmişti, kızın oturduğu yeri. Her ikisi de belli etmeden Gülizar'ı inceliyor, duruşundan, bakışından ne yaratılışta bir kadın olduğunu kestirmeye çalışıyorlardı. Ağırbaşlı bir kadındı işte! Sanıldığı gibi oğlunu baştan çıkaracak birine benzemiyordu. Böyleleri de olabilirdi köy yerinde. Kocası dışarda evli kadınlardı bunlar. Oğlunu toy bellerler, yolmaya çalışırlardı. Eğer bu kadın gerçekten böyleyse, çok içinden pazarlıklı biri olmalıydı. «Onun babası olduğumu biliyor!..» diyordu içinden. Suçlu suçlu oturuşundan belli! Gerçekten bu önüne bakış, suçlu olduğundan mı ileri geliyordu, yoksa öfkesinden mi? Raşit Bey'in gözünden kaçmazdı bu. Yalnız Gülizar'ı değil, teker teker Yukarı Köy'ün kızlarını da gözden geçiriyordu. Nasıl da birbirlerine benziyorlardı bunlar! Hemen hepsinin yüzlerinin rengi birdi. İçi ışıklı, buğdaysı değil, mısırsı bir renkti bu. Güneşte pişmiş bir barok çiçeği sarılığı... Elle tutulur, yoklanır, gerekirse tartılır bir sarılık... Onlar da bu sarıyı bulup çıkarmışlar, benimsemişler, başlarının üstünde gezdirdikleri yazmalarına bastırmışlardı. Kimlere? İlkin Cide'yle ilişkisi bulunan İstanbul'lu Rumlara... «Hizmetçi» geleneği de öylece başlamıştı işte. İç yarası, memleket acısı, aile derdi olan hizmetçilik. Cideli Rum terziler, Rum kunduracılar, Rum demirciler, yapı ustaları, boyacılar kısaca Rum zanaatkârlar beğendikleri eli ayağı düzgün köy kızlarını evlatlık olarak, hizmetçi olarak göndermişlerdi İstanbullu dostlarına.

Yaşamın sert dirseğini herkesten önce yemişlerdi böğürlerine. Onların sırtından rahat yaşayan hemşerileri de yok değildi. Eğer bugün Nişantaş'ta, kentsoylu görünmek isteyen bir karaborsacının evinde Cideli güzelcene bir hizmetçi varsa, bu eve kendiliğinden kapıyı çalıp gelmemiştir. Osmanbey'de, önünden en konforlu otobüslerin kaktığı Cidelilerin kahvesinde öyle sırttan geçinen hazırcı hemşerileri de olacaktır, bu sömürü düzeninde. Sanki apartmanların dipten doruğa temizlikleri onların günlük görevidir. Oturdukları yerden Kodaman Sokağı'ndaki 5 numaraya, ya da Şair Nigar'daki 93 numaraya temizlikçi kadın bulup göndermek onların işidir. Ya köyden ilk gelen kız gönderilecek, ya da ilk gidenle haber salınacaktır. Örgütlenme işidir bu biraz da... Yerini yadırgayanların, aldığı parayı küçümseyenlerin başvuruları da geçerlidir. Hizmetçi veriliyorsa, köle de verilmiyor ya! Eğer Cide köylerinde imam nikâhı diye bir gelenek sürüp gidiyorsa bunun altında biraz da bu kapılara hizmetçi gönderme alışkanlığı yatmaktadır.

Raşit Bey Cideli değildi ama, yıllardır Cideli sırtından geçinenlerden biriydi. Bu yöreyi, kadınları, kızları, delikanlılarıyla tanımak zorundaydı o. Hurşit Ağa'nın yanındaki görevinin en önemli yanı, insan tanıması yüzündendi. Dağ başında birine tabancayla viski sandıkları gözü bağlı teslim edilemezdi. Büyük işlerde son söz ondan çıkacaktı. Cebinde on, on beş kapının anahtarı varsa bu becerisinden ileri geliyordu.

«Tamam mı Raşit Bey?» diye sordu, Hurşit Ağa, «Oturabiliriz bahçede değil mi? Emel Hanım bize müsaade... Dediğim gibi, siz kesin bir gün söyleyin de kahveyi dipten doruğa badana ettireyim, ayna gibi...»

Muhtar'ın, elmaların altına koyduğu Bozkurt fabrikası işi sandalyelere oturdular.

«Ne dersin Raşit Bey!» dedi, «Bizim oğlan ağzının tadını biliyor, değil mi?»

İçerde çenesinin ucuyla gösterdiği iki kızı her yanıyla incelemişti. «Onlardan biri... Pencerenin önünde oturan...»

«Evet!»

«İşte ben o kızı oğluma münasip gördüm. Sen ne dersin?..»

«Allah için güzelliğine diyecek yok... Eğer oğluna uygun bir kız bulunacaksa...»

«Bütün mesele burda, ona uygun olup olmayacağında...»

«Onu düşünüyorum ben de...»

«Yanlış anlama! Ben kızı gelinliğe, yani benim gelinim olmaya çoktan münasip gördüm. Benim gelinliğime yakıştırıyorum da bu kızı, o dürzünün karılığına yakıştıramıyorum!»

«Evet köy kızı... Oturup kalkması... İşi, ahlakı... Oysa Akif bey...»

Oğluna «Akif Bey» denmesi hoşuna giderdi. Akif Karaman ne kadar «bey» olursa, kendisi de «bey»liğe o kadar çok yakışırdı, beyefendiliğe de... Bey olmakta, biraz okuryazarlık, biraz görgü, biraz da ağada bulunmayan bir nitelik olmalıydı. Onu bulup çıkaramıyordu ama, o bulup çıkaramadığı nesnenin, kendisinde biraz kıt olduğunu çok iyi biliyordu. Bu köy işi, kent işi de değildi. Köylerden de öylesine «beyler» çıkardı ki... Gene biliyordu ki, köylerden öyle okuryazarlar, öyle yüksek okul görenler de çıkmıştı ki, Amerika'lara, Avrupa'lara gittikleri halde bir türlü bey olamamışlardı. Bunun, bu beyliğin erkeği de vardı, dişisi de... Bu kız, bu Şaduman'ın kızı, o hanımlardan biriydi işte! Böylelerinin ağızlarına laf yakıştığı gibi, üstlerine de, ne giyerlerse yakışırdı. Nazife'yi tabanında halı döşeli konak biçimi, yarısı taş, yarısı ahşap evinde gezinirken, kendisine çay, kahve, getirirken görür gibi oluyordu. Yakışırdı doğrusu onun, hanımlık boyuna bosuna, eline ayağına! Kendini yeniden evlenecekmiş gibi görüyor, bunun yürek çarpıntısını duyuyordu içinde.

Şurada, şu bahçede sandalye üstünde oturup bekleyecekti, onların dağılmalarını... Onu boyunun bütün çekiciliği ile ayakta görecek, yürüyüşünü de gözden geçirecekti. Son aldığı atı, o baklakırını alırken de öyle almamış mıydı? Evine, ahırına, dükkânına, motoruna alacağı ne olursa olsun, görmeden, ellemeden, almazdı.

Ayrandan sonra kahveleri, yeni çıkan naylon tepsilerde getiren Muhtar'a:

«Ya, böyleyken böyle!» dedi, «Toplamışsın bir kümeslik tavuğu, yanlarına horozları yaklaştırmamak için kapısında da bekliyorsun, öyle mi?»

Muhtar'ın suratı asıktı, böyle şakalarla yüzünün gülmesi, çatık kaşlarının düzelmesi beklenemezdi. Neydi orman kaçakçılığı, yakıştırması? Mutlaka bir parmak vardı Hurşit Ağa çevresinden. Şu adamla iyi geçinmek istedikçe bir yerden bi pürüzlük uç veriyordu. Oysa bu işler olurken kendisi İnebolu'daydı. Böyle ufak tefek işlere parmağının ucunu bile sürmezdi. Oğlu Akif ne halt etmeye karışmıştı, belki de Selim'e uyarak... Nedenlerini araştırması gerekirdi. Birden ona:

«Nasıl bu Çorumlu?» dedi, «Geçinebiliyor musun onunla?» diye sordu.

Kimdi Çorumlu acaba? Buralarda yabancı olarak, Cideli olmayan kim vardı ki? Birden Raşit Bey'in yüzüne dalıp kaldı. Sorduğu adam, bu olamazdı. İstanbulluya benziyordu bu Raşit Bey... Daha çok İzmirliye.

«Kim bu Çorumlu? dedi Muhtar, «Anlayamadım!»

«Canım şu yeni gelen Başçavuş.»

«Bilmem!..» dedi, «Pek işimiz düşmüyor. İyi adama benziyor, bakarsan.»

«İşin düşmüyor mu? Bak Raşit Bey, işi düşmüyormuş!.. İfadesini almaya kapısına kadar geliyor da daha işim düşmüyor, diyor... Bir de işi düşse...»

«Ben bunu işten saymıyorum. Başefendi de saymadı. Güldü geçti. Sen bilirsin beni! Böyle işlere bulaşmayacağımı iyi bilirsin!»

Hurşit Ağa'yı suçlar gibi konuşuyordu. Ağa'yla böyle konuşulur muydu? Başefendi'ye mi güveniyordu yoksa?

«İyi ama keresteler ele geçmemiş mi?»

«Geçtiyse benim kulluğumda, samanlığımda mı bulunmuş?»

«Senin muhtarlık ettiğin köyde bulunması yetmiyor mu? Araba senin tarlana en yakın yerde boşaltılmış, talimlerin altına! Sonra ihbara da adın karışmış, duyduğuma göre!»

«İhbar...» dedi, Muhtar, «Bütün mesele bu ihbarda! Adımın karıştığı doğru. Anlayamadım, kim uğraşıyor benimle? Kereste kaçakçılığına gelince...»

Hurşit Ağa, bugüne kadar yalnız kereste işlerine mi karışıyordu? Tüm kaçakçılara kendisini bulaştırmak için ne kadar uğraşmıştı. Hiç olmazsa tabanca işlerine karışsaydı Hafız Esat'a kaptırmazdı bu kesimi. Muhtar'ın gözünden kaçırmak için Abana kesimine kaydırmış, buraları da Hafız'a kalmıştı. Hafız tutundukça karakolun gözünü bu yörelere çekmek için, keresteydi, sigaraydı, viskiydi ufaktan ufaktan el atıyor, böylece Akpelit'ten jandarmanın hem gözünü, hem ayağını eksik etmiyordu.

Evet, Çorumlu Murat Başçavuş çetin cevize benziyordu. Bir de etliye sütlüye pek karışmayan şu Muhtar'la işbirliği yaparsaaa... Eğer Muhtar'ın bugüne kadar sesi çıkmamışsa karakola,

Kaymakam'a gidemediği için sesi çıkmamıştır. İkisinin bağdaşması kendisi için hayra yorulmazdı.

Bu arada şu Çapar Yusuf'un dalını, gövdesini neden budayamasındı?..

«Şu Murat Başçavuş kaçak keresteleri okula verecekmiş!..» dedi Hurşit Ağa, «Muhtar olaraktan haberin vardır herhalde?»

«Bu iş ormancılarla karakol arasında...»

«Demek siz, Çapar Yusuf'la sıyrılıp çıkıyorsunuz, işin içinden! Hem de Şaduman'la birlikte...»

«Benimle Şaduman'ın bu tarakta bezimiz olmadığını anladı Başçavuş.»

«Demek iftira, öyle mi? Peki bu iftira kimden geliyor? Bu köyden mi, Çamalan'dan mı?»

İşin doğrusu aranırsa bu iftiranın doğrudan doğruya Akpelit köyüne dizel motoru getirip şerit kuran kişiden, gelmesi gerekirdi, Yusuf'un sekiz yıllık işini körletmek için... Ormancılarla karakolu onun başına tebelleş etmeliydi ki gelişen işi körlensin! Geçimi keresteden olanlar, birer ikişer gelip kendisini bulsunlar. Yalnız tek firmaya bağlansınlar.

Böyle biri de Hurşit Ağa'dan başkası olamazdı. Muhtar'ın gene de aklının ermediği, bu köye kolluk güçleri ile ormancılar adımını attılar mı, kendi karışık işleri, damgasız tomruklar, motor dolusu kaçırılan tahtalar ne olacaktı? Başçavuş'la henüz dostluk sağlayamadan, uyuyan düşmanını dürtüklemenin ne yararı olabilirdi, bu kurt oğlu kurta? İyi ama, onun da kuşkusu olmasa böyle didikler durur muydu bu konuyu, buralara kadar gelip de?

«Emel Hanım çıkıyor!» dedi Raşit Bey. «Salıvermiş tavuklarını!»

Arkasından da allı yeşilli öğrencileri... Hurşit Karaman, çıkanları görebilmek için sandalyesiyle birlikte kımıldandı. İçerde omuzlara doğru kaymış sarı yazmalar, eşarba benzer başörtüler alınlara, kaşların üstüne doğru çekilmiş, saçlar, tümüyle gizlenmişti. Hurşit Ağa, allı lacivertli önlüklerin, kırmızı paçalıkların, sarı yazmaların arasından aradığını bulmuştu. Şaduman'ın kızı iki arkadaşının ortasında yanındakilerden bir baş kadar uzun boyuyla gözü çekiyordu. Hımbıl değildi, kıvrak yürüyüşü vardı. Kentlerdeki okul kızları gibi, kapının önünde birikip sanki nereye gideceklerini birbirlerinden öğrenmek için tartışırlarmış gibi ayak üstü bir süre dikiliyorlar, sonra evlerinden yana yöneliyorlardı. Yolu en yakın olan Muhtar'ın geliniydi, bir kapıdan çıkmış karşı kapıdan girmişti. Sormadan, kimin nesi olduğunu anlayıvermişti Hurşit Ağa. Beğenmişti Gülizar'ı. İşte böyle bir gelin de kendisi istiyordu. İlk kez Muhtar'a kıskanarak baktı. Kendisinin her şeyi vardı da böyle bir gelini yoktu işte. Neden bu eksik olsundu, dağda bir domuzu eksikti.

«Maşallah!» dedi, «Yetiştirmiş Şaduman doğrusu!»

«Serpiliverdi birden...» dedi, Mecit Efendi, «Hep böyle oluyor bunlar. Saati, günü geldi mi gelinlik kız oluveriyorlar!..»

Birden uyanmıştı Muhtar. Everilecek yaşa girmişti Hurşit Ağa'nın oğlu. Eğer evlenirse gelinini rahat bırakırdı hiç olmazsa. Böyle kalırsa, ya kendinin,, ya oğlunun başını belaya sokacağa benziyordu.

«İyi kızdır Nazife!» dedi Muhtar, «Okulu da bitirdi. Çok beğenirdi öğretmeni, okuldayken... Birinciydi sınıfta!»

«Boylu boslu kız!» dedi, arkasından uzun uzun bakarak, «Sözlü mözlü değil ya!»

«Bilirsin babasını. Kılı kırk yarar. Aksilik etmese bıldır düğünü bile olacaktı.»

«Kim istediydi?»

«Yusuf'un oğlu!»

«Ne Yusuf'un oğlu mu? Şu lisede okuyan çipil oğlu haaa! Sonra gelip evlenecek öyle mi?»

«Yoook. Daha evlenmeyecekmiş. Üniversite'yi de bitirecekmiş.»

«Kız girecek yirmi, yirmi beş yaşına. Eeee Şaduman ne demiş?»

«Anası, hele oğlunuz okusun, mektebini bitirsin. Sonra düşünürüz demiş! Oysa bıraksın okulu, dese hazırdı!»

«Çapar Yusuf paralı. Her şeyi tamam! Tarlalar, şeritler, dükkanlar... Motoru çekti iskeleye. Makinist Hayri'yi de istemiş! Kızın anası demek okulunu bitirsin demiş, öyle mi? Pardon şu kadına doğrusu! İş paraya dayanırsa yalnız kızı değil, Çapar Yusuf'un çipil oğlunu bile satın alırım, babası ile birlikte!.. Dükkânımı süpürtmek için! Ne ister Şaduman başlık parası? Var mı bu köyde, yirmi beş bin lira başlık parası görmüş kız? Ben elli bin veriyorum, peşin!»

Muhtar, pazarlığı kızıştırmak için sözünü etmişti Yusuf'un oğlunun! Bu iş çoktan unutulmuştu oysa! Oğlan liseyi bitirirse gözü köy kızını mı görürdü, hele bir de üniversiteye girerse!

«Bir de Hafız'ın oğlu var, sırada!..» dedi Muhtar, «Oğlan yanıp tutuşuyormuş, bu Nazife kız için!»

«Kim, şu bizim oğlanın kafadarı görünen Selim mi? Onun da ne halt yediği belli değil ki!»

«İşte Selim! Rahat bırakmıyor kızı! Seymenler'in düğününde Nazife düğüne gelirken bir sandık mermi yakmış! Haklı oğlan, çıra gibi tutuşunca bir sandık da yakar, iki sandık da... Yok değil ki!.. Çamalan'da aldı, yürüdü, Hafız Esat'ın namı! İnebolu'dan Sinop'a, Cide'den Bartın'lara, Zonguldak'lara kadar!»

İkinci el durumuna düşürmüştü tabanca işinde Hurşit Ağa'yı. Viskiye sigaraya, el koyduğu bi yana, Akpelit'in kızlarına da el atıyordu demek!

«Seymen'in oğlunun düğünü bu Başefendi zamanında mı olmuştu?» diye sordu Raşit Bey. Onun da derdi başkaydı. Bu Hafız Esat, Başefendi'yi avucunun içine aldıysa iş kolaylaşırdı. Bir kez karakol bağlanırsa gerisi gelirdi.

«Yok, hayır!» dedi Muhtar, «Eski Başefendi zamanında! Henüz bi düğün olmadı. Bu adam, benim bildiğim Başefendi ise mantar tabancası ile attırmaz düğünlerde.»

«Bakalım!» dedi, «Başa çıkılmaz buralarda. Dağ köyleri... Yol yok, iz yok. Kolay mı ormanda adam kovalaması...»

İçinden gelmediği halde ekledi:

«Hani köylünün rahatını kaçırmasın da, demek istiyorum.»

«Öyle görmüş köylümüz. Düğünde tabancasını patlatamazsa kızın kocaya gittiğine kimse inanmaz.»

«Benim aklım ermez...» dedi Hurşit Ağa, düşündüklerinin tam tersine, «Boşuna fişek yakmak da ne oluyor! Paraya yazık! Aradığın zaman bulunsa, canım yanmaz!»

Muhtar Mecit Efendi boş bulunup baktı yüzüne. Tabanca kaçakçısı mıydı, yoksa yola çıkarken tabancasına mermi arayıp da bulamayan, kurttan, ayıdan korkan bir tahsildar mı, belli değildi. Düğünlerde tabancalar atılmasa viskiler, filitreli sigaralar içilmese, motor motor keresteler kaçırılmasa, İstanbul'daki apartmanlar, nasıl yükselecekti? Taaa buralarda bile duyulan gece âlemleri, Boğaz sefaları nasıl yapılacaktı?

«Bak Muhtar!» dedi Hurşit Ağa, «Şu Akpelit'i biraz çekip çevirmemiz gerekiyor. İlçeye gittim, telefon işi için... Güç bela kendi evime bi telefon çektirdim. Ne yapmak lazımsa yaptım. Yol yok, telefon da olmazsa... Hani ecel gırtlağımıza sarılsa bi doktor bile çağıramayacağız, değil mi?»

«Telefonsuz köy olmaz, haklısın! Sonunda başardın haaa!»

«Yok, hayır Mecit Efendi! Ne demek istediğimi anlalamadım! Telefon yok değildi buralarda, Çamalan'da yok muydu? Vardı! Nerde? Karakol'da! Akpelit'e ne Çamalan'dan telefon uzanır, ne ilçeden. Hele senin muhtarlığa, araya karakol girmeden, öyle değil mi? Aç, konuş şimdi, nereyi istersen!»

Muhtar dalıp kalmıştı, sözü nerde düğümleyecek diye bekliyordu.

Mecit Efendi'nin telefon nesineydi? Telefon angarya demekti onun için, biraz rahatına düşkündü. Eh, yaşı da ilerliyordu, yavaş yavaş. Oğlu Alamanya'dan döndü mü çekecekti elini ayağını bu işlerden, köşesine çekilecekti. Elverir ki şu topraklar tarlalar, çıkmasındı elinden!

«Bak Muhtar, iyi dinle!» dedi, «Seni karakoldan önce ben bağlıyorum kendime, hem de kıskıvrak!..»

Raşit Bey, Ağa'nın sözünü pekiştirmek için ekledi:

«Hem de telefon teliyle!»

Hep bir hesap değil mi, diye düşündü, Mecit Efendi. Ha karakolun telefonu, ha Hurşit Ağa'nın... Zırt zırt arandıktan sonra!.. Sanki ne düşündüğünü anlamış gibi:

«Yooo!» dedi Hurşit Ağa, «İkisi bir değil! Telefonun biri sivil... Anlıyorsun değil mi? Bizim telefonlan yalınız dinlenmez, konuşulur da. Kendi keyfine göre istediğin yeri açar istediğini konuşursun. Ha ben konuşmuşum, ha sen. Sana bir tel çektim mi... Çevir manyotoyu... Alo!..»

«Çok masraflı olmaz mı bu?» diye soruverdi şaşkınlıkla.

«Hele düşündüğün şeye bak... Bana kolaylık göster, yeter!» dedi, Hurşit Ağa. Gülüyordu.

«Ne gibi kolaylık anlayamadım!»

«Ne gibisi var mı? Kaldırır muhtarlığı, Aşağı Akpelit'e indirirsin, benim evin altına!.. Bir tel üst kattan!.. Yattı mı şimdi, aklın?»

«Yani, Muhtarlık benim evden kalkacak da Aşağı Akpelit'e mi inecek?»

«Ha benim ev, ha senin ev! Birinci kattan bir oda ayıracağız sana... Bir yatak da attın mı, yağmurda, karda köye çıkmasan da olur.»

«Evim, köyüm, burda dururken, öyle mi?»

Raşit Bey, içinden vermişti yanıtını:

«Evin köyün kalırsa eğer, yerli yerinde!..»

Ama düşündüğü gibi konuşamazdı:

«Evine köyüne ne olacak, durduğu yerde durur... Fazladan pazar yerinde telefonlu bir dairen de olacak! Kulağın İnebolu'da, ağzın Cide'de, İstanbul'da, Kastamonu'da...»

«Ya karakol?»

«Yani Çamalan'daki Başefendi mi? Çamalan seni değil, bundan sonra sen, Çamalan'ı arayacaksın! O da kendi işin, köyün işi çıkarsa...İstersen merkezi aç kaymakamlığı, istersen valiliği! Yattı mı şimdi aklın?»

«Mecit Efendi bütün bu konuşmalarda Hurşit Ağa'nın ne kazancı olabilirdi, onu düşünüyordu, bulamamıştı henüz. Bulamayınca da:

«Hele durun!» dedi, «Bir düşüneyim! Sıkboğaz etmeyin beni!»

«Yarın İnebolu'ya geçiyorum, benim öbür motorla. Oradan da Kastamonu'ya! Araba için telefon ettim, Ömercüğün yaylısına. İnebolu'da bekleyecek beni. Görüyorsun ya telefonun kerametini! Sana muhtarlık dairesi bile veriyoruz, daireye de telefon... Sen hâlâ düşün bakalım! Kalk Raşit Bey, gidelim! Cengiz Bey'i bekletmeyelim!»

DOKUZUNCU BÖLÜM

Mühendis Güngör Şenyurt, önündeki bardağa uzanıp bir yudum aldıktan sonra gene çadırın ortasında, dört ayağından gömülü masanın üzerine bıraktı.

«İşte böyle Rasihciğim» dedi, «Siz Ankaralarda kaloriferli dairelerde yaşamanın tadını çıkarırken, biz buralarda... Görüyorsun ya!..»

Sözü ağzında kaldı. Korkunç bir patlama, sanki sözlerini iki dudağından içeriye itmiş, ağzını da mühürlemişti!

Neden sonra:

«Aferin Kara Zülfü'ye!» dedi, «Tam zamanında yapıştı manyotonun kulpuna! Tam on dört ton dinamit!.. Dört gün önce de on iki tondu atılan!»

Yatağının başucunda şeker sandığının üzerinden bir defter aldı. Çıkardığı krokiden çarpı işaretli yeri arkadaşına gösterdi:

«Nah, işte, şuradaki çifte kayalar!.. İkisi de böylece uçurulmuş oldu. Çamalan'dan gelecek yolun üzerindeki bu iki önemli engel de kalkıncaaa...»

Krokiye ilgiyle bakan Rasih Gürdilek:

«Yol da Yukarı Akpelit'e doğru rahatça uzanmak olanağına kavuşur!» dedi

«Yani Aşağı Akpelit güzergâh olmaktan çıkınca bizim Cengiz Topkaç bu gümleme ile zafer toplarını fitillemiş olur.»

«Evet öyle görünüyor. Yalnız dikkatimi çeken, bu topların vaktinden önce gümlemesi. Toprak düzlemesi Çamalan'a daha yeni uzanmışken...»

«Doğru! Akpelit yolundaki kayaların uçurulması biraz erken geliyor bana! Daha o kadar iş varken ortada...»

Rasih Gürdilek, ağzına attığı istavrit'i kıtır kıtır çiğnedikten sonra:

«Kastamonu'ya gitmesinin nedeni bu olmasın sakın! Bu iki kayanın atılması ile son engelin de ortadan kalktığını sanıyorsa aldanır bizim şef!» dedi.

Umutla dinliyordu sözünün gerisini. Birden konuşmasını durdurunca belirtti üzüntüsünü, Güngör Şenyurt:

«Söyle!» dedi, «Var mı bir umut? Ankara'dan geliyorsun, bilirsin! Okundu mu benim raporlar?»

«Ankara'da her rapor okunur... Her raporun ayrı bir okuyucusu vardır. Ama genel müdür gene de bildiğini okur!..»

«Olamaz bu kadarı... Tam otuz altı kilometre bu... Her kilometre en azdan beş milyon lira... Haymana ovasından geçmiyor bu sahil yolu, Karadeniz kıyısı... Bile bile bu para denize atılamaz!»

«Bu yol neden açılmamış bu güne kadar... Bile bile bu olur muydu? Yerel güçler açılmasın deyince yukarıdakiler neden zorlasınlar kendilerini!»

«Bu kez de o senin yerel güçlerin yolun yüzde yüz açılacağını öğrenir öğrenmez kendi tarlalarını, topraklarını, kurtarmak için devletin bütçesine saldırıyorlar demektir.»

Ağzını kağıt peçeteye silen Rasih:

«Sanıyorum o denli kolay olmayacak bu!» dedi, «Genel müdür'ün bir kuşkusu var gibi geliyor bana. Yahu içtikçe ısınacak yerde, içtikçe dişlerim birbirine vurmaya başladı. Ağaçlardan bir hışırtı yükseliyor, duyuyor musun?»

«Var havada bir sıkıntı akşamdan beri! Eh esinti de başladı işte!»

Kalktı, çadırın kapısından gökyüzüne baktı. Deniz sanki zift karasıydı. Ay göründüğü halde, yıldızlar yoktu ortalarda.

«Rüzgâr çıktı!» dedi Rasih, titreyerek, «Ne rüzgâr ya!»

«Karayel! Hem de yıldız karayel!.. Sen bilmezsin bu deli rüzgârı! Adı üstünde, karayel! Rengi olur mu rüzgârın? Karadeniz'de her gördüğün şeyin her işittiğin, kokladığın şeyin bir rengi vardır. Güneyden esen yel, sarıdır, nasıl sarı? Uçuk sarı! Lodosla keşişleme, ikisi de güneyden estiği için sarıdır. Ama sarılıkları arasında bir ayrıcalık vardır. Vangok, sarının üstünde boşuna durmamış! Sarıyla yalnız mevsimi, buğday tarlalarını değil, kendini de anlatmış! Ama, karayel bizim karayelimiz...»

Rasih, elindeki bardaktan bir yudum daha aldıktan sonra, arkadaşının sözünü kesti:

«Güngörcüğüm!» dedi, «Seni bu Karadeniz düpedüz ozanlaştırmış!.. Eee az değil, beş aydır bu çadırlardasın!»

«Benim Karadenizliliğim, çadırla başlamaz. Ben beşikten Karadenizliyim, daha da gerilerden... Babam... Neyse soyu sopu bırakalım. Senin buraya verilmen çok iyi oldu. Cengiz Topkaç, bir haftalığına gittiğini sanıyor ama, benim raporlar yerine oturdu gibi geliyor bana!. Bir daha zor döner o!..»

«Genel müdür beni buraya gönderirken odasına çağırttı. Düşün bi kere... Genel müdür beş yıllık bir mühendisi odasına çağırtıyor. Koşarak gittim hem de....Giderken de son Ereğli yolunun gecikme nedenleri üzerinde yapılan soruşturmayı düşünüyordum. Neyse, korktuğum başıma gelmedi. Oturttu karşısına, tam masanın dibine. İnebolu, Cide arasında bir Çamalan Bucağı var dedi, önündeki krokide yerini parmakla göstererek... Bizden yolun şurdan, Yukarı Akpelit'ten geçirilmesini istiyorlar... Sen, Cengiz Topkaç'ın yerine gidiyorsun!»

«Bir haftalığına, dedi mi, demedi mi?»

«Ne çıkar bundan? Bilmiyor musun, bizde iki günlüğüne derler. İki yıl kalırsın gittiğin yerde! Sittin sene unuturlar seni!.. Önemli olan, bu işe genel müdürün de inanmaması... Yani Cengiz'in fizibilite raporlarına aklının yatmaması...»

«Yukarıdan geçmemesi için kapı gibi raporlarım elinin altında dururken nasıl aklı yatardı!.»

«Biliyorsun, bu işler ağır basanların gücüne bağlı biraz da.

Kimler ağır basabilir? Seçimler yaklaşırken yerel güçler, değil mi?»

«Hatta Hurşit Ağa bile bu yerel güçlerden sayılır, böyle zamanlarda!»

«Ha şu zat! Tanıştık onunla.»

«Pek önem vermemiştir sana... Onun Cengiz Topkaç'ı var, sen kim oluyorsun ki! Onun yerine üç günlüğüne gelmiş eğreti bir mühendis!.»

«Bir telefon edeyim dedim, katırdan iner inmez. Kastamonu'dan, oraya vardığını bildir, demişlerdi bana.»

«Demek beni çağırtmadan On beşinci Bölge'yi buldun! Korkarım bu gidişle karayollarından havalanıp havayollarına yükseleceksin! Ne bağlılık bu göreve... Korkulur senden!»

«Buraya gelirken Genel müdürün odasına çağrılmış adamım ben! Kastamonu bunu biliyor mu?»

«Demek Hurşit Ağa, seni iplemedi, durum böyle olduğu halde!»

«Motorunda hazırlık yapıyordu sanıyorum, İnebolu'ya gidecekti. Acele etmişsin Mühendis Bey, dedi. Bizim uşaklar seni İnebolu'dan alırlardı dönerken! Boşuna katır sırtında ezilmezdin.» dedi.

«Sonra seni, adamı Raşit Bey'e yolladı değil mi?»

«Kim bu Raşit Bey, yahu! Ben telefonla konuşurken bir dakika ayrılmadı yanımdan!»

«Öğrenirsin kim olduğunu. Akpelit deyip geçme, şu avuç içi kadar yerde toplumun tüm katları, katmanları vardır. Bir de bizim toplumdan söz ederken, az gelişmiş, hiç gelişmemiş, geri kalmış, geri bırakılmış...»

«Hattaaa geri bıraktırılmış...»

«... bir toplum derler. Akpelit'te bile tüm kümelenmeleri kitap forması gibi üst üste istiflenmiş olarak görürsün. Bunun geri kalmışlığı nerde kalır!»

Birden kalktı ayağa, çadırın brandasını bağlamak için çıktı dışarı, üşümüştü. Dışardan seslendi yeni arkadaşına:

«Gel!» dedi, «Gel de şu ayın haline bak! Nasıl çevrelenip kalmış sislerin ortasında... Ağlıyor sanki...»

Çadırın yırtmacından başını uzatan Rasih Gürdilek:

«Bir perdenin altına gizlenmiş gibi...» dedi, «Bir ışık bulutunun altına... Öyle bir bulut ki altındakini de büsbütün perdeleyemiyor...»

«Buna bizim hemşeriler, ay harmanladı derler...»

«Bunun bir anlamı olmalı.»

«Bir fırtınanın hemen çıkacağına işarettir. Daha çok karayelin patlayacağı anlamına gelir, ayın harmanlaması. Yıldız rüzgârı da olabilir. Karayel de... Ortalaması yıldız karayeldir bunun. Karadeniz'i yayık gibi çalkalar bu rüzgâr. Kaç gemicinin, canına kıymıştır, kaç geminin, kaç vapurun! Tehlikeli olmasının nedeni birden patlamasından... Poyraz da kuzeyden eser ama böylesine tehlikeli değildir, bir gün önceden haber verir nerdeyse... Bizim çocuklara haber vereyim, de kazıkların tepelerine birkaç balyoz vursunlar. Çoktandır havalar kurak gidiyor, gevşemiştir kazıklar. Hele sen gir içeri, çek içerden brandayı da, beni bekle!»

Rasih çadıra girince brandanın çekilmesine dışardan yardım eden Güngör bir karartı görmüştü ilerde:

«Alişan!» diye seslendi, karanlığa doğru.

«Benim!» dedi meşenin karartısındaki adam, «Ben, Şaduman!.»

«Ne işin var bu saatte?» diyecekti, sustu. Bu çadırların yabancısı değildi o.

«Kusura bakma!» dedi, «Cengiz Bey'in gittiğini duydum da geldim, seni görmeye...»

«İyi ettin ama... Bu gece...»

Konuğum var, diyecekti, sustu. Şaduman sürdürdü konuşmayı:

«Yıldız karayel patladı, açıklarda... Eli kulağındadır. Çok sürmez altüst eder buraları da... Haber verdim Alişan'a, hava geliyor diye... Çıksınlar da çadırlardan kazıkları sıkılasınlar. Ben derim ki sıkılamak da para etmez, alır götürür bu yıldız karayel, ne varsa!.. Kim kurmuşsa kurmuş, iki bayır arasına, çadır kurulur mu hiç!.. Askerlik de mi yapmamış bunlar! Tam yıldız karayele karşı... Sen ne dersen de, sizin şu çadırı sökeceğim ben. Ne varsa içerde koyun sandıklara. Harita kitap, kağıt... Yatakları bile sarıp sarmalamanız doğru olur. Önce şu elimdeki incir kuşları... Bu gün sırf senin için çıktımdı ava. Güngör Bey, kısmetin de açıkmış. Koyalım şunları sağlamca bir yere. Çıkarın çadırlardan adamlarınızı! Kapkacak, yatak yorgan ne varsa toplasınlar. Sen bilirsin Güngör Bey ama, yıksınlar tüm çadırları!»

Mühendis Güngör'ün de aklı yatmıştı Şaduman'ın bu uyarılarına. Cebindeki posta başı düdüğünü çıkardı. Kesik kesik üfleyerek bir araya toplanmalarını bildirdi. Çadırların önüne çıkan işçiler şaşkın şaşkın birbirlerine bakıyorlardı. Rüzgârın gürültüsünü bastırmaya çalışarak bağırdı:

«Durmayın! Sökün şu çadırları, çabuk!»

Sanki deniz kalkmış, kapkara bir bulut halinde üzerlerine doğru geliyordu.

Eğitilmiş işçilerdi hemen hepsi de... Çadır nasıl sökülür biliyorlardı. Teker teker kazıklardan birinin başına geçip ipleri hep birden söküverdiler. Dört çadır, dört mendil gibi dürülüp katlanıvermişti. Şaduman, mühendislerin çadırlarını da Alişan'ın yardımı ile söküp katlamıştı:

«Bu iş tamam!» dedi, «Şimdi sıra geldi, mutfak çadırına!»

Aşçılar kapları kacakları sandıklara gelişi güzel doldurmuşlardı. Kazanları tersine çeviren Şaduman Dağlı:«Haydi arkadaşlar!» dedi, «Boşuna titreyip durmayın, doğru kahveye! Alişan'la biz nöbetçiyiz burda. İki saat sonra gelin, bizi değiştirin!»

Güngör Şenyurt bu sözün geçerliğini onaylamayı düşünürken kırılan bir meşe dalı ayaklarının dibine savrulmuştu. Tam anlamı ile patlamıştı fırtına! Mühendis Rasih Gürdilek, iki eli cebinde işçilerin bu becerisini şaşkınlıkla izliyordu.

«Haydi, gidelim!» dedi. Kendini toparlamaya çalışan arkadaşının koluna girdi. Onu kahveye uzanan bayıra doğru sürükledi.

Başka gidecekleri bir yer de yoktu. Artık ne çadır kalmıştı Kavlandüzü'nde ne de kamp...

ONUNCU BÖLÜM

Kastamonu Valisi'nin ağır basması üzerine Karayolları Bölge Müdürü tam on sekiz parça aracı, Çamalan'da toplamıştı. Özlüce'den gelen şose, Akpelit'in yamaçlarında toprak yola dönüşüp kalıyordu. Bir iki kilometreden sonra da katırların kuyruğuna tutunup yürünebilen bir keçiyolu halinde fundalıklara tırmanıyordu.

Ekip şefi Naci Uysal, elindeki krokiye göre kazıklanan yamacı arkadaşına göstererek:

«Nasıl?» dedi, «Gözün kesiyor mu?»

Krokiye bir göz atan, Maklne Mühendisi Haşim Yalvaç:

«Dozerlerde hiç iş yok!» dedi, «Bakım ister bunlar... Araçların tümü dökülüyor. Bize bir şey soran yok ki... Yol açılsın, diyorlar. Yol neyle açılır? Dozerlerde, greyderlerde, kepçelerde üç aydır hal kalmadı. Seçimler yaklaştı mı, savaşa giren birliklerden hiç farkımız kalmaz.»

«Politika yok, dostum! Biz sıradan yapımcılarız. Yol açılacak derler açarız. Kayaları uçur derler, uçururuz. Politika bizden çok daha büyüklerin bileceği iş. Akpelit dağına yol çıkar mı? Çıkmaz olur mu! Doruğundan bile aşar! Haydi bakalım, sür dozerlerini! Bölge Müdürü telefonda bekliyor. Şu bir hafta içinde çifte kayaların döküntülerini kaldırıp yukarı Akpelit'e dayanacağız. Kaymak gibi toprak yol istiyor bizden. Arabamla geleceğim diyor, On beş gün sonra!»

«Buyursun!» dedi Makine Mühendisi Haşim Yalvaç, «Buyursun da dümdüz giden yolun nasıl sarpa sardığını görsün. Öylesine bir yol ki buradan ne katır geçer, ne keçi...»

«Ama bizim keçi politikacılarımız geçer. Hem de kuyruklarına bir de kabak bağlayarak...»

«Çamalan'ın Hafız'ı ne diyor? Yol ordan sırf Hurşit Ağa'nın keyfi için geçiyor, diyor. Ama ben er geç yolu yerine oturtacağım bir gün diyor Hafız Esat.»

«Boşuna çenesini yormasın, oyunu Hurşit Ağa kazandı. Hafız'ın kamyonlarını, Aşağı Akpelit'e göstermemek için varını, yoğunu koydu ortaya. Hafız Ağa, deniz yolu devrinin kapandığını anlayacak kadar da ileri görüşlü ama, kaç para eder. Bu oyunda yenildi. Çamalan'a dubayla getirdiği kamyonu gene de soktu sefere... Tomruğunu İnebolu üzerinden Soğancı'nın sunta fabrikasına çekmeğe bile başladı. Sahil yolu açıldı mı, kaptıkaçtıcılık bile yapar, Cide üzerinden... Otobüs bile işletir. Ama şimdi söz Hurşit Karaman'ın, bir oğlu var ki, Akif...»

«Biliyorum. Babasından daha açıkgöz! Yaptıkları, ağalık yarışı tüm bunların... Sana bir şey söyleyeyim mi, göreceksin ilerde bu iki ağa üstünlüklerini hemşerilerine göstermek için önce ortak olup bir fabrika kuracaklar... sonra da...»

Önünden geçen dozeri bir süre izleyen Naci:

«Kurarlar!» dedi, «Sonra da, fabrika senindi benimdi, diye ölmeden miras kavgasına başlarlar. Kim bu tür sürtüşmeden üstün çıkarsa söz de onundur buralarda... Neden mi? İki ağayı kaldırmaz bu kıyılar da ondan!.. Çukurova değil bu topraklar. Karadeniz kayalıkları... Biz cezaevlerine düşmedik ama, düşen yazarlar bize öğrettiler, iki ağa barınamazmış eski hapishanelerde bile... Eroin, esrar satılacaksa bir elden çıkarmış, El ikileşti mi, birinden biri kırılmalıymış. Hapishane Müdürü de böyle olmasını istermiş bunun! Cezaevinin düzeni, raconu için!»

Dozerleri çalıştıran sürücüler, araçlarından ellerini kaldırarak hazır olduklarını bildiriyorlardı. Onlardan aldığı «tekmil haberi» üzerine:

«Biz hazırız Komutanım!» dedi, Haşim Yalvaç, «Konuşmamızı Hafız Esat'ın konağında sürdürürüz bu akşam... İçtiğimiz rakıyı hak etmemiz için biraz da onun dümen suyunda, giderekten...»

«Haydi Allah kuvvet versin top çeken beygirlere!»

Koşarak ayrıldı arkadaşından Haşim Yalvaç, öndeki dozere atladı. Deri ceketli sürücüye:«Çok zorlama dozeri!» dedi, «Biliyorsun dişlilerde hayır yok. Bakım ister bu araçlar ama, dur durak yok ki.»

Deri ceketli sürücü:

«Sayın Şefim!» dedi, «Araçlar bizim kadar dayanıklı değil. Zamanı gelince onlar kendilerini çürüğe çıkarmasını bizden iyi biliyorlar... En kötüsü yolda kalmaları... O zaman pes dedirtiyorlar bize de!»

Görmüş geçirmiş bir makine mühendisi olan Haşim Yalvaç:

«İşte o zaman biz de onu bırakıp gitmesini biliyoruz! Hem de dağ başlarında bırakmasını, gözünün yaşına bakmadan! Tüm işlerimiz göstermelik bizim. Biz insana acımıyoruz, makineye mi acıyacağız. Yolun ne işi var bu kayaların arasında. Yazıp çizmedik mi? Ne dediler bize yukarıdan... Bu yol açılacak dediler... Ne pahasına olursa olsun! Ne o?.. Bu kalabalık ne?.. Herhalde bu kadınlar yollarını açtığımız için kurban kesmeğe gelmiyorlar. Bu kadınlar olsa olsa...»

«Akpelitli olacak bunlar... Çamalan'dan ayrıdır giyimleri... Bakın, hemen hepsi de sarı yazmalı... Ne yapalım?»

«Yapılacak iş, yolu açmak... Bizim görevimiz bu... Gerisine jandarmalar karışır...»

Yukarı Akpelitliydi bu kadınlar... Önlerinde sarı yazmaları soluk, yaşlılar vardı. Kırmızı paçalıkları da çamurdan renklerini yitirmiş görünüyorlardı. Allı morlu önlüklerinin etekleri tüm çamur içindeydi.

Tek söz etmeden, küme küme gelip dozerlerin, kepçelerin, grayderlerin, taşıyıcıların önünde dikilip durdular. Çok şey söylemek isteyip de daha çoğunu söyleyemeyeceklerini bildikleri için susuyorlardı. Yüzlerinden, duruşlarından okunuyordu istekleri. Çok şey isteyen bir halleri olsa bile tek şey istediklerini anlamak zor değildi, yolun açılmasından yana olmadıklarını belirtmek istiyorlardı, o kadar...

«Bacılar!» diye başlamak istedi dozerlerin arkalarından çıkıp da en öne geçen Naci Uysal. Oysa bu söz Erzurumlu olan Ekip Şefi'nin ağzına yakışsa bile buraların kulağına hiç de hoş gelmemişti.

«Bacılar!» diye yineledi, «Bu yolun açılması için Bölge Müdürlüğü'nden emir almış bulunuyoruz!»

Sözlerinin karşılığını bekledi bir süre. Onlardaki ilk tepki bir iki adım atıp sıklaşmaları oldu.

İkinci bir sıra oluşturanlar dozere yaklaşmalarını belirttiler ellerini bir iki kez sallayarak... Gerideki dozer, hızla öne geçip Makine Mühendisi Haşim'in dozerine sürtünerek sollamış, tam yanında durmuştu. Her ikisinin motoru da çalışıyordu. Arkadaki kepçelerle taşıyıcıların motorları da... Kazmalı kürekli işçiler gerilerden yaklaşıp olanı biteni yakından izlemek için araçlarının bıraktıkları boşluklara doluşmuşlardı. Bunların çoğu, çevre köylerinden gelip işçi yazıldıkları için olaylarla daha yakından ilgili görünüyorlardı. İçlerinde tek Akpelitli işçi bulunmadığı da duruşlarından anlaşılıyordu.

«Bize verilen emri yerine getirmek zorundayız!» dedi, Haşim Yalvaç, «Yolun buradan geçmesini uygun gören biz değiliz!»

«Amma, evlerimizi sonunda siz yıkacak değil misiniz?» dedi, içlerinden biri. Arkadaşları bile tanıyamamışlardı bu öfkeli sesi. Başlarını çevirip sesin geldiği yana baktılar. Gaffar'ın kızıydı bu Emine'ydi. Pençe pençe kızarmıştı soluk yanakları. Gözleri bile Kerempe feneri gibi çakıp sönüyordu.

«İyisi mi...» dedi, «Dönüp gidin buradan!»

«Biz yol istemiyoruz!» dedi, Nazife, annesi Ümmüye'nin gerisinden. Yanında da kardeşi Emriye... Üstündeki önlüğünden belliydi, okuldan kaçıp geldiği... Okulun tüm çocukları da kardeşlerinin, annelerinin yanlarındaydılar. Emriye, ablasını yalnız bırakmamak için bağırıyordu, yaşının üstünde kalın bir sesle:

«Yol istemiyoruz biz!»

Onun okullu olduğunu yakalığından bulup çıkaran Haşim

Yalvaç:
«Öğretmeniniz böyle düşünmüyor herhalde!» dedi,«Yolsuz köy olur mu?»
Gemi yapımcısı Recep Usta'nın kızı Gülay:
«Kaf dağının tepesinde yol olur mu?»
Niçin söylediğini kendi de bilmiyordu. Dedesinden duymuştu bunu.
«Öyle ya!» dedi, Zekiye'nin annesi Safiye, «Ha Kaf dağı, ha Yukarı Köy!»
Bu konuşmanın gevşetici havasından yararlanan Haşim Yalvaç, sürücüye:
«Gazla bakalım!» dedi.
Boşlukta asılı duran kazıcı, Ümmüye'nin başının üstünde sallanıp kaldı.
Ümmiye'nin neresinden çıkardığı belli olmayan iri bir taş, dozerin kafesine çarpıp sıçradı bir yana. Onun avucunun içinde ikinci taşı gören sürücü hemen basmıştı frenlere. İkinci dozerin sürücüsü marşa basmışken ayağını kaldırmak zorunda kalmıştı.
İşin sarpa saracağını anlayan Ekip Şefi kamyonlardan birini eliyle gösterdi:
«Sen!» dedi, «Hüsrev! Hemen git karakola! Durumu anlat. Başefendi ne kadar jandarma verirse bindir getir. Kendisine rica et, benim için!»
Kamyondan hiçbir ses çıkmadı bir süre... En arkadaki arabaydı bu. Geri geri giderse dönecek düzlük bulabilirdi aşağılarda. Sürücünün de böyle düşündüğü arabayı çalıştırıp geri vitese almasından anlaşılıyordu.
Ekip Şefi Naci Uysal, çok geçmeden jandarmaların geleceğini öğrenmişti Hüsrev'den.
«Hanımlar!» dedi, «Araçlarımızı taşa tuttuğunuzdan söz etmeyeceğim jandarmalara! Köyünüze dönseniz iyi edersiniz! Komutan gelirse hiç de kadındır, kızdır dinlemez. Alır götürür karakola»
«Biz de onu istiyoruz!» dedi, Nazife. «Hiç olmazsa yukarıdakilere duyurmuş oluruz sesimizi!»

«Biraz da bizi dinlesinler karakolda!» dedi Gülsüm. «Hep Hurşit Ağa'yı dinleyecek değiller ya!»

Haşim Yalvaç dozerden atlamıştı. Çoktan kestirmişti, işin sonunu. Karayollarına girdi gireli yol açılırken böyle olayların yinelenmesi doğaldı. Jandarma gelecek... Komutan süngü taktıracak. Dozerler, kepçelere hep birden üzerlerine yürümeleri buyurulacaktı. Kadınlar da direnecekler, araçların önüne yatacaklardı. Jandarmalar ise araçların önlerine yatanları başlı bacaklı tutup kaldıracaklardı yoldan.

Jandarmalar gelmeden yola getiremezlerse olay başladığı gibi kalmaz daha da gelişirdi.

Araçların sorumlusu olan Haşim Yalvaç, genç kızların sinirine dokunan seslenişini yinelemek gereğini duymuştu, yeniden:

«Bacılarım!»

Sanki bu söz onlara, olduğunuz yere hemen oturun, anlamına geliyordu. Birbirlerine bakma gereği bile duymadan aynı davranışı gösterdiler. Tümü birden oldukları yere oturmuşlar, başlarını da önlerine eğmişlerdi. Konuşacak olan Makine Mühendisi Haşim Yalvaç'da olsa, yüzlerinden hiç de dinlemeğe hazır oldukları belli olmuyordu.

«Bakın!» dedi, «İçinizden biri devletin aracını taşladı. Bu devlete karşı işlenmiş bir suçtur. Jandarma bu suçluyu şimdi alıp götürecek, mutlaka adalete teslim edecektir.»

Bu söylenenlere bir karşılık beklermiş gibi sustu. Teker teker yüzlerine bakıp ne etki yaptığını anlamak istedi. Böyle bir gözden geçirilişin hiç de hoşlarına gitmediği belliydi. Bakışlarından yakalanmamak için başlarını önlerine eğiyorlardı.

Bu denetlemeden kurtulmak isteyen Yıbıl Arif'in karısı Ayşe, kızı Çiçek'ten öğrendiği sözü yinelemek gereğini duymuştu:

«Biz yol istemiyoruz!»

«Bizi toprağımızdan atamazsınız. Sökemezsiniz bizi Yukarı Akpelit'ten.»

Bu sözü kimin söylediğini öğrenmek için hemen hepsi de başlarını sesin geldiği yana çevirmişlerdi. Kulaklarına inanamadıkları belliydi. Muhtar Mecit Efendi'nin geliniydi bu, Gülizar'dı. Muhtar'ın Yukarı Akpelit'te evinden, evinin arkasındaki yarım dönüm bostandan gayrı bir karış toprağı yoktu. Diz dize oturduğu annesi Zeynep Yalçın için söylüyordu bütün bunları. Belki de kaynatasından izinsiz katılmıştı bu yürüyüşe. Kim bilir, eğer akşam eve döneceklerse kaynanası burnundan getirecekti bu yürekliliğini.

«Doğru söylüyor Gülizar Abla!..» dedi Nazife, «Bizi topraklarımızdan kimse sökemez!»

Bunları söylerken yanakları her zaman olduğu gibi pençe pençe kızarmıştı. Bakışlarından belli oluyordu, inanarak konuştuğu. Aynı inanç tüm bakışlarda birden parlamaya başlamıştı. Hep birden yinelediler Nazife'nin bu sözünü:

«Sökemezsiniz bizi!»

Ekip Şefi Naci Uysal, dozerin arkasından dolaşıp önlerine çıktı:

«Bakın Hanımlar, Kardeşler!» diye yumuşak bir sesle başladı, «Şu üzerinde çalıştığımız kayalıklar, ne sizin, ne de bir başkasının! Yani sahipsiz, demek istiyorum! Böyle bir iki kilometrelik yolumuz var köyünüze doğru... Ondan sonra sizin tarlalarınız geliyor. Biz bu iki kilometrelik bölümü ancak iki ayda düzleyebiliriz. Bırakın bizi yolumuzu açalım. Yani Çamalan'dan Yukarı Akpelit'e giden yolu... Siz haklı çıkarsanız yol da böyle kalır. Tarlalarınızdan aldığınız ürünü bu yoldan Çamalan pazarına indirirsiniz. Oradan da İneboluya!..»

Durdu, dinliyorlar mı diye, bakışlarından bir anlam çıkarmaya çalıştı. Herhalde dinliyorlardı, hiç ses çıkarmadıklarına göre. En önde oturan Şaduman'ın kızı, önce dizlerinin üzerinde toplandı, birden kalkıverdi ayağa, derse kaldırılmış bir ortaokul öğrencisi duruşuyla:

«Mühendis Bey!» dedi, «Bizim motorlarımız Aşağı Akpelit'te... Çarşımız pazarımız da orda... Eğer Akpelit'e yol açmak isterseniz yolu bu kayaların arasından neden geçiriyorsunuz?.. Devletin araçlarına yazık değil mi? İki ay bu kayalıklarda didineceğinize, aşağıdan düz yoldan gidin iki ayda, yolu açarsınız...»

«Mühendis Bey, doğru söylüyor Nazife!»

Önlerine bakan Akpelitliler bu erkek sesinin kimden geldiğini anlamak için birden başlarını çevirip baktılar. Selim'di bu Nazife'yi haklı çıkaran Hafız Esat'ın oğlu Selim Soylu.... İnanamadıkları belliydi. Kuşkuyla bakıyorlardı yüzüne. Ne var ki kendileri gibi düşünüyordu. Haksız sayılmazdı. Öyle ya Akpelit'e doğru aşağıdan yürürse bu araçlar, iki ayda çoktan varırlardı. İlk kez Akpelitli analar, başta Ümmüye olmak üzere tüm kadınlar sevecenlikle baktılar Selim'e. Demek ağaların tümü onlara karşı değildi. Çamalan'ın Hafız'ı da oğlu Selim gibi mi düşünüyordu. Eğer öyleyse bu yolun kayalıklarda ne işi vardı. Hafız ne isterse istesin, dediği olmuştu, bugüne kadar. Ormana yol açtırıp dubalarla kamyon getiren o değil miydi? İşte kamyonuna binip jandarmadan önce dayanmıştı oğlu. Belki de oğlunu kendi yollamıştı, kendilerinden yana olduğunu bildirmek için.

Bir duraklama olmuştu. Nazife kendini destekleyen Selim Soylu'ya dalıp kalmıştı. Demek söylediklerini doğruluyordu Selim. Şu halde konuşmasının gereği yoktu artık.

Sözün akışını şaşıran Naci Uysal, durumu kurtarmak için:

«Selim Bey!» dedi, «Biz de hak vermiyor değiliz Akpelitli hanımlara. Biz şimdilik yirmi altı ton dinamitle uçurduğumuz kayaların döküntülerini kaldıralım da, Çamalan yolunu geliştirelim, diyoruz. İstimlâkli tarlalara ancak iki ay sonra sıra gelecek... Bize iki ay müsaade edin demek istiyoruz.»

Daha geçen gece konuşulmuştu bu konu Hafız'ın konağında. Böylece yeni bir orman yolu açılmış bulunuyordu. Yukarı Akpelit'e yol dayanmasa bile. Karayolları ne kadar çalışırsa kazançlı çıkacak tek kişi Hafız'dı. Gel gelelim Hurşit Ağa'yı yüreğinden vurmak, onun kişiliğini iki paralık edebilmek için yolun aşağıdan geçmesi gerekirdi. Sonuna kadar böyle düşünecekti, düşündüklerini de Kastamonu'lardan çok Ankara'larda bile yürürlüğe koymak üzereydi... En başta Akpelit'e çadır kuran mühendisler de kendisi gibi düşünüyordu. Cengiz Topkaç'ın bir haftalık iznine, bir hafta daha katan da gene kendisiydi.

Karayolları'nın kamyonu karakolun on beş jandarmasının onbeşini de getirtmişti, başlarındaki komutanlarıyla birlikte. Önce Başçavuş Murat Özdemir atladı sürücünün yanından. Ekibin başını tanıyordu. Durumu önce ondan öğrenmeliydi. Sert bir yürüyüşle sokuldu, Naci Uysal'a.

«Haber göndermişsiniz geldim!» dedi, «Buyrun sizi dinliyorum!»

Havayı yumuşatmak istiyordu, Naci Uysal:

«Sanıyorum siz gelene kadar anlaştık, hanımlarla...» diye başladı, «Daha istimlâklı tarlalara iki ay var, dedim. Önce şu kayaları kaldıralım da yolu düzleyelim...»

Başını mühendise çevirecek yerde, yanıtını kadınlara vermek için tümüyle onlardan yana dönerek:

«Haklı değil mi Şef?» diye sordu, «Demek istiyor ki önce dinamitle atılan şu kayaları kaldıralım, diyor...Kaldırmasın mı?»

Kadınların tümü ayağa kalkıvermişti. Bunu kötü bir davranış için ilk atılım sanan Komutan, jandarmaları kamyondan indirmediği için suçlamıştı kendini. Boş mu bulunmuştu yoksa? Ama kadınlarda böyle bir atılım görmemişti. Nazife az önce bıraktığı yerden başlamak isteğiyle:

«Evet!» dedi, «Temizlesinler yolu!»

«Demek bu kayaların kaldırılmasını siz de istiyorsunuz!»

«Evet Başefendi. Yolun buraya kadar olan bölümüne bir şey dediğimiz yok! Biz Akpelit'e yol istemiyor değiliz. Biz de yol istiyoruz... Neden kayalarla vakit geçiriyor bu kadar araç... Bu kadar insan... Hem sahil yolu diyorlar, hem dağlara, kayalara vuruyorlar!»

Selim Soylu, Başefendi'nin işine karışmak istemediği halde kendini tutamamıştı.

«Doğru söylüyor!» dedi, duyulur duyulmaz bir sesle.

Başefendi beklediği tepkiyi göstermişti:

«Susar mısın sen,» dedi, «Mahkemede değiliz. Bizim görevimiz de bu değil! Bu genç hanımın da belirttiği gibi bu yol açılacak. Sahil yolu mutlaka açılmalı! Yolsuz memleket olmaz! Geldiğim günden beri bu yol sorununu ben de izliyorum. Bir terslik var gibi geliyor bana... Durumu amirlerime bildireceğim. Biz yalnız karakola düşen olayları mahkemeye göndermekle görevli değiliz. Halkımızın, köylümüzün huzurunu bozan olaylarla da uğraşmak zorundayız!»

Bu kez de doğrulayan Naci Uysal olmuştu:

«Bize açtığımız yolun toprağını düzleme işi kalıyor, anlıyorum» dedi, «Yukarı Akpelitlilere söz veriyorum. Ancak bize beşyüz metrelik bir kesim tanısınlar. Onlara da göstereyim, tam beşyüz metre ilerde attığımız kayanın dibinden temiz bir su fışkırmaya başladı.»

«Gördük,» dedi, Yıbıl Arif'in kızı Çiçek, «O sudan da gelirkene içtik.»

«Bu kaynak sınırımız olsun!»

«Sözünüze güveniyorum Mühendis Bey,» dedi, Başçavuş Murat Özdemir, «Ben de bu sözünüze dayanarak şunu söylüyorum. Sevgili Akpelitliler, karayollarının araçlarını bu suyun kaynağından, sizin izniniz olmadan bir adım ileriye geçirmeyeceğim! Önce Kastamonu'ya gidip albayımızı göreceğim. Albayıma Karayolları On beşinci Bölge Müdürü'nü görmesini rica edeceğim. Anladınız değil mi? Tüm bu konuşmalar, sizin köyünüze dönmenizi sağlarsa çok sevineceğim!»

Gergin yüzlerin anlamı bir anda değişivermişti. Önce Nazife, Babası Şaduman Dağlı'dan duyduğuna göre, güveniyordu Komutan'a. Tatlılaşıvermişti bakışları. Köylülerin yüzlerinde beliren güveni dile getirebilmek için:

«Size güveniyoruz!» dedi, «Yol suyun başına dayandığı gün köyce gelip eğleneceğiz suyun başında. Sağ olun hepiniz de! Dönüyoruz köyümüze değil mi, Teyzeler, kardeşler?»

«Dönüyoruz!»

Jandarmalar emir almadıkları için kamyondan inmemişlerdi. Komutan Akpelitlilerin yola girdiklerini görünce seslendi, tüfeklerine dayanıp sabırla bekleyen erlere:

«İnin arkadaşlar.» dedi, «Gelmişken Mühendis Bey'in pınarından birer su içelim! Mataraları da dolduralım!»

ON BİRİNCİ BÖLÜM

«Çimento çekeceğiz Bartın'dan!» dedi, Makinist Hayri Dranas, «İnebolu'nun Karayolları'na!. Anlaştım ben Çapar Yusuf'la; kaptan benim sözümden çıkmayacak!»

«Güveniyorum sana Hayri Abi!» dedi, Harun Dağlı, «Sen neredeysen, ben de ordayım!»

«Karışık işler yok bundan sonra! Jandarma botlarını salıverdiler Karadeniz'e! Bizim beş millik teknelerle sıçanla oynar gibi oynasınlar diye, Sinop'la Amasra'nın radarından kurtulsan bile, bu botların radarından kurtulamazsın!»

«Gül gibi zanaatın var. Makinistlikte kim su dökebilir eline.»

«Bak şu zıkkımı içtiğimden söylemiyorum. Son yıldız karayelde anladım, Kerempe önlerinde... İyi gemici olacaksın ilerde! Yürekli gemici. Çamalan'da tam iki saat konuştuk, karaya çektiğimizde bizim Yediveren'i. Onun Selamet'i de ordaydı. Bir defter de bende olacak. Ben yüzde otuz alacağım. Yüzde kırk tekneye, yüzde otuz da ona. Teknenin aldığından, tüm masraflar... Senin aldığın da burdan çıkacak! Pay yok, aylık var... Böyle daha sağlam, bana kalırsa... Sütsüzüne düştün mü mal sahibinin, öylesine masrafa boğar ki, pay yerine poyraz alırsın! Kör olayım, borçlu çıkarsın her seferde!»

«Sen ne dersen, çıkmam sözünden.»

«Ben diyorum ki bırakalım bu Yediveren'i. Üç beş kuruş fazla alacağız diye ciğerim ağzımda yaşayamam ben! Bu kesimde iş yapmak geçti, bundan sonra!.. Sinop'la Amasra arası mimlendi artık. Bizim bu kıyılarda kaçakçılık yapanın alnını karşılarım ben! Damgalı kereste çekeceğiz anladın mı, dönüşte Bartın'dan çimento... Temiz iş! Ne tabanca, ne viski, sigara... Baks'tır, kartondur, yok artık... Bak, Bodur Ali, sen birer lüfer daha koy ızgaraya!. Bi gazoz rakı daha ver ki, ikimiz bölüşelim!»

«Bakıyorum idareli gidiyorsunuz?» dedi Bodur Ali, masanın üstünü gözden geçirirken, «Bir de domates salatası?.. Nasıl?»

«Onu sen ye!» dedi makinist Hayri, «İyi bir kavun varsa, ondan haber ver.»

«Daha yerlileri çıkmadı. Dışardan gelen kavunlar elimizi yakar bizim.»

«Öyleyse kabak getir bize... Dışarıdan gelmeyen kabaktan başka neyiniz olur ki sizin.»

«Sus!» dedi Bodur Ali, «Dip masada Hafız'ın oğlu Selim Bey... Alınır!»

«Neden alınıyormuş, bi kuşkusu mu var kendisinden.»

«Hooop!»

Dip masada belediyecilerin arasından, konuşmalara kulak kabartan Selim, adının geçtiğini duymuştu:

«Sanıyorum, arkadaşlar Akpelitli!» dedi, ayağa kalkarak...

«Öyle!» dedi Hayri Dranas, «Biz daha çok Karadenizli sayılırız. Motorcuyuz da...»

Gözlerini Harun'a diken Selim, onu tanımıştı.

«Kusura bakma genç arkadaşım!» dedi, «Sen Akpelit'ten Şaduman Abi'nin oğlusun, değil mi?»

Havanın biraz yumuşadığını anlayan Harun Dağlı:

«Evet!» dedi, «Onun oğluyum!»

«Motorunuz bizim kumda olmalı...»

«Kaptanın gözü kesmedi!» dedi, «yıldız karayel patlayınca. Hayri Abi alırız İnebolu'yu dediyse de dinletemedi. Geceyi Çamalan'da geçirelim, daha iyi olur dedi Kaptan.»

«Bodur Ali'nin lüferlerinden nasiplenemezdiniz çekip gitseydiniz.» Sonra Harun'a döndü:

«Demek Şaduman Abi'nin oğlusun haaa!..» dedi, «Severim

Şaduman Abi'yi. Erkek adamdır... Ama ne çare... Üç beş ay sonra ne Yukarı Akpelit kalacak, ne Şaduman Abi... Yol alıp götürüyor köyü olduğu gibi...»

«Kayadibi'nde yol yapımı durmuş, suyun başında...»

«Babam hemen bir çeşme yaptırdı ki görmeye değer. Cumartesi, pazarları başında oturup eğleniyor millet... Ne su ya! Buz gibi. Babam ilerde bir de otel yaptırmak istiyor...

«Gelip geçenler için... Demek baban yolun açılacağına inanıyor?»

«Karıların direnmesiyle durdu sanıyor Akpelitliler... Kız işi, karı işi değil bu! Kimin sözü geçerse yukarılarda onun atı oynar...»

Makinist Hayri, Akpelitli olmadığı halde bu yol işinde bilgisiz sayılmazdı:

«Demek baban şimdiden pes etti Hurşit Ağa'ya...» dedi.

Önce bu iğneleyici söze uzaktan bir karşılık vermeyi düşündü. Yanında oturan Belediye Başkanı'na:

«Yılmazcığım!» dedi, «Bir dakikanızı rica edeceğim. At üstünden orak biçilmeyecek... Onlara anlatmam gerekiyor.»

Başkan, Yediveren'in motorcularına, yeni görüyormuş gibi baktı, kısa bir süre...

«Peki, Selimciğim!» dedi, «İşi ciddiye aldın anlaşılan...»

Onun geçebilmesi için sandalyesini öne çekti. Selim motorcuların masasına geçerken:

«Bilmem rahatsız ediyor muyum!» dedi, «Açıklamam gerekiyor da.»

Hayri'nin gösterdiği sandalyeye oturdu:

«Babam pes etmedi, arkadaşım!» dedi, «Sonuna kadar yolun yukardan geçmesine karşı! Hurşit Ağa'nın hatırı için taşıtlar otuz altı kilometrelik yolun yakıt parasını ödeyemezler! Öyle yağma yok!.. Neden mi? Hurşit Ağa'nın tarlası istimlaka gitmesin diye...»

Sözünü burada kesip Bodur Ali'yi aradı bakışlarıyla.

«Bak, Ali!» dedi, «Buraya bir şişe verir misin. Altınbaş olsun. Müsadenizle arkadaşlar... Bizim Çamalan'ın konuğu sayılırsınız.

Babam Hurşit Ağa gibilere hiçbir zaman pes etmemiştir. Babam bizim gibi tez canlı değil, sabırlı adam, oturaklı adamdır!»

Bodur Ali'nin hazırda Altınbaş'ı yoktu. Hemen çırağını gönderdi, geç kapatan tekel bayiinden iki ufak getirtti. Birini kapalı olarak koydu masaya.

Kendi eliyle açan Selim, Yediveren'in makinistinin bardağını yarısına kadar dolduruken:

«Size bir şey söyliyeyim mi...» dedi, «Er geç sahil yolu Hurşit Ağa'nın tarlasını ikiye biçerekten geçecektir. Hiçbir taşıt, onun güzel hatırı için bu otuz altı kilometrelik yolu aşmak zorunda değildir, bu yakıt kıtlığında!»

Bardaklar sulandırılmıştı:

«Haydi!» dedi, «Gerçek yolun kısa zamanda açılması dileğiyle, içelim!»

Karşı masadaki belediyeciler de katılmışlardı bu dileğe:

«Yaşasın Akpelit'in itişken sarı yazmalıları!» dedi, bir şeyler sezinler gibi olan genç Belediye Başkanı:

«İş babalarına, karılarına kalsaydı, çoktan Akpelit'in tarlalarına uzanmıştı yol!»

«O gün ben de ordaydım.» dedi, Selim Soylu, «Naci Bey, dozercilere sürün deseydi yatacaklardı dozerlerin önüne. İçlerinde sarışın uzunca boylu bir kız... Biz yol istemiyoruz sizden. Şurdan şuraya gidemezsiniz, dedi. Ölülerimizin üstünden geçer gidersiniz.»

Hayri Dranas, kuşkuyla bakıyordu Selim'e. Sözünü ettiği kızın kim olduğunu bilmiyor muydu, bu delikanlı. Oysa kendisi Harun'dan dinlemişti o gün Nazife'nin dozercilere söylediklerini. Gerçekten orada mıydı o gün?

«Peki!» dedi, «Başefendi jandarmalarla geldiğinde de orada mıydın?»

«Evet.» dedi, «Oradaydım ya! Önce Şöför Bilal geldi, açılan yoldan. Karakolun yolunu tutunca, tamam dedim. Akpelit'in kızları bastırdılar. Kulağım kirişteydi. Kamyon Manav Kâzım'ın küfesini devirince bizim dükkânın önündeki tomruk kamyonuna atladım. Sür ulan Nazmi, dedim, cümbüş var! Bi İstanbul'da gördüm böyle bir direniş, bir de çifte kayaların orda! Aşk olsun Başefendi'ye!.. İyi idare etti, iki çift sözle bağladı onları. Çok soğukkanlı doğrusu, kamyonlardan çıkarmadı bile jandarmaları... Helal olsun o sarı saçlı kıza! Başefendi suyun kaynağını sınır olarak tanıyınca, arkadaşlar, dedi, bu iş burda biter! Haydi, dedi, köye dönüyoruz! Ve döndüler de hep bir olaraktan! Anlattım ordan dönünce babama, utansın bizim Çamalan kızları, dedi. Beraberlik dediğin böyle olur işte! Yalnız kızları mı? Erkekleri de!»

Çıt çıkarmadan Selim'in konuşmasını dinleyen genç Belediye Başkanı Yılmaz Bilgin:

«Korkulur bu Akpelit kızlarından!» dedi, «Bunlar ilerde kocalarına da böyle posta korlar!»

«Böyle haklı olsunlar da koysunlar!. Bak Bodur Ali, sen şu sinameki tekel bayiine gönder çırağını, kapatmadan. Bir Altınbaş daha alsın! Mübarek de kaymak gibi gidiyor. Gazetecinin biri, reçete vermiş geçenlerde... Beş parmak yeni rakı, iki parmak altınbaş... Üstü silme su... Adam, değil Atlınbaşı, Yeni'yi bulsa ağarmasına mı bakar...»

«Öyle!» dedi, genç Başkan, «Herkes Hafız Esat'ın oğlu mu Altınbaş içsin. Hele Bodur Ali, sen sinameki kapatmadan büyük bir yeni rakı daha söyle... Böyledir bizim köylümüz... Yol açmaya kalkarsın istemeyiz diye dozerlerin önüne yatar. Şu Çamalan'da sokak açtıramıyoruz. Kiminin dükkânı vardır yol üzerinde, kiminin ardiyesi... Camiye hela isterler, gösterin yerini de yapalım, dersin denizin kıyısını gösterirler. Ben denizin kıyısına kadar gittikten sonra, helayı ne yapacağım! İster dağdan geçsin, ister ovadan... Yol yoldur. Bu memleket hep yolsuzluktan battı!»

Belediye muhasebecisi bardağına yapıştı:

«Sayın Başkanımız'ın şerefine içiyoruz, arkadaşlar.»

«İçelim!» dedi, Selim Soylu, «Başı boş dolaşan sığırlarımızdan ceza kesip belediye bütçesini iki katına çıkaran Belediye Başkanımız'ın şerefine!»

İster istemez Akpelit'in motorcuları da uymuşlardı, bu bardak kaldırışa.

Her iki masada da rakı bitmişti. Bodur Ali istenen şişeler için ne çırağını gönderiyordu, ne de kendisi gidiyordu.

«Haniya bizim rakılar!» dedi, Selim.

Bodur Ali içerden çıkmak istemiyordu.

«Heeey Bodur Ali!» diye bağırdı Selim Soylu, «Anladık. Sinameki kapalı diyeceksin. Soğan küfesinin dibine sakladıklarından getir, ne kaldıysa!..»

Oysa ikinci Altınbaş'ı da soğan küfesine saklamıştı.

«Bakın!» dedi, «Saat on bire çeyrek var. On bire kadar, şu Yeni'yi içip bitirin! Başefendi'nin sıkı emri var. On biri beş dakka geçti mi dükkânını kapatırım, dedi.»

«Tamam, arkadaşım!» dedi, «Biz çeyrek saatte bir binlik tüketiriz. Aç çabuk da sürümden kazanalım, hiç olmazsa!»

Hayri birden kalktı ayağa :

«Bize müsaade!» dedi, «Bizim kaptan biraz titizcenedir. Onda geleceğimizi, söylemiştik... Biz tentenin altına girmeden, gözlerine uyku girmez onun! Bakar mısın Ali Efendi kardeşim. Son Altınbaş Selim Bey'den olsun, hesap.»

«Yoook!» dedi. Selim Soylu, «Feyzi'nin meyhanesinde verirsiniz hesabı, Akpelit'te!»

Üstelemedi Hayri Dranas:

«Sağ ol!» dedi, «Bekleriz biz de!»

Elini kimseye uzatmak istememişti çıkarken. Oysa onları kapının önüne kadar geçirmişti Selim Soylu. Harun'un da yapışmıştı eline.

«Görüşürüz!» dedi, «Şaduman Amca'ya selamlar!.. Ellerinden öperim!»

ON İKİNCİ BÖLÜM

«Kız, Emriyeee!» diye seslendi çardaktan.

«Buyur baba!»

«Aferin Emriye!» dedi en güleç yüzüyle, «Şu buyur demeyi sen kendiliğinden mi öğrendin, yoksa yeni gelen öğretmen mi öğretti?»

«Amaaan baba, her şeyi öğretmen mi öğretirmiş. Bunu da kendiliğimden öğrendim.»

Karısı Ümmüye ocaklı odadan seslendi:

«Analar hiç bi şey öğretmez uşaklarına. Hep kendi kendilerine öğrenir. Sen şimdi söyle babası! Emriye'den ne istiyordun?..»

«Söyle Baba!» diye sokulmuştu kızı da.

«Bak benim, akıllı kızım, Şemsi Amcan haber salmış, bu akşam bizdeymiş.»

«Çiçek toplayayım, öyle mi?»

«Öyle değil mi ya! Şemsi Amca'yı öyle alıştırmadın mı? Haydi bakayım seni göreyim, masanın üstü tüm çiçek olsun!»

Hiçbir davranış yoktu Emriye'de:

«Ne duruyorsun ya!»

«Ben de başka bir şey buyuracaksın sandım. Nazife Ablam topladı bile! Gitti, Gülay Abla'dan istedi bizde olmayanları da!..»

«Nerden biliyormuş Şemsi Amcanız'ın geleceğini?»

Karısı gene ocaklı odadan laf yetiştirmişti:

«Bu aylarda tavşanı vursan vursan bu Kavrukların Güveyisi için vurursun sen. Kızın bunu bulup çıkaramaz mı?»

«Vurmuşum da karnından enceği mi çıkmış tavşanın!.. Uzaktan erkek tavşanla dişisini ayıramayan adama da avcı mı derim ben! Demek Nazife topladı çiçekleri, öyle mi?»

«Sen çiçekleri bırak da tavşanı sor, ne oldu diye...»

«Sakın köpeklere kaptırmış olmayasın!»

«Sana bir şey diyeyim mi... Çok nasipli bi adam şu Kavrukların Şemsi Dayı... Cılız İbramlar fırın yakmışlar, verdim fırına. Nar gibi de kızarmış... Az ateşte bekletiyor Nazife, fırından getirdi de...»

«Kavurmasın sakın!»

«Gerisini de bize bırak gayri!»

«Kız Nazifeee! Sen nerdesin Kız!»

«Burdayım baba! Sandıklı odada Emel Hanım bi iş gösterdi de, onu yetiştiriyorum sabaha!»

«Aferini iki yandan hak ettin!.. Hele tavşanın tadına bi bakayım. Topladığın çiçekleri de bir göreyim!»

«Ne zor şeymiş senin aferinini almak!»

Ocaklı odadan Ümmüye duramadı, gene konuşmalarına karıştı:

«Kız Nazifeee!» dedi, «Davşan için aferin alırsan yarısı benim... Hakkımı yeme!»

«Demek sen doldurdun, öyle mi?» dedi kocası, «Eğer pirincini tereyağıylan kavurmadınsa şimdiden vazgeç hakkından. Çiçeklere de gelince... Biliyorsun Nazife Kızım, Şemsi Amcanız ev çiçeğinden çok, dağdan bayırdan toplanan çiçekleri sever... Ekin arasından bile toplansa deli olur... Hadi kızım Emriye, bu işi sen becerirsin ancak... Çok açılmadan hemen şuralardan... Sallanmayın çıkın ortaya da, çıkarın şu topal masayı çardağa!.. Tam yaz havası... Yaprak kımıldamıyor!»

Birden Harun'u anımsamıştı:

«Ümmüye, gel hele!..» dedi, «Otur şöyle karşıma!.. Kız, Emriye sen de sallanma da hemen topla çiçekleri!»

«Ben de Gülay'a kadar gitsem de ona şu geceliğin yakasını uydursam!» dedi, Nazife.

Birden ateşlenmişti babası:

«Sen o Kaynakçı Recep'in kızı kadar da yaka açamazsan...»

«Amaaan baba!» dedi, Nazife, «Anamı yanına çağırdığına göre gizli şeyler konuşacaksınız diye söyledim bu yaka oymayı... Gene de Gülay'dan öğreneceklerim çok şey var, benim. Ne kadar olsa İstanbul görmüş kız!»

«Seni çok bilmiş seniii!.. Git hadi! Hangi cehenneme gidersen git!»

Ev, kızlardan arınınca Ümmüye de geldi, oturdu karşısına:

«Var bi zorun!» dedi, «Bugünlerde bi düşünceli görüyom seni!.. Yol işi deyemezsin! Şükür köyce bi soluk aldık. Karayolcuların çadırları yarın yıkılıyormuş. O Cengiz denilen mühendis de dönmeyecek bi daha, diyorlar. Yerine şimdilik bakan Rasih Bey'in iyi adam olduğu söyleniyor, köyde.»

«Yani herşey, oldu bitti, Yıbıl Arif'in kızı Çiçek'i oğlumuz Harun'a Allah'ın emriyle isteyiverelim de olsun bitsin, demek istiyorsun!»

«Aklımın kenarından bile geçse bari... Nerden çıkarıyorsun tüm bunları! Sen Nazife'yi aklına getirmiyorsun da Çapar Yusuf'un motorunda tam işini yoluna koyup da on günde öküz parası toplamaya çalışan oğluna yeni masraf kapıları açmaya çalışıyorsun, öyle mi?»

«Canım, oğlumuz için bir şey diyen mi oldu sana!»

«Neyse... Senin Nazife için hiç bi sıkıntın yok, bakıyorum da... Kızımızı kimlere yakıştırmıyorlar. Harun'u, Yusuf'un motoruna verdik ya...»

«Ne olmuş verdikse... Kaçakçılıktan kurtardık. Makinistlik öğrensin dedik, helal süt emmiş o Sinop'lu Hayri'nin yanında!»

«Sen öyle dedin emme, bakalım Akpelitliler ne söylüyor...»

«Onlar ne söylerse söylesin... Benim iki kulağım var... Bir kulağımdan girer, bir kulağımdan çıkar. Amma, sen gene de söylemezlik yapma da söyle. Neden vermişiz onun motoruna?»

«Hurşit Ağa'nın güverteli, ambarlı, çift makineli motorundan alıp da Yusuf'un güvertesiz açık ambarlı motoruna vermenin sebebi...»

«Öküz parasına satmak için miymiş Harun'u?»

«Yooo!.. Kızını Yusuf'un lisedeki, son sınıftaki oğluna vermeye razı geldiğin içinmiş!»

«O da oğlunu okutmaktan vazgeçseymiş. Kızımı almak istiyorsa! Korkulur bu karı milletinden!..»

«Bir de erkek milletini dinle bakalım!»

«Söyle de dinleyelim!»

«Muhtar'ın gelinine daklaşıldığını biliyorsun!»

«Bizim haylazla Hurşit Ağa'nın oğlunun daklaştığını...»

«Unutmamışsın şükür!..»

«Muhtar'la arasını açmak istemez, Hurşit Ağa...»

«İster mi? Oda verdi evinin altından bi oda... Bi de telefon... Bi Bucak Müdürü de bizim Mecit Efendi oldu, sayesinde!»

«Bi de Akif'ini senin kızınla evlendirdi mi... Oğlu da kurtuldu, Muhtar'ın gelini de...»

«Hatta ve hatta bizim Harun ile birlikte, Nazife de... Böylece beni de susturur memleketi de kurtarır. Eeee düğün ne zamanmış, onu da söyle de tamam olsun!»

«Düğün mü... Dozerler tam köye girip de biz ortada kaldığımız zaman! Verecekmiş sana, yirmi bin lira başlık parası, yollayacakmış bizi İstanbul'a, gecekondulara... Bak koca, bunları neden anlatıyorum sana, biliyor musun? Bi kız için bu kadar laf konuşulursa, kızın kendisine bi hayrı dokunmaz bu lafların! Anasından, babasından çok kızı şaşkınlığa uğratır. Kimi uygun göreceksek bi ayak önce kızın başını bağlamalı!»

«Karı, ne konuşuyorsun sen! Değirmeni sel alıp götürmüş, sen onun şakşağını soruyorsun! Önce evimizi köyümüzü, tarlamızı, bostanımızı kurtaralım! Başefendi'nin sıkısıyla durdu dozerler. Duyduğumuza göre, Murat Başçavuş Yukarı Akpelit Köyü yerden göğe haklı demiş, ben sorumluluğu üzerime almam diye bildirmiş yukarıya! Albay'ı çok güvenirmiş bizim Başçavuş'a. Yolun burnu Aşağı Akpelit'e dönmeyince, ne kız düşünürüm ben, ne oğlan! Ben de duyuyorum bi şeyler, benim de kulağım var! Sakın haaa!.. Kıza ne Akif'ten söz edeceksin, ne Yusuf'un oğlundan... Üniversiteye giremeyeceğini anlamış oğlunun,.yanına alacakmış bi yıl sonra. Biliyorsun kendi ne okuma bilir, ne yazma!.. Hesapları oğluna yıkıp kendisi motorunun kıçına, şeridinin başına geçecekmiş! Gözü de bizim kızdaymış... Gel gelelim günahı kadar sevmez benim kızım bu çipil oğlanı!.. Bilirim onu ben!.. Kızın yanında böyle şeyler konuşmak yok, anladın mı!»

«Sen istersen konuş!.. Kızın dinler mi sanıyorsun!»

Bir yanıt gelmeyince karısından, üsteledi Şaduman Dağlı:

«Söyle bi bildiğin mi var yoksa?»

«Harun, Hurşit Ağa'nın motorundayken bu Akif denilen soysuz, bütün kızlara gelinlere daklaştığı gibi bizim Nazife'ye de daklaşmış... Kızın önüne çıkmış şurda, burda... Hele Emel Hanım'ın kursuna gelip giderkene. Kız değil mi, boş bulunup sırıtmış ellam! Ne de olsa Hurşit Ağa'nın oğlu... İki motor, tarla taban... Ardiye dükkân!.. İstanbul'da bunca tapu... Duymuyor mu kız bunları!..»

«Akif'e ne tüm bunlardan!.. Kızlara ne!..»

«Eğer o edepsizi aklından geçiriyorsa avucunu yalasın! Onu tutar bir dışarlıklıya veririm, alır götürür. Yüzümüzün karasından kurtuluruz biz de!»

Dışardan sesleniyordu Emriye:

«Anneee! Şemsi Amcam'ı gördüm tarlanın alt başında. Bastonuna dayana dayana geliyordu!»

«Saat kaç?» diye sordu kendi kendine Şaduman Dağlı, sonra başını kaldırıp karadutun arkasında kalan güneşe baktı. Akşam yaklaşıyordu.

Çardaktan sarkan Ümmüye:

«Ne sallanıyorsun daha!» diye tersledi, «Gel masanın ucuna yapış da alalım çardağa! Sonra gider ablanı çağırırsın, Gülay'dan!»

Masa çardağa alınmayla bitmiyordu Emriye'nin işi. Babasının istekleri uyarınca iki kişilik tabak karşılıklı konurken, Emriye:

«Biri daha vardı yanında Şemsi Amcam'ın!» dedi.«Biri daha

mı vardı? Hele sen üç kişilik yap!» dedi, «Çatalı kaşığı da ona göre koy!.. Bardakları da... İkişer tane sivri bardaklardan... çiçekler de ortaya...»

Kimdi bu yanındaki adam? Bu köyden mi, dışardan mı? Tahsildarla, icracıyla pek başı hoş değildi. İstanbul'da çalışanlardan olmalıydı. Kaynakçı Bekir olabilirdi. İki büyük rakı yeter miydi?

«Tanıyamadın mı kız yanındakini?..»

«Uzaktı, iyi göremedim!»

Eğilip yolun üst başına baktı, bastonla zor yürüyen Şemsi Kaygılı'nın bayır yukarı yürümesi kolay değildi.

«Hadi bakalım!» dedi, «Çağır ablanı artık!»

Eğilip bakınca aşağı, kızını kapının önünde görmüştü:

«Haydi!» dedi «Kurtuldun, çağırmaktan. Şimdi de süpürgeyi al eline, merdivenleri hemen alıver... Saman dökülmüş basamaklara... Tecereden buzağıyı çıkaralı yıl oluyor hâlâ sofaların samanı temizlenmedi. Köy evi, anladık amma, bi işe başlayınca ikinci işi bu kadar boşlamak olur mu?»

Ocaklı odadan Ümmüye'nin sesi duyuldu:

«Eve bir konuk gelmeye görsün. Hayırını komazsın evdekllerin!»

«Ben Şemsi'nin evine ayak bastım mı, benim için alt üst eder ortalığı! Bizimki konuk ağırlamak mı... Hele bir Rüstem var, Balıkçı Rüstem deriz biz ona... Ama ne balıkçı... Şu yaşa gelmiş evlenememiş. Yooo töbe... Evlenmiş gençliğinde de yapamamış!.. Konuk ağırlamayı sen onda gör!.. Bucağa işim düştüydü geçen ay... Bodur Ali'nin oraya tam yöneldiydim, çıktı karşıma... Kaptığı gibi beni doğru evine!.. Ev diye ben onun evine derim. Kapısının önü dereotu, maydonoz, roka!.. Rokayı Akpelit'te görseler semizotu, sanırlar... Neyse, semizotundan da olur salata ya!.. Barbunyalar kuzu gibi... Hep seçme... İkimiz bir büyük yuvarlamışız. Ne onda bi şey var, ne bende!.. Ben bu barbunyayı kendi elimle tutup kendim için irilerini seçmedikten sonra neye kalıyorum buralarda, diyor. Haksız mı? Kız Nazife!.. Tavşan yanıp kavrulmasın, bak ateşine!»

Ocaklı odadan sesi duyuldu kızının:

«Daha yeni çektim, külün üstüne... Bi görme baba!..

«Görürüz! Şemsi Amca'nın bastonu nerdeyse asılır cengele. Aha geldi bile!»

Eğilip bakıyordu aşağı:

«Ooo! Rüstem Usta! Ben seni unuttu sanıyordum bizim köyü!.. Sağ olsun Şemsi Usta!»

Balıkçı Rüstem Kayalı, konuşacak gücü kendinde bulduktan sonra:

«Kim kimi getirdi, daha belli değil!» dedi, «Ben onu tutup getirmeseydim, daha iki gün çıkmazdı evden!»

«Öyle oldu!» dedi, «Zor çıktım yokuşu! Neyse yürüdükçe açıldım!»

Kaç göç yoktu aralarında, merdivenin üst başında karşıladılar konuklarını, Nazife'nin elinden tutup yakaladı. Tepeden tırnağa açılıp baktıktan sonra:

«Maşallah!» dedi, «Dedikleri gibi... Büyüyüp gelişmişsin! Nasıl büyür bunlar?.. Ne zaman büyür?.. Kavak gibi uzayıp giderler, köy yerinde?.. Bir gün bakarsın ki...»

Bir süre evdekileri süzdükten sonra:

«İyisiniz!» dedi, «Bakıyorum, hep dipdirisiniz! Rahat bıraksalar daha da iyi olacağız. Kız Emriye! Sen de kocaman kız olmuşsun! Öğretmenin daha okulu kapatmıyor mu? İş var bu öğretmende. Geçen gün durdum baktım. Bunlar bütün gün oynuyorlar, oyun neyine bunların demiyordu, öğretmeniniz. Ağ kurmuş, sizinle top oynuyordu. Böyle olacak işte! Babayla, anneyle sofraya oturup çorba içmek başka... Okuldan gelince bazlamayı ucundan kırıp kapı önünde atıştırmak gene başka, değil mi, Rüstem Usta? Balıkçılık da öyle değil mi? Tek başına balıkçı mı olacaksın! Ağa birlikte yapışmadan, balıkçı olamazsın!.. Üç beş kişi birden yapışacaksın ki tadı çıksın! Al oltayı eline, otur dere boyuna! Oltana vuran balığa yazık!»

Gösterilen yerlere çoktan oturmuşlardı ama, habire anlatıyordu. Ne Emriye vardı karşısında, ne Nazife, ne de anaları...

Masanın eksiklerini getirip yerli yerine koyan Şaduman Dağlı:

«Bizim kapımızın önünde salatalık rokalarımız yok ama, diken ucundan mezelerimiz var! Bak bu börtlenleri de senin Emriye topladı, üzerine de limon sıkınca... Bizim buranın domatesleri tam aranılan ekşilikte olur, benzemez Çamalan'ın domateslerine... Yirmi kilometre ya vardır, ya yoktur aramızda ama sanki iki ayrı dünya!»

Rüstem Usta:

«Kalkanlarımız bile değişir.» dedi, «Kerempe Feneri'nin dibindeki kalkanlar. Deliçay'ın ağzındakilere benzemez. Kalkanın büyüklerini Cide önlerinde karşılıklı akan iki çay besler... Ya da kumundan, dipteki çamurundan alırlar lezzetlerini. Üstündekilerini doyurduğu bir yana denizin diplerindeki balıkları da doyurur bu ırmak!»

Gülerek bakıyordu Şaduman Dağlı'nın yüzüne:

«Nasıl?» dedi, «Tarlan duruyor mu, bu yıl yerli yerinde?..»

«Bırakırlarca!» dedi, «Şimdilik üç dönüm iki evleklik kadar toprak, sınırlarımızın içinde görünüyor. Bu yıl kar düşmedi. Öyle baskın sel de görülmedi. Ne dersin, aşağıda söylentiler nasıl?»

«Hafız, yol aşağıdan geçecek diyor da başka bir şey demiyor. Ben Albay'dan rica ettim, diyor Hafız, o da Başçavuş'a emir verdi. Bu iş tamam diyor!»

«Bakma sen Hafız'a!» dedi Şaduman, «Bir iki ay böyle idare eder. Hava değişince de devletin yolu durur mu! Aşağıdan, yukarıdan elbette bir yerden açılacaktı. Araçlar kaya dibinde durur mu? Suyun başına otel temeli bile atmış, Neden atmış? Yol yukardan geçecek, diye.»

«Geçmezse ne kaybeder... Allah'ın dağında bir temel... Bırakır öylecene!.. Ya yol ordan geçerseee... Suyu bile parayla satar yoldan gelip gidenlere. Şimdiden çeşmeyi bile yaptırmış. Haydi benim değerli misafirlerim, kendi sağlıklarımıza içelim, hoş geldiniz!»

Ocaklı odadan yana seslendi:

«Emriyeee! Getir bakalım külün üstündekini!»

Şemsi Usta'nın yüzü birden ışıyıvermişti:

«Biliyordum sofrayı, incir kuşlarıyla bırakmayacağını. Söylemiştim Rüstem Usta'ya gelirken. Bak senin kefal buğulaman para mı eder, onun kızarmış tavşanlarının yanında!.. Yüzümü kara çıkarmadın, demek!»

«Amma, ben kefal buğulamasını değişmem tavşan kızartmasına. Sen ne dersen de! Bu mübarek, balıkla içilir... Ne balığı olursa olsun!» dedi, Şaduman Dağlı.

«Haklısın ama, deniz kıyısında oturanların arada bir ağız değiştirmesi de gerekiyor. Aslını sorarsan bu mübarek neyle içilmez ki... Bir baş soğan bile yeter gününe göre. Elverir ki canın çeksin, rakı burnunda tütsün!»

Emriye'nin kıvılcımlı külün üstünden kaldırıp getirdiği tavşan kızartmasının kendisinden önce kokusu geldi:

«İçilmez mi ya!» diye yapıştı bardağına, Rüstem Usta, «Şu görünüşe kefal da feda olsun, kalkan da!.. Biraz da gözünün bebeği ışımalı içenin, sofraya bakınca.»

Ümmüye kadın, öyle doldurmuştu ki tavşanı, kuzu etinden hiçbir ayrıcalığı kalmamıştı fırına girince. Gel gelelim üç kafadar da rakıyı bu orman kuzusuna feda etmiyorlar, lezzetine aldanıp boşuna midelerini doldurmuyorlardı. Ayrıca her üçü de üzerlerine düşen bir görev yaparmış gibi ölçülü davranıyordu. Şemsi Usta'nın gelişi haberliydi. Onun gelişi haberli olunca da, Rüstem Usta'nın gelişi bir rastlantı olmaktan çıkıyordu. Çamalan'la yakından ilgili bir sorun vardı ortada. Rüstem Usta, tam Çamalanlı sayılmazdı. Bir balıkçı olan babası Sinopluydu. İnebolu'nun Evrenye'sinden kaçırdığı bir kızla bu limana yerleşmiş, tek oğullarını yeryüzüne getirdikten sonra da çok yaşamamışlardı. Gençliğini İstanbul'un büyük balıkçıları, dalyancıları arasında geçirmişti, Rüstem Kayalı.

İkinci şişenin ortalarına doğru, sanki geliş nedenini açıklamak için dolaylı bir soruşturmaya geçti:

«Nasıl Şaduman Usta?» dedi, «Senin oğlan sevdi mi yeni işini?»

«Kereste çekiyorlar» dedi, «Dönüşlerinde de çimento yüklüyorlar, Bartın'daki fabrikadan. Çimento temiz iş, bir bakıma.»

Şemsi Usta güldü:

«Sen, bu temizliği fabrikada çalışanlara sor! Çimentonun tozu fabrikanın çevresinde ne ağaç bıraktı, ne çiçek... Bartınlı, bu gidişle yeşilin hasretine dayanamayıp ölecek!»

«Canım!» dedi, «Ben motorculuğunu söylüyorum bu işin. Giriyorsun Bartın Çayı'na... İster karayel essin, ister lodos... Ne motor çekmesi var, ne yüzdürmesi... Yanaştır motoru fabrikanın rıhtımına aksın torbalar, sen sigara paketi gibi istifle ambara!»

«Güverteli motor ister, çimentoculuk.» dedi, Şemsi Usta... Kapat ambarını çek brandasını! İster, yıldız poyraz essin, ister yıldız karayel! Dalga baştan girer kıçtan çıkar.»

«Eski çalıştığı motor öyleydi!» dedi babası, «Yediveren... Güverteli, ambarlı, çifte makineliydi.»

«Ambarlarını çok karıştırma!» dedi, Rüstem Usta, «Motorun kaç ambarı olduğunu motorun tayfası bilmez. Ambarın içinde ambar vardır... Gizli bölmeleri bi kaptan bilir... Bir de Raşit Bey... Sonra çift makine... Biri istop etti mi, ikincisi...»

Sözü tam biçimlemişti Rüstem Usta:

«Bu makineleri konuştururdu bizim Hayri Dranas, doğrusu...» dedi, «Yoktur onun üstüne Karadeniz'de...»

«Makinelerini çok seviyorlardı ama...» dedi, Şaduman Dağlı, «İşlerini de seviyorlardı... Aslına bakarsan, benim oğlanın sanıyorum işinden bir yakınması yoktu... Ne ettiyse o Hayri yaptı, girdi damarına da.»

«Kötü mü yaptı?» dedi, Şemsi Usta, «Ya jandarma kurşunuyla gideceklerdi, ya da ömürleri içerde geçecekti sonunda... İyisi mi...»

«Bir şey dediğim yok!.. Bir gün boş durdukları var mı! Ellerine geçen para Hurşit Ağa'dan aldıklarının en az üç katı... Hesap Hayri'de... Kendisi pay alıyor...»

«Sanıyorum, Harun parasını Çapar Yusuf'tan değil, Hayri' nin elinden alıyor.» dedi, Rüstem Usta.

«Öyle diyor bizim Harun da...»

«Güvenilir adamdır Hayri Dranas... Ben babasını da tanırdım... Hemşerim benim Sinop'tan...»

Bu konularda çok uyanık olan Şaduman bir şeyler sezinlemeye başlamıştı:

«Kız Emriye!» diye seslendi, ocaklı odadan yana. Ses alamadı. Bi yol daha seslendi. Kimse kalmamıştı mutfakta.

«Oturma odasına geçmişler!..» dedi, biraz da kendi kendine. Ümmüye kaçırmıştı kızları, erkek konuşmalarından. Belki de Nazife için konuşacaklarını önceden sezinlemişti. «Şeytan karı!» diye geçirdi içinden.

«Babası sayılı kaptanlardandı Hayri'nin... O zaman ne makine var, ne sandallarda motor... Yelken, kürek... Bir karayelde bocalayıp düşerler Çamalan'a. O aylarda denizde in cin yok... Kasımın yüzü demeden, tekneler yüzmezdi... Şimdi öyle mi ya!.. Çek brandayı ambara... Dalgalar yıkasın güverteyi... İki gün kaldı Çekek'te... Tam demiri aldı gidiyor, haydi Rüstem atla, dedi, seni İstanbul'a götüreyim! Ben kumda bekliyorum, sabahtan beri. Neden? Ondan yüz bulayım diye... Gemici kâğıdım bile cebimde... Öyle tatlı bir poyraz çıktı ki... beş milden aşağı kestiremeyiz... Bu yolla Boğazı tutabilirsek ya hey!.. Karadeniz bu! Rüzgâr bir dirise etti, başladık voltaya... Kör olayım Boğaz'ın fenerlerini görmüştük. Rüzgârı tutmazsa volta bile para etmez!.. Ertesi gün Filyos açıklarındayız! Derken bi karayel, Amasra'ya kapağı zor attık!.. Diyeceğim, adam mı dayanırdı, o zaman Karadeniz'de...»

Oğlu, denizde olanın yanında, sözü tatlıya bağlamaktan başka çare yoktu.

«Derken makine çıktı... İsterse rüzgâr alnından essin, kaptanın! Boğaz fenerini görüp de dönmek yok! Şimdi balıkçı barınakları yapılıyor habire... Seçim dalgasına on milde bi barınak... Barınaktan barınağa açılıp açılıp atlasan, varırsın İstanbul'a.»

Bardağına yapıştı. Kendini toparlayıp güçlenmesi gerekirdi:

«Haydi dostlar!» dedi, «Tavşanı soğuttuk... Ama hava ılık, böyle de gidiyor... Şu butları olsun temizleyelim! Tavuktan ne farkı var tavşan etinin diye sorarlarsa, tavşanın dört budu var demek daha yerinde olur. Üç kişiyle geçemezsin ki tavuğun başına. Biri açıkta kalır!»

Bardağını olduğu gibi içtikten sonra bir sigara yaktı. Sanki anlatacakları Şemsi Usta'yla ilgiliymiş gibi başını ondan yana çevirerek:

«Selim'i tanırsınız.» dedi, «Canım, şu Hafız'ın oğlu... Bulur arada bir beni... Babasını çekiştirir. Evime sık sık da uğrar... Açıkcası kimse sevmez bizim orada bu oğlanı ama... Ne yalan söyleyeyim, ben severim. Yani ben severim dersem, sıkılmam onunla konuşmaktan. O da beni dinler. Anlar mı dersiniz söylediklerimi? Kör olayım anlamaz! Ama kesmeden dinler beni... Rahatlarım. Konuştukça, içim genişler... Açıkcası İstanbul gelir, gözümün önüne... Gençliğim gelir... Uzatmayayım, geçen akşam, gene gelmiş... Bu sefer o anlatıyor. Dur durak yok. Hani bi söz vardır türkülerde... Öyledir Ayşem öyledir... Aşk insanı söyletir... O hesap... Aman Rüstem Abicim diyor, git Şaduman Amca'ya...»

Konuşmanın buraya gelip dayandığına öfkelenmiş gibiydi Şaduman Dağlı:

«Kız, Emriyeee!» diye seslendi, ocaklı odadan yana.

Ordan gelecek ses, Rüstem Usta için de önemliydi. Bir süre beklediler. Bir karşılık gelmeyince:

«Eveeet!..» diye başladı yeniden:

«Ne varsa sende var... Git, Şaduman Abi'ye... De ki ona... Bir babam, Hafız Esat'sa... Bi babam da o olsun, ellerinden öperim!»

«Demek el bunun için öpülüyormuş!» dedi, biraz da öfkeli, «Benim oğlanı görmüş geçenlerde Çamalan'da...»

«Bodur Ali'nin orda değil mi? Gördüm onları otururken... Yanında bizim Hayri de vardı. Karşılarında da bu beyzade! Girmedim. Ben senin oğlunla oturup içmem... Bu içmenin de bi usulü erkânı var... Sen oğlunla oturup içer misin... Eh, Hayri olsa neyse... Ben Hayri'yi Hayri olarak tanıdım... Makinist Hayri... Ayrıca babası da elini öptüğüm adam. Severim Hayri'yi, size birşey diyeyim mi, sayarım da!.. Bilmediğimi öğrenirim ondan. Karadeniz'i karış karış bilir. Karış karış... Nasıl karış? Diklemesine!.. Tarla değil, Karadeniz... Derinlemesine bilinmesi gerekir... Hayri de öyle bilir işte!»

Yeni doldurulan bardağın üstünden bir yudum aldı, dudaklarını ıslatmak için:

«Dağıttık mı lafı... Yook dağıtmadık... Git söyle babasına dedi. Elli bin lira başlık!.. Buraya gelince, lafı ağzına tıktım! Sen Şaduman Usta'yı bilmiyorsun! Parayla kız satmaz o, dedim!»

«İyi demişsin!» dedi, Şaduman Dağlı, «Yerinde bi söz! Aslına bakarsan bizim kocaya gidecek kızımız yok!..»

«Neden yokmuş!» dedi, Şemsi, «Yaşı kaç? Dur ben söyleyeyim... On yedi yaşında değil mi?» Belki de on sekiz.»

«Ne on yedisi... On beş... Bilemedin, on altı..»

«Nazife, ben İstanbul'da çalışırken doğmadı mı? Tam on altı yıl bitti... On yedinci yılın içinde! İkinci gidişimde Nazife okulu bitirmişti üç buçuk yıl önce... Tam on dört yaşındaydı. Daha önce çıkamazdı ki okuldan... Okul mu vardı bundan on yıl önce!»

«Dostlar!» diye, kesti Balıkçı Rüstem, «Yalvardı, yakardı, yolladı beni buraya... İyi haberle dönersem anasını gönderecek. Kusura bakmayın, elçiye zeval olmaz!»

Yeniden yapıştı bardağa, görevlerini yapanların rahatlığıyla... Yarısına kadar içti. Ağzını kurularken:

«Bu kadar!» dedi, «Benim işim bitti.»

«Bitti mi?» dedi, Şaduman, «Nasıl biter. Benden bi cevap aldın mı?»

«Cevap mı?» Ben işimi elçi olarak bitirdim. Git, söyle, dedi bana delikanlı, ben de geldim, söyledim! Cevaba gelinceee... O ayrı bir iş!.. Kızın amcası olarak yani senin arkadaşın olarak... Yeni bir görev başlar o zaman... Kızı bu adama vermek, ya da vermemek, gibi...»

«Doğru!» dedi, Şaduman Dağlı, «Çok doğru! Ver öyleyse cevabını! Sana bırakıyorum! Bakalım benden ayrı mı düşünüyorsun... Söyle, dinliyorum. Verelim mi Nazife'yi?»

«Vermek haaa!.. Biz kızımızı yolda bulmadık!.. Bi çocuk nasıl yetişip sıraya giriyor. Bunu çok iyi anladığım için döndüm yarı yoldan. Korktum, çoluk çocuk sahibi olmaktan bu yüzden... Benim ne söyleyeceğim belli... Şimdi Şemsi Usta konuşacak... O da bir elçi... Kötü bir rastlantı bu. İkimizin elçiliğinin bir geceye gelmesi. İsterdim ki ona verilen iş, bana verilsin, ona verilen elçilik yani... Anlıyorum Hayri'nin ne düşündüğünü. Şemsi Usta'yı daha yakın görmüş kızın babasına belki... Görüşü yanlış da sayılmaz. Köy olarak da, ev olarak da daha yakın tabi... Bana bakarak daha da eski dostsunuz. Haydi konuş? Söz senin!»

Şemsi Usta gülmeye başladı:

«Benim yerime sen yaptın konuşmayı. Bana söz bırakmadın ki...»

«Elçi olarak söz senin! Benimki yarenlik...»

«Eeee... Avcıbaşı! Senin de anladığına göre helal süt emmiş... Sözüne, kendine, yaptığı işe güvenilir, kendi alınteriyle geçinen bir delikanlı için kızın Nazife'yi istemeye geldim. Karım Huriye'yi gönderecektim, âdet yerini bulsun diye... Sen git, dedi... Sen babasıyla konuş... Kadın kadına da Ümmüye'yle biz konuşuruz sonra, dedi. Anladın değil mi? Hayri Dranas adlı, o Sinop'lu delikanlı için geldim.»

«Anladım,» dedi Şaduman, «İsterdim, önce kadın kadına evet desinler... Onlar bizim aklımıza gelmeyen yanlarını da konuşurlardı. Bana gelince sizler nasıl uygun gördüyseniz, ben de uygun görüyorum. Şu var ki anaların hakkı büyük... Evet demenin tadını Ümmüye çıkarsın, bırakalım da...»

Rüstem Usta dayanamadı, bardağına yapıştı:

«İyi konuştun dostum!» dedi, «Baba dediğin böyle konuşur işte! Hadi, gençlerimizin iyiliğine içelim!.. İyi günler görmelerine!»

Bardaklarını kaldırdılar...

ON ÜÇÜNCÜ BÖLÜM

Çadırların söküleceğini, altmış kilometre kadar batıya, Cide'ye kalkacağını Alişandan öğrenen Şaduman yeni gelen mühendisi görmeyi düşündü. Rasih Gürdilek'i gözü tutmuştu. Eğer yol yapım araçları Çamalan'dan kalktıysa yazdığı raporların geçerliğinden ileri geldiğine inanıyordu. Bir haftalığına giden Cengiz Topkaç, bugüne kadar dönmediyse onun yazdığı raporlarda aramalıydı nedenini. Rasih'in, etkili bir mühendis olduğundan hiç kuşkusu yoktu,Şaduman Dağlı'nın.

Evden çıkarken tüfeğini de omuzlamayı unutmadı. Çadırlara giderken Kestanelik'ten geçip yolu uzatacaktı. İki ayaklı, dört ayaklı av hayvanı adına karşısına ne çıkarsa, Rasih Gürdilek'in, biraz da Güngör Şenyurt'un kısmetine tüfeğinin tetiğini elleyecekti. Seviyorlardı av etini bu genç kafadarlar...

Evin önüne çıktığı sırada koşarak gelen Nazife:

«Baba!» dedi, «Dur biraz!»

«Hayır ola?»

«Emel Hanım, bugün bizden bi haber bekliyor...»

Sergi için olduğunu sezinlediği halde zaman kazanmak için sordu:

«Ne haberi bu?»

Bizde katılacak mıyız, aşağıdakilerin sergisine... Bugüne kadar oyaladık Hoca Hanım'ı... Bucak Müdürü'ne bugün son sözünü söyleyecekmiş...»

Bucak Müdürü... Yani Çamalan... Başefendi... Yol için onlar da yukarı Akpelit'liler gibi düşünüyorlardı. Neden onları karşısına almalıydı?

«Yani...» dedi, «Sen demek istiyorsun ki... Emel Hanım Bucak Müdürü'ne bağlı, Hurşit Ağa'ya, Aşağı Köy'e bağlı değil demek istiyorsun... Eğer düşündüğün doğruysa bu ayrılığın, gayrılığın bi manası yok...Eğerleyim, onu Hurşit Ağa zorluyorsaa...»

«İşte ben de soruyorum sana... Ne yapalım? Arkadaşlar benim ağzımdan çıkacak söze bakıyorlar...»

«Yani benim ağzımdan çıkacak söze, öyle mi, kızım?»

Çok hoşuna gitmişti bu durum. Köyde ağzına, ağzından çıkacak söze bakılır bi adam sayılıyordu, demek... Nasıl olmuştu bu... Yoksa böyle düşünmesi böbürlenmek, şişinmek miydi, kendi payına. Bunda, bu söz sahibi oluşta kızı Nazife'nin, onun güzelliğinin hiç mi payı yoktu. İçi sızlayarak bu gerçeği de hesaba katmak zorunda olduğunu anladı.

«Peki!» dedi, «Bana kalırsa artık keçi gibi direnmenin bi manası kalmadı... Siz de katılın o Sarı Memiş'in kahvesinde açılacak sergiye! Akpelit, aşağılı yukarılı bizim köyümüz ne de olsa!»

«Sağ ol baba! Emel Hanım, bize surat asamaz artık!»

«Sergi aşağıdakilerin sergisiymiş gibi görünmesin!.. Ona göre... En iyi yerlere onların işleri asılmasın, geçen seferki gibi... Ne eksiğiniz var sizin onlardan?..»

«İşlerimizi beğeniyor Emel Hanım. Hem de onların işlerinden çok!»

«Yaaa!» dedi kuşkuyla, «Eh içinden gelerek mi beğeniyor anlarız!.. Sergi bu... Herkesin işi ortada... Herkes görür!»

Tüfek omzundayken yaptığı gibi, Kestaneliğe doğru vurdu gitti.

Aşmadığı bayır, dolaşmadığı sırt kalmamıştı. Ne uçar, ne kaçar hiçbir ava rastlayamamıştı. Olurdu böyle.. Kırk gün taban eti, bir gün tavşan eti derler ya... Bugün doğru çıkmıştı, bu söz.. Tabanları patladığı halde av eti bulamamıştı. Ama, bütün avcılar gibi bunu genç mühendislerin kısmetsizliğine verdi. Tüfeğini çadırlara yakın bir börtlenliğe sokup Şef'in çadırına yöneldi. Alişan uzaktan görmüş, geldiğini Rasih Bey'e bildirmişti. Bu, bir izin alış inceliğiydi.

Çadırın önüne çıkan Rasih Gürdilek, elini uzattı:«Hoş geldin!» dedi, «Erkenden çıkıyoruz yola. Bir çeribaşı olarak emir verdim bizim şoparlara, yıkın, çadırları, dedim! Sen de tam zamanında geldin. Köylerden katırlar gelmeye başladı. Yükleyen tutuyor Cide'nin yolunu!»

«Yolumuzu yapmadan mı gidiyorsunuz Sayın Mühendis?» dedi, Şaduman.

«Sizin yolunuzu değil, yuvanızı yapmalı! Nankörler! Size halı gibi asfalt yol yapalım, dedik, istemezük, diye ortalığı ayağa kaldırdınız!»

«Bu yolu istemeyen, bizden çok siz değil misiniz Sayın Şef?»

«Ama dinleyen kim!»

«Dinlemeseler, Kayadibi'nden geri dönmezdi Naci Bey'in filleri, develeri... Azdavay üzerinden Cide'ye inmek için İnebolu'ya varmışlar bile!»

«Şunu bilin ki bu iş askıda. Biz Cide Amasra yolu için gidiyoruz. Bizim genel müdürün aklı yattı, söylediklerimize. Güngör Bey'in raporları uyardı onları!..»

Çadırdan Güngör Şenyurt'un sesi duyuldu:

«Şaduman Abi! Siz onun dediğine bakmayın! Sesimizi On Beşinci Bölge'ye bile duyuramadıktı beş aydır! Bereket versin, Rasih Bey geldi de Ankara'ya bile duyurabildik!»

«Duyurduk da ne oldu?» dedi, Rasih Gürdilek, «Yol yapımı Cide'den Bartın yönüne kaydı. Yeni bir genel müdür gelene kadar yatar İnebolu Cide Yolu!..»

«Sayın Mühendis Beyler!», dedi Şaduman, «Bu yolun yapılmasına karşı değiliz, yolu şunun bunun çıkarı için evlerimizden, tarlalarımızdan geçirmeyin diyoruz... Hakçası nerden geçmesi gerekirse ordan geçsin, diyoruz!..»

«Biliyoruz ne dediğinizi. Bütün köy biliyor!»

«Ama Cengiz Beyler ve onun gibi düşünenler biliyorlar mı? Hurşit Ağa... ve...»

Alişan koşarak gelmişti. Sesini duyurabileceği yerden elini bir yöne doğru uzatarak:

«Geliyorlar!» dedi, «Tam sekiz atlı!.. İçlerinde komutan da var!»

Önlerini kapatan meşeyi sağda bırakarak beş on adım attılar. Mersinlerin üstünden, atların başlarını gördüler önce, düzlükte tanımaya çalıştılar atların üstündekilerini de... Komutan'dı, kır attaki. Al attaki, Bucak Müdürü olmalıydı. Belediye Başkanı'nın yanındaki yaşlıca kişi Hafız Esat Soylu'dan başkası olamazdı. Geriye kalanlar da ya öğretmenlerdi, ya da belediyeciler... En geride kalan da Muhtar Hidayet Gürlü.

Güngör Şenyurt, Çamalan'a yol işleri için gidip geldikçe hemen her biriyle ya dairelerinde karşılaşmıştı, ya da Bodur Ali'nin orda... Ne oluyordu! Bir felaket haberi mi getirmişlerdi bu Çamalanlı atlılar?

Muhtar Mecit Efendi de karşılayıcılar arasındaydı. Önce Bucak Müdürü'nün atının özengisine gidecek kadar yol yordam bildiğini göstermişti, köylülere. Müdür'e:

«Hoş geldiniz!» derken gözleri Hafız Esat'taydı.

Konuklar adına, köylülerin «hoşbulduk»larını da ilkin o, dile getirmişti.

İkinci sözü kendi adına söylemişti Mühendis Beyler'e:

«Değerli Mühendislerimiz! Siz de mi bizleri gardiyansız hapishanemizde kendi halimize bırakıp gidiyorsunuz!»

Bu deyim, yıllardır yolsuz kalmış olan bu Cide halkının bir buluşuydu. Bir gazeteci onlardan öğrendiği bu sözü İstanbul'da çıkan gazetesine, kendi buluşu olarak geçirmişti.

Güngör Şenyurt, arkadaşı adına da konuştu:

«Biz üzerimize düşen işi yaptık. Yolun gerçek güzergahını genel müdürlüğe bildirdik!»

«Bunu hep biliyoruz!» dedi, Bucak Müdürü, «Sanıyoruz, raporlarınızı, Fen Kurulu yakında değerlendirir de yapıma geçilir. Bizim istediğimiz, yolun bir an önce yapılması...»

Bu sözün altında şu anlamın yattığını da anlamakta gecikmemişlerdi, Yukarı Akpelitliler:

«Yol yapılsın da ister yukarıdan geçsin, ister aşağıdan! Beni Bucak Müdürü olarak ilgilendirmez!»

Bu görüşü kendi açısından değerlendirmekte gecikmemişti Hafız.

«Herhalde Fen Kurulu, en doğrusunu seçecek... Bunda şüpheniz olmasın! Bu durum, Yukarı Akpelitliler kadar, Biz Çamalanlıları da sevindirecektir. Biz kısa bir sahil yolu istiyoruz. Bir an önce varacağımız yere varabilmek için!»

Bu vakitsiz baskından tedirgin olmuş gibiydi, Rasih Gürdilek, Kamp Müdürü olarak.

«Sayın konuklarımız!» dedi, «Görüyorsunuz, ortada ne çadır kaldı, ne kamp!..Size buyur diyememekten çok üzgünüz!»

«Biliyorduk durumu.» dedi,Bucak Müdürü, «Bir önerimiz olacak bucak adına...Daha doğrusu öneri sayın Hafız Esat Soylu'nun.Buyrun sayın Soylu, siz konuşun!»

«Efendim!» diye başladı, «Ağırlığınızın taa Cide'lere kadar katırla taşınması çok zor diye düşündüm...Hatta ve hatta imkansız... Bu işleri ben almak isterdim üzerime...»

Mühendisler birbirlerinin yüzlerine bakıp kaldılar. «Nasıl olur bu?..» gibilerden.Öyle ya, ne yol vardı Cide'ye, ne iz!

«Motorla mı?» diye sordu Rasih Gürdilek. Bu önerisinin yürürlüğe girmesini bir an önce önlemek için hemen verdi yanıtını da:

«Sorumluluğu Kamp Müdürü olarak alamam üzerime... Bu kadar araç var...Ayrıca çalışanlar... Motorla yolculuk resmen yasak!»

«Telaşlanmayın Mühendis Bey!» diye sözünü kesti, «Motorla değil!.. Biliyorsunuz on beş yirmi tonluk damperli bir arabamız var... Şöförün yanında da iki mühendis arkadaş... Sonra çadırlarınız, eşyalarınız... Tümü kaç ton gelir ki... Nedir efendim, yol uzarmış... Uzasın!.. Ben alıyorum üzerime tüm zorluğu, Çamalan'a kadar...»

Gerisi kolaydı gerçekten de... İnebolu'ya kadar yol açılmıştı, hem de asfalt olarak.... Kamyonlar , taksiler işliyordu açılan yolda. Muhtar Mecit Efendi, anlamıştı, Hafız Esat'ın planını... Hurşit Ağa'yı bir kez daha ezmek istiyordu. Hem de şu kervanı onun saltanat sürdüğü. Aşağı Akpelit'ten sürü sepet geçirip de. Ona bağlı bir muhtar olarak kendisi için de bir yenilgi değil miydi bu? Açıktan açığa köylünün önünde Müdür'ün Komutan'ın karşısında nasıl hayır, diyebilirdi? Er geç kendisine evet dedirteceklerini bile bile...

«Bilmem ki...» dedi Rasih Gürdilek, arkadaşının yüzüne bakarak... «Zor olmaz mı?»

«Evet.» dedi, Güngör Şenyurt, «Zor olmasına zordur... On beş, yirmi kilometrelik bir katır yolu var gene... Kazancımız bu tür yolculuktan, tam elli kilometre... Öyle bir elli kilometre ki bir gece de açıkta yatmak koşulu ile!»

«İşte bu bile, şu kadar insanın açıkta yatması bile, önerimin değerini çıkarır ortaya! Kamyon, Çamalan'la Aşağı Akpelit arasındaki Taşdibi'nde sizi bekliyor! Hemen yola çıkabiliriz!»

Mühendisler susuyorlardı. İşçileri, bu önerinin çok sevindirdiği belliydi. İlk söz, sanki Alişan'dan çıkacakmış gibi, arkadaşları onun yüzüne bakıyorlardı:

«Muhsin» dedi Şaduman, «Yola çıkanların hemen önünü kesmeliyiz! Aşağı Akpelit'e dönsünler!»

Bir canlılık gelmişti topluluğa. Komutan en arkada atından inmiş, eli atının dizgininde bekleyen jandarma erinden yana yürümüştü.

«Halil!» dedi, «Atla atına! Kayadibi'nden geçip Çamalan'a gideceksin! Durumu bildir arkadaşlarına. Kemal Onbaşı Karakol'dan ayrılmasın... Sonra... Bodur Ali'yi gör!.. Geçerken de motorcularla konuş!»

Hafız Esat, işin böyle bir gelişme göstereceğini düşünmediği için evine de hazırlık için uyarıda bulunmamıştı. Şu Başefendi akıllı adamdı.

«Komutanım» dedi, «İşin bu yanını da bize bırak! Beş on konuğumuzu da ağırlıyamadıktan sonra...»

Sonra jandarma erine döndü:

«Oğlum!» dedi, «Sen bizim Selim'i gör, yeter! Haydi güle güle!»

Yolun uzatılması pahasına Kayadibi'nden doğru dönebileceklerdi ya... Kamyonun Taşdibi'nde olmasını bahane ederek Aşağı Akpelit'ten hem de çarşısının ortasından, üstelik de Müdür'ü, Komutanı'yla geçmek az buz bir başarı olmayacaktı. Nasıl da olaylar yardım etmişti ağırlığını koymaya. Başarının tümü şu gencecik Mühendis Rasih Gürdilek 'in olmalıydı. Açıkçası kendinden gayrı birçoklarının payı vardı, bu başarıda... Önce araçları Kayadibi'nde su başında durduran Başefendi de, geldiği günden beri yolu aşağıdan geçirmek için durmadan inandırıcı raporlar yazıp gönderen Güngör Şenyurt da... Hele hele şu Avcı Şaduman da... Öyküsünü tüm Çamalanlılarla birlikte oğlu Selim'den de dinlediği Şaduman'ın kızı Nazife de çok çalışmışlardı yol işinde...

«Böyle iyi olmadı mı, Sayın Mühendisler?» dedi Hafız Esat, «Hiç yorulmayacaksınız!.. Güzel bir gezinti olacak sizin için!..»

Başarıyı biraz da kendine mal etmek için, atına atlamadan önce kadınlı erkekli Akpelitlilere döndü:

«Kalın sağlıcaklan Akpelitliler» dedi, «Şimdilik mısırların dibini kazabilirsiniz gönül rahatlığıyla! Yağmurlar, seller canınızı yakmadı bu yıl. Topraklarınız yerli yerinde duruyor. Deliçay'ı zincire vuracak olan Cengiz Bey daha izinden dönmedi amma, onun yerine bakan ondan beş kat daha mühendis olanlar var, Karayollarıında!.. Er geç Deliçay yatağında kalmaya razı olacaktır! Topraklarımız bize yetmiyor, sele kaptıracak toprağımız yok fazladan! Bir zorunluluk olsa neyse... Haydi hoşça kalın!»

Bucak Müdürü, sözünü bitirir bitirmez seslendi:

«Sayın Soylu!»

«Buyrun Müdür Bey!»

«Biz Komutan'la izin istesek de sizden... Şöyle kestirmeden

Kayadibi'nden doğru...»

Şaşırıp kalmıştı Hafız Esat. Her zaman böyle çıkmazlara düşürürdü adamı bu Müdür. Böyle alayla Aşağı Akpelit'e gövde gösterisi yapar gibi gitmek doğru olur muydu? Şimdi ne yapması gerekirdi? Mühendisleri de yalnız bırakamazdı. Onların Akpelit'den geçmesi gerekirdi, kamyona bir an önce yüklerini yerleştirip katırları geri göndermeleri için... Ayrılamazdı onlardan.Başlarında... Yok, hayır...Aralarında bulunması konukseverlik adına çok yerinde olurdu. Bozuntuya vermemesi gerekirdi. Acısını sonra çıkarırdı bu ordu bozanlığın!

«Hay hay, Müdür Bey!» dedi, Rasih Gürdilek de, «Buluşuruz Bucak'ta. İyi oldu böyle! On Beşinci Bölge Müdürü'nü bulur, anlatırım telefonda, aşağıda.»

«Hurşit Ağa'nın da var telefonu!» dedi, Güngör Şenyurt, «Aşağıda görüşürsün!»

Unutmuştu Hafız... Açıkçası alışamamıştı onun telefonu oluşuna. Öfkeyle salladı atının dizginlerini. Çamalan'a ayrılanlar uzaktan el sallıyorlardı, geride kalanlara...

Hafız Esat sıkıntılı havayı dağıtmalıydı. Akpelitlileri kendi çizgisine çekebilmek için:

«Şaduman Efendi!» dedi, «Halim, kahveyi bırakıp gitti mi buralardan?»

Bunun kendinden sorulmasını belirtmek isteyen Mecit Efendi:

«Burda!» dedi, «Dolup taşıyor kahvesi.»

«Millet, işi gücü bıraktı.» dedi, Şaduman, «Bütün gün yol işini konuşuyor! Yani işleri yolunda demek. Çadırlar kalkıncaaaa...»

«Köylü tarlasına sahap çıkar!» dedi, Cılız İbram.«Gözümuz ne tarla görüyordu, ne bostan! Oh be!»

Şaduman, gelirken böğürtlen çalılarının arasına soktuğu tüfeğini aldı, astı omzuna. Gözlerin, üzerinde olduğunu görünce, Hafız Esat'a döndü:

«Alışmışım tüfeğe.» dedi, «Her yere tüfekle de girmek olmuyor ki...»

«Köy yerinde neden olmasın! Biz tüfeğe de alışkınız, tabancaya da. Amerika'da tabanca taşımak serbestmiş. Ekmek bıçağı yasak değil diye herkes adam mı bıçaklıyor bütün gün! Japonların da atom bombası olsaydı. Amerika onların tepelerine bu bombayı atabilir miydi? Ne dersin Güngör Bey?»

«Doğru yanı da var bu sözün, yanlış yanı da. Önce okul açalım köylerimize çok çok... Kan davalarını, silah kaçakçılarının hızlandırdığını öğrendik buralarda!»

Şaduman şaşkın şaşkın bakıyordu Mühendis'in yüzüne. Ne demek istiyordu bu genç adam? Hafız'a takılacak gücü kendinde bulduğu için mi söylüyordu bunları? Hem onun yardımına sığınmak, hem de onun karşısına çıkmak olur muydu? Yeni yetişen okur yazarlar, biraz daha savruk oluyorlardı, nedense. İlerisini, gerisini pek düşünmüyorlardı. Halktan yana olmak bu muydu? Devlet adamı, hükümetin aylıklı bir mühendisi, neden halktan yana olsundu? Bir terslik yok muydu bu işte? Şimdiye kadar varlıklı olanlar daha kolay anlaşmazlar mıydı şeflerle, müdürlerle, genel müdürlerle?.. Neye güveniyorlardı bu Güngör Şenyurt'lar, Rasih Gürdilek'ler? Bu davranışları hoşuna gitmiyor değildi ama, gene de anlayamadığı bir ince nokta vardı, işin içinde.

Kalabalığı Kahveci Halim Dayı karşıladı kapıda, iki yıldır uğramamıştı bu kahveye Hafız Esat... Kaynakçı Recep'in büyük kızının Çamalan'a gelin gittiği yıl... Sekiz sandık fişek yakılmış bu düğünde... Tabancası olan boş kovanı getirip dolusunu alıyordu Gebeş Ali'den... O furyada bir sandığı kendisi için kapattığını bilmeyen yoktu, Yukarı Akpelit'te. Gebeş Ali gibi topraksız köylülerin bu tür açıkgözlüklerini hoş görecek kadar olgundular bu köyün hali vakti yerinde olanları.

Hemen Halim Dayı'nın arkasında yerini alan Gebeş Ali, bir düğün havası esintisi arıyordu Hafız'ın yüzünde.

«Buyur Ağa!» dedi, sesini yükselterek. Çalımlı bir seğirtişle yapıştığı sandalyeyi, Hafız'ın önüne sürdü. Ortalama bir yere koyduğu sandalyeye hemen çöküveren Hafız:

«Son defa görün mühendislerimizi!» dedi, «İşlerini bitirip gidiyorlar. Şunu aklınızdan çıkarmayın, sizin için, bizim için çalıştılar. Doğruyu söylemek lazım gelirse başardılar da. Sağolsunlar!»

«Yani...» dedi, Topal Satı, «Yol burdan geçmeyecek mi?»

«Yol burdan geçer, geçmez.. O başka mesele... En azdan bir yıl İnebolu'yla Cide arasında tek mühendis göremeyeceksiniz! İki yıl sonra Cide'den İnebolu'ya doğru bir çalışma olur sanırım! Buralara kaç yıl sonra gelir, esintisi!»

Topal Satı bu işin peşini bırakacaklardan değildi. Bostanının ortasına kırmızılı, beyazlı kazıklar çakılmış, avlusundan bu kazıkların boyalı ipi geçmişti. Herkes biliyordu. Topal Satı'nın topun ağzında olduğunu. Aslına bakarsanız, iki yıllık soluk alma onu oksijen çadırına girmiş kadar ferahlatırdı ama, daha çoğunun müjdesini almak için gene de, Hafız'ı tava getirmek istiyordu:

«Siz sağ olduktan sonra, biz ne kepçe görürüz bir daha, ne dozer!»

«Şu genç mühendisler varken yanlış iş yapılmaz buralarda, bir daha! ne dersin Şaduman Efendi?

Mecit Efendi'nin adını ağzına almıyordu da, Şaduman'a soruyordu. Muhtarlık için yeni bir aday mı göstermek istiyordu? Şaduman'ın böyle bir isteği mi olmuştu Hafız'dan? Öyle ya! Aşağı köyde toprakları olduğu sürece, Hurşit Ağa'nın yanında olması gereken Mecit Efendi'yi tutması için hiçbir neden yoktu! Muhtarlık odasını kendi evinin bir odasına getiren, bu yetmiyormuş gibi de kendi özel telefonundan bir de kablo uzatan Hurşit Ağa kadar, bu Mecit Efendi de Yukarı Akpelitlilerin sevemeyeceği bir adam olduğunu bilmiyor muydu? Onun yerine köyde çok sevilen bir adamı, Şaduman Dağlı'yı kendine yakın bulması kadar doğal ne olabilirdi?

Durup dururken bir soru attı ortaya, Şaduman'ın yüzüne bakarak:

«Yusuf'u görüyor musun, bizim Çapar Yusuf'u?»

«Görüyorum Esat Bey!» dedi, «Geçen gün hatıl biçtirmek için uğradım şeridine!..»

«Oğlunu vermişsin yanına. İyi de etmişsin.»

«Verdik.» dedi, «Selamet'e»

Verdiği yanıtı kendisi de beğenmediği için:

«Daha doğrusu kendisi girmiş, buyurduğun gibi, iyi de etmiş!..»

«Makinist Hayri de ayrılmış Yediveren'den.»

Kızı için verdiği sözü de bilirdi bu adam. Oğlunun Rüstem Usta'yı gönderdiğini de biliyor muydu? Biliyorsa bu yakınlık neydi, böyle? Mühendislerin ayrıntılı işlerle oyalanması Hafız Esat'ın işine geliyordu.

«Hiç acelemiz yok, Rasih Bey!» dedi, «Nasıl olsa geceyi Çamalan'da geçireceksiniz, bizim evde... Adamlarınızı barındıracak yerimiz de var, yatağımız da!..»

«Sağ olun Esat Bey, ağırlıklarımızı kamyona yerleştirince işimiz kolaylaşmış olacak. Söyledim bizim çocuklara... Girdiler yola, üçer beşer...»

«Oooh!» dedi Hafız Esat, «Şimdi çayımızı rahatça içebiliriz. Sonraaa... Gelirken denize baktım... Bol bol balık var bugün. Fevzi'ye haber verin de öğleye hazırlıklı olsun! Haydi aslanım, Aptul nerde? Safiye'nin Aptul?»

«Burdayım Ağam!»

«Haber ver Fevzi'ye! Geliyoruz, böyle olduğumuz gibi! Balık ayıklasın! Bol da salata!.. Koş durma! Katırlardan hızlı gidersin sen! Al şunu, sigara alırsın kendine!»

Rahat yirmi sigara alabilecek parayı cebine sokuştururken:

«Sağ ol!» dedi, «Allah razı olsun senden Ağam!»

Halim Dayı, Cılız İbram'la Sübek Yaşar'ın yardımıyla çayları dağıtmaya başlamıştı. İlk kez bardaklar yeni müşterilere yetmemiş, eskiler ikinci postaya kalmıştı.

ON DÖRDÜNCÜ BÖLÜM

Tuhafiye mağazasının camlı bölmesinden Feyzi'nin meyhanesine doluşanları gözleyen Hurşit Ağa:

«Ne oluyor!» dedi, «Raşit Bey, bu gün Akpelit'in pazarı mı yahu? Bu kalabalık da ne?»

Kapının önüne çıkan Raşit Bey, önce jandarma aradı, kalabalığın içinde... Bu kadar insan kendi isteğiyle bir yerde toplanıyorsa bunun çok önemli bir nedeni olmalıydı. Ya bir büyük adam geliyordu, ya da Akpelit'ten böyle biri geçiyordu. Bu iki durumda da jandarma gerekirdi. Eh bir düğün... O da Hurşit Ağa'nın bilgisi dışında kalamazdı. Manifatura mağazasında adının geçmesi gerekmez miydi, böyle bir Ağa'nın.

Çay bardaklarını sandıktan çıkarıp raflara dizen Zeynel'e seslendi, Raşit Bey:

«Git bak n'oluyor Feyzi'nin orada! Kim bunlar?»

Dükkanın en önemsiz kişisini, Raşit Bey'in bu işin üstüne göndermesi, canını sıkmış gibiydi, Hurşit Ağa'nın. İt ite, it de kuyruğuna buyurur, gibi bir anlamı vardı bunun.

Zeynel'in gitmesiyle geri dönmesi bir olmuştu. Öğrendiklerini kimin yüzüne bakarak anlatması gerekecekti bu tüysüz delikanlının?

Camlı odanın kapısından seslendi ikisinin arasındaki boşluğa doğru:

«Çadırlar sökülmüş de Kavlan düzünde...»

İkinci bir sorunun geleceğinden hiç kuşkusu olmayan Zeynel, dönüp işinin başına gitmiyordu.

Hurşit Ağa, Cengiz Bey gideli çadırlarla yakın ilgisini kestiği için olayı kendisinin dışında görmesi gerekirdi. Soruyu Raşit Bey'e bıraktı:

«Ne olmuş da sökülmüş çadırlar? İçlerinde Çamalan Belediye Başkanı ne geziyor, bu adamların?»

«Belediye Başkanı'nı görmedim ben , Hafız'ı gördüm!»

Artık duramazdı Hurşit Ağa:

«Lan ağzından oltayla mı çıkarmalı lafı? Lan söylesene hangi Hafız'ı gördün sen?»

«Çamalan'lı Hafız'ı... Hafız Esat'ı gördüm, Ağam!»

«Ne işi varmış Hafız Esat'ın burda?»

«Yukarı köylülerle yemeğe oturuyordu. Masalar tüm dolu... Balık kızartıyordu Feyzi. Hiç boş yer kalmamış içerde!»

Bu işin, burda yemek yemenin, Feyzi'nin balık kızartmasının çadırların sökülmesiyle ne ilgisi olabilirdi?

Kızmıştı Hurşit Ağa. Zeynel'e değil, Raşit Bey'e kızmıştı. Kendisinin, önem verip sorduğu olayın üstüne kendisi gitmiyor, ayakçısının da ayakçısını gönderiyordu. Her işi yavaştan alıyordu bu Raşit Bey son günlerde. Bir sandık Viski Çamalan Karakolu'na düşmüştü, Çamalanlının da ruhu duymamıştı. Hem de can düşmanı bu, işte bu Hafız Esat'ın burnunun dibinde. Hem de onun parmağı olmadan! Adamakıllı gevşetmişti işleri...

Camlı odadan dışarı bir göz atacak oldu. Belediye Başkanı'yla yolun ortasında konuşan oğlunu gördü. Akif herhalde onu eve yemeğe getirmek istiyordu.

«Güzeeel!» dedi, kendini tutamayarak, «Afferin! Asıl oğlum, peşini bırakma!»

Akif'i çağırtmayı düşündü. Sonucunu almasını beklemeliydi. Belediye Başkanı Yılmaz, daha çok Akif'in arkadaşı sayılırdı. Ne yapar yapar onu yola getirirdi o!

«Olmadı!» dedi, «Kıvıramadı. Bıraktı gidiyor Yılmaz! Git Raşit Bey tut, sen getir şu Yılmaz'ı... Koş!.. Neyse durdu. Yapış getir, buraya. Ne yap, yap getir haaa... Bu nazik günde!»

İşte bu tam Raşit Bey'in yapacağı, Hurşit Ağa'nın deyimiyle kıvıracağı bir işti.

«Baş üstüne !» diyerek fırladı yerinden. Az önceki umursamayışının kötü etkisini süngerle siler gibi silmeliydi!

Tazısını tavşan üzerine salmış, bir avcının coşkusu içinde bakıyordu camdan:

«Hah!» dedi, «Böyle olacak işte!»

Şu camlı odaya bir girdi mi, kurtulamazdı bu Belediye Başkanlığı'na, yedek azalıktan geçen delikanlı! Ne geziyorlardı böyle öğle üzeri başkasının çöplüğünde bu adamlar! Saygıyı, sırayı büsbütün kaldırmışlardı, bu Çamalanlılar! Hep bu Hafız'ın başının altındandı bu saygısızlıklar!.. Bile bile yapıyorlardı. Ama, suçu gene de kendisinde buluyordu Hurşit Karaman. Yukarılarda dolaşırken, burnunun ucundaki merteği, göremiyordu. Çok boşlamıştı çevresini. Adamlarına bırakmıştı, İstanbul'da gece yaşmına dadanalı... Şu Raşit Bey gibilere, onun da adamlarına çok güvenilmezdi. Gözleri hep İstanbul'lardaydı bu adamların... Buralardan kaldırsınlar, İstanbul'lara yatırsınlar... Bir de Çapar Yusuf türemişti burnunun ucunda... Açıkçası türetmişlerdi onu... Motorundan adam ayartıp kendi motoruna götürebiliyordu da, bu Raşit Bey, minder hakemi gibi, çarpıştığı adamın değil, kendi sırtının tuşa gelmesini bekliyordu.

«Şükür!» dedi, «Ne yaptı yaptı, tutup getirebildi!»

Kalkıp dükkanın kapısında karşılamak istedi. «Değer mi?» diye düşündü. Caydı. Arkasını sokaktan yana çevirip masanın başına oturdu. İstanbul'daki Yahudi patronlar gibi telefonun kulaklığına yapıştı, tam içeri girerken...

«Akşam ararım!» diye kapattıktan sonra, gelenleri yeni görüyormuş gibi kalktı ayağa, «Kim bu? Yılmaz Bey oğlumuz olmasın sakın! Nereden bulup getirdiniz?»

«Sayın Hurşit Ağamız kendi ayağımızla geldik, saygılar sunmaya!..» diye aynı oyunlu konuşmayı sürdürdü genç Belediye Başkanı.

«Herhalde belediyenin işlerinin çokluğundan olacak... Buralara da uğramaz, oldun Yılmaz Bey!»

«Bir bucağa belediye geldi mi, işleri de ister istemez gün günden artacak... Boğulup kalıyoruz!»

Bir süre Akif'in yüzüne baktıktan sonra:

«Buraya bir belediye neden düşünülmüyor acaba? Belediyenin gelmesi için, önce Bucak Müdürü'nün gelip oturması mı gerek. Yakışır doğrusu Akpelit'e bir belediye!»

«Ve Akif Bey'e de bir Belediye Başkanlığı!..» diye ekleyiverdi Raşit Bey.

«Uyanık adam şu İstanbullu!..» diye geçirdi aklından. Taşı nasıl da gediğine koymasını biliyordu. İyi ama, neydi bu adamın son günlerdeki umursamazlığı? Bir derdi mi vardı, sakladığı... Yoksa palamarları toplamakla mı uğraşıyordu, bu Raşit Bey. Bunu sonra düşünürdü.

Nerden dalış yapmalıydı? Nerden girip çullanmalıydı şu Çamalanlı baskıncılara?.. Ne işleri vardı öğle üzeri buralarda sürü sepet?..

«Bucak Müdürümüz'ü de getirdiniz mi?» diye tepeden bindirmeyi daha yerinde buldu, sonunda!

«Suat Bey mi?» dedi, aslını ararsan, Sayın Hurşit Ağam, o bizi getirdi, yeni açılan yoldan doğru Akpelit'e...»

«Sonra?»

«Sonrası bizi Komutanla bir olup silkeledikten sonra çekip gittiler.»

«Yani yok aranızda demek! Komutan da yok tabi!..»

«İkisi bir olup aynı yoldan döndüler!.. Mühendisleri Çamalan'da karşılamak istiyorlar, bana kalırsa!»

«Demek gidiyorlar öyle mi?»

Bu sözler bir boş bulunma sonucu dökülmüştü ağzından... Hayır koskoca bir Hurşit Ağa böyle bir dalgınlık yapamazda:

«Yani...» diye çevirdi, «Sayın mühendislerimiz İnebolu üzerinden gitmeyi daha doğru bulmuş olacaklar!»

«Evet!» dedi Başkan, «Taşdibi'inde Hafız Esat'ın kamyonu, damperli kamyonu, bekliyor konuklarımızı... Ağırlıklarını yükledikten sonra... Yarın sabah Çamalan'dan girecekler yola!»

«Geceyi demek Hafız'ın evinde...»

«Evet Hafız Esat'ın konağında geçirecekler, Esat Bey'in konuğu olarak!»

«Onun konuğu.» sözünde bir çekimserlik...Bir kendisinden korkma, kendisini sayma anlamı sezinleyerek keyiflendi. Demek mühendisleri ne Bucak Müdürü ne de Belediye Başkanı ağırlayacaktı. Şu Yılmaz'ı onlardan ayırıp kendi evinde bırakamaz mıydı, oğlunun yardımıyla? Daha çok, Akif'in arkadaşıydı. Selim melim hep yaşdaş sayılırlardı, biraz da okul arkadaşı...

«Şey yok mu aranızda... Selim?.. Hafız'ın oğlu yok mu bügün?»

«Ben gidelim dedim, Selim'e... Babası, kalsın, dedi. İkimiz birden ayrılmayalım, Çamalan'dan...»

Demek oğluna güveniyordu Hafız... Bu sonuç üzerinde Akif de durdu ayrıca. Oğluna güvenen ne babalar vardı? Tüm işlerini oğlu yürütebilecekti demek, babasının yokluğunda.

«Akif, oğlum!» dedi, «Değerli konuğumuz yukarıda biraz istirahat etse...»

«Çok iyi olur!» dedi Akif, «Feyzi'de istavrit tavadan başka birşey yok! Sabahtan haber vermişler hazırlığını tamamlayamamış... Emel Hanım da buyuracaktı yemeğe... Çok iyi olur, değil mi Yılmazcığım!»

Birden toparlandı Hurşit Karaman:

«Öyleyse durma. Ne duruyorsun söyle yukarıya!»

Evde telefon olduğu halde işin önemini belirtmek için ağız kalabalığı yapıyor, Yılmaz'ın konuşmasını, izin isteyip ayrılmasını önlemeye çalışıyordu.

Babasının ne istediğini anlayıveren Akif:

«Hemen biz çıkalım baba!» dedi, «Zaten hazırlıklı yukardakiler... Sergi hazırlığı var ya!.. Emel Hanım için... Buyur Yılmaz Bey çıkalım biz!»

Bu, «Çıkalım!» sözünü, «Şurdan kurtulalım!» anlamına alan genç Başkan, boş bulunup kalkıvermişti ayağa hiç nazlanmadan:

«Çıkalım!» dedi, «Ama, önce haber versek arkadaşlara...»

«Kolay!» dedi, Hurşit Karaman, «Haber veririz!.. Bak oğlum Zeynel, hemen koş!.. Siz çıkın, buyrun Yılmaz Bey oğlum.»

Önce onları uğurladı kapıdan, sonra Zeynel'e:

«Acelesi yok!» dedi, «Geç işinin başına! Ben çağırırım seni sonra!»

ON BEŞİNCİ BÖLÜM

Sarı Memiş'in Akpelit'ten eli ayağı çekildi mi, kulağı delik olan Akpelitli ler bu arada Mecit Efendi, Çapar Yusuf, Köfteci Recep, Aşçı Feyzi, hemen anlayıverirlerdi. Kızların sergisi başlıyordu demek... Bu arada Sarı Memiş ya batak alacaklar için Akpelit'ten uzaklaşacak, ya da Raşit Bey'le kimsenin içinden çıkamayacağı karışık işlere girecekti. Bu karmaşıklık gereği de iki motorun, Akpelit'le Yediveren'in iskeleye ne zaman yanaşıp ne zaman kalktığı da belli olmayacaktı. İkinci motor Akpelit'in giriştiği karışık işlerden biri de mevsimi tutarsa kalkan avcılığıydı. Limana girişler çıkışlar şaştı mı Giresun'dan iç fındık çektiği bile olurdu ! Fındığı nerden yüklediği belli olmasa da, döne dolaşa İstanbul'a boşaltacağı bir gerçekti.

Sergi çalışmalarına, politika bu kez her yıldan çok karışmış görünüyordu. Önce Kastamonu gazetesinde çıkardı bu sergi haberleri. Vali'nin, Halk Eğitim Müdürlüğü'yle Milli Eğitim Bakanlığı'na bağlı müdürlerin, müfettişlerin bol bol adları geçerdi bu arada... Sergiyle birlikte Çamalan'ın İnebolu'dan koparılıp Cide'ye verileceği, ya da Akpelit'in Bucak, Çamalan'ın da ilçe olacağı haberi de çıkardı bu il gazetesinde nedense. Bartın gazetesi de muhabir gönderirdi sergiye... Cide Postası'nın köşe yazarı bile ne yapıp yapıp bir yazısını bu sergiye ayırırdı. İşte Cide'nin Zonguldak'a bağlanma olasılığı da bu sergi açılışı döneminde gündeme alınırdı yeniden.

Serginin açılışı, bakışları başka yönlere çektiği için Hurşit

Ağa'nın işine gelirdi. Gelgelelim Akpelit'in bucak olması gereği ne demeye ortaya çıkarılırdı bu nedenle?.. Hele sahil yolunun Akpelit iskelesini de kapsaması olasılıklarını da kim tazelerdi dolaylı yollardan da olsa? Çamalan politikacılarının, ya da doğrudan doğruya Hafız Esat'ın ve oğlunun parmağı bulunurdu bu görüşlerde. Bu Yılmaz da az değildi! Bu yaşta belediye başkanı olmak öyle kolay olmasa gerekti. Şimdiden milletvekilliği olasılığından bile söz ediliyordu.

Radyo, öğlen haberlerini verirken Emel Hanım, dükkanın kapısında görününce karşısında Raşit Bey'i bulmuştu. Hurşit Ağa' nın telefonda olması gerekirdi. Tam bu sırada, Kastamonu'dan ayrılmış olurlardı. Valiyle konuşması bitince o da katılacaktı aralarına. Akif Bey'in konuğu Belediye Başkanı Yılmaz Bilgin'le oturabilirlerdi yukarda.

Emel Hanım tanırdı Çamalan Belediye Başkanı'nı, kuşkusuz. Balkonunun kapısı denize açılan odaya coşkuyla girdi. Ne güzel rastlantıydı bu:

«Gökte ararken yerde buldum sizi Yılmaz Beyciğim!» diye uzatmıştı elini.

«Biliyorum buradaki kursunuzu ama...» dedi, Yılmaz Bilgin. «Böyle güzel bir rastlantıyı düşünmemiştim. Biz gün ortasında bakın ne yapıyoruz.»

Sol elindeki viski bardağını gösteriyordu bakışlarıyla...

«Amaaan Yılmazcığım!» dedi, oturacak bir yer seçerken, «Yapmadığımız şey mi Çamalan'da! Ne gün ortası... Bir gün kahvaltıda başlamadık mıydı!..»

Akif bu konuşmaları şaşkınlık içinde dinliyordu. İlk kez öğreniyordu Emel Hanım'ın bu yanlarının da olduğunu. Akpelit'te bir abdesti, namazı eksikti! Kim bilir belki böyle görünmesi gerekiyordu. Acaba babası biliyor muydu? Nasıl kaçardı gözünden? Haydi kaçtı diyelim ya bu Raşit Bey? Belki de Raşit Bey adına gizli tutuluyordu bu durum. O zaman hem babasından gizli tutacaktı hem kendisinden... Şimdi bir sorun kalıyordu. Nasıl oluyordu da tüm bunlar Akif'in gözünden kaçıyordu? Biraz da böbürlenerek şu sonuca vardı Akif Karaman: Kendi yaşı göz önünde tutulunca, Emel Hanım yaşındaki kadınlar, ne denli güzel olurlarsa olsunlar, ancak eli öpülürdü. Daha ötesi düşünülemezdi. Gözleri ister istemez ellerine kaymıştı, bu sonuca varınca... Biçki-dikiş kurslarında en azdan yirmi yıl beceri kazanmış bu tombul tombul eller, gerçekten de öpülecek kadar güzeldi. Bakalım, bu ellere viski bardağı yakışıyor muydu? Büfeden çıkardığı kristal viski bardağını, yarıya kadar doldurdu. Su koyup koymayacağını sormayı sakıncalı bulmuştu. Tümüne birden hayır çekebilirdi. Soğutucudan, likör şişesinden bozma bir su şişesi çıkardı. Dudak payı bırakana kadar doldurdu. Bir eline kendi bardağını da alarak :

«Buyrun Emel Hanım!» dedi, «Hoş geldiniz!»

Kurs öğretmeni bardağa bakıyordu Akif'i suçlarcasına:

«Çok doldurmuşsunuz!» dedi, «Neyse, içeyim hatırınız için. İyi günlere!»

Basma kalıp bir, «Şerefe!» çekmeyişi de gözünden kaçmamıştı. «Bu kadın... Hep gençlerle oturup içmiş olacak...» diye düşündü. Şu halde babasıyla içmiş olamazdı. Bu konudaki kötü varsayımlardan ötürü kendisini suçladı. Biraz da bu temize çıkarış onu rahatlatmıştı. Raşit Bey için düşündükleri ancak ikisini ilgilendirirdi. Bu İstanbul şımarığı adamın yerini her zaman için alabilirdi. Üstünlüğü ilkin gençliğinden, yakışıklılığından ileri geliyordu kendince...

Unutmuştu Çamalanlı konuğunu. Emel Hanım'a dönmekten kendini alamadı, gene de:

«Sergi hazırlıkları nasıl gidiyor?» dedi, «Bu yılın sergisi çok dillendirildi, başarılı olacak sanıyorum!»

Yılmaz Bilgin, Çamalan'daki havayı yeniden yaratmak isteğiyle konuya girmek için:

«Emel Hanım isterse...» dedi, «Başarı da söz mü! Öğretmenimiz İstanbul'larda kurs açmış, değerli bir biçki-dikiş hocasıdır! Bir atölyede çalışsa müdür olacak durumda. Ama istemiyor... Seviyor bizleri!»

»Eeee biraz da kendi memleketimiz... Annem İstanbul'dayken evlenmiş... Ben İstanbullu sayılırım ama. Bu kıyılardan ayrılamıyorum aslında. Bu önümüzdeki kış, İnebolu Eğitim Merkezi'yle... Açıkçası İnebolu Kaymakamı'yla bir anlaşmam var... Üç yanlı bir kurs düzenlenecek önce... Ev ekonomisi kursu... Çocuk bakımı kursu... Bir de bizim biçki-dikişimiz. Sergi bizim konu üzerine ama... Sergilenecek işler çocuk bakımı üzerine!..»

Belediye Başkanı da özenmişti bu girişime:

«Neden bizim Çamalan'da düşünülmüyor, böyle çalışmalar?» dedi, «Bucak Müdürümüz uyuyor mu?»

«Çevre dar...» diyecek oldu Emel Hanım.

«Akpelit'i de ekleriz... Bucak merkezinde bir Çamalan Sergisi... Büyük köyleri içine alan...»

Buna Hurşit Ağa ne diyecekti, biliyordu Belediye Başkanı... Bu, en azdan Hafız Esat'a boyun eğme anlamına gelirdi. Bununla birlik tüm olaylarda Akif'in kendine özgü bir güdümü vardı:

«İleride hepsi olacak!» dedi, «Akpelit, kendi bucağından kopamaz. Ben bu konularda Selim gibi düşünmüyorum!»

Tükenen fındık fıstığın yerine yenilerini alıp getirirken.

«Biz babalarımızın politikasını sürdürmek zorunda değiliz, açıkçası...» dedi, «Selim gibi düşünmek zorunda da değilim. Size şunu açık açık söyleyebilirim. Ben yolun yukardan geçmesini istemiyorum. Yol aşağıdan geçerse buranın toprakları da değerlenir. Ekonomisi güçlenir... Bizim topraklarımız Yukarı Akpelit'ten daha geniş... Bir bölümü yola verilebilir, geriye kalanların değerine değer katılır böylece... Ne var ki...»

«Gel anlat bakalım babana sen!..» dedi, Yılmaz Bilgin.

«O da bilir bunları ama... Açıkçası, Hafız Esat'la tarihi sidik yarışı var aralarında.»

Çok bilmişlerin el sallayışıyla, Yılmaz:

«O sidik yarışının nedenleri... Bir kurcalansa neler çıkar altından!..» dedi, «Neyse, bunları hep biliyoruz!.. Bu atlı viskilere bayılıyorum. Hele sen tazele bardakları! Suyunu biraz daha eksik koy! Ne demiş Neyzen Tevfik?.. Ördek miyiz biz demiş, rakıya su koymak da ne oluyor! Amerikalı viskiyi ya sodayla içer, ya da sek!.. Böyle terkos suyu koymaz içine!»

«Sodamız da var Yılmazcığım! Sen iste yoksa... Ne sodası istersin? Tonik olsun mu? Sen Hafız'ın evi mi sandın Hurşit Ağa'nın apartmanını?..»

Yılmaz Bilgin, gerçekten şaşmıştı sodanın bu evde bulunuşuna... Hem de böyle soğuk soğuk... Elektriksiz de buzdolabı çalıştırabiliyordu bu Hurşit Ağa... Biraz da oğlunun kışkırtmaları vardı, onun bu yenileşme çabalarında. Bundan hiçbir şey kaybetmiş değildi, bugüne kadar. Viski kaçakçısı eskiye bağlı kalamazdı. Öyle görünebilirdi ama... Bunda içtenlik olamazdı. Bunu hacılar hocalar da bilirdi. Cami onarımına para toplandı mı en başta Hurşit Ağa gelmeliydi. Bu, dolaylı yoldan günah çıkarmanın Arapça'sıydı.

«Yukarı köy birden sarılıverdi bu sergi işine!» dedi, Emel Hanım, «Nasıl oldu bu, anlayamadım. Ben katılmayacaklarını sanırken...»

«Evet!» dedi Akif, çadırların söküleceğini anlayınca... «Öğreniyorum bizim Şadiye'den, Yukarı Köy'de olanları bitenleri... Onları hep Şaduman'ın kızı çekip çeviriyor.»

«Kim bu kız?» dedi Yılmaz, «Liseye falan gidiyor mu, İnebolu'ya?»

«Öyle kızlardan değil... köylü kızı...»

«Ama, onu değme şehirli kızına değişmem ben!» dedi Emel Hanım, «Sergi salonunu ona bıraktım da geldim. Yardım ediyor bana... Yanında da Zekiye, Gülay, Çiçek...»

«Gülizar yok mu?» diye soruverdi Akif, boş bulundu da...

«Unut onu sen!» dedi, «Gülizar'ı unut. Yukarı köyde ne kızlar var... Sana şunu söyleyebilirim... Bu yol işindeki yenilgiyi kapatmak için babanın yapacağı bir Iş var...»

«Beni Yukarı Köy'den evlendirmek, değil mi? Siz de mi böyle düşünüyorsunuz, Emel Hanım?»

«Hem de Nazife'yle!.. Baban ilk defa gerçeği görmeye başladı sanıyorum. Nazife'yi sana uygun görmekle... Ne var ki sana güvenemiyor... Açıkçası Selim bu konuda daha uyanık çıktı, geçti seni!.. Akif Bey, sen Selim'den de babandan da çok geride kaldın, bu görüşte! Sana şunu açıkça söyleyebilirim. Nazife'ye yakınlık gösterirsen hiç de karşılıksız kalmayacaksın!»

Birden dalıp gitmişti Akif. Elindekini bile bu dalgınlıkla sonuna kadar içmiş, boş bardağı çöpe atar gibi büfenin üstüne bırakmıştı. Doğru olabilir miydi bu? İlk kez sevilmenin, coşkusunu duyuvermişti içinde. Hem de herkesce sevilen, beğenilen bir kız tarafından... Güzel miydi Nazife? Akif için bütün gelinler, kadınlar gibi bir kızdı o da... Değirmenci Mehmet'in kızı Huriş de sayılırsa tüm onlar gibi, bir kız. Bir öğretmen ya da yüksekçe okul görmüş biri değildi o. Bırak evlenmeyi, nasıl sevebilirdi onu? Sevdalanacak seçkin birini arıyordu belki de... Çamalan Lisesi'ndeki öğretmen gibi... Nazife böyle sevilecek, yanıp tutuşulacak bir kız mıydı?

«Dalıp gittin Akif Bey! Düşünüp dalmaya değer doğrusu! Bugüne kadar evlenip de bir oğlum olsaydı, isterdim babasından bu güzel kızı... Hiç düşünmeden...»

«Gerçekten güzel mi bu kız Emel Hanım?»

Biraz da şaşkınlıkla:

«Görmedin mi Nazife'yi sen?» dedi, «Nasıl olur da güzelliğini sezmemiş olursun! Hem de az rastlanır bir güzellikte bir kız o. Nazife seni beğendiği halde, nasıl olur da farkına varmazsın, anlamıyorum!»

Kendini biraz toparlar gibi olmuştu, Akif. Biraz da şakaya alarak:

«Sen ağa oğlu olmadın ki bilesin Emel Hanım!» dedi.

«Evet... Hem de yakışıklı bir ağa oğlu değil mi?»

«Bütün kızların bana aynı ilgiyle bakmasına öylesine alışkınım ki. İçlerinden biri gerçekten de seviyorsa beni eğer, nasıl öbürlerinden ayırt edebilirim. Bana bu köyde yakışıklı ağa oğlu gözüyle bakmayan kim var, biliyor musun?»

«Kim?» dedi, Emel Hanım, «Gülizar mı yoksa, şu olay çıkardığın, Muhtar'ın gelini?»

«Evet, Gülizar!.. Biz böyle gözle, onun gözüyle biraz da suçlanarak bakılmaya alışık degiliz!»

«İşte bu yüzden de düşersin peşine. Köyde de bu yüzden...»

«Söyleyin... Gerisini de getirin! Rezil olursun, deyin, ne çekiniyorsunuz... Ama bilsem ki Nazife gerçekten seviyor, yapamayacağım delilik yoktur...»

«Sırf sevilmenin tadına varabilmek için değil mi? Gene bir ağa oğlu olarak.»

Unutulduğunu anlayan Yılmaz Bilgin, kalkıp büfedeki kırat markalı viskiden yeni bir şişe açtı, yarısına kadar doldurdu bardağını:

«Eğer izin verirseniz...» dedi, «Nazife'nin güzelliğine içelim! Ne dersiniz!»

Yılmaz Bilgin'e bakıyordu, Akif. Önerisine kızmış da olabilirdi:

«İçelim!» dedi, Emel Hanım, «Akif Bey'in biraz da elini çabuk tutması dileğiyle... Bir ağa oğlu nasıl evleniyor görelim Akpelit Sitesinde!»

Boş olarak büfenin üstünde durduğunu görünce, kalkıp bardağını doldurdu Akif, bir damla su karıştırmadan tümünü içti. Bu kez yarısına kadar doldurup suyunu ekledi. Masanın üstüne koydu.

Kapı çok yavaştan vuruluyordu. Evin bağımsız bir dairesiydi, bu bölüm. İçerde konuk varken ne annesi gelirdi , ne de hizmetçi kadınlardan biri... Kalkıp baktı kapıya:

«Sen misin Zeynel!» dedi, «Ne var?»

«Baban soruyor. Yemeğe bizi çağırmayacaklar mı, diyor. Gelelim, diyor eğer hazırsa.»

Biraz da içerdekilere duyurarak:

«Zeynel be!» dedi, «Biz unuttuk yemeği... Sen söyle anneme de... Versin sana takımları... Şu masayı hazırlayalım seninle!»

«Başüstüne!» dedi, «Önce Ağa'ya haber vereyim de!»

«Haydi, çabuk!»

Babasının yanında ne sigara içerdi, ne de içki. Keyfinin kaçacağını biliyordu o gelince:

«Bağışlayın beni!» dedi, «Siz devam edersiniz, Babam gelince!»

«Ben de içmem ama, Akifciğim!» dedi, Yılmaz Bilgin. «Konuğumuzu yalnız bırakmayalım diye...»

Akif yemek hazırlığı için annesinin yanına geçince:

«Aslına bakarsan, çok iyi çocuktur Akif!» dedi Belediye Başkanı Yılmaz, «Severim ben. Selim'le oturup içerler ikisi... Oysa babaları bir kaşık suda boğabilir birbirlerini. Bizim Hafız bugün burda, değil mi? Hoş geldiniz, diyemez miydi Hurşit Ağa? Diyemez. Ne Hurşit Ağa ona gider ne de Hafız gelir, Hurşit Ağa'nın mağazasının kapısından başını uzatır.»

Zeynel büyük masanın örtüsünü değiştiriyordu.

«Nerde Akif Bey?» diye sordu, Yılmaz Bilgin tedirginlikle... Sonra Emel Hanım'a döndü:

«Hiç iyi olmadı!..» dedi, «Bizimkilerden ayrılmam! Ah bu Raşit Bey. Gene oyuna getirdi beni.»

Açık kapıdan onun girdiğini görünce şaşırdı. Beklettiği için bağışlanmasını istiyordu:

«Bitmez ki Hurşit Ağa'nın işi!» dedi, Raşit Bey, «Afedersiniz beklettik sizi. Geliyor. Haydi Zeynel elini çabuk tut. Çağır Akif Bey'i»

Her şey önceden düşünülmüş gibi gelmişti, Yılmaz Bilgin'e: «Acaba?» diye aklından geçiriyordu, «Bu Emel Hanım, Nazife konusunu, gene önceden karalaştırıldığı için mi açmıştı. Tam bu arada... Akif'e duyurulması için...»

Babası önde, Akif arkada içeri girerken hâlâ düşünüyordu Belediye Başkanı. Akpelit'te hiçbir şey rastlantı sonucu ortaya çıkmazdı. Tüm olaylar bu Raşit Bey'le Hurşit Ağa'nın düzenlediği gibi gelişirdi.

ON ALTINCI BÖLÜM

Feyzi'nin dükkanı nasıl birden dolmuşsa, boşalışı da öyle hızlı olmuştu. Kapının önündeki masalara kadar taşan kalabalık, Hafız Esat'ın, «Haydi arkadaşlar»la başlayan uyarısı üzerine, birden toparlanıp ayaklanıvermişti. Atına binerken de şöyle sürdürüyordu konuşmasını:

«Akpelit bizim mahallemiz sayılır, daha çoook geleceğiz buralara! Hele şu aşağı yol açılsın. Şimdilik atlarız katırlarımıza, atlarımıza gireriz yola!.. Çok sürmez, pek yakında otobüslerimizle, kamyonlarımızla geliriz. Buyrun değerli Mühendislerimiz... Sizler sağ oldukça en kısa zamanda istediklerimiz yerine gelecektir. Buna güveniyoruz. Hoşça kalın değerli Akpelitliler!»

Yemeğe katılanlar, katılmayanlar düşmüşlerdi arkalarına. Karayolları işçileri yemekte nöbetleşe bekledikleri katırlarını önceden yola çıkardıkları için, tüm yürüyüşe geçenler Yukarı Akpelitlilermiş gibi görünüyordu. En önde iki mühendisi aralarına alan Çamalan'ın sayılı kişileri... Esnaf, dükkânlarının önünde dikilerek yoldan geçenleri uğurlama görevini yerine getirmeye çalışıyordu. Bu yürüyüşün yolla ilgili bir gövde gösterisi olduğu açık açık ortadayken Hurşit Ağa, neden camlı odadan çıkmıyordu? Durmadan telefonla konuştuğunu, konuşmaktan çok telefon dinlediğini, dükkâna girip çıkanlardan öğreniyorlardı. Ne oluyordu? Belediye Başkanı Yılmaz Bilgin'le Emel Hanım, neden kapanıp kalmıştı, kendi evinin ikinci katında, konuklara ayrılan odaya? Burada hep önemli konuların konuşulduğu bilinmez değildi. Evet, çok şeyler dönüyordu Akpelit'te. En önemli olay da çadırların sökülmesiydi. Daha önemlisi, iki mühendisin, beş aydır buralarda çalışan bu ekibin başına geçip, ilçe merkezine doğru ters yönden yola çıkışları... Ondan da önemlisi, yola çıkan bu kafileye Hafız Esat'ın Çamalan'dan gelip bir komutan gibi katılması, hem de at üstünde.

Köyün dışında, Üçmeşeler'de Hafız'ın isteği üzerine kafile durdu. Bir anda uğurlayanlarla, ayrılacak olanlar, yeniden birbirine karıştı. Sonra kimi atlı, kimi katırlı yolcu topluluğu, elleri yularlı yedekçileri arkalarına takarak yola düzüldü. Arkalarında çoğunluğu ilkokul çocuklarından oluşan bir kalabalık bırakıp... Üçmeşeler'i de geride bıraktı. Akpelit çarşısından soluk soluğa yetişen Yılmaz, atının dizginlerini kasıp Hafız Esat'a sokuldu:

«Hafız Amca!» dedi, sesini mühendislere duyurmaya çalışarak, «Hurşit Ağa yarın sabah Ankara'ya...»

Umursamazlığa vuran Hafız:

«Ne yapacakmış Ankara'da?» dedi.

«Karayolları Genel Müdürünü görecekmiş!»

«Ondan önce daha büyüklerini görenler var. Boşuna gidiyor. Bak Cafer, ne diyor Yılmaz Bey!»

«Buyrun Beyim!» diye atının dizginlerini salladı, Çolak Cafer.

«Duydun değil mi? Senin Hurşit Ağa Ankara'ya gidiyormuş.»

Bakışlarını Kerempe burnuna kaydıran eski kaptan, gözü Kerempe açıklarında:

«Bu havayı bırakıp da gider mi dersin?» diye kuşkusunu belirtti.

«Ben de sana soruyorum. Motorların karşıdan tam dönme zamanı, değil mi? Deniz süt liman... Başefendi'nin de jandarmaları Çamalan'da görevde üstelik... Gene de belli olmaz, Kuyruğu sıkışınca Ankara'da alır soluğu bu adam. Bilmediğimiz ne derdi vardır, kimbilir! Aklımıza gelen tüm işlerin daha büyüklerinin üstesinden gelmiştir o Raşit Bey denilen gravatlı... Buralarda, o namussuz, değil mi?»

«Evet buralarda!» dedi, Yılmaz Bilgin. «Oturduk yukarda...»

Hepsinden haberim var!.. Hurşit Ağa'nın oyununa mı geldin, yoksa Emel Hanım'ı göreceğin mi gelmişti?»

Genç Belediye Başkanı toparlanmaya çalışarak:

«Emel Hanım üstümüze geldi.» dedi, «Akpelit'e gelmişken de ne olup bittiğini öğreneyim, dedim»

«Öğrenebildin mi bari?..»

«Öğrendiklerim senden çok, Selim'in işine yarar çeşidinden...»

«Bak Yılmaz Bey oğlum!..Söyle o densiz herife... Aklını başına alsın. Ha ben, ha oğlum! O Akif sapığına o gül gibi kızı kaptırırsa benim itibarım iki paralık olur. Biz Akpelitlilere mal kaptırmaya alışık değiliz. Üstelik kaçak mal da değil bu. Öyle olsa payımıza düşene razı gelirdik... Delikanlıyım diye dolaşıyor memlekette... Ne yapsın yapsın çıksın işin içinden... Yüzüne gözüne bulaştırmadan çıksın amma!..»

Taşdibi açıklarında bir motora takılmıştı bakışları:

«Cafer!» dedi, «Bu motor da ne oluyor. Bir de sandal var kıçında.»

«Yeni dadandı bu motorlar... Biri de balıkçı teknesi...»

«Kimin bunlar?»

«Giresun'dan, Ordu'dan geliyorlar... Kalkan için...»

«Nereye atıyorlar ağlarını?»

«Akpelit'le Köpekburnu arasında görünüyorlar...»

«Gideros açıklarında da dolaşıyorlar mı?»

«Onlar da başka...» dedi Cafer Kaptan, «Onlar dikiş tutturamadı.»

«Demek Giresunlular dadandı buralara öyle mi? Sen inanıyor musun kalkancı olduklarına?»

«Laf değil Hafız Ağam, tutuyor bu adamlar...»

«Kalkancılıklarına ben de inanırım, inanmasına da... Ne işleri varmış buralarda? Kalkanların yatakları mı kurumuş oralarda!..»

«Onu da sordum geçenlerde... Bizde gedik vardır dedi, kaptan... Başkasının yatağına ağlarımızı atmayız... Hem kooperatif kurmuşlar orada... Kooperatifin emrindeymiş kaptanlar...»

Mühendislere dönerek:

«Görüyorsunuz ya!» dedi, «Adam yerine koymuyorlar bizi. Samsun'un öte yanındakiler bu yandakileri değil Karadenizliden, adamdan saymazlar! Çaltı burnu sınırdır... Yeşilırmak... Termeçayı... İlk işimiz iki yüz kulaç ağ ısmarlamak olacak. İkinci işimiz kooperatif kurmak. Özlüce'den Aydos'a kadar bütün balıkçılar girecek... Kendi balıklarımızı kendimiz tutacağız bundan sonra! Anladınız mı Çamalanlılar? Biz Cideli değiliz, İnebolulu değiliz ya... Yol yapılana kadar İnebolulu görünmek zorundayız... Yol yapılınca düşünürüz, ne yanı tutalım diye... Cafer, iyi bak şunlara ne yapıyorlar?..»

«Sandalda tepeleme ağ!.. Mantarlar güneş vurdukça parlıyor... Başladılar ağları atmaya... Kalkanın tam mevsimi...»

«Ne zaman çekecekler bu ağları? Yarın mı?»

«Sabaha doğru çekebilirler. Doldurdukları gibi motora yallah!»

«Nereye giderler, dersin? İstanbul mu, Samsun mu?»

«Zonguldak da olabilir... Buzluk da var motorda. Bu namussuz kalkan da su içinde ağda bekledi mi kokar da buzlukta bir yıl dayanır.»

«Göruyorsunuz ya Güngör Bey!» dedi, Hafız Esat, «Yol isteriz, balıkçılığımızı geliştirmek için de... İnebolu'dan yalnız Kurtuluş Savaşı'nda cepheye cephane taşımak için onarıp durduk bu şosayı! Neden Ankara'ya kadar geniiş asfalt bir yolumuz yapılmaz bugün.»

Güngör Şenyurt da biliyordu, Rasih Gürdilek de... Hiçbir içtenlik yoktu bu sözlerde ama gerçekti. Savaş bitmiş, ünlü Ecevit Hanı kapanmıştı, Kastamonu'yla İnebolu arasındaki... Ecevit Hanı'nın ünlü çorbası bile unutulmuştu. Kamyon şoförleri bile durup da iki kaşık çorba içmiyorlardı. Çaylarını şirket hesabına yolcularına sunan otobüs işletmecileri bile duraktan saymıyorlardı bu tarihsel Ecevit Hanı'nı!

Bütün bu konuşmalara kulak bile vermeyen Cafer Kaptan geriye dönerek:

«Geceyi Çamalan'da mı geçirecek bu balıkçılar, yoksa Akpelit'te mi?» diye sordu ortaya. Biraz da kendi sorusuydu bu. İşini ona göre tutacaktı. Bir sandalla düşecekti arkalarına. Bu havada balık çıkmazdı. Onlar bilmiyorlar mıydı, bu gerçeği? Yağmur vardı havada. Daha doğrusu ne olacağı belli değildi. Bu ağları hava kararınca çekmek zorundaydı bu adamlar. Onların buralarda oyalanmış görünmesi önemliydi bir bakıma.

Erken yola çıkan katırcıların üç dört evlik Taşdibi iskelesine doğru alçaldıkları Meşelik bayırından görününce Hafız yanındakilere:

«Kamyon...» dedi, «Görüyor musunuz benim kamyonu?»

Belediye Tahsildarı:

«Görüyorum!» dedi, «Kahvenin önünde cevizin altında... Rengi yeşil de belli olmuyor!»

Yol, ikinci bayırı tırmanmak için çukura girmişti. Cafer kaptan üzerine düşen görevin ne olduğunu çoktan anlamış bulunuyordu. Ağzı sıkı iki delikanlı yeterdi ona, bu gece. Biri Zühtü'ydü ya, ikincisi?.. Biraz becerikli bir delikanlı olmalıydı. Lüküs lambasını yakıp pompalamasını bilen, motordan makineden anlayan... Biraz da balığa meraklı... Buldum, dedi, Civelek Şükrü... Liseden ayrılma... Her iş gelirdi elinden... Hiçbir işte dikiş tutturamazdı bu yüzden de... Her işden anladığı için. Baktı kalabalığın içine, yoktu. Aradığın zaman da bulamazdın böylelerini. Ama Zühtü az gerisinde Belediye Tahsildarı'nın yanındaydı. Bindiği katır da belediyenin çöp katırıydı. Yılmaz Bilgin onu zabıtaya alacağı için peşini bırakmazdı, bu tür gezilerde. Ödeneksiz staj böyle yapılırdı Çamalan'da.

Eski kaptan, elini kaldırır kaldırmaz bitti orada:

«Buyur Cafer Abi!» dedi, «Bi emrin mi var?»

«Zargan'a çıkacağız bu gece!» dedi, «Ellezi'ye benden selam söyle, versin löküsünü!»

Onun «peki»sini beklemeden getirdi gerisini:

«Çamalan'a iner inmez bulacaksın, bizim Civelek'i... Zargan'a çıkıyoruz. Kaptan'la diyeceksin! Löküsle birlikte benim sandalın başında... Yatsı ezanı okunurken!..

«Başüstüne Abi!»

Parti Kâtibi Haylazların Bedri, işkillenmişe benziyordu. O da anlardı, bu zargan işinden.

«Ben de geleyim mi?» diyecek oldu.

Ters ters yüzüne bakan Cafer Kaptan:

«Otur oturduğun yerde!» dedi, «Nutuk atmaya gitmiyoruz, kepçe sallayacağız!»

«Öylesine bol çıkacak zargan, bu gece öyle mi?»

«Suda balık bu!.. Keyfi bilir. Bi de bakmışın Kerempeyi dolanmış. Cide'nin yalıboyunda dolaşıyor.»

«Anladım.» diye sürdü katırını.

ON YEDİNCİ BÖLÜM

«Kaptan!» dedi, Raşit Bey, «Bu geceki iş biraz da meydan okuma işi. Özlüce'ye yanaşacağız!»

«Yani, Hafız'ın burnunun dibine!»

Yediveren'de sekiz sandık on dörtlü vardı. Raşit Bey motor yanaşacak, dedi mi, yanaşırdı ama, bu tabancalar nereye boşaltılacak, kime teslim edilecekti? Aklı yatmamıştı.

«Bey!» dedi, «İşine karışmak için söylemiyorum. Özlüce'ye yanaşmamış adam değilim ben. Yanaş de, Boyran Altı'na da yanaşırım, İnebolu'da!..»

«Doğrusu da buydu ya... Hafız birden değiştirdi planı... Mühendisler Çamalan'dayken jandarma Özlüce'den bile çekilip, Bucak'ta toplanır, dedi!»

«Anladım Hafız'ın burnunu kırmak istiyor! Sen çıkar dedin mi, hiç bakmam. Hava da ayna gibi...»

«Benim çıkar diyeceğimi nerden biliyorsun?»

«Ne demeye baştan kara ediyoruz öyleyse?»

İstanbullu gülüşünü unutan Raşit Bey, motorun pata patlarını bastıran gürültülü bir gülüşten sonra:

«Sizler babadan gördüğünüzü tekrarlayan kafasız maymunlarsınız! Her şey durmadan değişiyor. Sen Çamalan'dan yol geçmediğine ne bakıyorsun. Hafız Esat'ın kendi yaptığı malları alacağız onun hamalından... Onu deli etmek için... Tabanca yaptırdığını bilmiyor sanıyor bizi!..»

Raşit Bey'in yanında bir «Vay anasını» çekmekten kendini

alamadı Murat Kaptan. Bulaşılıklığından, gözünün pekliğinden ötürü Meret Kaptan derlerdi hemşerileri. Cide'nin içine gelip yerleşmişti. Cinsiyeti gelişmemiş oğluna güzel bir gelin almakla tanınırdı. Belki Meretliği biraz da buradan geliyordu.

«Öyle haaa!» dedi, «Hafız'ın mallarını süreceğiz piyasaya!.. Adamın uykusunu kaçırmak için. Yapar bizim Hurşit Ağa!»

«Sen öyle bil!» dedi, «Takarof istediler benden beş yüz kadar... Yerlisi, dışardan gelenden daha fiyakalı... Süreceğim halis Rus malı diye... Şimdi fabrikası kaldı mı, kalmadı mı bilmem ama... Karadenizliler daha iyisini çıkarıyorlar. Biz satınca mal dışardan gelme olur. Bak Kaptan, İstanbul'da yaptırdığım kutulara bu tabancaları yerleştirdim mi, veririm Samsun'daki hamallarına, satın Çamalan'ın Hafız'ına dedim mi verirler... Gündoğrusu da güzel esiyor haaa!.. Şu güverteye tam sofrayı kurmanın zamanı!..»

Bu sözü biraz da Murat Kaptan'ın korkusunu bastırmak için söylemişti:

«Kaçta yanaşacağız Özlüce'nin kumuna?» diye sordu Kaptan.

«Sözümüz yatsıdan sonrası için... Deniz bu. Şişli meydanında randevu vermiyoruz. Beklesinler... Peşin parayla mal alıyoruz.»

«Ya Hafız'a söylerse, malı bize sürdüğünü, bu hamal?»

«Sen kaçakçılığın raconunu bilmiyormuş gibi laf ediyorsun! İkinci üçüncü elliği yapan kişi ne bir altındakine açılır, ne bir üstündekine. Açılsın da kendisi aradan çıkarılsın, öyle mi? Sen ömrü billah Meret Kaptan olarak kalacaksın, işte böyle!»

İçini boşaltma fırsatını vermişti ona bu Raşit Bey:

«Sen de Hurşit Ağa'nın yanında gravatlı bir yanaşma... Ne farkımız var, birbirimizden!.. Senin bana emir vermen çok mu önemli sence? Emir senin olmadıktan kelli, ha bana vermişsin, ha başkasına!.. İzin ver de çelik yeleğimi giyeyim. Patırtıdan hiç hoşlanmam, bilirsin! İstersen bir de sana versinler. Lan Habeş. Şu avcı yeleklerinden bir tane de Raşit Bey'e seçiver... Fiyakalı olsun! Altın kabzalı tabancana güveneceğine bu yeleklere güvenirsen iyi edersin. Ben başaltındaki Hoçkis'e bile güvenmem. Gözünü sevdiğim çelik yelek gibisi var mı?»

«Bir gün sen de öğrenirsin ona da güvenenlerin başına gelenleri. Bu işlerde paraya güveneceksin, yalnız paraya!»

«Demek patronun ensesi de, derisi de kalın olacak!..»

«Daha çok arkası!.. Kaptan!..»

«Buyur, Raşit Bey!»

«Şu ışık da ne oluyor? Şu kayanın dibinden doğru fışkıran ışık?..»

«Lan Habeş! Nedir bu ışık?» diye seslendi gemicisine.

«Löküs olmasın Kaptan!..»

«Ne işi var löküsün, bizim yanaşacağımız yerde?»

«Zargan avına çıkmış Çamalanlı gençler.»

Makinist Uğur:

«Tam bu geceyi bulmuşlar!» dedi, «Onlara yak şu lambayı da Taşdibi'nde bizi bekle desen, tek adam bulamazsın!»

Yediveren'in burnunu ister istemez açığa almıştı Murat Kaptan:

«Bak Raşit Bey!» dedi, «Bu löküs lambası orda yanarken yanaş desen de yanaşmam Özlüce'ye...»

«Hele dur, telaşlanma!» dedi, «Bi löküs lambasına kaç litre gaz konur. Bir, bilemedin iki kilo, değil mi?Birer saatten, iki saat yanar, en çok!»

«Demek iki saat haybeye benzin yakacağız!» dedi. Makinist Uğur.

«Ulan, jandarmaların botu olmasın bu löküslü motor?»

«Hele jandarmayı karıştırma Kaptan!» dedi Raşit Bey, «Jandarma, bando mızıkayla kaçakçı kovalamaya ne zamanadan beri başladı!»

«Kör şeytan diyor ki... Çıkar başaltından şu makineliyi, tara löküs lambasının karpuzunu...»

«İş oraya gelince kolay!» dedi. Uğur, «Benim Belçika'yla tek kurşunda o lambayı haşat etmezsem...»

«Bırakın patırtılı işleri...» dedi, Raşit Bey, «Karadeniz'de gidenin peşinden atarlar tabancayı. Atsan da gidecek atmasan da... Patırtı da ne oluyor durup dururken!»

Üçüncü kez dönmüştü motor. Murat Kaptan'ın keyfi kaçmıştı:

«Ay geç çıkacak!» dedi, çıkınca böyle rahat volta da vuramayız, herkesin gözü önünde. Başefendiyi, daha ne Hafız bağlayabildi, ne de bizim Ağa. Karakol bağlanmazsa buralarda rahat volta vurdurmazlar, adama... Kumda mavzer patladı mı alıp başını çıkacaksın karasularının dışına.»

Raşit Bey malı teslim edeceği saati hesaplıyordu. Motor iç fındık yüklüydü. Liman kağıdı da Ordu'dan... Ne dolanıp duruyorsun, buralarda diye sorarlardı adama... Raşit Bey:

«Kaptan!» dedi, «Ben Uğur'u gönderiyorum şu zargancılara... Kalkan ağlarını attık diyecek onlara. Söndürün şu lambayı da dolaşmayın diyecek, Zargandan ne kazanacaksınız peşin vereyim size!.. Ne dersiniz? Tanırlar mı bizim Uğur'u?»

«Tanıyacaklarını sanmam! Dışarlıklıdır Uğur... Giresunluların yanında da çalışmış bi zamanlar. Tam kalkancı. Tanırlarsa daha iyi ya!»

«Atlasın patelyeye de gitsin üzerlerine!»

«İyi ama büsbütün işkillenirlerse?.. Tabancayı göze almalı, o zaman!..»

«Ya karakola giderse bu zargancılar?..»

Karadenizli karakola gitmez, canına tak etmezse, önünden bile geçmez!»

«Herkes böyle zamanlarda ne yaparlarsa biz de onu yaparız!»

«Buralarda tabancayı düğünlerde atarlar, giden kızın peşinden! Biz bunun ticaretini yapıyoruz. Kullanalım diye taşımıyoruz. Eroin kaçakçısı sattığını içmeye başladı mı, iflah olmaz bi daha! Bak Kaptan..»

«Buyur!»

«Karaya adam çıkaralım ay çıkmadan önce... Uğur hazırlansın!»

«Hay aklınla bin yaşa! Başka çaremiz kalmadı. Haydi atla patelyeye Civelek!»

Raşit Bey, Uğur'u çekti kamaraya:

«İyi dinle, beni!» dedi, «Özlüce'den ilerdeki çekekte, Kanarya'nın Kaptanı'nı gör! Raşit Bey'in selamı var, de anlar o... Hani nerdesiniz diye çıkışırsa zargancıların lökүsü söndü mü baştan kara ordayız, de!»

«Anladım!»

«Daha olmazsa uzaklaştırsınlar, kuşkulandırmadan onları.»

Kamaradan çıkarken durdurdu:

«Eğer!» dedi, «Kimseyi bulamazsan çekekte... Ay çıkar çıkmaz kürek kaldır, gelir alırız, seni!..»

«Tamam, Bey!»

Kaptan, motoru Raşit Bey'in isteğiyle istop etmişti. Uğur patelyeye atlar atlamaz, iki kürekte silinivermişti gözden. Karanlıklar onu yutmuş gibiydi. Küreklerin hışırtısı duyuluyordu bu suskunluk içinde.

Civelek Uğur, avuçlarına tükürdükten sonra çeyrek saat soluğunu bozmadan asıldı küreklere. Soluğu kesilince gerisindeki motorun karaltısı bile yok olmuştu.

«İşte oğlum!» dedi, «Şu Karadeniz'in ortasında tek başınasın! Artık kaptan da sensin, gemici de. Ne farkın var, Yavuz'un kaptanından? Yak bi cigara şimdi!»

Kibritin ateşi dışardan görünürmüş, jandarmanın yeni botundaki yüzbaşı, dur, dermiş, umurunda değildi artık:

«Gemici girdinse Hurşit Ağa'nın Yediveren'ine, kendini de satmadın ya!.. Şu Karadeniz altında kayıp giderken...»

Patelyenin kıçüstünde, koltuğunda kaykılan bucak müdürü gibi, yan gelmişti. Sisle sıvanmış bir gökyüzünde gözlerini kırpıştıran yıldızları seçmeye çalışıyordu. Zargancılar burnun ötesinde kaldığı için, karanlık egemendi çevreye. Sigarasından fazladan iki soluk daha çektikten sonra, ucu ateşli izmariti fırlattı sulara. Tam küreklere yapışıyordu ki hemen kulağının dibinde bir ses:

«Hiç kıpırdama!» dedi, «Ben seni tanıyorum! Limana kaydın 218 numarada... Adın Uğur, soyadın Dal... Tamam mı?»

«Tamam Abi!»

«Abi'yi mabiyi bırak... Belki jandarma komutanıyım ben!»

Bu ses hiç de yabancı gelmiyordu Uğur'a. Geri dönüp sesin sahibini görmek istedi.

«Bak Uğur, Civeleklik para etmez! Karanlıkta elimdeki tabancayı görmüyorsun herhalde?»

Tanımıştı Uğur. Dediği gibi, kıpırdanmaya hiç gerek yoktu. Selim'di bu! Buralarda başkası da olamazdı. Raşit Bey'in onun çöplüğünde eşelenmesi yersizdi her bakımdan. Gelgelelim Hurşit Ağa böyle istemişti. Civelek Uğur'un bile bu kadarına aklı eriyordu. Uçtakiler bir kızıştılar mı, gözleri hiçbir şey görmezdi. Bunu da bilmezlerden değildi Uğur. Tanımamazlıktan mı gelmeliydi bu Hafız'ın oğlunu?..

«Şimdi beni iyi dinle, Uğur! Sana bizimle çalış demiyorum. Bizim «Soylu»ya da geç demiyorum. Tayfamız bile Soylu'da...»

İşine göre tayfa çalıştırdığını da bilirdi Uğur. Birden Selim'in kendisini açığa vurduğunu anlayan Uğur şaşırıp kalmıştı.

«Sen misin yoksa Selim Abi?» dedi, «Eğer gerçekten sensen bırak şu tabancayı elinden... Şurda Karadeniz'in ortasında yeke yek konuşalım!»

Karşısındaki, daha doğrusu arkasındaki Selim'di ama, Karadeniz'in ortasında yeke yek miydiler bakalım? Selim'in motorunda hiç mi adam yoktu? Selim'e yağ çektiği, yarın Bodur Ali'nin meyhanesinde konuşulursa işine gelir miydi?

«Selim Abi!» dedi, kuşkuyla, «Aramızda yabancı varsa ona göre, davranayım!»

«Bana güvenirsen, yanımdakine de güvenirsin!»

Yanımdaki, dediğine bakılırsa, demek tek kişi var yanında, diye düşündü. Öyleyse «Soylu»dan seslenmiyordu. O da kendisi gibi ufak bir sandaldaydı, bir filikada... Belki beş beygir gücünde bir Pancar takılıydı. Belki de benzinli bir Viskonsin... Bilirdi Civelek Uğur, yerli ağaların yanında yerli adam çalıştırmadıklarını...

Yabancı kişiler olmalıydı ki, şuna buna ulaştırmasın. Ya Urfalı Şakir vardı, ya da Antepli Rasim. Kendi açısından hiç önemi yoktu.

«Şimdi, dinle beni «Uğur!» dedi Selim Soylu, «Sizin şapşal, işleri karıştırmış bu gece. Ben Yediveren'den birinin kıyıya çıkacağını biliyordum. Sizin Hurşit Ağa dediğiniz adam, hâzâ öküzmüş! Bir yandan mağaradaki Bilal Ustayı jandarmaya ihbar ettirir, bir yandan da babamın adamından Takarof ister. Yutmadığımızı göstermek için, Cafer Kaptan'ın motoruna löküs lambası taktırıp zargan avına çıkardık, kıyıya yanaşamıyasanız diye. Yaptığı ihbarı kapatmak için de önce Takarof pazarlığına girişir. Boşuna buralarda Kanarya motorunu aramayın! Boşuna dolaşıp durmayın buralarda! İhbardan haberimiz yok numarasını bırakın! Belki Ağa, Raşit Bey'i bile uyutuyor. Mağaradaki Bilal Usta'nın ele geçmesiyle Hafız'ın kılı kıpırdamaz! Sen şimdi git, Raşit Bey'e selam söyle! Ağasından daha akıllıdır o! Özlüce'de ne Kanarya var, ne Takarof... Başefendiye Cide'den emir geldiyse, zaten devriyeler dolaşmaya başlamıştır bile. Senin anlayacağın babamın atölyesini jandarmaya bastırmak için adamakıllı çarşafa dolaştırdı. Raşit Bey'i gör. Beş yüz Takarof ona çok lazımsa yarın ben Feyzi'nin dükkânına geleceğim, anlaşırız. Bir uğrasın. Sakın Akif'i falan yollamaya kalkmasın! Akif diye benim bir arkadaşım yok. Hurşit Ağa'nın, ağalığına yakışmaz bu kalleşlik. Hadi aslanım, boşuna dolaşma. Kızların sergisini görmeye geleceğim. Gelmişken görüşürüz Raşit Bey'le, akşam üstü, Feyzi'de... Hadi var sağlıcakla!»

ON SEKİZİNCİ BÖLÜM

Yapımı biten, Akpelit'in yeni iskelesinin babasına ilk çimayı atan Çapar Yusuf'un Selamet'i olmuştu, motorlu tekne olarak. Yollu motordu Selamet, temiz altı mili vardı. Güvertesizdi, kamarasızdı ama, kırk tona elli tona yük demezdi. Yeni makinisti Hayri'nin, motorun yolunu daha da arttırdığı söyleniyordu, buralarda. Burunlarını Kerempe'ye verip bi gösteri yarışına çıkmamışlardı henüz. Geçen ay böyle bir rastlantı olmamış da değildi ama Hayri'nin, Yediveren'dekilerin kışkırtmalarına kapılmadığı da söylentiler arasındaydı. Böyle olduğu halde gene de Akpelit'in yeniyetmeleri, Selamet için yan çizdi diyememişlerdi.

Tüm Karadeniz kıyıları gibi Akpelit iskelesi de derin kıyılardan sayılırdı. Selamet, çimento yüklü olduğu halde iskeleye rahatça bordalamıştı. Kaptan Tomruk Ömer, bir hava bindirmesi düşünerek, iskeleye yanaşırken çapayı kıçtan fundalamayı da boşlamamıştı.

Tomruk Ömer tayfasını ne ezer, ne ezdirirdi. İskeleye adımını atar atmaz çimentoları boşaltacak adam istemişti Çapar Yusuf'tan. Hurşit Ağa'nın kayıkhanesinin tam karşısına oturttuğu depoya, şeritinde çalıştırdığı üç adamına vızır vızır çimento çektiriyordu. Kırk iki ton çimentoydu bu!..

Makinist Hayri en sonra çıkmıştı makinist kamarasından. Nazife'nin sözü edildikten sonra böyle her Akpelit'e ayak basışta «Haydi» diyemiyordu, Harun Dağlı'ya. Kerempe'yi kıvırınca sözleşmişlerdi Harun'la. Feyzi'de buluşup akşama bir çorba içeceklerdi.

Karayollarının çimento işini üzerine alan Çapar Yusuf, bu kez çimentoyu, yaptırmayı düşündüğü yeni evi için yüklemişti Bartın'dan. Kaymak gibi çimentoydu doğrusu... Rizeli Mehmet, kaçırma bu malı diye uyarmıştı kendisini. Ev işi geciktiği için gelecek yıla bırakmayı düşünüyordu. Planlamadaki bu arkadaş ilk kamçıyı vurmuştu Çapar Yusuf'a. Karayolları, fabrika ne çıkarırsa çıkarsın kaldırırdı. Ama boşa gitmesindi bu pirinç unu gibi mal... Peşin para isteyen mi vardı kendisinden!.. Karayolları'nın «istihkakı»ndan ödenirdi ilerde... Her şey vesileyle olurdu. Şeritler, motorlar, iskele caddesine oturtulan evler, dükkânlar...

«Yusuf Abi!» diye sokuldu, Harun, «Şu içerdeki aylığımı ver de babama bırakayım eve gidince!..»

Babasına değil, anasına bırakacaktı. Söze anasını karıştırınca akla «Nazife» gelirdi. «Nazife»nin düğün hazırlığı... Düğün hazırlığı anımsanınca da... Lafı edilip de unutturulmuş, her neyse beşik kertisi bir söz kesilmeydi bu.

Çatıldı kaşları Çapar Yusuf'un:

«İçerde mi?» diye üsteledi, «Senin içerde kalmış aylığın mı var... Ayın üçünde girmedin mi bu motora?»

«Geçen ayın sonunda girdim. Bugün ayın yirmi sekizi...»

«Memur musun sen be! Daha ay bile dolmamış!»

«Geçen ay daha dolmamıştı, bu kararlardaydı...»

«Bi daha yemeyiz bu haltı!.. Günü gelince!..»

Keşke beş on lira isteseydim, avans olarak diye düşünüyordu ki:

«Bırak şimdi aylığı!» dedi, «Paran yoksa vereyim. Anladım Feyzi'ye gideceksin.»

Parayı çok istese de, bir bölümünü anasına bıraksa? Düğün işini hızlandırmak istiyordu Hayri Ağabey... Açıkça söylemiyordu ama, seziliyordu onun davranışlarından... Çok konuşmazdı Makinist Hayri çünkü... Selamet'te bile zamanının çoğunu makinesine, motoruna ayırırdı. Durmadan aramalar yapardı, bu demir, çelik parçaları üzerinde. Cebinden verdiği bobin sardırdığı şaft yenilediği bile olurdu. Seviyordu Bolender'ini. Bu adam nasıl ev kuracak, çoluğa çocuğa bağlanacaktı? Bunu düşünüyordu, Harun. Koca olmak için çalışkan olmak, becerikli olmak yeterli miydi? Sonra... Dili söylemeye varmasa da, aklı düşünmeye yetiyordu, Harun'un. Nazife'yi anasına, babasına bırakıp sefere çıkacaktı. Bir süre Bartın, İnebolu... Bir süre Sinop, İstanbul... Hep deniz... Hep yol... Bu nasıl evlilik olurdu?

«Hadi, hadi» dedi, Yusuf Akbaş, «Al şunu! idare ediver. İçerde paran kalsın. Genç adamsın, işin düşer paraya ilerde...»

Bu babaca konuşma üzerine, artık açıp bakamazdı, avucundaki paraya. Biraz da öfkeli yürüyüp gitmek istedi. Bırakmadı ki Çapar Yusuf, bırakıp gitsin:

«Ne konuştunuz Kaptan'la?» dedi, az önceki ses değildi, «Eve gitmek yok, anladın mı? Çimento boşalırsa motor iskelede boşuna yatıp durmaz bu havada!»

Kaptan çimento boşalsın fayrap eder, gideriz dediğini bildiği halde, «Hayri Ağabey'le konuşuyordu Kaptan!» deyip kesti.

«Hadi Harun! Biraz dolaş da gel bakalım!»

Nerde dolaşacaktı? Feyzi'de mi oturmalı, caminin ordaki Habip Usta'nın kahvesinde mi? Yoksa eve kadar bir uzanıp çamaşır mı değiştirmeli? En iyisi Hayri Ağabey'i Feyzi'de beklemek! Öfkesini bastırmayı deneyerek:

«Haydi hoşça kal Yusuf Amca!» dedi, «Hele şöyle biraz dolaşayım!»

Çarşı içinde yürümek bile bir olaydı, denizden çıkan için. Tüm şu dükkânlar, yollar, kahveler denizde düşünülmüş, özlenmişti. Sevildiğini, özlendiğini yeni yeni anımsıyordu, önünden geçtiklerinin, karşıdan gördüklerinin. İnsan algılamadan da, demek özlemini çekiyordu, gözüne çarpan şeylerin.

Memiş'in kahvesinin önünden geçiyordu. Kapısının önünde gerilmiş, bu kırmızı bez de ne oluyordu? Ne yazıyordu üzerinde? Hep sergi açardı köyün kızları burda. Gene öyle bir şey olacaktı. Kırmızı bezin üzerine kalın yün ipliğiyle yazı işlemişlerdi. Kitaptaki büyük harflerle... «Akpelit Köyü Biçki-Dikiş Sergisi.» Bir de eğreti kâğıt iliştirilmişti bu kırmızı bezin üzerine. «Yarın açılıyor.»

Önce yukarı köy, hiç aklına gelmemişti. Aşağı Köy'ün kızları açıyor, diye düşündü. Kapıdan içeriye gözü kendiliğinden kayıvermişti. Yukarı Köy kalmış mıydı? Yukarı? Yukarı Köy'ün kızları... Kimdi bunlar? Çiçek de olabilir miydi, aralarında? Yarın Çiçek de buraya inecek miydi? Emine de... Kahvenin içinden iki kızın kapıya doğru yaklaştığını gördü. «Çiçek!..» dedi, «İşte Çiçek!..»

Dalıp gitmişti. Mısır tarlasındaki şalvarlı Çiçek'e hiç benzemiyordu. İstanbullu kızlar gibi giyinmişti. Pekiii...ya yanında el sallayan kız kimdi? Herhalde «Dur!» demek istiyordu. Kim olduğunu anlamak için çekinmeden durup baktı. Karanlıkçaydı içerisi. A! Kardeşiydi, Nazife!.. Niçin birden tanıyamadığını yeni yeni anlıyordu. Sarı yazması yoktu başında. Soluk, mendile benzer bir eşarpla o sapsarı saçlarını sıkı sıkıya bağlamıştı. Kendi diktiği bir pijama pantolonu dizlerine kadar örten bol entari... Köy kızlarının temizlik günleri seçtikleri bir giyiniş biçimiydi. Kim bilir, içerde de buna benzer bir işte çalıştığı için böyle giyinmiş olabilirdi. Oysa Çiçek, tam tersine bayram günlerindeki giyinimi andıran bir biçimde tam anlamıyla süslenmişti. Nazife'nin çağrısına uymak için kahvenin kapısına yöneldi, tam önünde durdu.

Nazife ellerine yapışmış içeriye çekiyordu Harun'u.

«Hoş geldin. Bana kalsa tanımayacaktım seni! Çiçek tanıdı!»

Elini bırakmadan açılıp baktı, bir kez daha ağabeyine:

«Yolda görsem yanından geçerdim. Tam gemici olmuşsun!.. Yanmışsın kapkara!»

Çiçek'in kendisine beğeniyle baktığını anlıyor, gözlerini çevirip bakamıyordu. Çiçek bu kadar güzel miydi, kendisine mi öyle geliyordu? Nazife yaşça ondan aşağı değilse de Harun'a kalırsa büyüyen değişen, güzelleşen Çiçek'ti. Emriye'yi anımsamıştı birden:

«Nerde Emriye?» dedi, «Onu da getirdin mi?»

«Yarın gelecek... Sergimiz yarın açılıyor, öğleden sonra...»

Eliyle duvarları gösteriyordu:

«İşte bizim köyün kızlarının işleri... Perdeleri çektik toz girmesin diye... Yarın görürsün. Sen de bulun Açılış töreninde... Bakraç bakraç limonatalar yaptık. Kaymakam gelecek diyorlar... Bucak Müdürü de... Benim işlerimi Emel Hanım en güzel yere koydu. Aşağıdaki kızlar suratlarını astılar... Darılanlar bile oldu. Alışmışlar kendi işlerinin öne çıkarılmasına...»

Çiçek'in Nazife gibi düşünmediği seziliyordu.

«Benim üç parça bir şeyim var...» dedi, «Ama Gülay senin gibi konuşmuyor. Bizim beğenilecek işlerimizi hep arkalara koydurdu bu Emel Hanım, diyor. Emine de öyle söylüyor. Gülizar Abla'nın etek ceketini sergiye bile almadı!»

Harun, Nazife'ye gösterilen ilgiden kuşkulanmıştı, arkadaşı hesabına. Bu kadın, bu Emel Hanım, Hurşit Ağa'nın bulup getirdiği bir dikiş hocasıydı, onun sözünden çıkmayan... Çiçek aldanmış olabilirdi. Yıbıl Arif, kızı için bez parası, basma parası ayıracak durumda değildi ki, kızı türlü türlü entariler diksin... Harun alışmıştı evde onların çekişmelerine... En önemli yanı Çiçek tam gelinlik çağına girmişti. Ya elinden kaçırırsa, babasına öküz parası getiriyorum derken. Bu Çapar Yusuf'un Selamet'inde vurgundan pay umudu da kalmamıştı, Hayri Ağabey'in dürüstlüğü yüzünden. Bi bakıma başı dinçti, içi rahattı. Jandarmaların yanından geçerken başı dikti. Ama Çiçek'i düşündükçe... Böyle göz göze geldikçe cebindeki paradan utanıyordu. Motorculuk bu muydu?

«İşlerimizi sergide nereye asarlarsa assınlar.» dedi. Çiçek, «Sergiden sonra ceviz sandıkta kaldıktan sonra...»

Çiçek'in sözleri Harun'dan çok, Nazife'yi şaşırtmıştı.

«Aşkolsun kardeş!» dedi, «Bilen bilmeyen de bizim Akpelit'in kızları evde kalıyor sanacak.»

«Yanlış mı söyledim...» dedi, «Bir yıldır köyde kaç düğün oldu. Söz biçildi diyorlar, ne düğün var, ne dernek!..»

Kıpkırmızı olmuştu Harun... Yalnız Harun mu?.. Nazife de... «Ne yapalım...» dedi, «Yüzümüze gülenin arkasına takılıp gidelim mi? Yaşımız ne, başımız ne? Bizim yaşımızdaki kızlar, büyük şehirlerde ya ortaokula gidiyor, ya liseye...»

«Buralarda da tarlaya tabana!..»

Kızmış olmalıydı Nazife:

«Koca çıkınca bizi tarladan alıp köşeye mi oturtacak sanıyorsun!»

Harun'un gözlerinin içine baka baka verdi yanıtını Çiçek:»

«Koca çıksın da varsın köşeye oturtmasın. Tarlaya küfeyle damdan kemre taşıtsın!»

Harun sezinliyordu, Çiçek'in sözleri kardeşini tedirgin etse de kendisine içten içe bir coşku veriyordu. Ne kadar rahat konuşuyordu bu Çiçek!.. Ya kendisini adamdan, erkekten saymıyor, ya da kıyıda köşede yaptıkları şakalaşmaları Nazife'nin yanında kendi gelecekleri için açıktan açığa pekiştirmek istiyordu.

Harun'u kendi adına sevindiren bu koca bulma konusu, neden Nazife'nin hiç hoşuna gitmiyordu? Çiçek'i gelinliğe uygun görmediğinden mi ileri geliyordu, bu tedirginlik?.. Yoksa kendi adının karıştığı söylentilerden mi ötürüydü? Harun yarı ömrü denizde geçse de söylentilere büsbütün kulakları tıkalı değildi. Kızların arka yoldan Çamalan'a yaptıkları yürüyüşün yankılarını Bartın'lı gemicilerden dinlerken Nazife'nin adının geçtiğini bile duymuştu. Bu yürüyüşün peşinden, bir Selim söylentisi çıkmıştı. Kız kardeşinin babasından istendiğini uzaktan uzağa değil de evin içinden bile duymuştu. Tüm bu olanları, bitenleri Nazife'nin güle oynaya karşılamasını düşünemezdi Harun. İşte görüyordu ki kardeşi üzgündü, tasalıydı. Şu giyinişinin bile bir anlamı olmalıydı. Asıl kendisini düşündüren yanı, Nazife'nin Hayri Ağabey'ine karşı çok kapalı oluşuydu. Geçen gelişinde de kızkardeşinden olumlu tek söz sızdıramamıştı. İnsan biçimine getirir, Selamet'teki arkadaşlarından söz açardı. Kendi çamaşırını isterken Hayri'nin bir gömleği olup olmadığını da soramaz mıydı Nazife?.. Annesi henüz ne düşünüyordu bilmiyordu ama, babası da kendisi gibi düşünüyordu Hayri için. Bunda hiç kuşkusu yoktu. İki kardeş kara kara düşünürken Çiçek'in gözlerinin içi gülüyordu. Sözde arka kapının iki yanına asılan entarilere bakıyordu ama, aklı hep Harun'un ağzından çıkacak sözlerdeydi. Yoldan gelip geçenlere göz ucuyla bakmıyordu bile.

Harun'u, düşüncelerinden uzaklaştırmak isteyen Nazife:

«Eve uğrayacaksın tabi, gelmişken.» dedi, «Çamaşır almadan gitmezsin değil mi? Yıkadım geçen gün... İstanbul'a yolun düşerse, giyecek yeni bir şeyler al kendine!»

«Yusuf Ağabey, evi ikinci kata çıkmadan , gidemez İstanbul'a.» dedi Çiçek...

Bir süre ikisinin yüzüne bakıp kaldı:

«Yusuf'un çimentolarını çekip bitirsinler hele...»

Şaşırmıştı Harun:

«Sen nerden biliyorsun?» dedi, «Ona çimento getirdiğimizi?»

«Raziye Abla komşumuz değil mi? Biliyordum bugün çimento getireceğinizi önceden!»

Bu süslenmeler bunu bildiğinden mi ileri geliyordu? Nasıl olsa motor iskeleye rampa edecek... Yusuf'un adamları torba torba çimento çekerken Harun da şu sokaktan geçip belki de Feyzi'ye gidecekti... Ne vardı bunları düşünemeyecek!

Pekiii, diye düşüncelerini sürdürdü Harun... Ya Nazife!.. Nazife neden düşünmemişti bunları?.. Motordan Harun'la birlikte, Hayri de çıkacak değil miydi? Burdan geçip Feyzi de buluşacaklarını neden hesaplamamıştı, Çiçek gibi?.. Kim bilir, belki düşündüğü için şu temizlikçi kadın kılığına girdi bu kız? Korkulurdu kardeşinden. Nasıl ince fikirli oluyorlardı, bunlar bu kadar!..

«Demek eve gitmeyeceksin!..» dedi, «Var mı, bir söyleyeceğin?..»

Yanıtını Çiçek'in yüzüne bakarak verdi:

«Var!» dedi. «Söyle anneme... Nasıl olsa öküzü alırım ben... Öküz, işleri uzatmasın. İçerde bir aylığım var. İkinciyi de aldım mı onun öküzüne bir buzağı bile eklenir.»

Kapıdan yabancı bir kadınla Emel Hanım giriyordu. Ters ters kendisine baktığını gören Harun:

«Hadi hoşça kalın!» dedi, «Yarın açılışı görmek isterdik ama, çimentolar boşalınca Bartın'a döneceğiz!»

Elini önce Çiçek'e uzatmıştı.

«Hep aklım buralarda ama olmuyor işte!» Serginiz hayırlı, uğurlu olsun! Elinize sağlık... Aşağı Akpelit'te açmanız çok iyi olacak!»

Nazife tetikte beklermiş gibi atıldı:

«Biçtiklerimizi, diktiklerimizi Yukarı Köy'de de ayrıca göstereceğiz!» dedi, «Bizim köyden kimse inmiyor aşağı!»

Demek bu sıkıntılı durumun nedeni buydu. Yukarı Köy'ün sergiyi görmeye inmeyişi... Peki ama, bu Çiçek'in rahatlığı da ne oluyordu? Bu denli birbirine benzemeyen iki kız olur muydu? Ne olursa olsun seviyordu Çiçek'i.

«Eve selam söyle!» dedi, son olarak... Birçok şeyler anlatmak istediğini, biraz da boşaldığını düşünerek Sarı Memiş'in sergi salonundan rahat ayrılmıştı.

Tam kapıdan çıkarken karşıdan Şemsi Amca'yı görmüştü, yanında da Hayri... Bekledi yol üstünde.

«Merhaba Şemsi Amca!» dedi, «Babam nasıl?»

«Şu hayırsız evlada bak!» dedi Şemsi Usta, «Gelmişken görmeyi düşünmüyor da, babasını benden soruyor.»

Bir incelik göstermenin tam sırasıydı. Kafatasının içi pırıl pırıldı bugün.

«Ha Şemsi Amca, ha Babam Şaduman Dağlı. Birini gördüm mü öbürünü görmeye ne hacet!»

Şemsi Usta gülüyordu:

«Aferin!» dedi,«Motorculuk geliştirdi seni bakıyorum da... Gel sana da bir çay ısmarlayayım Çipil Hüsnü'nün kahvesinde. Kızların sergi hazırlığı başlayalı Çipil'i zengin ediyoruz.»

Arka sokağa sapıp kahvenin önündeki ip örgülü iskemlelere oturdular.

Makinist Hayri pek isteksiz görünüyordu. Kuşkulanmıştı Harun, onun bu tutumundan. İkisinin arasında konuşacak konular mı vardı? İyi ama Şemsi Usta neden buyur etmişti kahveye... Onların baş başa konuşmalarını sağlayabilmek için:

«Hayri Ağbi!» diye çıkış yaptı. «Motorda aynamız yok... Tıraş sabunumuz da yok... Alsam, dükkânlar kapanmadan da, gelsem...»

Hiç düşünmeden:

«İyi olur!» dedi «Dur, para vereyim.»

Şemsi Usta, ikisinin arasındaki su sızmazlığı babacanca izliyordu. Sevecen bakışlarla bir süre arkasından baktı Harun'un:

«Senin yanında oluşu, çok iyi oldu!» dedi, «Başı belaya girecekti Yediveren'de. Hurşit Ağa yol yapımının durdurulmasından beri büsbütün azıttı. Çok yanlış işler yapıyor. Akif'i de kışkırtıyor, yanlış yollara. Böyle hırslı baba görülmemiş bugüne kadar. Yol işinde yanlış alabandayla gemiyi karaya oturttu. Bereket versin ki kayalara oturtmadı. Bir çıkış yolu kaldı, aklını toplayabilirse. Pelit ovasındaki mağarada tabanca yapıldığını keçi güden çocuklar bile biliyordu. Kim ihbara kalkışmıştı bugüne kadar. Bir ağa ufak işlere kalkıştı mı, bir günde ufak adam oluverir. Sonra ihbar eden kendisi değilmiş gibi de mağarada yapılan tabancaları satın almaya da Raşit Bey'i gönderiyor. O koskoca Raşit Bey de atlayıp Yediveren'e, Kanarya'dan Takarof almaya kalkıyor!»

«Onu ancak partisi kurtarır, diyorlar Bartın'da. Seçimi kazandı mı, durulmaz önünde diyorlar...»

«Aslını ararsan onun partisi suyun başında... İkili oynadığı için güvenmiyor yukardakiler. Bak Hafız'a partisine değil, kendisine güveniyor. Ne Hafız baştaki partiyi tutuyor, ne de baştaki parti Hafız'ı... Tıkır tıkır da yürütüyor işlerini. Bindiği atın doru mu, kula mı, kır mı,yağız mı olduğunu kimse bilmeyecek... Neyse onların bileceği iş. Yukarı Akpelitli olarak selden kurtardığımız üç beş dönüm toprağımız var... Bu toprakları selden değil de Hurşit Ağa'nın şerrinden nasıl kurtaracağız diye düşünüyoruz. O hangi partiye oyunu verecekse, biz toptan karşısındaki partiye vermeye hazırız, hem de silme... Göreceksin, seçimi erkene almak istiyorlar, çok sürmez... Geçit başında koyunların sıçramasına çok zaman kalmadı! Akı da, karası da belli olur yakında. Şu var ki Dozerler bizim köye doğru yürürse kan da gövdeyi götürür. Çay içeriz değil mi? Dur!.. Çipil'in kahvesi de vardır. Seninle karşılıklı birer kahve içelim.Ne sigarası içiyorsun? Ver de şu senin türbe geçmişlerden yakalım. Buralarda köylü sigarası bile zor bulunuyor, bugünlerde.»

«Bende daha iyisi yok... Bartın'dan yirmi paket Birinci almıştım.»

«Siz de motorcu musunuz be. Motorcu dediğin Marlboro'dan gayrısını içmez buralarda.»

«Bizim üç direkli gemilerin denizcilerinden farkımız yok! Babamızdan gördüğümüz gibi yaşıyoruz!»

«Çok iyi tanırım babanı... Bir kaçakçı var bu meslekte bir de gemici...Ayrılma doğru yoldan sen! Bu denizin suyu tüm denizlerden tatlıdır, değerini bilene!»

«Şemsi Ağbi, tadını almaya çalışıyorum kaç yıldır. Daha alamadım, ama, inanıyorum alacağıma. Dört rüzgâr var, dört de arasından esen... Sekiz... Herbirinin huyunu da öğrendik, suyunu da! Bizim huyumuz da belli, suyumuz da!»

«Kötüysen, kendini iyi göstermeye çalışma!.. İyiysen, ne yaparsan yap kötü olamazsın! Kötü olamayınca da yüzüne gözüne bulaştırırsın. Kötülük hüner ister. İyiler kıvıramaz... İnce iştir bu.»

«Özenmiyoruz da Şemsi Ağbi!»

«Gelelim senin şu evlenme işine! Yengeni Ümmüye Kadın'a göndermenin tam sırası... Sen buranın, daha doğrusu bizim Karadeniz'in geleneklerine göre evleneceksin! Köylerde geçerli olan da bu! Başlık parası vereceksin!.. Vermesen bile vermiş görüneceksin!»

«Neye vermiş görünelim. Veririz olduğu kadarını...Daha çoğunu isterlerse düşünürüz.»

«Bana bırak sen! Sana bundan sonra çok para gerekecek! Hep motorda yattın, motorda kalktın! Ev tuttun mu hiç? Tutmadın. Motordakilerle geçinemeyip çıksan bile otelde handa kaldın, üç günlüğüne beş günlüğüne. Öyle olmadı mı?»

«Öyle oldu.»

«Senin yaşındakilerin alacağı kız, ya on altısındadır, ya on yedisinde... Buralarda on sekizinde yirmisinde kız kalmaz. Beş yıl daha beklesen yine aynı yaştaki kızları almak zorunda kalacaksın. Geç kalırsın o zaman! Şimdi, tam zamanı! Kızımız da tam senin yaşına uygun on yedisinde falan... Elini çabuk tutmazsan alır götürürler böyle seçkin kızları. Başladın mı, bitireceksin! Yarın gider yengen... Biz kendimize göre babasıyla konuşmamızı yaptık bitirdik!»

«Yani geri çevirmezler bizi demek istiyorsun, öyle mi? Eğer öyle bi durum olursa görünmem bi daha buralarda!»

Babacanca güldü Şemsi Usta:

«Demek çok seviyorsun, öyle mi?»

«Bilmem ki Şemsi Ağabey, seviyor muyum... Bi kere evlenelim dedik... Bu kız olsun, bu Nazife kardeşimiz olsun dedik... Öyle uygun gördük, değil mi? Dönmek olur mu? Bu iş bozulursa nasıl yaşar insan?.. Nasıl bakar tanıdıklarının yüzüne?.. Hele durumu bilenler olursa kahrolur insan, değil mi?»

«Canım böyle şey olur mu hiç!.. Biz de şurda kızın babasının arkadaşı olarak giriyoruz araya... Karım anasını tanır. Kızı şu kadarkenden tanırız... Hani kucağımda büyüdü diye bi söz vardır ya... O hesap!.. Çok kucağıma alıp halkalı şeker tutmuşumdur ağızına, Nazife kızımızın. Demek bir araya gelip konuşmadınız bu güne kadar, öyle mi? Akıllı kızdır Nazife haaa... Okulda birinciydi!»

«Ben bitiremedim. Dışardan girdim imtihana. Makinist olurken diploma ister dediler. Onu uzaktan gördüm, beğendim. Harun'la eve geldikleri geçen yaz... Yediveren'deydik ikimiz de. Geçenlerde Harun'a açtım, çok sevindi. Severim Harun'u! Gözü pek çocuktur Harun. İyi gemici olacak ilerde. Belli olmaz, bi motorumuz da olur. O da evlenmek istiyor. Çocuklarımız olunca bi ekmek kapısı olur ikimiz için!..»

Konunun dağıldığını anlamıştı Şemsi Usta:

«Yani demek istiyorum ki, para senin ilerde de işine yarayacak! Ev açacaksın!.. Dayayıp döşeyeceksin!..

«Ama şimdilik...»

«Şimdilik Şaduman'ın evi... Dışardan getirirsin yağını, sabununu, Bartın'dan, İstanbul'dan... Bi yirmi bin desek başlık parası?»

«Var bankada o kadar...»

«Üstüne başına kızın?»

«Bi on bin, ne dersin? Az mı?»

«İyi! Bir de altın ister, Reşat Altın!»

«Olur Bartın'dan alır, getiririm. İnebolu'dan, Çamalan'dan alınacaksa eğer, parasını bırakayım sana... Doğrusunu istersen Şemsi Ağabey, senin bi sözün üzerine Bartın'daki bankadan çektim paramı... Al, buyur!.. Şu yirmi bin... Şu da...»

«İyi etmişsin! Uzatmanın bi alemi yok! Askıda kalmasın bu iş! Bi adım önce kızın başı bağlansın ki... Kurdu, canavarı elini çeksin üzerinden.»

«Bi endişeli görüyom başından beri seni Ağabey!.. Kızın aklında biri varsa... İki paralık olmasın adımız sonra»

«Hele düşündüğün şeye bak!.. O evin yabancısı mıyım ben... Kendime güvenmesem...»

«Sen bilirsin! Hele al şunları!.. Koy cebine... Şu da üst başı için on bin, şimdilik... Az bencileyin bu para, az ama tüm kazandığım onun, bundan sonra...»

«Şaduman gözü tok adamdır. Parada gözü yoktur amma... Ev geçindirmek kolay değil! Kız evlat, harcayacaksın ki emsallerden aşağı kalmadığı anlaşılsın. Yerinmesin bu şenlikli gününde... Sen böyle namusunla çalıştıktan sonra korsun yerine verdiklerini!»

Harun'un karşıdan geldiğini gören Şemsi Usta, masanın üstündeki paraları iç cebine yerleştirip ceketini de iliklemişti.

Harun'un elindeki paketin büyüklüğüne gözü takılan Hayri:

«Daha neler aldın öyle?» diye sordu.

«İki de küçük havlu aldım, birer tane...»

«Demek kıydın paraya! Motor nasıl, boşaldı mı dersin?»

«Uzaktan baktım. Üç adam daha göndermiş... Bu gidişle bir iki saat sonra tamamdır.»

Makinist Hayri birden doğruldu:

«Biz bi uzansak motora!» dedi, «Durumu anlasak...»

«Siz bilirsiniz.» dedi Şemsi Usta. «Demek yolcusunuz? Dönüşte eve beklerim. Harun biliyor evi. Ona göre, izin alın da gelin eve, beklerim!»

Hayri eline sarılmış, öpüyordu. Buna bir anlam veremeyen Harun da sarıldı Hayri'nin bıraktığı ele...

«Haydi hayırlı yolculuklar! Bekliyorum ikinizi de!»

«Bi emrin? Bir şey lazımsa getireyim gelirken...»

«Sağlıcaklan gelin, haydi yolunuz açık olsun!»

ON DOKUZUNCU BÖLÜM

«Lan Zeynel!..»

«Buyur Ağam!»

«Şu kutuyu olduğu gibi al kucağına...»

«Hangi kutuyu Ağam?»

«Şu Nesrin bisküvitlerini. Sonra yukarıda demlenen çaydanlığı da al! Bi koşu al gel, çabuk!»

«Peki Ağam, sonra?»

«Sonra götür kızların sergisine, bırak!»

«Sarı Memiş'in kahvesine, öyle mi Ağam ?»

«Ulan Sarı Memiş mi kaldı, be! Onun kahvesi sergi olmadı mı?»

«Sayende Ağam!»

«Sarı Memiş'in çay bardakları arkadaki kahve ocağındadır. Çıkar ordan bardakları!.. Sudan geçir! Kaşıklarını da... Al şurdan bi paket şeker! Söyle bizim Emel Hanım'a, Hurşit Ağa görecek de! Son bi gözden geçireyim sergiyi. Eksiği vardır, gediği vardır. Yarın Kaymakam gelecek. Telefon etti İnebolu'dan. Önce semaveri, demliği indir yukardan! Hadi, elini çabuk tut sallanma!»

O hızla fırlayan Zeynel'in arkasından seslendi:

«Heeey Zeynel!»

«Buyur Ağa!..»

«Salonun kapısını da tıkla. Yukarı çıkmışken... Akif ordaysa baban çağırıyor de!»

«Başüstüne Ağa!»

«Evi ayağa kaldırmadan. Baban aşağıda camlı odada bekliyor, de! Dur, ben telefonla söylerim. Sen Akif'i bana bırak! Hadi, git işine! Demlenmiş çayları al, getir! Doğru karşıya! Sergi salonuna!.. Senin yerinde olsam, evvela uğrardım Sarı Memiş'in oraya. Hazırlayın bardakları derdim.»

«Öyle diyelim Ağa!»

«Hadi,çabuk!»

Zeynel çıkar çıkmaz telefonun manyatosuna yapışıp vericiyi kaldırdı:

«Hey, kim var orada?»

«Ağam sen misin? Ben Muhtar...»

«Tuh be kapat sen. Ben Akif'i arıyorum.»

Yeniden çevirdi manyatonun kolunu.

«Kim var orda. Akif sen misin?»

«Benim baba. Hayır ola?»

«İn aşağı çabuk ! Yarın sergi açılıyor ya!»

«Evet, açılıyor.»

«Kaymakam telefon etti İnebolu'dan.»

«Evet, baba...»

«Ulan eveti meveti mi olur bu haberin, bu nazik zamanda! Kaymakam geliyor Akpelit'e... Gelmeden de babana telefon ediyor, geliyorum, diye.»

«Evet, baba.»

«Öldürürsün adamı sen be! Yani o kıytırık Bucak Müdürü'ne telefon ettirmiyor da kendi ediyor.»

«Çok güzel baba. Anladım.»

«Haşşöyle. Aklın yavaş yavaş ermeye başladı. Kaymakam gelince İnebolu'dan on kişi daha geliyor, demektir.»

«Haklısın baba... Haklısın da... Çok mu önemli bizim için, onu anlayamadım.»

«Hafız'ın tabanca imalathanesinin Cide'de karakol tarafından basılmasından sonra... Yol mühendislerinin açılmakta olan yolu yüzüstü bırakıp gitmesinden iki üç gün sonra... Hafız'ın Aşağı Akpelit'te Feyzi'nin meyhanesinde gövde gösterisi üzerine serginin açılışı için Kaymakam'ın yarın, buraya gelişi...»

«Anladım baba!»

Tam zamanında kesmişti Akif babasının sözünü, lafın gerisini kolay kolay bağlayamayacaktı, Hurşit Ağa...

«Şimdi ne yapmamı istiyorsun?»

«Evvela sen ne yapıyorsun bu saatte evde, onu söyle! Viski mi içiyorsun gene?»

«Sen benim ne yaptığımı bırak da, ne yapacağımı söyle, baba!»

«Son defa... Şu sergi salonunu bi gözden geçirelim. Ne kadar olsa mektep medrese görmüş adamsın. Bi eksiği varsa yarına kadar yerine koyabiliriz.»

«Başlarında Emel Hanım yok mu?..» diyecek oldu.

«Emel Hanım'ın başında kim var? Halk Eğitim Müdürü mü var sanıyorsun. Bu sergileri Kaymakam'ın emriyle ben açtırmıyor muyum? Çabuk, üstüne başına bir çeki düzen ver... Ceketini de giy. Karılar gibi hırkayla gidilmez böyle yerlere. Hadi, çabuk! O İstanbullu gravatlıya da haber ver, o da gelsin.»

«O gelirse beni affet, baba! Ne işi var onun Halk Eğitimi sergisinde!.. Eğer sergiyi sen açmış görünüyorsan... Büsbütün işi yok böyle yerlerde!»

«Adamı ben kalabalık yapsın diye çağırıyorum be! Şunu da aklından çıkarma, sergiye geleceğimizi Emel Hanım kızlara duyurdu şimdiden... Yanında bir de Okul Müdürü var, Kız Meslek Lisesi'nin Müdürü... Onu da Kaymakam gönderiyor.»

«Anladım baba!.. Hemen şimdi...»

Telefonu kapatan Hurşit Ağa, camlı odanın önünde, içeri girmek için bekleyen Zeynel'e el etti:

«Kaç kutu bisküvit götürdün?» diye sordu, içeri girince.

«Bir kutu!» dedi, «Nesrin bisküvit!»

«Ulan insafsız, o kadar millete bir kutu bisküvit yeter mi? Bi kutu da yuvarlaklardan götür. Sabahtan beri aç açına çalışıyor, köyün kızları!»

«Başüstüne Ağam!»

«Sonra çarşı içinde bir dolaş!.. Çipil'e bak, Şaduman buralardaysa bana haber ver. Hani şu tüfeğiyle dolaşan avcı...»

«Olur Ağam!»

«Feyzi'de kimler var?.. Çamalan'dan kim gelirse haber vereceksin bana. Bugün dükkânda oturmasan da olur.»

Sarı Memiş'in kahvesi dükkânın çok uzağında değildi. Raşit Bey'i sağına, oğlunu soluna alıp içeri girdiği zaman aşağılı, yukarılı tüm Akpelitli kızlar masalarda yerlerini almışlardı. Birinci posta, çaylar içildiği için yıkanan bardaklar ikinci kez doldurulmuş, içemeyenlerin önüne konuyordu. Bir iki saat önce kapalı duran perdeler açılmıştı. İçeriye denize doğru alçalan güneşin ışıkları rahatça girebiliyordu. Az önce hemen aynı renkte görünen giysiler uçarı bir renk cümbüşü içindeydiler, göze çarpacak biçimde yer verildiği için, gereken seyircisini kolayca bulmuştu. Altındaki yazıyı göz ucuyla okuyan Akif, kimin işi olduğunu anlayınca kızardığını kendisi bile anlamakta gecikmemişti. Bu durum Emel Hanım'ın bile gözünden kaçmamıştı. Muhtarın gelini Gülizar'ındı bu iş.

«Göz nuru dökecek bol zamanları var kızlarımızın, gelinlerimizin!» dedi Emel Hanım, «Bakın, Akif Bey, bu da çok başarılı bir sabahlık değil mi?»

Akif'in adı geçiyordu tanıtmada ama, İnebolu'dan gelen Kız Meslek Lisesi'nin Müdürü'ne gösteriyordu. Bu biraz da dolaylı yoldan tanıtma oluyordu. Kültürlü kadınlara karşı, onun peşin hayranlığı olduğunu bilirdi Emel Hanım. Bununla birlikte yalnız sabahlığın değil, biçip diken yaratıcısını da tanımak görevini önceden üzerine almış görünüyordu.

«Gel bakalım Bayan Nazife Dağlı!» diye çağırdı, «İşini tanıt Meslek Lisesi Müdürü Güner Hanım'a! Önce bezinden söz et bize!»

Nazife önceden yazıp da ezberlemiş gibi anlatmaya başladı.

«Bu sabahlığın bezi, bizim köyün düzeninde dokunan bezlerinden bir örnek. Eskiden Yukarı Akpelit'te keten ekerlermiş. Bu ketenleri biçtikten sonra Deliçay'da yıkayıp tokaçlarlarmış... Sonra örekelerle eğirip iplik yaptıktan sonra düzenlere gerip dokurlarmış. Bu bezi annem genç kızlığında dokumuş, annesinin düzeninde!»

Emel Hanım'ın bu işleri gerçekten çok iyi bildiği öğrencilerine de sevdirdiği anlaşılıyordu, Nazife'nin konuşmasından:

«Düzene, yani tezgaha gerip dokurlarmış ama, bu iş kolay değilmiş. Çirişleme işi varmış, ipliklerin çirişlenmesi... Dokuma bittikten, yani bez dokunduktan sonra bu çirişlerin Karadeniz'in sularında yıkanıp Karadeniz'in güneşinde kurutulma işi de varmış! Bu bile ustalık isteyen bir iş oluyor bir bakıma.»

«Peki sabahlığın yakası ve kolağızları...» dedi, Akif Karaman...

«Sabahlığı diken Nazife, gelsin de işinin başında anlatsın!»

Zekiye'yle Gülay'ın arasında hocasını saygıyla dinleyen Nazife rahat bir yürüyüşle askıdaki işinin başına geçti.

«Şu yaka da... Kol ağızları da bizim yerli bezimizden yapılma!» dedi, «Aynı bezin yeşil ceviz kabuğuyla boyanmışı...»

«Çıkmaz mı bu boya?» dedi Akif, yakayı incelerken.

«Çıkar çıkmasına... Ama bi çok boyanmış bezden daha geç çıkar!»

Çevresine bakınan Nazife, Emine'yi tutup çekti yanına:

«Bakın!» dedi, Emine'nin bluzu da boyanmış bezden. Geçen sene dikmişti. Bütün yaz yıkayıp giydi. Benim sabahlığımdaki aynı renk...»

Uzaktan bu konuşmaya kulak kabartan Hurşit Karaman:

«Güzeeel!.. Çok güzel!» diyordu.

Yalnız Emel Hanım biliyordu, bu «güzel»in kullanılma nedenini? Şaşılası bir güç vardı bu Nazife'de... Az önce Kardeşi Harun'la konuşurken de görmüştü onu, Çiçek'in yanında... Ne çabuk giyinmiş, süslenmişti. Yanaklarını boyamadığını biliyordu. Bu dirilik nasıl gelmişti yüzüne birden? Akif'le konuşurken coşkudan mıydı, yoksa belirli belirsiz utangaçlıktan mıydı, bu pembelik? Açıkcası güzeldi Nazife, hem de Hurşit Karaman'ın ağzından kaçırdığı gibi «Çok güzel!.»

Akif, açığa vurulmuş, dile düşmüş ilişkilerden hoşlanmazdı. Şunun bunun dürtüklemesiyle uyandırılan bir ilgide, ne erkekçe bir çoşku bulurdu, ne de bir başarı. Şu Emel Hanım, biraz da babasının yönlendirmesiyle kendisini şu güzel kızın üzerine düpedüz, göz göre göre itiyordu. Sanki yasal bir sevgili seçmişlerdi elbirliğiyle kendisine... Akif böyle ilişkilere alışık değildi, bununla birlikte. Avını kendi yakalayanlardandı o.

«İyi ama...» diye düşünüyordu, «Bu kızı, bu Nazife'yi de mi, aynı kişiler kendisine doğru itiyorlardı. Şu konuşma bile düzenlenmiş bir tanıtma değil miydi? Bu içtenlikle yaklaşmalar, bakarken kızarmalar, sokulmalar... Açıkcası çok hoşlandığı bir yaklaşma oluyordu bu, İstanbul'daki, paralı tanışmalardan, buluşmalardan çok daha içtenliği olan bir yaklaşma...

İşte gene Emel Hanım, İnebolu'da tanıştığı Lise Müdürü Bayanı ustaca Zekiye'nin işlerine doğru çekiyordu. Onları baş başa bırakarak... Babası, Raşit Bey'le yarın Kaymakam'la birlikte, serginin açılışına gelecek olan konuklara, «Kuyu kebabı»nı tam zamanında yetiştirmek için alınacak önlemleri konuşuyordu. Yukarı Köy'den gelenlere, sergiyi düzenleyen kızlara da tattırmalıydı bu kuyu kebabından. Bu bakımdan dört koyun, evet dört koyun, az gelirdi. Kuzu kalmamıştı artık... Bu kuyu kebabının da kuzusu güzel olurdu.

«Kutlarım sizi!» dedi, Akif Karaman, «Geçen sene de görmüştüm işlerinizi ama, bu yılın işleri çok daha üstün. Hele sizin yaptıklarınız...»

Bu köyde bir kızla ilk kez böyle bir konuşma yapıyordu. Kendisinden istendiği için miydi bu tür bir konuşma ... Yoksa serginin arkasında babasının oluşundan ileri gelen bir görevi mi yerine getiriyordu?

Zekiye'yle Emine gerilerden yetişip konuşmaya katılmışlardı. Gafur'un kızı, kendinden beklenmeyen bir rahatlıkla:

«Bu sergiler çok bilgiler kazandırıyor bizlere!» dedi, «Babanız çok ilgi gösteriyor sergi işlerine...»

«Başarı sizin... Sonra Emel Hanım da çok bilgili bu işlerde.»

«Eveet, öyle!» dedi Nazife, «Doğrusu çok seviyoruz Emel Hanım'ı... Her derdimizle yakından ilgileniyor. Bir de okul açılsa buralara...»

Böyle bir şey aklının ucundan bile geçmeyen Akif:

«Ne okulu?» diye sordu.

«Bir meslek okulu... Daha olmazsa bir ortaokul... Bitirdik ilkokulu, öylece kaldık... Bol toprağımız yok ki ekip biçelim.»

Nasıl kızlardı bunlar! Bu köyden ne düşündüklerini rahatça söyleyebilen kızlar çıkıyordu demek...

«Üstelik rahat da bırakmazlar ki bahçemizde bostanımızda...»

«Kim?» dedi Akif. «Kim rahat bırakmıyor sizi?»

«Bu Akpelit'ten değil misiniz siz, neden bilmiyorsunuz?»

Gafur'un kızı Emine:

«Babanız!» diyecekti, «Hurşit Ağa!» diyecekti, dilini tuttu.

«Yani...» dedi, «Mühendisler mi?»

«Mühendislerin hepsi değil!..»

«Ha... Şu mesele...»

İçtenlikle güldü Akif... Biraz da babasına duyurmadan:

«Bu konuda ben de Yukarı Akpelitliler gibi düşünüyorum.» dedi Akif.

«Demek babanız gibi düşünmüyorsunuz? Çok güzel doğrusu... Ama, babanız gibi düşünmeseniz de onun sözünden de dışarı çıkmazsınız!»

Selim'le yaptıkları tartışmalar gelmişti Akif'in gözünün önüne... Selim, bu konuda kendisinden çok daha bağımlıydı. Babasından çok babasının çıkarlarına...

Bütün bunları burada konuşamazlardı. İlk kendini toparlayan Akif oldu.

«Çok uzun sürecek bu konu...» dedi, «İsterdim bunları uzun uzun konuşalım, başka bir gün... Size şunu açık açık söyleyebilirim, yol konusunda ben babam gibi düşünmüyorum. Yol aşağıdan geçmeli!.. Yalnız Akpelit için değil, Babam için de kazançlı olur bu! Ne var ki Çamalan'dakiler ne isterse, Babam tersini istemeyi çıkarları için en uygun yol görüyor. Çok isterdim bunları her zaman köylülerimle de görüşmeyi...»

«Biz kadınların, kızların ne düşündüğüne kimse önem vermiyor köyümüzde!» dedi Nazife.

Güldü Akif Karaman:

«Varsın önem vermesinler.» dedi. «Siz kendinizi zorla dinletiyorsunuz. Kayadibi'nde, dozerleri bile durdurdunuz!»

«Bizim köyden... Topraklarımızın üstünden dozerleri geçirtmemek için sözleştik!»

«Ama bu yol geçecek!..» diyecek oldu Akif. İncecik kaşları birden çatılıvermişti Nazife'nin:

«Hurşit Ağa'nın topraklarından geçsin!» dedi, «Aşağıdan... Aşağı Akpelit'ten! Haksız değiliz biz!.. Bizim gibi düşünen mühendisler de var!»

Şaşırmıştı Akif... Önce kendisinden utanmıştı. Doğru buldukları bir konuda nasıl da direniyorlardı! Bu inançları için savaşıma hazırdılar. Ya kendisi ne yapıyordu. Bütün gün yaptığı şey neydi, şu köy yerinde? Bir kitap mı karıştırıyordu? Sürekli bir gazete getirtip göz mü atabiliyordu? Düzgün giyinmekten başka ne özentisi vardı? Öğleden sonra kendi gibi birini bulup viski içmek de bir iş miydi?

Konuğunu salonda dolaştırıp aynı yere getirmişti Emel Hanım. Emine'yle Çiçek de arkadaşlarından ayrılmış, Nazife'nin yanına sokulmuşlardı. Sergiden konuştuklarını bildikleri için katılmakta hiçbir sakınca görmemişlerdi.

«Evet Akif Bey!» dedi, Emel Hanım, Akpelitli olarak size bir görev düşüyor. Keten ekimine yeniden başlamak... Tavan arasına kaldırılan «düzen»leri yeniden kurmak... Yarın Kaymakam'a açacağım bu konuyu... Ziraat Bankası'ndan Akpelitliler için kredi sağlanmasını isteyeceğim, keten tarımı için.»

«Bunu babama açsak...»

Kuyu kebabı işini yürürlüğe koymak için Zeynel'le kasap Nail'i çağırtan Hurşit Karaman:

«Bakıyorum.» dedi, «Beni dilinizden düşürmüyorsunuz. Az önce şu hanım kızımız yoldan mühendisten konuşuyordu sanıyorum... Evet er geç açılacak yol... Başlanmış iş yarım kalmaz!..»

Nazife kendini toparlayıp yeni bir çıkış yapmayı düşünürken Emel Hanım:

«Bu yörenin bezlerinden söz ediyorduk.» dedi, «Keten ekimine önayak olsanız da yeniden canlandırsak...»

«Bunu ben de düşünüyordum, ne zamandır. İsterseniz bu yıl beş dönümlük bir toprağı bu işe ayıralım.»

«Keten ipliği eğirmek için bir makine, Almanya'dan...» diye gerisini tamamladı Meslek Lisesi Müdürü...

«Neden olmasın...»

Bir masayı çevirmişlerdi. Artan bisküvileri bir tabağa dolduran kızlar, ocaklıkta kaynattıkları çaydanlıktan çay dolduruyorlardı bardaklara... Yukarı köye gidecek olan kızların bir bölümü, aşağıda yakınlarının evinde kalacaktı. Ancak üçü beşi yukarı köye çıkacaktı. Onlar da kendilerini götürecek olan yakınlarını bekliyorlardı kapıda. Bunların arasında Çiçek'le Nazife de vardı. Yıbıl Arif'in karısı, arkasındaki küfeyle kapıda görününce Çiçek'le arkadaşı sarı yazmalarını örtünmüş bekliyorlardı. Nazife, kapıdan çıkarken Emel Hanım'ı selamlamak için başını masanın çevresinde oturanlara çevirince Akif'in bakışlarıyla karşılaşmıştı, ya da öyle sanmıştı ilkin. Gülizar'a yiyecekmiş gibi baktığını hemen anlamıştı. Emel Hanım'a:

«Hoşça kalın!» dedi, «Yarın erkenden burdayız Hoca Hanım!»

«Güle güle kızım! Geç kalmayın, yapacak çok işlerimiz var daha.»

YİRMİNCİ BÖLÜM

«Çok vaktimiz var daha!» dedi, Makinist Hayri, «Hemen motora dönersek çimento çektirir bu adam bize!.. Gel, seninle Feyzi'ye gidelim!»

Doğrusunu aramak gerekirse böyle bir öneriyi, Harun düşünüyordu. Bugün onu kendine daha yakın bulurken, daha çok çekinmek, saymak gereğini de duyuyordu. Biliyordu onun Şemsi Usta'yla neler konuştuğunu. Bartın Bankası'ndan para çektiğini, bu parayı nereye, kimin için verdiğini de biliyordu. Her ikisi de bunu açığa vurmayacak olgunlukta kişilerdi.

«Seni bilmem amma...» dedi Hayri, «Biraz içmek istiyor canım. Bi hafiflik var içimde, bi yük kalkmış gibi omuzlarımdan!»

«Çok iyi oldu.» dedi, «Çok iyi düşündün!»

Neydi iyi olan? Çok iyi düşünülen neydi? Hep Çiçek'i düşünüyordu oysa... Ne kadar güzeldi Çiçek. Ne kadar açık düşünceliydi. Nasıl yetişiyordu bu kızlar?.. Bilirdi Harun, bu yörede kızların, erkeklerden çok daha becerikli, çalışkan, anlayışlı olduklarını. Okulda sınıfın en iyi öğrencisi Hanife'ydi... Ateş gibi bir kızdı. Şimdi Kartal'da bir gemi yapımcısının karısıydı. Gün olurdu, şaşırtırdı kurstan yetişme öğretmeni. Yılardı Bilal Hoca ondan. Soru sormaması için bütün gün yıkardı kaşlarını. Ama Hanife ne yapar yapar. «Öğretmenim.» derdi, «Bir gün bizim evimize de elektrik gelecek mi? Bizim de televizyonumuz, buzdolabımız olacak mı? Biz de otobüse binip İnebolu'ya gidecek miyiz?»

Şimdi hepsini bulmuştu Hanife... Hem de daha çoğunu. Derdi bitmiş mi oluyordu, o zaman?.. Çiçek'in de Nazife'nin de Hanife gibi buzdolabı, televizyonu olacak mıydı?

Nedense çok kalabalıktı. Feyzi'nin lokantası. Aşçı dükkânlığından çıkmıştı son aylarda.... Bayağı lokanta olmuştu. Şu sergi bile Akpelit'e bir canlılık getirmişti. Sonra yol için gelenler, gidenler... İçki izni bile almıştı Bucak'tan... Başefendi, arada bir uğruyordu, bu yüzden.

«Madem ki hükümet çıkarıyor bu mereti... İçmesi neden yasak olsun!» diyorlardı. Öyle ya... Yasaklayıp gizli içirmek daha mı iyiydi. Köy yerinde içmek isteyen, nasıl olsa içecekti.

«Kefal fırın» dedi, Feyzi... «Yesin millet!.. Üç kefal verdim fırına!.. Yeşil soğanlan... Bir de yeşil salata yanına... Tamam mı?»

«Şişeyi de açınca tamam!» dedi Ayvaz'ın Nuri.

«Kör Cemal'in ağına vuruyor bu kefaller, şaşkınlıktan... Acıyor bize de.»

Dipteki masalardan biri Feyzi'nin dalına basmak için:

«Bodur Ali'ye ne zaman girsem gümüş balığı!» dedi, «Doğru tavaya silkeliyor ağdan...»

«Layıktır sana.» dedi Feyzi. «Ben müşterime balığı ayıklar da yediririm. Sen parayla şey yemek istiyorsan, Bodur Ali ne yapsın!»

«O kendisi için tavasını yapıyor ama, alışmış bir kere Çamalanlılar!.. Tiryakisi olmuşlar, bok yemeden duramazlar!»

«Hop!.. Hop!.. Buraya kadar! Çamalan'a laf yok!»

Dönüp baktılar Cafer Kaptan'la iki kafadarı... Belediyede çalışan Zühtü'yle Seyyar Şükrü... Bunların üçü bir araya geldi mi Hafız'ın karışık bir işi için bilgi toplamaya gelmişler demekti. Hafız'ın ne işi olabilirdi Akpelit'te? Tabanca yapımevinin basıldığı çoktan duyulmuştu buralarda. Cide'ye yirmi dört saatte zor gidilir gelinirdi ama, orada olup bitenler iki saatte duyulurdu. Üstelik kimse de telefon konuşmalarına güvenmezdi, araya yabancı kulaklar girdiği için.

Cafer Kaptan'la, Hayri'nin babasının bir motorda çalıştığı Bodur Ali'nin orda konuşulmuştu. Baba dostu olduğunu düşünen Makinist Hayri, zorlama bir buyur çekti onlara.

«Sağ ol!» dedi, Cafer Kaptan, «Sandaldan indik. Öyle bir acıktık ki denizde. Keyfinizi bozmayalım.»

Boşalan köşe masasına geçtiler. Geçer geçmez de seslendiler, ocağa:

«Bak arkadaşım!»

«Buyur Cafer Abi!»

«Tencere yemeğin varsa tenceresiyle getir, koy önümüze! Bol ekmeği de eksik etme. Şu yol açılmadı gitti. Motor çalışmadı, küreğe kaldık. Çek Allah, gitmez!»

Başka zaman olsa, Hayri, «Motoru bir de ben göreyim!» derdi. Bi karışıklık içinde oldukları belliydi. Motor bozulduysa, geri dönebilirlerdi, tatlı bir günbatısı onları Bodur'un oraya rahat atabilirdi. Demek işleri vardı burada. Motorları çalışsa belki Cide'ye de yollarını uzatacaklardı.

Hayri getirttiği rakıyı bardaklara boşaltırken, Harun'a:

«Ne adamdır bu Cafer Kaptan!» dedi, «Motor bozuk diyor ya... Kulak asma sen, kaçakçılık yaparken, yani senin yaşlarındayken öğrendik bu kolpoları... Motor saat gibidir. Bi dalgaları var burda... Karşı taraf kim? Ya jandarmadır... Ya... Bunların karşı tarafı olsa olsa... Hurşit Ağa, Raşit Bey... Akif... Tamam!.. Hurşit Ağa'nın Aydos'taki adamlarına yaptırdığı ihbarın karşılığı verilecek buralarda... Verilmezse bu dereden bir daha balık avlayamaz, Hafız Esat... Bitmez onların şamatası... Kaçakçı kaçakçıyla dost olmaz ama, İstanbulluların kibarca bi sozü vardır. Sırça köşkte oturan komşusuna taş atmaz, derler. Bunlar hem atarlar, hem de kendi sırça köşklerini Vidin kalesi sanırlar... Şu kadehi de babanın şerefine içelim! Az bulunur adamdır Şaduman Amca... Şerefe!»

«Hiç babamın şerefine içmemiştim!» dedi, Harun, «Şerefe!»

«Bundan sonra oturup içemem onunla. Eskilerin çok iyi bildiği bi babam vardı, Karadeniz aldı onu. Ama onun yerine bir baba buldum, eş dost sayesinde! Artık babasız sayılmam. Bu bakımdan senin arkadaşınken kardeşin oldum. Bi hane halkı sayılırız artık! Ne dersin?»

«Öyle oldu Hayri Ağabi. Öyle oldu, diyorum ya, ne olup bittiğinden daha tümüyle haberim yok! Herhalde çok iyi şeyler oluyor!»

Bunları söylerken hep Çiçek'i düşünüyordu. Birikmiş parası olacaktı onun da, bankalarda. Askerden daha yeni dönmüştü. Üç beş kuruşunu da annesi çekip alıyordu elinden. Bir kuruş parası yoktu. Annesi alıyordu da, ne yapıyordu? Yetişkin kızkardeşi vardı, ona harcıyordu. İşte sergide askıya çıkan en iyi, en pahalı işler Nazife'nindi. Gelinlik kızın şerefiydi tüm bunlar.

«Şerefe!»

Birden yapışmıştı bardağa. İçiyorlardı. Şerefe içiyorlardı. Kimin şerefine! Kendisi biliyordu kızkardeşinin şerefine içtiğini. Hayri, Makinist Hayri de biliyor muydu?

«Bir gün ikimizin de ayrı ayrı evlerimiz olacak, deniz kıyısında... Bartın'dan çimento yükleyeceğiz kendi motorumuza, kendimiz için. Demir getireceğiz Karabük'ten. Bartın'da Necmi Ağabey var. Bu işlere bakıyor! Necmi Ergi.»

«Tanırım!» dedi.

«Tam bir iş adamıdır. Adam tanıyacaksın!.. Bankada paran olmuş, kıymeti yok. Ne var ki kendini tanıtmak için de elinden paranın gelip geçmesi gerekiyor. Balık gibidir para... Kokutmayacaksın!.. Hadi içelim, şerefe!»

«Şerefe!»

«Zamanında tavaya koymazsan kokar bu mübarek!.. Biraz gecikecek mi pişirmen, tuzlayacaksın! Borç nedir biliyor musun? Balığı tuzlanmadan saklamaya kalkışmaktır. Er geç kokar değil mi? Hadi nasıl olsa denize çıkıyoruz. Rüzgâr alır götürür... İçelim!»

«Şerefe Hayri Ağabi!»

«İnsan paralı olabilir ama, şeref dedikleri başka şey!.. Bak Hurşit Ağa'ya. Dağ taş onun, parası, pulu gani. Hafız da öyle!.. Nasıl olmuş da para sahibi olmuş bunlar? Biz bilmezsek bunu, kimse bilmez bu yeryüzünde. Daha sen Yediveren'e geçmemiştin. Motor Büyükdere'de şamandırada bağlı. Telefon bekliyor bu Raşit Bey bi yerden! Biz de ondan bi işaret bekliyoruz, kıyıdan. Elini salladı mı çözeceğiz çimayı. Boğaz'dan, doğru Karadeniz'e! Bakıyorum gün batıyor ama, kötü batıyor. Hava topluyor, belli! Gene Yunan gemisine bordalayacağız Karadeniz'de. Yunan gemisi hava bozacakmış, yıldız karayel patlayacakmış umurunda mı! Aldık işareti sonunda rıhtımdan... Fayrap!.. Biliyorsun Yediveren çift motorlu... Biri sop etse ikinci alesta! Boğazdan çıktık amma dalgalar uçan kuşu kapıyor havadan. Derken motor, Çıfı... Çıfı... Çıfı... İstop!.. İkincisini Boğaz'dan çıkar çıkmaz denemiştim, saat gibiydi, çekerim ipini, ateş almaz! Yunan gemisi yanımızda bitmez mi? Taktık kancayı, aldık attık çımayı... Baştan kıçtan bağlandık, sıkı sıkı... Vinçler başladı viraya. Sandıklar döne döne, iniyor, gecenin karanlığında, bizim Yediveren'e...»

«Viski mi, tabanca mı?»

«Mermi de var, tabanca da... Kaptan, Kör Bilal o zaman... Tabanca oldu mu dayanamaz. Yirmi tonluk motora otuz ton tabancayı kor da kor! Almam demez. Haydi Kaptan, dedim, başını kaldır da biraz yukarı bak! Nasıl olsa Gideros'a boşaltacağız diyor. Seninki rahat!»

«Eee motor çalışıyor mu?»

«Yük alırken girdim içeri, ilk bozulan motoru yola koydum biraz. İkincinin ellemedik yerini bırakmadım, aah!.. Makine değil bir yığın hurda. Kefken açıklarındayız. Gideros'a bi sekiz on saatlik yolumuz var... Derken koptuk Yunan gemisinden. Dalgalar kıçımızda. Pervane, dalga vurdu mu boşta dönüyor. Kaptana dedim, oldu olacak, aç yelkeni! On, on iki mile yol demiyoruz. Böyle havaların bir iyiliği var, jandarma botu gözükmez ortalarda... Ertesi sabah gireceğiz Gideros'a... J.25 Gideros koyunda değil mi? Kaptan dürbünle baktı, dümen, alabanda!..»

«Açtınız motorun başını... Doğru Köseli Altı'na.»

«Boşalttık ertesi akşam kuma. Boş motorla girdik Deliçay'dan içeri...»

Rahatlamıştı Harun, sanki karaya çıkmış da Bodur Ali'nin

meyhanesine girmiş gibi hemen yapıştı bardağa:

«Sağlığına Ağabi!»

«Sağlığına!»

Makinist Hayri bardağını masaya bırakıp ağzına attığı barbunyanın kıtır kıtır olmuş başını çiğnerken gözü karşı masadakilere ilişmişti.

«Tanır mısın şu masadaki gemicileri?»

Başını çevirip bakan Harun:

«Tanımaz olur muyum.» dedi, «Yediveren'in bizden sonraki adamları. Biri Civelek Uğur... Yanındaki de senin yerine giren Mehdi, makinist... Arkası dönük olan...»

«Onu da tanıdım Habeş Halit... Dur be... Başlarındaki, Murat Kaptan değil mi?»

«Evet! Murat Kaptan!.»

«Olduğu gibi Yediveren'in adamları... Bunların gözü kapıda gibi... Dönüp dönüp bakıyorlar...»

«Yavaş...»

Dükkanın patırtısı durunca sesleri bile duyuluyordu.

«Belli!» dedi, «Bunlar birini bekliyorlar. Uğur çıktı kapının önüne. Birisiyle konuşuyor. Bu kez de Harun dönüp baktı kapıya!..»

«Evet.» dedi Harun, «Kapıda Zeynel'le konuşuyor, Civelek Uğur...»

«Tadı kaçacak gibi geliyor buranın, bana. Bir masada Cafer Kaptan'ın adamları, bir masada Hurşit Ağa'nın... Nasıl olur da bir araya gelir bunlar!.. Kurt gibi de bakıyorlar birbirlerine. Bakar mısın Feyzi Usta!»

«Duymadı!» dedi Harun.

«Kalk da söyle, hesabı getirsin!»

Harun kalkmış, Feyzi hesabı topluyordu, ocağın yanında... İş uzayınca hesabı ödemek üzere kalkan Makinist Hayri, kapıda Selim Soylu'yu görmüştü... Bir de yanında Antepli Rasim vardı, arkasında da Urfalı Şakir... Masanın boşaldığını sanıp kendisinden yana geldiklerini görünce durdu. İster istemez, «Buyrun Selim Bey!» demek zorunda kalmıştı. Son defa Bodur'un meyhanesinde hesapları ödediğini anımsayınca:

«Bak Feyzi Usta.» diye seslendi. Üzerlerine gelmişlerdi. Kalkıp gidemezdi artık. Harun'dan boşalan sandalyeye yapıştı:

«Buyrun şöyle!» dedi, «Bak Harun, getir şu sandalyeleri!..»

Harun, iki sandalyeyle dönünce, Selim Soylu'nun karasızlığı değişivermişti:

«Merhaba, arkadaşım,» diye uzattı elini.

Selim Soylu'yu, buralarda sık görmediklerinden kuşkuyla bakıyorlardı Akpelitliler.

«Bak Feyzi! Temizlesinler şu masayı!»

Ocaklıktan bir saattir çıkmayıp sağa sola çırağı Haşim'i gönderen Feyzi, fırlayıp gelmişti:

«Hoş geldiniz.» dedi, «Haşiiim! Sabunlu bez getir! Sil şu masanın üstünü!»

Yarı dolu, yarı boş bardakları üst üste koyup kaldırmıştı masadan. Çırağı iki ayrı bezle gelmişti. Sabunladığı bezle silmiş öbürüyle kurulamıştı masanın üstünü.

«Hepimize birer porsiyon Barbunya! Bir şişe de rakı... Kulüp... Bol salata... Sandalla geldik. Kaynıyor sanki istavrit... Çocuklar, kıyıdan oltayla tutuyor! Görülmemiş şey! Barbunya da öyle. Taşdibi'nde, bizim çocuklarla ufak bir kahvaltı yaptık. Ayancıklı Halil buğulamasını yapmış... Rakı tereyağı gibi gidiyor, barbunyayla. Hayri Ustacığım, Çapar Yusuf'un Selamet'ine geçmişsin!.. Sen de... İkiniz de iyi etmişsiniz. Ne vakit isterseniz Soylu'da yeriniz hazır! Biz insan değeri biliriz... İnsan dediğin, sözüne güvenilir kişi demek.»

Gerekirse masadan kalkıp gidebilmek için durumu açıklamak zorunluluğunu duymuştu Hayri:

«Bildiğin gibi...» dedi, «Selamet'e girdik ikimiz de... Bartın'dan geldik, çimentoyla. İskelede boşaltıyorlar...»

«Gördük!..» dedi, «Kaptanla da konuştuk... Tomruk Ömer'le... Bizdeydi bir ara Tomruk... İnce işlere pek aklı yatmaz... Hâzâ tomruktur haaa!.. İnsan çimento taşıyarak da ekmek parasını çıkarabilir, değil mi ya!.. Karadeniz kimi aç bırakmış ki... Bakar ki millet kahvelerden çıkmıyor, karaya hamsilerini bile çıkarır, yesin millet, diye! Ne Karadeniz'dir o!»

Harun masaya konan büyük şişeyi almış, bardaklara üleştiriyordu. Beş bardağa koyunca şişede damlası kalmamıştı rakının.

«Haydi içelim!» diye yapıştı bardağına Selim Soylu, «Karadeniz'den ömrü boyunca uygun hava bekleyenlerin şerefine içelim!»

Feyzi'nin ızgarasında barbunyalar dizilmiş olacak ki bir yanında soğan, bir yanında limon, tabak tabak taşıyor, herkesin önüne koyuyordu.

«Buyrun arkadaşlar, sıcak sıcak!» dedi Selim Soylu, «Bardakları da unutmayın!»

Sıra sigaraya gelince karşı masaya ancak bir göz atma fırsatı bulabilmişti Selim. Civelek Uğur'la göz göze gelince dayanamadı, tüm önlemleri bir yana bırakarak:

«Merhaba Uğur!» dedi, «Demek karaya çıkacak zaman da bulabiliyorsun, öyle mi?»

«Ooo!.. Hoş geldin, Selim Abi!» dedi, yeni görmüş gibi, «Ara sıra motordaki arkadaşlarla çıkıyoruz böyle!..Feyzi Abi'nin burası, buluşmak için en uygun yer!»

Masada oturanların tümü de Yediveren'in adamlarıydı, demek... Bunları Akif mi göndermişti buraya, yoksa Raşit Bey mi? Şu Mehdi'yi tanırdı. İş istemeğe gelmişti, yazıhaneye. Pek güvenilir kişiden sayılmazdı. Suçlu suçlu başını önüne eğiyordu. Murat Kaptan selam vermek zorunda kalmıştı:

«Merhaba Selim Bey!» dedi, «Eh çocukları biraz eğlendirelim diye getiriyoruz ara sıra...»

«İyi ediyorsun! Biz bile kalkıp geliyoruz Çamalan'lardan... Geçen hafta bizim peder de buradaymış tüm Çamalanlılarla... Bereket versin dışardan gelenlere Feyzi Abi, ağalık yapıyor da konuklar aç kalmıyor!»

Bu açıktan açığa Hurşit Ağa'ya dil uzatmaydı. Yalnız motorunda çalışanlar değil, tüm masalarda oturanlar anlamışlardı. O gün ortalarda görünmemesinin nedenini yeniden düşünmeğe başlamışlardı. Hafız Esat da, oğlu da hiç laf altında kalmazlardı. Herhalde biraz tahsilli oluşlarından diye düşünmüş olabilirlerdi. Allahın kelamını ezberlemek kolay iş değil, doğrusu. Şimdi aklında tek suresi kalmasa bile eskiden bir derin hocanın önünde Tanrı kelâmını güldür güldür ezbere okumasa ona, «Hafız» mı derlerdi?

İyi ama bunlar baba oğul, bu Akpelit'e neden sık sık gelmeğe başlamışlardı. Bu Hurşit Ağa, oğlu Akif'le Çamalanlılara pes mi etmişlerdi. Meydanı onlara bırakıp Akpelit köylülerine şalvarlık basma satmakla mı geçineceklerdi, bundan sonra?.

Yook!.. Hurşit Ağa öyle kolay kolay pes edeceklerden değildi. Pelit ovasındaki mağarayı jandarmaya darma duman ettiren kimdi? İhbarı yapan Yıllık Ziya mıydı sadece... Yıllık Ziya görünse de kaçakçılıktan geçinen bir ağa, başka bir ağayı sıradan bir adam gibi ele vermek istemiyor muydu? Erkeklik miydi bu, yoksa ağalık mıydı? Şu masada oturan Yediverenliler, mal sahiplerinin yaptıkları kötü davranıştan hiç mi eziklik duymuyorlardı? Bu Uğur'un sinsi sessizliği, göz göze gelmemek için başını çevirmelerinin altında yatan, bu yıkıntı olamaz mıydı?

Düşünüyordu Selim, o gece patalyede şu Uğur denilen gemici, bir görevi üzerine almış değil miydi? Neydi bu görev, Akif'e, ya da babasına bir haberin iletilmesi... Onun bu isteği, ikisine, ya da ikisinden birine duyurulmuş muydu? Bunu sormak hakkı değil miydi Selim Soylu'nun?

Bu aklından geçenleri, onu çağırıp da mı sormalıydı, yoksa açıktan açığa mı? Her iki durumda da bu gemici parçasına önem verilmiş olmaz mıydı?

Selim'in sorunu Uğur'la değildi ki ona değer vermiş olsun! En azından kendi düzeyinde olan Akif'le, babasıyla aynı düzeyde olan Hurşit Ağa'ylaydı sorunu.

Uğur'un kendinden yana baktığı bir anı yakalar yakalamaz:

«Aferin Uğur!» dedi, «Aferin! Sözünde durduğun anlaşılıyor.»

«Söyledim.» dedi Uğur, «Yerine ulaştırdım.»

«İyi ettin, aferin!»

Masasında uzaktan yakından tanışlar olduğu halde bir kıpırdanma olmamıştı. Bu suskunluğu çok anlamlı bulmuştu Selim Soylu. Kurcalamanın bir anlamı yoktu. Böyle durumlarda yanındaki Şakir'le Rasim'e güvenirdi. Babası bile her ikisinin yürekliliğinden, bu durumlarda yol yordam bilmelerinden yararlanırdı. Her bakımdan güvenilir kişilerdi doğrusu.

Makinist Hayri, bu masaya kısılıp kaldığını daha yeni anlıyordu. Oyuna getirilip fedai yerine konmuş da olabilirdi. En doğru davranış, kalkıp gitmekti ama, yapamazdı bunu. Bir gece Bodur Ali'nin orda bir masada oturup içmişlerdi. Ayrılırken de Harun'la, Feyzi'yi çağırmak zorunda kalmışlardı. İşte gelmişti Selim de. Bodur'da nasıl parayı Selim vermişse burda da ikisi vermeliydi. Racon bunu gerektirirdi... Hele kalkıp gitmek hiç sığmazdı erkekliğe.

Bir ara lokantada birden ses kesilivermişti. Tüm masalarda oturanlar bir şeyler düşünür gibiydiler. Kadeh bile kalkmaz olmuştu. Yemeği tencereyle isteyenlerin ellerinden çatal da, düşmüştü kaşık da... Cafer Kaptan, Selim'le göz göze gelecek biçimde oturmuştu. Bunu Makinist Hayri, daha yeni anlıyordu. Yediveren tayfası da öyle... Bu Cafer Kaptan herkesin bildiği gibi, Hafız Esat'ın her türlü işte kullandığı çok yakınlarından biriydi.

Uğur Dallı, masaları gözden geçirdikçe bu karşılaşmanın patelye konuşmasından çıktığını anlamıyor değildi. Her iki topluluk için de ayrı bir değeri olduğunu biliyordu Akif'e ilettiği sözlerin. Bir korku sonucu abartılmış bir gevezelik olmadığı ortadaydı işte. Akif Karaman'ın gelip görünmesinin tam zamanıydı. Selim de Uğur da başka türlü düşünmüyordu. Bu üç masadaki adamların onun isteği üzerine bir araya geldikleri bir gerçekti. Olandan bitenden Hayri'yle arkadaşı Harun'un haberi olmasa bile şu karşılaşmanın bir düzenleyicisi aranırsa ancak Selim olması gerekirdi. Hayri, çok kötü durumdaydı.

Harun'la birlikte kendisi de burada bulunuyorsa Selim'in hatırı içindi. Ne olursa olsun öylesine kısılmıştı ki kıpırdamak bile elinden gelmiyordu. Özür dileyip kalksa... Sefere çıkacaklarını söylese...

«Hadi Hayri Usta, içelim! Harun kardeş, haydi, iyi günlere! Rasim Abi, Şakir Abi. Daha fazla beklemenin manası yok, değil mi? İçelim de şunları, kalkalım! Haydi şerefe!»

«Şerefe!»

Makinist Hayri bardağını sonuna kadar içip masaya bırakırken:

«Evet!» dedi, «Kalkıp gitsek iyi olur. Aklınıza bir şey gelmesin. Selamet boşalır boşalmaz, demir alacağız.»

«Doğru Bartın'a değil mi?» dedi Selim, «Ne güzel, bir motorun iskeleden çimayı çözünce nereye gideceğinin belli oluşu! Ama ben yapamam bu işi. Yol sıra gidip çay sıra gelmek benim yapacağım iş değil! Tonu şu kadar liradan şu kadar ton çimento taşımak, giderken de Cide iskelesinden Akyıldız'ın kerestesini yüklemek iş değil! İnsan bir yerden kalkıp bir yere yanaşınca ne kazandığını, ne kazanacağını ancak pabuçları giyerken anlayabilmeli!.. Harcarken de öyle!.. Hayri Usta kardeşim, kumarcıyım ben! Kumar oynamışındır, bilirsin değil mi?»

«Onu da yapmıştım bi zamanlar...»

«Ben ortaokuldayken bile kumarcıydım. Kumarcı ya hep, ya hiç demezse kumarcı olmaz. Her kaçakçı bir kumarcıdır. Zaten kaçakçılığın özünde kumar yatar. Sen beş milyon liralık tabancanın denize funda edildiğini gördün mü? Ya da iki yediliyle rest görür gibi beş milyon lira rüşvete peki dendiğini? Benim evlenmem de böyle olacak biliyorum! Birinin ya restini göreceğim iki asla, ya da kentle rest çekeceğim!»

«Bir de şu biçim kaçakçılar var, buralarda!» diye başladı Makinist Hayri, «Hiç konuşmadan iş yapanlar... En başarılı olanları da bunlar oluyor. Onlar adına iş görenler bile meyhanelerde konuşmuyorlar... Hep kulaktan kulağa... Hani bir söz vardır, Köroğlu'nun ünü gider iş görür, kendi gider dayak yer, diye... Ünü kulaktan kulağa gidenler kazanıyor bu işlerde!»

Kapıda görünen Zeynel'in hangi masaya gideceği bir süre anlaşılamadı. Kendisi bile henüz kestirememiş gibiydi. Yediveren'in Kaptan'ına bir göz attıktan sonra Selim Soylu'ya yönelmişti. Masasında bir süre dikildi Selim'in. Dışarıya çağrılacağını sananlar, Zeynel'in, kulağına eğildiğini gördüler. Söylediklerini ancak Selim duyabilmişti.

«Eğer çok gecikmeyeceksen, Akif Abi, sizin motorun orda bekliyor!»

Yanıt beklemez gibiydi. Haberi göndereni de getireni de rahata kavuşturmak için bu isteğin hemen yerine getirilmesinin bildirilmesi gerekirdi:

«Peki!» dedi, biraz da ordakilere duyurmak için,«Hemen kalkıyorum, beklesin!»

Makinist Hayri rahatlamıştı. Hesabı görmek için kalktı. Selim, bu kalkışın ne anlama geldiğini bildiği halde, «Müsaade et!» demedi. Konuk olarak içmek daha da işine geliyordu, şu nazik gece için. Yalnız kapıdan çıkarken:

«Sağ ol!» dedi, «Çok zahmet oldu. Bizim sandal şurda, çayın ağzında. Sizin Selamet de iskelede değil mi?»

«Şimdilik öyle!» dedi Hayri.

«Acele bi durum yoksa, size şu bir iki dakika içinde bir işim düşecek!»

«Ne işi?»

«Sizi karışık bir işe sokmayacağımı bilmenizi isterim. Yalnız birkaç dakikanızı alacağım, o kadar!»

«O kadarsa hazırız!»

Karaya çekili motorundan yana bir göz attı. İki karaltıyı sezmekte gecikmediler. Selim Soylu:

«Bekleyin bi dakka!» diye ayrılmıştı tek başına:

«Akif!» diye seslendi karaltılardan yana.

«Gel!» diye bir yanıt geldi ileriden.

«Merhaba!»

«Merhaba Selim! Hazırlıklı geldiğini sanmıyorum!»

«Aldanıyorsun. İstediğin beş yüz tabancayı hemen vermeğe

hazırım!»

«Tamam verebilirsin!»

«Kaporo!»

«Böyle bir şey söz konusu mu aramızda?» diye küçümseyerek sordu.

«Bundan sonra öyle!» dedi Selim.

«Biz babalarımız gibi olmayacaktık, değil mi?»

«Henüz sağlam bir kanıt yok aramızda. Kaporoyla başlayalım biz!»

«Sana mı vereceğim kaporoyu?»

«Veremez misin?»

«Bana güvenmeyen kişiye ben nasıl güveneceğim!»

«Öyleyse güvenecek birini buluruz!»

«Kim?»

«Hayri Usta, ya da arkadaşı, Harun! Nazife'nin kardeşi!»

«Fazla ileri gitmiyor musun?»

«Hangimiz?»

İkisi de sustular bir süre.

«İş tabanca meselesi değil!» dedi, Selim, «İş ikimizin sorunu! Biz babalarımız gibi davranmayacağız. Hurşit Ağa, kişiliğine yakışmayan bir iş yaptı. Bunu Hurşit Ağa'nın babama yapacağına aklım yatıyor. Ama sen bana yapamazsın! Bunu da biliyorum. Baban, babamdan beş yüz tabanca istemiş. Hem de yapım yerini ihbar ettiği gün. İşte bu yaptığı kalleşlik! Ama babam söz verdiği beş yüz tabancayı vermemiş bu olaydan sonra... Ben sana veriyorum!»

«Ben de alıyorum!»

«Kaçtan veriliyor, biliyoruz. Yarı parasını kaporo olarak istiyorum. On dakika sonra malı elinde bil!»

«Mal nerde?»

«Henüz babandan daha dürüst bir alıcı olduğuna inanmış değilim. Ne var ki on dakika sonra teslim edecek durumdayım, en azdan on dakika... Sakınca görürsen uzatabiliriz de...»

Uzunca bir düşünme süresinden sonra:

«Blöf yapmıyorsun ya!..» dedi Akif.

«Denemen için blöfü görmen gerekir.»

«Peki! Beş yüz tabancayı şimdilik, elliye indirelim! Yarı tutarı kaparo olsun!.. Şu anda yanımda o kadarı var. Çağır Harun'u, vereyim!»

Akif Karaman, Harun'un gelişini adamlarının arasında beklemeyi daha doğru bulmuştu. Birçok şeylere inanamadığı bir yana, yapımevi baskınına karşılık bir oyun bekleyebilirdi Selim'den. babasının tertiplediği bir oyun...

Harun, Hayri Usta'yla birlikte gelmeğe razı olmuştu. Akif Karaman:

«Sana tam yüz yirmi beş bin lira veriyorum.» dedi,«Bu para sende on dakika kalacak, on dakika sonra ben Selim Soylu'ya ver deyince vereceksin! Tamam mı?»

«Tamam!»

«Saymak istemez! Eksiğinden sorumlu değilsin!»

Gazeteye sarılı iki paket çıkardı, iki arka cebinden. Paketin kulakları kesikti, binlikler uçlarından belli oluyordu.

«Tutarının yarısı!» dedi Akif Kahraman, Selim'in yüzüne bakarak alacakaranlıkta.

«Üstünü bir hafta içinde ödeyeceğine inanıyorum!» dedi, Selim.

«Ödemezsem?..»

«Değmez mi bu kadar para seni denemeğe.»

«Sağ ol!» dedi, «Güvenini yitirmemişsin, bana karşı!»

«Biz babalarımızdan daha güvenilir kişiler olmalıyız. Yaptığımız işin inceliği, böyle olmamızı gerektirir.»

«On dakikalık zamanın var.»

Selim Selamet'in gemicilerine döndü:

«Beş dakika burda bekleyin bizi!» dedi. «Şimdi geliyoruz!»

Elli altmış metre ilerde üzerinde Karabatak yazılı beş altı tonluk bir sandal duruyordu, feleklerin üstünde... Cafer Kaptan'ı adamlarıyla getiren sandaldı bu. Baş üstündeki kapağın halkasına yapışıp açan Selim:

«Eğil de bak!» dedi, «Tabancalar içerde! Bu sandal Feyzi'nin meyhanesi kapanana kadar kalacak burda! Gönder adamlarını alsınlar!»

Eğildi baktı. Bir şey göremeyince elini uzatıp yokladı paketleri. Açtığı bir karton kutunun içindeki tabancalar soğuk soğuk dokunmuştu eline:

«Evet!» dedi, «Tamam!» «Kutular onluk, gelip alsınlar! Beş kutu... Benim güvenim var adamlarına!»

Yan yana dönüyorlardı. İki arkadaş karşıdan bakıyordu yüzlerine.

«Verebilirsin emaneti, Harun Kardeş!» dedi Akif, «Sağ olun ikiniz de! Eğer canınız çekiyorsa buyrun içebiliriz Feyzi'de!»

«Sağ ol!» dedi, Hayri, «Boşaldı sanırım bizim Selamet. Kabak gibi suyun yüzünde... Haydi hoşça kalın!»

Selim onları motorlarına kadar uğurlamak istiyordu. «Zahmet etme!» deyip Deliçay'ın ağzında ayrıldılar.

Tomruk Ömer, Miço Yaşar'a ambarı süpürtüyordu:

«Haydi atlayın!» dedi, onları görür görmez, «Havayı pek gözüm tutmuyor!»

Makinist Hayri güneşin batması gereken yeri aradı başıyla:

«Yakınlarda bir fırtına yok!» dedi, «Hele Bartın'ı bir tutalım!»

YİRMİ BİRİNCİ BÖLÜM

Güneş pencerenin belli bir aralığından ışınlarını, yatağının örtülerinde gezindirmeğe başlarken uyanırdı Nazife. Önce ışıklar mı sızardı, yoksa uyanırdı da bu gün sarılığını mı sezinlerdi kendisi de bilmezdi. Hemen fırlardı yatağından. Emriye'nin uyanışı da bu saatlere rastlardı. Ama bugün ne güneş vardı ortalıkta, ne de onun sopa sopa uzanan ışınları.

«Haydi bakalım bizim kız!» dedi ablası, «Bugün senin yatak nazını çekemem! Kalk gidiyoruz. Nerdeyse Çiçek gelir. Sen havanın kapalı olduğuna bakma.»

Yumuk yumuk elleriyle gözlerini oğuşturan Emriye:

«Amaan abla!» dedi, «Ne çok konuşuyorsun sabah sabah!..»

«Benimle mi geleceksin, yoksa babanla mı, onu söyle sen!»

«Senin sergide malların gösterilecek diye alacakaranlıkta yollara düşecek değilim!»

«Anladık, bugün pazar... Okul da yok. Uyuyabildiğin kadar uyu! Ben gidiyorum senin nazını çekemem!»

Çiçek pencerenin altından sesleniyordu:

«Kız Nazifeeee! Aç kapıyı kız! Dondum dışarda!»

Kapı pencere kapalı olduğu için serinliği ancak Çiçek'in bu sözleriyle birden algılayabilmişti.

«Aha geliyorum! Bi dakka!»

Kendi diktiği pazen sabahlığını çengelden aldı, kuşağını bağlaya bağlaya indi basamaklardan. Sürgüyü çekti. Kalın bir hırkanın içinde büzüldüğünü görünce:

«Islanmışsın sen!» dedi.

«Yağış var! Hiç haberin yok mu senin!»

«Yok!» dedi, «Geç yattım. Emel Hanım'ın kesip de verdiği elbezlerinin kenarlarını bastırdım.»

«Bu kadının bi bildiği var ya, dur bakalım. Seni oğluna alacakmış gibi çeyizlerini koydu ortaya... İyi ki bana yanaşmadı. Gözüm yok kimsede... Varsa yoksa Harun!»

«Kız sus, anam duymasın. Ortada bi şey var sanacak!»

«Doğru! Duyarsa öküz parası gedik kalır. Yıbıl Arif'e başlık parası diye gider, öküz parası sonra!»

«Amaaan Çiçek bi de seni dinlemeyeyim sabah sabah!.. Şemsi Amca bi çuval para getirdi dün akşam babama!»

«Ne parası, kız?»

«Bu da inek parası!»

«Yani, ne oluyor, anlayamadım!»

«Anlayamayacak ne var, benim başlık param! Sorma artık... Emriye duymasın!»

Basamakları çıkıp sofaya geçtiler. Ocaklı odadan kıpırdanmalar seziliyordu. Kalkmıştı annesi, tarhana çorbasını da kotarmış olacaktı.

«Sen gir Emriye'nin yanına,» dedi, «Ben elimi, yüzümü yıkayım şurda!»

Temizlik işi o kadar kısa olmadı. Saçlarıyla çok uğraştı ilk kez. Taradı uzun uzun... Önce tek örgü yaptı. Babasının çivide asılı duran ortadan çatlak traş aynasında, başını iki yana kıvıra kıvıra, yüzünü inceledi. Saçlar alnından doğru çekilir gibi görünüyordu. İkiye ayırıp örünce yüzü daha yumuşak bir görünüm aldı. Alnının ortasından doğru çekilen çizgi, düzgün yüzünü iki eşit parçaya ayırıyor gibiydi. Saç biraz da kulaklarının üzerine doğru taşıyor, saçların altın sarısı rengi yüzünü çerçeveliyordu. Şu sergenin altına sakladığı allıktan biraz şakaklarına, dudaklarına sürse nasıl olurdu? Önce yüzünü bir daha sabunladı. Soğuk su yüzünü yeterince kızartmamış mıydı? Dudaklarını da... Yağmur yağıyordu. Boyansa da alıp götürecekti. Düşündü aynanın içindeki sarışın, menekşe gözlü kıza baka, baka... Kimin içindi bu süslenme çabaları?.. Akif için miydi? Seviyor muydu onu?.. Sevgi nasıl şeydi? Onu görmekten hoşlanıyordu. Dün ilk kez konuşmuştu onunla. Bu karşılıklı konuşma da güzel şeydi. O da kendisini beğeniyor muydu?

Hepsi güzeldi ama, dün gece babasının anasıyla yarı gizli, yarı açık konuşmaları... Şemsi Amca'nın gelip gitmesi... Bir para konuşması... Parayı annesinin az buluşu... Terslik etmesi... Geri göndermeye kalkışması... Babasının öfkelenmesi... Ortada henüz kesin bir sözleşmenin olup olmadığı... Çiçek sesleniyordu dışardan:

«Kız Nazife!. Nerdesin kız!»

Emriye yarı giyinik, yarı çıplak görünmüştü yanında:

«Anladık güzelsin işte! İlk defa mı görüyorsun kendini babamın çatlak aynasında?» diyordu, «Hadi artık, Çiçek Abla beklemekten bıktı, kalkıp gidiyor!»

«Kııız Emriye!» diye seslendi Çiçek, odanın kapısından, «Kız sen neymişsin be! Sen büyüdün mü ablanı da geçeceksin! Bu nasıl dil böyle!»

«Beni çoktan geçti o! Biz kim oluyoruz ki onun yanında... Ver benim sarı yazmamı... Aha gidiyoruz.»

Annesi Ümmüye çıkmıştı sofaya:

«Çorbamdan içirmeden bi yere yollamam ikinizi de!.. Akşama kadar boğazınızdan bi kırık geçmez orda!»

Bu kez Çiçek atıldı:

«Peynirli pideler Hurşit Ağa'dan... Emel Hanım söyledi... Rahim'in fırınından gelecek, dumanı üstünde!.. Yalnız bize mi? Tüm İnebolu'dan, Çamalan'dan gelenlere... Çorbanı içeriz içmesine, gene de... Gözüm kör olsun anamın elinden kurtulmak için o uykudayken kaçtım. Şunu giy, bunu giyme, çıkamazdım evden...»

«Bu yağmuru da yabana atmayın!.. Islanacaksınız yolda... Fazladan hırka gibi şeyler götürün. Süreceğe benziyor yağış!»

«Doğru söylüyorsun Ümmüye Teyze!.. Nazife'nin nesi varsa

alıp götürelim!»

Bir tas çorbayı karşılıklı ikisi birden kaşıklıyorlardı.

Tam merdiveni inerken Şaduman çıktı karşılarına:

«Gidiyorsunuz ya!..» dedi, «Kim var başınızda sizin?.. Tam üç saatlik yol bu... Deresi var, tepesi var!..»

«Çocuk muyuz biz baba!» dedi Nazife, «Tam sekiz tane kızız! Emine'nin annesi de gelecek!.. Dönerken on beş kişi olacağız en azdan!.. Orda konuk kaldı kimimiz de...»

«Hepsi iyi de... Yağış azıttı... Hadi Ümmüye al sarı yazmanı başına. Başlarında ağırbaşlı biri bulunmadan olmaz bu delişmenlerin.»

Şaşılacak şey! Hiç sesi çıkmamıştı Ümmüye Kadın'ın. Demek bunları birer birer aklından geçiriyor olmalıydı. Yazmasını kaptığı gibi takıldı peşlerine.

«Hadi şimdi uğurlar olsun!» dedi, Şaduman Dağlı, «Hava daha da azıtırsa ben de ordayım. Bu Deliçay böyle zamanlarda hiç belli olmaz. Tam gününü buldu namussuz!»

«Tövbe de! Tanrı'nın rahmetine ağız bozulur mu? Tut çeneni... Hadi gidiyoruz.»

«Bohçam!» dedi Nazife, «Az daha unutuyordum bohçamı. Emel Hanım yağmur, kar dinlemez, geri gönderir beni!»

«Kazaklar, hırkalar!..» diyecek oldu annesi...

«Koydum!» dedi, «Hepsi bohçada!»

Köyün alt başında, tam yirmi sekiz kişi olmuştu Yukarı Akpelit sergicileri.

YİRMİ İKİNCİ BÖLÜM

Kaymakam Aziz Özveren, serginin açılışı için eline makas verilince, dilini ağzının içinde boş bir makara gibi fırıl fırıl döndüre döndüre konuşmasına başladı. Seyirciler önce, «Sergi Akpelitliler için hayırlı olsun!» gibilerden üç beş söz kıvırıp keseceğini sanmakla boş bulunduklarını anlamışlardı. Konuşma uzadıkça söz, ne Akpelit'e geliyordu, ne de sergiye:

«Seçimlerin öne alındığını muştularım!..» diye başlamıştı, şöylece sürdürüyordu:

«Bunun adına erken seçim derler Sevgili Akpelitliler. Erken seçim ne demek!.. Havalar elverişli giderse dutların da, kirazların da erken olduğunu, yani erken kemale erdiğini bilirsiniz bir köylü olarak... Kabakların, patlıcanların, domateslerin de erken kemale geldiklerini görmüşsünüzdür. Gübresini güneşini, yağmurunu vaktinden önce almış, olgunlaşmışlardır... Gene böyle verimli bir mevsime ayak bastığımızı muştularım.»

Bu sık sık yinelenen «muştularım» sözünü, Topal Satı, «Muş talarım» anlamına alıyor, söz buraya gelince kendini tutamayıp gülüyordu, açıktan açığa. Kaymakam Aziz Özveren'in karşısında onun tam bu sözü söyleyince gülmesi hoşuna gitmiyor değildi. Demek erken seçimden çok şeyler bekliyor halkımız, anlamını çıkarıyordu. Boyu kısa mı kısa olduğu için arkada neler olup neler bittiğini göremiyordu. Kızlar şimdiden bakraçlardan bardaklara boşaltıyorlardı limonataları... Sözün uzaması bardakların korunması için güçlükler yaratıyordu.

«Erken seçim çok şeyler getirecek yurdumuza...» diye sürdürüp götürüyordu konuşmasını. «Kurtuluş Savaşı'nda Samsun'dan sonra önemli liman olan İnebolumuz savaşın bütün ağırlığını omuzunda taşıdıktan sonra, bir kıyıda, daha doğrusu bu Kastamonu'nun kıyıcığında unutulmadı mı? Neden unutuldu, neden unuttular? Karadeniz savaşta üzerine düşeni yapmamış mıydı? Değerli komutanları, değerli yazarları, siyaset adamlarını bu Karadeniz İstanbul'dan alıp bu kıyılara getirmemiş miydi? Heykellere, anıtlara geçen mermi taşıyan kadın, İnebolu köylüsü değil miydi? Ya kağnılar... Ya kağnılarda mermi çeken Karadeniz kadınları? Üstündeki çulu devlet malıdır, nem kapmasın diye mermilerin üzerine örten İnebolu kadınları... İşte bu sergiyi açanlar da onların torunları değil mi?»

«Aşk olsun!» dedi, Gebeş Ali yanında tek ayak üstünde dikilen Topal Satı'ya «Lafı nasıl döndürüp dolaştırdı da küt diye yerine oturttu.»

İş sergiye gelip dayanınca da çok sürmezdi. Yüzü güldü Satı'nın:

«Büyük adam!» deyip kesti. Hurşit Ağa'dan da büyük olmalıydı bu Kaymakam! Bitmemişti daha lafı demek:

«Hür demokrasi, serbest seçim!» diye yapıştı lafın kuyruğuna, «İstediğinize verin oyunuzu! Öylesine verin ki, sizin adınıza gitsin konuşsun. Yol mu istiyorsunuz, yol! İş mi istiyorsunuz, iş! Fabrika mı istiyorsunuz, fabrika!..»

Gerilerden birisi:

«Toprak!» diye laf karıştırdı. Kaymakam başını kaldırıp baktı. Safiye'nin Aptul olmalıydı ki toprak isteyen, kırmıştı ayaklarını. Kaymakam ayaklarının burnuna basıp baksa gene göremezdi. Gebeş Ali, onun boy fakiri olduğunu gördükçe:

«Hep bu kısa boylular neden çok akıllı olur?» diye düşünceye daldı. Allah bir yandan kıstığını, başka bir yandan işte böyle kepçe kepçe boşaltıyordu kafasının tasına. Neden Hurşit Ağa'nın gözlerinin içine bakıyordu, «Sahil şeridi...» dedikçe... Hurşit Ağa yanlısı değil miydi bu Kaymakam? «Sahil şeridi»ni Hafız mı istiyordu, Hurşit Ağa mı? Karıştırmıştı Gebeş Ali...

«Bu yolu devlet yarım bırakmaz böyle! Hemen erken seçim biter bitmez yol başlayacak!» diyordu Aziz Özveren.

«Nereden geçecek?» diye sordu Aptul, nasıl olsa adamın boyu kendisini görmeğe yetmiyordu. Oysa bir karış toprağı yoktu, ne aşağıda, ne yukarıda. Bu durum, atı olmadığı halde, at yarışına gidenlerin durumuna benziyordu. Böyleleri daha çok hoşlanıyorlardı yarışlardan. Son kuruşuna kadar yarışa yatırıp yayan dönüyorlardı. Aptul için önemli olan önceden yarışı kazananı bulup çıkarmak, Halim'in kahvesinde milleti, ağzına bakıtmaktı.

Kaymakam bayağı önem vermişti bu soruya:

«Nerden geçeceği sorun değil, devlet için. Yolun bir an önce bitmesi önemli! Ha aşağıdan geçmiş, ha yukarıdan!. Yol durdu mu, yolsuzluk başlar, değerli hemşerilerim. Buna fırsat vermeyeceğiz! Önce erken seçim!..»

Şaduman Dağlı, hiç bir anlam çıkaramıyordu bu konuşmalardan. Erken seçim olmasa yol olduğu gibi kalacak değil miydi? Neden önemli oluyordu bu erken seçim. Böyle daha iyiydi işte! Toprakları ellerinde kalmıştı. Ama yağmur... Şu Deliçay'a sağlamca bir yatak kazmaktan bir barajdan, bentten neden söz etmiyordu bu Kaymakam?

Hiç beklenmedik bir zamanda son sözü söyleyip makasa yapışıvermişti:

«Haydi Akpelitliler... Erken seçim hepinize hayırlı uğurlu olsun!»

Hemen düzeltti dalgınlığını Kaymakam Özveren.

«Serginiz de memleket için hayırlı uğurlu olsun!»

Sonra da, Yukarı Köy'den Çiçek'le, aşağı köyden Hurşit Ağa'nın torunu Fatma'nın birer ucundan çekiştirdikleri kurdeleye makası değdiriverdi.

Bir yanına Bucak Müdürü'nü, bir yanına da Hurşit Ağa'yı alan Kaymakam, o hızla Sarı Memiş'in kahvesinden bozma sergi salonunun ortasına kadar ölçülü adımlarla yürüdü. Dört yanına bakındı, gözüne en hoş gelen bir emek ürünü işin üzerine doğru yöneldi. Bu, kollarının kısalığı, açık yakasının genişliğiyle gözü çeken boylu boslu bir kız için dikilmiş bir sabahlıktı, Nazife'nin emek ürünü yerli bezinden yapılma sabahlığı... Bir gün önce üzerinde konuşulan o ünlü sabahlıktı bu!

Kaymakam bir önceki konuşmadan farklılığı olan bir görüşü ortaya atmakta gecikmemişti:

«Her kursçu sergilediği işlerden birini defilemsi bir biçimde konuklara gösteremez miydi?»

Gösteremez olur muydu? Ne yazık ki bu parlak buluş tam bugün ortaya atıldığı için uygulanacak bir deneyimden yoksun kalıyordu.

«İnşallah gelecek yılın Biçki-Dikiş ve Ev Ekonomisi Sergisi'ne!» dileğiyle erteleniyordu.

Bir gün önce gelip de Orman İşletmesi Şeflerinden Basri Bey'in hanımıyla dostluk kuran Meslek Lisesi Müdürü Güner Hanım soruyordu:

«Söyleyin Nebahat Hanım, bu bez nerde dokunur, Anadolu'nun neresinde?»

«Bilirim o kadarını!» dedi, «Şile'de!»

«Hayır.» dedi, «Bilemediniz!»

Kaymakam'a duyurmak için, sesini yükselterek açıkladı:

«Burada, Akpelit'te!.»

«Sahi mi?»

«Akpelit'te dokunduğu doğru!» dedi, «Ne yazık ki artık dokumuyorlar.»

«Neden, Emel Hanım?» dedi, «Neden dokumuyor?»

«Ziraat Bankası kredi vermiyor da!.»

«İstemişler de vermemiş mi?» diye Kaymakam el koymuştu konuya.

«Burada siz haklısınız!» dedi, «Bize düşen görev kredi istemek! Bundan yirmi otuz yıl önce bez dokunurken, bugün dokunmuyor. Neden mi dokunmuyor? İnceledim nedenlerini... Öylesine çok nedenleri var ki... Tezgâhlar yani düzenler tavan arasına kaldırılmış!»

Kaymakam not defterini çıkardı. Bir iki satır yazı yazarken:

«Ben o düzenleri tavan arasından indireceğim ve kadınlar arasında bir dokumacılar kooperatifi kurduracağım!» dedi.

«Aman Kaymakam Bey!» dedi, Güner Hanım, «Bunu olsun erken seçim sonrasına bırakmayın!»

Bu kadar şakaya iki bekâr yönetmenin hakkı vardı. Kendini her zaman aynı özgürlükte görmeğe alışkın olan Hurşit Karaman:

«Ben bankadan kredi istemeden toprağımın on dönümünü ketene ayırıyorum!» dedi, «Kızlarımız, gelinlerimiz böyle güzel sabahlıklar yapabilsinler de giysinler diye!»

Bu «gelinlerimiz» sözü Hurşit Ağa'nın ağzından çıkarken aşağılı yukarılı tüm Akpelitli kızlar Nazife'nin yüzüne bakmaktan kendilerini alamamışlardı. Gene tam bu sırada bir çağrışım sonucu Selim Soylu'yu anımsayan kızlar, kalabalıkta Hafız'ın oğlunu aradılar, ortada ne Selim vardı, ne de tek Çamalanlı kişi... Çamalan'ı tek başına yeni Bucak Müdürü Fatih Leventoğlu simgeliyordu, sergide... Daha doğrusu Kaymakam'ın yanında... Pelitovası'ndaki tabanca yapımevinin basıldığını duymuştu Kaymakam... İhbar eden tanınmamış biri olmakla birlikte Hafız Esat'ın alınganlığına bir türlü akıl erdiremiyordu doğrusu... Açıkçası Cide'de geçen bir olay kendisini neden çok ilgilendirsindi? Yersizdi bu Hafız Esat'ın alınganlığı. Kendisine tek soru soran mı vardı ki... Tabanca yapımcısı kendi hesabına bu atölyeyi kurduğunu karakolda söyledikten sonra... Gençler bu tür işlerde daha az alıngan oluyorlardı. Duymuştu Selim Soylu'nun havayı yumuşatmak için anne tarafından yakını olan Hacı Fettah'ta kaldığını... Selim olgun çocuktu, dediklerine bakılırsa, babasından çok daha olgun...

Emel Hanım, Zeynel'in getirdiği bir haber üzerine:

«Haydi kızlar!» dedi, «Şimdi peynirli pideleriniz gelecek fırından, sıcak sıcak... Afiyetle yiyebilirsiniz! Serginin kapısına da o tahtayı koymayı unutmayın. Sergiyi gezecek olanlar saat 13'de buyursunlar. Bu saate kadar serbestsiniz!»

Artık Hurşit Karaman'ın evindeki konuklar için ayrılan salona geçilebilirdi.

«Buyrun sayın Kaymakamım!» dedi Emel Hanım, «Pidelerimizden siz de tatmak istersiniz değil mi? Ustamızın namı vardır buralarda... Kuyu kebabımız da pidemizden aşağı kalmaz!»

Kapıda bekleyen Raşit Bey:

«Yağmur şiddetini arttırdı!» dedi, «Sizleri ıslatmamak için dükkânda ne kadar yağmurluk varsa getirttim, buyrun Kaymakam Bey! Omuzlarınıza alabilirsiniz bunlardan birini!»

Masanın üstüne yığılmış pardesülerden birini her arkasına alan dışarı çıkıyor, bir süre koştuktan sonra, açık kapıdan içeri kendini atıyordu. Korkunç bir sağnaktı bu! Sergiden çıkanlar ne kadar korunsalar alt yanlarını ıslanmaktan kurtaramıyorlardı. Sağnaktı ama, böyle sürekli sağnak da iki yıldır görülmemişti buralarda.

Raşit Bey'in konuklara ayırdığı manyatolu telefonun kulpunu elinden akşama kadar bırakmayacak olan Kaymakam Aziz Özveren, yöneticilik ödevinin en ilginç haberlerini burada alıyordu. Bunların en önemlisi Karadeniz'in içerlek yerlerinde geceden başlayan yağışların, sürekli sağnaklara dönüşmesiyle Deliçay'ı görülmemiş ölçüde taşırdığıydı. Birçok kesimler gibi Kavlandüzü'nün ekili tarlalarının, giderek tüm topraklarıyla Karadeniz'e indiği inanılmaz haberler arasındaydı. Akpelit koyu bataklığa dönüşmüştü. Dipleri çapalanmaya başlayan mısır saplarıyla, yemyeşil mısır gazellerinden Akpelit önlerine uçsuz bucaksız bir hasır serilmiş gibiydi.

Kaymakam Aziz Özveren kulağı telefonun alıcısında gözleri masa üzerindeki kuyu kebabıyla, peynirli pidelerde içini çekerek:

«Vah, vah!» diyordu, «Yazık oldu Akpelit köylerine! Bir felaket... Bir afet bu!. Yazık! Hem de çok yazık!»

Gerçekten içtenlikle yapılan bu yakınmalar günlerce sürecekti. Müthiş bir yıldız karayel hemen bu taşkına eklenmiş, dalgalar kıyılara saldırmaya başlamıştı.

YİRMİ ÜÇÜNCÜ BÖLÜM

Gülgenpınarı'nda demirliydi Selamet, dün geceden beri... Sırada üç motor vardı, rıhtıma yanaşıp da çimento yükleyeceklerdi. Kaptan Tomruk Ömer:

«Atlayın patelyeye de çıkın!» dedi, «Reis'in orda bulursunuz yiyecek bir şeyler. Benim canım çekmiyor. Miço Yaşar'ı da alın yanınıza!»

«Biz ona da getiririz, kendimize bulursak!» dedi, Makinist Hayri, «Kalsın motorda da depoyu doldursun, makinenin yağına baksın!»

Harun'u konuşturmalıydı; olmuyordu Tomruk Ömer'in kulağının dibinde konuşmak. Kendisi de içini dökmeliydi biraz.

Patelyenin küreklerine yapışınca anlamıştı Makinist Hayri:

«Irmak bulanık!» dedi, «Hızlı akıyor sular...»

Bartın Irmağı bulanırsa yukarlarda bol yağış var demekti. Bu ırmak ağırdan aktığı içindir ki Türkiye'nin ulaşıma elverişli tek ırmağı onurunu kazanmıştı. Akışı, ufaktan da olsa bir hız kazandı mı, yukarılara, Kocadağ'a, Karadağ'a, Kayaardı'na büyük karlar düşmüştür, ya da tufanı andıran yağmurlar yağmıştır.

Eskilerin, «Bartın Deresi, altın deresi» dedikleri bu akarsu, gerçekte bir dere değil, iki koldan oluşan koskoca, iki ayaklı bir ırmaktır. Bunlardan birisi Merven'le Arıt derelerinin birleşmesinden oluşan Kozlu Irmağı'dır. İlerledikçe sağdan Akpınar'la Karaçay'ı, soldan Kocaırmak'ı alarak daha da büyür. Gazhane de Kocanaz Irmağı da katılınca bir ulusu ağırbaşlılığı içinde yolunu Boğaz'a kadar sürdürüp Karadeniz'e dökülür.

İki kürekte patelyeyi kıyıya yanaştıran Hayri:

«Atla!» dedi.

Kısa bir çımayla, çakılı kazıklara sandalı bağladıktan sonra yanyana bir süre yürüdüler. Hayri, «Şurdan bir şişe alsak da...» dedi, «Fındık bahçelerinde otursak... Biraz da pastırma, sucuk...»

«İyi olur amma... Bilmem ki...»

Bilirdi Hayri'nin içkiye düşkün olmadığını... Kim bilir bir derdi olmalıydı.

«Hele sen dur,» dedi Harun, «Ben alıp geleyim!»

Her zaman sıra beklerken yemek yedikleri, yerine göre şarap şişelerini elden ele dolaştırdıkları fındıklıkta kuytu bir yer arayıp buldu Makinist Hayri. Nedenini bulup çıkaramadığı bir üzüntü vardı içinde. Akpelit'ten ayrılmadan önce Sarı Memiş'in Sergi'ye dönüştürülen kahvesinin önünden bir iki kez geçmişti. Nazife'yi görmek için. Harun'dan öğrenmişti orada olduğunu. Çiçek'i kapının önünde görmüştü. Birini beklediği belliydi. Neden yanında Nazife yoktu? İsteyen kişi, birini görmek için kapıda kısa bir süre de olsa görünebiliyordu demek. Kendisinin yola çıkacağını bildiği halde neden yüzünü gösterip bir «güle güle!» demiyordu? Biraz da sözlüsü sayılmaz mıydı? Sakın başka birisinde olmasındı gözü? Bunu bilse bilse Harun bilirdi. Motorda biçimine getirip konuşamıyordu. Belki de ters bir haber işitmekten korkuyordu.

Bugün soramaz mıydı biçimine getirip... Eğer Harun bir şey bilirse mutlaka ağzından alırdı.

Yanında Harun'un olmadığı bir gün, Bodur Ali'nin meyhanesinde Balıkçı Hasan'ın anlattıkları... Dozerlerin önüne kızların çıktığı gün Selim'in İçip içip meyhanede kızlar için söyledikleri... Nazife için yaptığı övgülerin altında yatan istekler, sarhoşça konuşmalar... Serginin açılacağı sırada Selim'in gelip Akpelit'e yerleşmesi...

Harun, kucağında yiyeceklerle geldiğinde dalıp gitmişti Makinist Hayri. Kucağındaki paketleri görmemiş gibi sormuştu:

«Aldın mı?» diye.

«Güzel pastırma buldum.» dedi, «Bir de küçük rakı... Yeşil soğan da buldum. Altımızda sandal olduktan sonra Karga'nın Ahmet'e de gidebilirdik. Balık vardır bugün onda... İstavrit bol...»

«Oraya da gideriz bir gün... Bizim Reis'e de... Bugün şurda başbaşa... Hele ver şu şişeyi...»

«Reis'den iki çay bardağı aldım gelirken... Bozuldu. Şu şişeye de su doldurdum.»

Şişeyi açıp çay bardağına koymuştu bile. Ağarır ağarmaz su ekleyince, yarıya kadar içti, Harun'u beklemeden.

Pek iştahlı görünmediği için, buyur etmiyordu. Tam tersine ağabeylik eder gibi:

«Canın çekmiyorsa içme, istersen!» dedi. Sonra da sayıklar gibi, «Bit yeniği var bu işin içinde!» diye mırıldandı.

Bunları ağzından kaçırdığını anlamakta gecikmemişti, Harun. Bir şeyler sezinlemişti ama onu konuşturmamak için sormuyordu.

«Söyle! Bi bildiğin varsa!» dedi Hayri.

İkinci yudumda bardağı bitirmişti.

«Ne gibi?» dedi Harun.

«Sanıyorum Nazife bu işi istemiyor.»

İlk kez ağzına alıyordu Nazife'nin adını. Açık açık bu güne kadar onun sözünü etmemişti.

«Nazife'yi bilmem ama...» dedi, «Babam istiyor. Babamızın sözünden çıkamayız biz!»

«İşte ben de bunu demek istiyorum. Böyle düşünüyorum, senin gibi... Artık sen yabancım değilsin. Eğer Nazife istemezse, bu iş yürümez.»

«Hiçbir şey bilmiyorum!» dedi, «Onun ağzından bir şey duymuş değilim.»

«İyi ya seninle birlik çalışıyoruz... Bilmiyor mu o?.. İyi kötü bir şey söylemeden duruyorsa... İşin içinde bir bit yeniği var demektir. Eğer istese, yani gönlü bende olsaydı eğer...»

«Nazife hep öyledir. Kapalı kızdır!.. Gönlünden geçirdiklerini durup dururken şurda burda konuşacak kızlardan değildir o!»

«Biliyorum!» dedi. «Biliyorum böyle insanları... Çok hoşlanmazlar konuşmaktan. Belki ben de böyleyim. Ben de çok konuşmam amma... İki kardeş birbirinin durumundan bir şeyler anlar. Belki annesine söylemiştir, ne söyleyecekse... Ondan da sen duymuş olursun.»

«Biliyorsun beni... Eve pek uğradığım yok.»

«Demek sen içmeyeceksin! Doldur şunu!.. Olmazsa pastırma ye!.. Yeşil soğanla iyi gider. Bol ekmek almışsın, güzel!»

«Sen de ye ama... Peynir de aldım!»

Bir süre konuşmadan yediler. İkinci bardağı da bitirmişti Makinist Hayri.

«Bizim evlenmemiz bi bakıma Kafdağı'nda şehzadelik!» dedi, «Biz evlensek de ne değişecek... Şu pastırmayla ekmeği evimde yiyemedikten sonra... Bu geceyi nerde geçireceğiz? Çimento torbalarının üzerinde, değil mi? Evlenip de ne olacak? Kuştüyü yatakta mı yatacağım. Sonra kız da haklı. Gözünün önünde duracak bir koca aramakta belki... Var mı öylesi bilmem. Buralarda, göz önünde bir koca? Rençperlik eden bi delikanlı... Toprağı kendine yetişen bi delikanlı var mı? Yoksa eğer, göz önünde bir koca da yok demek!.. Bak Nazife için bir şey diyemiyoruz ama, Çiçek için söz birliği edebiliyoruz. O seni istiyor da ne oluyor sanki?.. Sen onunla bütün gün tarlada bostanda bir arada olabilecek misin? Diyelim ki motoru bıraktın, hangi tarlada bir araya geleceksin onunla?.. Tarla Yıbıl Arif'e yetiyor mu ki... Nazife, beni kocalığa layık görmüyorsa, çok iyi düşündüğü için yapıyor belki de. Bu sefer, yolumuz Akpelit'e düşerse babanın karşısına çıkıp soracağım. Nazife, ne istiyorsa açık açık gelsin senin yanında söylesin, diyeceğim!»

«Diyemez!.. Babamın yanında açık açık konuşamaz ki...»

«Konuşamaz ama, bildiğinden de şaşmaz Nazife gibiler.»

Son bardağı doldururken, Harun boş çay bardağını uzattı:

«Şişeyi bölüşelim!» dedi.

«Hayır bölüşmeyelim, kalanını sen iç!»

«Peki Hayri Abi!» dedi, «İçeyim!»

Şişenin tümü ona çok gelir diye düşünmüştü Harun. Sırf kendi ailesinden gelen nedenler yüzünden onun tasalanmasını istemiyordu:

«Sen kalanını ye!» dedi, «Hiçbir şey yemedin! Ben azar azar şunu içeyim!»

«Sıradaki motorlardan biri gitti. Fabrika kırk tonu bir saatte yüklüyor. En azdan kırk ton çimento alır, Mavi Ördek...»

Önüne peynirleri, soğanları pastırma dilimlerini sürdü:

«Şunları da Miço Yaşar'a götürürüz,» dedi Harun.

Güneşin önüne kalın bir bulut gerilmiş, ortalığı karartmıştı:

«Hava kaç gündür sıkıntılı... Bizim oralarda alıp veriyor. Bu ırmak var ya, bunun genişliğine, derinliğine aldırma sen! Bizim Deliçay'dan pek de uzun değildir. O taştı mı tam taşar, adı üstünde!..»

Kalktı birden. Başı döndüğü için yeniden oturdu.

«Toparlan da gidelim» dedi, «Motoru çalıştırayım da bir dinleneyim!»

Şişeleri fırlattı fındıkların arasına, çay bardaklarını da cebine koydu Harun.

«Bak!» dedi Hayri, «Mavi Ördek yüklemiş, dönüyor! Şöyle bir motorum olsa, ne isterdim başka!»

Harun bu sözdeki burukluğu sezmişti, «Motorumuz olsa...» demiyordu. «Başka bir şey istemem.» demesi de anlamlıydı. Onu çoktanberi hem küskün, hem umutlu görmemişti böyle!

«Olur, Hayri Ağabi!» dedi, «Sen istedikten sonra.»

«Olur olmasına da... İş işten geçtikten sonra...»

Reis'in kahvesinden geçerken:

«Ayıp olur.» dedi, «Biraz oturalım. Ver bardakları!.. İki de çay söyle! Demli olsun!»

Selamet'i görecek bir yere iskemlelerini çektiler. İçi sızlayarak motoru inceliyordu:

«Karınlı motor!» dedi, «Ne yapsam bu Bolender'e altı mil yaptıramıyorum. Sözüm ona yirmi beygirlik motor!.. Gürül gürül mazot yakıyor, üstelik.»

Çaylar gelmişti. Soğuktu, buz gibi... Ama ağızlarını açıp bir şey söylemediler. Üstelik de bayattı, katran gibi... Belli bir süre oturduktan sonra:

«Haydi Reis!» dediler, «Hoşça kal, üç gün sonra burdayız!»

Patelyeye doğru giderken:

«Yirmibeşkuyusu'ndaki lokantada içelim bi dahaki sefer. İnsan sıcak yemeğin hasretini çekiyor gemicilikte.» dedi, Hayri.

Hep bunlar ev özlemi, evlilik özlemiydi aslında. Gemicilik bir yerde bu demekti. Kıyıdakilerin özlemini çekmekti. Bu özlemdi onlara direnç kazandıran... Oysa emekli kaptanların düşleri de uzak denizler üzerindeydi. Yaşayamazlardı düşsüz, özlemsiz...

Harun, patelye bağlıyken küreğe geçti. Siya ederek çımayı çözdü. Hayri'nin atlaması için daha uygun bir yere yanaştırdı sandalın kıçını. Açıldılar kıyıdan.

Tomruk Ömer, her zamanki suratsızlığıyla bekliyordu motorun kıçında. Daha erken de gelseler aynı asık yüzle karşılanacaklarını bildikleri için aldırmıyorlardı.

Havayı kırmak için:

«İkinize de bol pastırma getirdik.» dedi, Hayri, «Bol da soğan!»

Bu saatte Hayri'nin içtiğini hiç görmediği için kuşkulanmamıştı. Harun kendisine iş bulmakta gecikmedi. Hayri motoru ısıtmak için kolu çevirmiş başında bekliyordu. Suyu alıp vermesini izliyordu eğilip de. Bakım isterdi bu Bolender'ler ama tekne nerdeyse midye bağlayacaktı. Çekek yüzü görmüyordu ki...

«Haydi Harun!» dedi, «Demir al da yavaş yavaş yanaşalım rıhtıma!»

Motorun başı akıntıya doğruydu. Demir aldıkça motorun yolunu da açıp kapıyordu. Çapa sudan çıkınca bir silkindi tekne... İlk hızı almış, suları yarmaya başlamıştı.

Tomruk Ömer, Makinist Hayri'ye:

«Tornait makine!» diyemediği için düpedüz canı sıkılmıştı. Kaptanlığın tadını çıkarmaya hiç de fırsat vermiyordu. «İstop»unu bile kendi bildiğine yapardı, bu Makinist Hayri.

Akıntı göze görünür biçimde hızlıydı. Üç milin üstünde değildi motorun yolu. Rıhtımdaki Kartal, yükünü almış brandasını sarıyordu. Kaptanın verdiği komut duyuluyordu uzaktan:

«Halatlar fora!»

Ateş gibiydi Sürmeneliler... Ne halat kalmıştı, ne çima...

«Tornait makine!»

Motor ayrılmış, rıhtım bir süre boş kalmıştı. Selamet bir yay çizdikten sonra başı akıntıya doğru yanaşmıştı. Halatların bağlanmasıyla bantta dizili duran torbalar da ambara akmaya başlamıştı. Fabrikanın istifçileri ambara çoktan atlamışlardı. Ellerinin değmesiyle torbalar yerlerini buluyordu. Tam bir saat kimse tek kelime konuşmadan harıl harıl çalışmış, bantta tek tek sıralanan torbalar da tam bir saat yukarıdan akmıştı. Ambar dolup da mavi branda çekilirken Tomruk Ömer'in komutu duyuldu:

«Halatlar fora!»

İstifçiler kıyıya atlarken, «Baştan kıçtan tornait makine,» diye bağırdı. Sesini yalnız Hayri'ye değil, dışardaki görevlilere de duyurabilmek için...

Boncuk Yaşar, her zamanki gibi dalıp kalmıştı paketlemeden gelen deniz yükleme bantına. Kaptan:

«Çekil, ayağımın altından!» dedi, «Eline bir kova al da yıka şu kıç üstünün çimentolarını! Sen de Harun, geç motorun başına! Heeey önce patelyeyi alın içeri be!»

Hep birden sandalı tuttukları gibi çekiverdiler motora.

Makinist Hayri'ye yeni iş bulması gerekirdi. Ömer Kaptan'ın:

«Senin saatin kaç?» dedi.

Bileğinde su geçirmez Nacar saati olduğu halde inanamazdı kendi saatine. Aslına bakarsan kendi kaptanlığına da inanamazdı Tomruk Ömer. Kıyıyı sis bastı mı elindeki kıblanameyle İnebolu'ya giderken motorun başını Amasra'ya çevirdiği de olurdu.

«Benim saatim üçe beş var!»

«Benimki üçü çeyrek geçiyor!»

Harun ikisinin saatinin de doğru gitmediğini bilirdi. Deniz üstünde kimseye üç dakkanın, beş dakkanın bi yararı da yoktu, zararı da. Ne var ki Boğaz Köprüsü dakkası dakkasına tam dörtte açılıyordu. Galata köprüsü şaşardı ama Bartın köprüsü şaşırmazdı. Vaktinde köprünün önünde sıraya girmezsen sabahın yedisini beklemek gerekirdi. Oysa bunun da vardı kolayı... Ne ki gemiciler bu raconu bozmamak için yeni yetişenlere bir titizlik örneği göstermek isterlerdi.

«Kes biraz şunun yolunu.» diye bağırdı Tomruk Ömer. «Dörtten önce gideceksin da madalya mı verecek sana Liman Müdürü? Akıntı var, dedik sana.»

İşler yolunda giderken beklenmedik bir ağız kalabalığı daha etti Ömer Kaptan:

«Dolduracak dereyi bu adamlar.»

Biraz kendine gelmiş olmalıydı Makinist Hayri. Daha doğrusu kendini bulmuş olmalıydı. İçtiği zaman kendini bulursa derdini, tasasını dağıtmak için şuna buna takılmadan hoşlanırdı. Bir yanıyla da, arkadaşlarının deyimiyle Hoca Nasrettin gibi bir adamdı:

«Açıktan geç Kaptan!» dedi, «Motoru kireç kayasına oturtursun!»

Kireç fabrikasının kanalizasyonu buraya akardı geceli gündüzlü.

«Hani Nasrettin Hoca, Eğridir Gölü'ne yoğurt mayası çalmış da bugüne kadar tutturamamış ya! Bu kireç fabrikası Bartın Irmağı'na çaldığı kireç kaymağını tutturdu. Kalıp gibi yoğurt!.. Ne yoğurdu Kaptan, kaya gibi peynir, tüm ırmak... Irmağı tarayanlar, taraya, taraya başa çıkamıyorlar... Bu gidişle ırmağı, tam ortadan bir kireç duvarı bıçak gibi ikiye bölecek!»

«Ulan Hayri!» dedi, «Demek gündüz demeyip içtin öyle mi, fındık bahçesinde?.. Bu ne keyif be! Benim gözüm havada, sen ırmağa bakıp dalganı geçiyorsun benimle! Kıs şunun yolunu diyorum sana! Bu gidişle Boğaz Köprüsü'ne bindireceğiz!»

Haklıydı Kaptan... Kafayı tam buldu mu böyle olurdu işte!..

Dünyaya boş verip biraz da kendini avuturdu. Ağzını bıçak açmazdı içmeyince, içine atardı üzüntüsünü. Harun bilirdi bu durumunu, Ömer Kaptan, daha şurda üç beş aylık kaptanlarıydı. İçinden, hindi gibi düşüneceğine varsın içini boşaltsın diyordu. Bugün az buçuk kendisi de onun gibiydi. Bu Nazife'nin durumu onu da kara kara düşündürüyordu. Ne yapmak istiyordu bu kız? Biliyordu, açıkca bu Selim denilen şımarık delikanlının kardeşine kelimenin tam anlamıyla asıldığını... Ağa'nın şımarık oğlu Akif'e kızın meyli olduğunu da bilmiyor değildi. Eğer Yediveren'den ayrıldıysa, daha çok bu yüzden ayrıldığını kendisine bile söylemeğe dili varmıyordu. Son aylarda Akif'in, her vesileyle eve dadandığını biliyordu. Gülizar dümeniyle Nazife'yi de baştan çıkarmak istediğini görmeyecek kadar gözü kör olamazdı. Az buçuk anlardı bu işlerden... İşte Çiçek... Bu kız durup dururken mi kendisine meyil vermişti böyle... Mahmutpaşa'dan alıp getirdiği eşarpı nasıl biçimleyip de tutuşturmuştu eline... Henüz çıkarıp başına saramıyorsa annesine anlatacağı kurt masalına henüz biçim verememiş olmasındandı. Çiçek başkaydı, Çiçek kimseye benzemezdi. Çiçek Nazife'ye bile benzemezdi.

«Haruun! Kör müsün be!» diye bağırıyordu, iki ayağının arasına yekeyi alan Ömer Kaptan. Motorun burnunu görmek için dikilmişti ayağa:

«Dalga geçesin diye mi oturttum seni motorun başına be! Karşıdan hışım gibi kopmuş geliyor da seslenmiyorsun bana! Ulan sen de çektin kafayı Makinist Hayri'nin yanında!.. İyi be! Sanki motoru Boyranaltı'na çektik de Şehir Kulübü'ne gönderdim sizi kafaları bulun da yorgunluğu giderin diye! Ulan bi daaa başınızdan ayrılmayacağım sizin. Değil yemeğe... İşemeye giderken bile!.. Hooop! Sancaktaki salapuryayı görmüyor musun be! Herif pancar motorla otuz ton yükün altına girmiş, Akıntı nerdeyse kıçın kıçın götürecek Boğaz'a! Hayri sen de kes şunun yolunu diyorum sana!»

«Kaptan !» diye dikildi Hayri, «Daha Molla Osman'lardayız! Sen motoru gidiyor mu sanıyorsun. Daha Yolcubinmez görünmüyor bile!»

«Bana mı öğreteceksin buraları be! Bu derede yedekçilik yapmış adamım ben gençliğimde! Bu motorlar nerdeydi o zaman. Söyle bakalım, Boğaz'dan Yalı'ya kaç mil?»

«Biz makinistliğe bu salapuryada başlamadık. Namus belasına girdik senin kum teknesine! Boğaz'dan tam yedi mil çeker... Çimentonun rıhtımı beş mil!.. Bu motorla bir saatlik yol... Ben biliyorum, ki saatim doğruysa, Köprü'de bulunacağım zamanı!.. Tam dakikasında bulunacağız ki orda, iki iş çıkmasın bize!»

Makinist Hayri'nin tam dediği dakikada köprüde bulunmuşlardı. Direkli yüksek tekneler kuyruk olmuş bekliyorlardı. Ne çapaya, ne halata iş düşmeden açılan köprüden geçmişler, limanın rıhtımına yanaşmış olan vapurları geride bırakarak Karadeniz'in çırpıntılı sularına çıkmışlardı. Sert bir poyraz motorun hızını birden kırmıştı. Karşıdan esen rüzgâr birden üç mile düşürüvermişti Selamet'in yolunu:

«Bu poyraz çok uğraştıracak bizi.» dedi, Makinist Hayri, başını makine kamarasından çıkarıp da. Poyraz serin de esiyordu, ne alkol kalmıştı damarlarında, ne de başında o tatlı umursamazlık... Gözleri üç mil ilerdeki Pavyos Burnu'ndaydı... Eğer Burunu aşıp Tarlaağızı'na bir saatte ulaşabilecekse bu Selamet, iki saat sonra da Amasra önlerine düşecek demekti. Eğer söktüremezse limanda akşam beklerlerdi,poyrazın kırılmasını... Gün battı mı bıçakla kesilir gibi mayna olurdu esinti...

Miço Yaşar çimento tozlarını silmiş, pırıl pırıl temizlemişti, kıçüstünü. Kovasını da tam ırmağın ağzında döküp deniz suyuyla çalkalamıştı. Başaltına yerleştirdikten sonra:

«Eee Harun Abi!« dedi, «Ben sana uğur ola diyeyim de sen de kaptana söyle! Babam biliyorsun, eski gemicilerden... Geminin iyisini deniz alır kendine derdi sağlığında!»

«Dediği gibi de oldu!» dedi Harun, «Saç gemilere pek güven olmuyor, durup dururken alabora oluveriyor. Var mı ağaç gemi gibisi!.»

«Bana derdi ki babam, Karadeniz'e çıktın mı, ister dereden

çık, ister Boğaz'dan, Kaptan'a uğurlar ola,» diyeceksin diye öğüt verirdi «Kaç sefer söyledim bu Ömer Kaptan'a eyvallah, bile demedi. Haydi söyle şu adama da babamın dediği yerine gelsin!»

«Peki Yaşar!.. Babanın dediği olsun! Ömer Kaptan, uğurlar ola!»

«Eyvallah âşık Harun! Aç gözünü de uğursuzluk olmasın bu motorda!»

Makinist Hayri, Pavyos Burnu'nda kerteriz için tuttuğu bir çama gözlerini dikmiş, bileğindeki saate bakıp motorun yolunu hesaplıyordu.

«Kaptan!» dedi, «Gene sen bilirsin ya!.. Amasra'yı geçersek bu poyraz daha azıtacak! Tutturamayız Kerempe'yi!.. İstersen Amasra'da geçirelim geceyi!..»

«Kırılır bu rüzgâr!.. Bekleyemeyiz, Karayolları'nın ambarında bugün bir gram çimento yok!.. Hesapla bi kere... Üç dört günümüz bizim mal sahibinin çimentosu için yollarda geçti. İki gece de buralarda!.. Ambar Memuru'ndan önce Baş Mühendis saldırır üzerime!»

Üç beş kuruş çıkarı vardı onlardan. Eğer işine bağlı görünüyorsa Çapar Yusuf'u taktığından değildi... Bir gemide kaçakçılık olmazsa gemidekiler nerden yolunu bulacaklardı? Hele Kaptanlar?..

«Götürmez bu Bolender bizi... Sen de göreceksin biraz sonra...»

Bir saat geçmiş daha Tarlaağzı'nı tutturamamışlardı.

«Saat beşi geçiyor!» dedi Hayri, motorla biraz oynadıktan sonra. «Saat gibi çalışıyor ama faydasız! Tam kırk ton çimento bu!»

Saat sekize doğru Amasra mendireğinin burnunu tutturabilmişlerdi. Dört saatte yedi mil... Saatte ancak iki mil alabiliyordu Selamet sert poyrazda. Dümenden bir alabanda bekleyen Hayri:

«Kaptan!» dedi, «Gün battı! Poyraz hep bi karar esiyor. Yatalım burda!»

«Dışarı rüzgârı başlar birazdan Kırar poyrazı!..»

«Kırsa da üç milden fazla gidemeyiz. Cide bile yirmi sekiz, otuz millik yol!.»

Köpek Burnu'nu düşünüyordu, poyraza karşı barınmak için. Gel gelelim otuz mili bu durumda kaç satte alabileceklerdi?

«Gemicilik bu!» dedi Kaptan, «İyi hava durup dururken bozarsa... Kötü hava da iyiye dönemez mi? Karabahtına kırkbeş diyeceksin ara sıra... Genç adamsın, bu kadar korkma bu denizden!»

«Korkmak haaa! Demek daha tanıyamamışız birbirimizi! Ver elini Boyranaltı, öyle mi? Tamam!»

«Poyrazdan kaçmak için, biraz da motorun burnunu yıldıza alıyorum!»

«Amasra'da yatmadıktan sonra gerisi senin bileceğin iş! Bildiğin gibi yap Kaptan!»

«Haydi uğurlar olsun!»

Çakraz, Tekkeönü ve Kurucaşile'yi fenerlerinden bile zor çıkardılar, Gideros feneri de geride kalmıştı. Cide feneri gündüze rastladığı için çakıp sönmesine aldıran bile olmadı. Kaptan Köpek Burnu'ndan sonra motorun başını gündoğrusuna çevirmeyi düşündüyse de poyrazın sakarcıkları kaynadan içeri vurunca vazgeçmişti. Öğleye doğru bu rüzgârın böyle kalmayacağı daha da sertleşeceği anlaşılıyordu. Tüm Karadeniz'de sabahtan gösteren poyraz öğleye doğru şiddetini daha da arttırırdı. Dünden yüklü olan havanın öğleyi bile beklemeyeceği bulutların tarazlanmasından anlaşılıyordu.

Makinist Hayri bir ara kerteriz ettiği kayanın karşısında yerinde saydıklarını anlar gibi olmuştu. Poyraz serteldikçe sertelmiş, Kerempe'den sonra kırılma umudu da suya düşmüştü. Bu umut, yerinde sayan bir motor için geçerli olamazdı. Hayri, biraz da aşağıdan alarak:

«Kaptan!» dedi, «Bu durumda yapılacak bir iş var mı?»

«Yapılacak şey, bocalamak! Köpek Burnu'nun arkasına sığınmak!»

En doğru karar buydu Hayri'ye göre de... Cide'de tuz mağazasının tam karşısında demirlemek.

Tam alabanda bile edemezdi dümeni Kaptan. Motorun burnunu yıldıza çevire çevire dönmek, arkasını poyraza almaktı, en doğru davranış.

Poyraz dalgalarının içeri girmesini önlemek için geniş bir yay çizen Selamet, arkasını poyraza verince beş millik hızına yeniden kavuşmuştu. Poyraz çeyrek saat önce motorun hızını kırarken bu kez hızına hız eklemeğe başlamıştı. Tomruk Ömer, öfkesini yatıştırmak için yelkeni fora etmeyi bile düşündü. Ama hangi yelkeni fora edecekti! Yamalı yelkenler bu poyraza dayanır mıydı? Yedi milden aşağı değildi. Selamet'in yolu. Motorun kıçı tam poyraza dönünce bu hız daha da artmıştı. Selamet, küt başı iki yanını köpükler içinde bırakarak Balıkkayası doğrultusunda yol alıyordu.

Bocalama ne kadar raconuna uygun da geçse başüstünden akan sular, muşambaların üstünden ambarın iki yanına taşmış sağlı sollu leva deliklerinden dışarı akıyordu. Poyraz sakarcıkları, sakarcık olmaktan çoktan çıkmış iri dalgalara dönüşmüştü. Akşama doğru poyrazın kırılır gibi oluşuna akıl erdiremeyen Ömer Kaptan:

«Ne oluyor!» demekten kendini alamadı, «Dalgalar irileşip ölü dalga oldu!»

Makinist Hayri, içinden poyrazın drise edeceğini düşündü ama, bilgiçlik olur diye söylemedi. Ama uyarması da gerekirdi bu Tomruğu.

«Kaptan!» dedi, «Sakın yıldıza çevirmesin bu rüzgâr!..»

«Neden yıldıza çevirsin? Keşişleme de var, lodos da!..»

Başını kaldırıp baksa güneşin kalın bulutların arkasına doğru alçaldığını da görecekti. Savrulmuş, turalanmış kirli bulutların... Bir karayele geçiş hazırlığı da olabilirdi bu. Gün batmadan kararmıştı ortalık... Bir yağmur boşansa buna razı gelmeyecek kimse yoktu motorda... Havanın belki böylece afatı kırılırdı. Cide fenerinin çakıp söndüğü seçiliyordu, bu zamansız akşam karanlığında.

Balıkkayası'nı yüz, yüz elli metre iskelesine alan Selamet, bir süre Gideros feneri doğrultusunda üç mil üzerinden yol aldıktan sonra alabanda edip birden tuz mağarası doğrultusunda yol almaya başladı. Oysa yanlış bir girişti bu, hemen köpek burnundan dümeni alabanda etmesi gerekirdi önceden. Kaptan bu yanlışını, poyraza karşı yol almak zorunda kalınca anlamakta gecikmemişti.

Köpekburnu, poyraza kapalı bir barınak oluşturduğu için bu zorlanma uzun sürmemişti. Motorun kıçını poyraz denizlerine veren Ömer Kaptan, sokulabildiği kadar kıyıya sokuldu. Başüstünde vardiyadaki Harun'a seslendi:

«Funda!»

Zincir sarıldığı dolaptan gürültüyle boşanmıştı. Çapa dibi bulunca, tekne ipinden çekilen bir boğa gibi savrulmuş, başı birden açık denize çevrilip kalmıştı. Burada hızı kırılan poyraz, artık motorun başından doğru uslu uslu esmeğe başlamıştı. Kaptan'a bu durumda geçmiş olsun, denebilirdi ama, kimsenin dili varmıyordu. Motorun başı tam poyraza değil, yıldıza dönüktü. Demek biraz kaymış oluyordu rüzgâr. Bir kararda kalmayacağı anlaşılıyordu. Ya yıldız karayele doğru kayarsaaa?

«Çekin, tenteyi!» dedi, «Yağmur gelecek!»

Serenin üstünden çektikleri tenteyi kıça doğru kaydırmışlardı. Önü de kapatılınca temiz bir uyku çekilirdi sırayla... Kaptan:

«Önce tulumba,» dedi, «Tulumbayı bir elleyelim. Islatmayalım, alttan çimento torbalarını.»

Harun tulumbanın koluna yapışınca, Miço Yaşar tentenin bağlarına düğüm atıyordu.

«Oyalanma!» dedi, Kaptan, «Sen torbada ne varsa ser, şu kamaranın üstüne de yiyelim!»

Açlıktan, hele susuzluktan dili damağı yapışmıştı. Hiçbiri bocutun emziğini ağzına alıp bir yudum su içememişti. Poyrazın böylesi az görülürdü bu denizde.

Kaptan'ın kavonozunda zeytin eksik olmazdı. Kapağını açıp koydu ortaya... Gülgenpınarı'nda alınan soğanlar hala dipdiriydi.

Makinist Hayri, çakıyla ayıklayıp denizde yıkadı. Koydu makine kamarasına serilen örtünün üzerine. Bir dolap büyülüğündeki kamarayı dört yanından çevirmişler, önlerinde ne varsa sıra gözetmeden atıştırıyorlardı. Katık eksik olsa da ekmek boldu. Miço Yaşar iri parçalara bölüp katığa pek el uzatmadan karnını doyuruyordu.

Kimsenin ağzını bıçak açmıyordu. Deniz kırılmış, rüzgâr mayna etmişti işte. Neydi bu havadaki ağırlık, bu durgunluk?

«Hayri be!» dedi Ömer Kaptan, «İstop etmedin demek?..»

«Sen istop, demedin ki Kaptan!»

Limana girdi mi kaptanı beklemeden kapatırdı mazotu. Bir sorumluluk çekingenliği içindeydi demek...

«İyi ettin kesmedin de...»

«Dönerse rüzgâr...»

«Çıkarız... Barınamayız burda... Böyle zamanlarda hep terslik yapar bu namussuz Bolender... Çalışmaz hemen.»

«Sen kes gazı! İstop!»

Bu motor çalışırken rahat edecekleri yoktu. Şu ekmeği bile rahat yiyemiyeceklerdi.

Makine durunca, Kaptan:

«Oh be!» dedi, «Haşşöyle! Şu lokmamı rahat yutayım. Yaşar be! Kutuda çay kalmış mı?»

«Bartın'da yeni aldıydık ya!»

«Hadi Hayri, koy senin mazot ocağına şu çaydanlığı!»

Makinist Hayri'nin tüm keyfi kaçmıştı. Böyle kuşkulu havalarda istop etti mi, bu makine bi daha çalışmayacakmış gibi gelirdi ona. Bordayı siper alarak çaktığı kibritle kavanozdan yaptığı ocağın fitilini yakarken sönüvermişti. Sulu mazot diye geçirdi içinden. Kibritin yenisini çaktı. Daha fitile uzatmadan sönmüştü bu kez. Nerden esiyordu bu rüzgâr? Bu burun poyraza, biraz da yıldıza kapalı değil miydi?

«Esiyor diye mırıldandı, «Karayelden doğru esiyor.»

Oysa Tomruk Ömer bile anlamıştı. yıldız karayelin başladığını... Ölümdü bu rüzgâr, Karadeniz için. Hele böyle kapanda kısılmışken.

«Fayrap!» diye bağırdı, canı yanmış gibi, «Bırak şu ocağı sen! Fayrap!»

Sağnak birden boşanmıştı. Başlamasıyla motorun kıçını karaya savurması bir olmuştu. Kıyı hızla yaklaşıyordu. Harun başüstünden bağırıyordu:

«Demir tarıyor. Motor demir tarıyor.»

Makinist Hayri motorun kolunu çevirdi. Biliyordu birincide ateş alamayacağını bir kez daha çevirdi. Bir iki patırtıdan sonra durdu.

Kaptan ikinci demiri atması için emir vermeyi unutmuştu, Harun'a.

«Funda.» diye bağırınca, Hayri acı acı güldü bu durumda bile.

«Artık demir bile tarayamaz bu motor,» dedi, «Sığa oturdu.»

Motor çalışıyordu şimdi. Hem de saat gibiydi. Yol verdiği halde motor silkinmiyordu bile.

«Vay namussuz!» dedi, «Oturdu!»

Kaptan ikinci kara haberi de ekledi peşinden:

«Dümen fırladı!»

Sonuna kadar açtı. Kımıldamıyordu yerinden. Allah vere de kayalara oturmasa diye düşündü.

«Tekne kumda, kaptan!» dedi, «Şükür kuma oturdu!»

Kayaya değse, küt küt duyulurdu. Sağnak baştan bindiriyordu durmadan:

«Harun!» diye seslendi. Duyuramadı. Gürül gürül esiyordu karayel... Tam karayel de değildi... Yıldızdan kaymıştı ama... Tam karayel değil, yıldız karayeldi. Su kalkmış da geliyordu Selamet'in üzerine sanki...

Hayri, çarmıklara sıkı sıkı tutunarak motorun başına doğru ilerlemeğe çalışıyordu. Harun, ambar brandasının üstündeydi. Rüzgâr tuttuğu gibi atmıştı. Brandanın iplerine yapışarak kalabilmişti.

«Git!» dedi, «Makinenin yanına git! Kes mazotu!..»

Yıldız karayel denizleri de başlamıştı, sağnağın ardından. Birden büyümüştü dalgalar... Motorda ilk dalga Hayri'nin ayaklarının dibinde patlamıştı.

«Can yelekleri!» dedi, Kaptan, «Harun çıkar, çabuk!»

Kıç altındaydı. Kapağının halkasına soktu parmaklarını çekti. Zorlandı, açamıyordu.

«Bırak sen!» dedi.

Bir iki çekişten sonra açabilmişti kaptan. Eğildi. Aldığını önce Miço'ya verdi. İkinciyi kendi giyip bağladı. İkisini birden aldı içerden Harun'a uzattı. Sonra kapağı yerine oturtup tepindi üzerinde.

Makinist Hayri, Harun'dan aldığı can yeleğini giyip sıkı sıkı bağladıktan sonra:

«Gir kamaraya, sen!» dedi, «Yanına Yaşar'ı da al! Ben direk dibindeyim!»

Kıç üstünde yapılacak hiçbir işi kalmamıştı Kaptan'ın. Dümen fırladığı için yekeyi dümenden çıkarmıştı. Hiç olmazsa ayaklarına takılmasındı.

Sağnaklar dalgaya dönüşmüştü. Selamet oturduğu için bu dalgaların kıvraklığına uyamıyordu. İçindeki kırk ton çimentoyla tahtadan bir rıhtıma dönmüştü. Öyle bir rıhtım ki dalgaları bile kıramıyor üzerinden aşırtıyordu. Her dalga alıp götürecek bir şeyler bulmuştu Selamet'te. Patelye, kamarayla sancak bordası arasına sıkışıp kalmıştı. Sıranın gemicilere geldiği anlaşılıyordu. Kendilerinin alıp götürülmesini bekleyemezdi onlar da. Tam zamanında suya atlamaları gerekirdi.

Bu dalgalarda patelyeyle kıyıya çıkılabilir miydi? Can yelekleri onları bir süre boğulmaktan kurtarsa bile karaya nasıl çıkacaklardı? Dalganın karaya atma gücü kadar, çekme gücü de vardı. Belki bu güç daha da tehlikeliydi,yerden yere vurula vurula sersemleyen yorgun bir gemici için.

Kaç gündür esen poyraz, suları soğutsa bile bir bakıma önemli değildi. Haziran başındaydılar... Önemli olanı dalgalarla sert rüzgârın, kişiye kendini yönetme olanağı tanımamasıydı.

Tek yıldız yoktu gökyüzünde. Fenerin çakıp sönmesiyle sulara vurması gereken ışınlar bile sezilmiyordu. Kıyıdaki karakolun ışıkları görünmüyordu bu sürekli sağanağın getirdiği yoğun karanlıkta. Oysa jandarmaların kendilerini görmeleri, motoru kıyıdan izlemeleri gerekirdi? Neden onlardan bir ses duyulmuyordu.

Motordakiler sağanağın etkisini dışarıdakiler kadar anlayamıyorlardı. Patlayan dalgaların gümbürtüsü, kulaklarını, yoğun karanlık, gözlerini perdelemişti. Bir mezar yalnızlığında kalmışlardı gecenin bu saatinde. Dışardan gelip de kurtulmaları umudu da yoktu. Ne yapılacaksa kendilerinin düşünüp başarması gerekiyordu.

Bu ara Makinist Hayri kendisini tam direğin tepesine bağlı ip merdivene tutunmuş buldu. Bilerek mi yapışmıştı bu merdivenin ilk basamağına, yoksa dalgalar atınca korunmak için mi yapışmıştı? Ambar kesiminin sulara gömülmesinden anlaşılıyordu ki kıçtaki makinist kamarasına dönmek olanaksızdı artık. Aynı motorun içinde tek başınaydı. Arkadaşları dalgaların bastırması yüzünden kamaradan çıkıp da kıç üstünde tutunamazlardı. Ancak sulara atlamak için çıkabilirlerdi. Yanlarına dönse de hep birden daracık bölmede barınmaları da çok zor olacaktı. Tüm gücünü bileklerinde toplayıp ip merdivenin basamağına yapışıp sulara kapılmaktan kurtulması bile bir başarıydı. Ama daha ne kadar kalabilirdi böyle?

Bir soluk alabilmesi için üçerlemelerin gelip geçmesini bekleyecek duruma gelmişti. Son üçerlemelerin kazandırdığı kısa durgunluktan yararlanıp kendini, tutunduğu basamağa almasını başardı. İlk üçerlemeleri bu basamakta atlatmak zorunda kalmıştı. Dalgalar kırılır gibi olunca o hızla birkaç basamak birden çıkmış, ayaklarını sudan kurtarmıştı. Demek daha da yukarısına çıksa biraz olsun rahat edebilirdi. Üçerlemeleri geride bırakınca onu da denedi. Rüzgâr estiği sürece basamaklarda rahat yüzü göremiyeceğini anlamıştı.

Vakit, gece yarısını çoktan geçmiş, hava soğumuştu. İp merdivenin bağlandığı çanakta böylece eli kolu bağlı kalmasının dışında yeni tehlikeler de kendini göstermeğe başlamıştı. Tekne kuma yerleştikçe direk de kısalıyordu sanki. Dalgalar ayaklarına ulaştıkça direğin ucuna doğru tırmanması gerekiyordu. Boş bulundu mu dalgalar her saniye alıp götürebilirdi.

Giyinekleri tüm ıslandığı için üşüyordu. Üşüdüğünü derisinde soğuğun etkisinden önce, içinden gelen titremeden, dişlerinin birbirine vurmasından algılamıştı. Parmakları üşüdüğü için tutamaz olmuştu, çarmıkları... Ellerini sırayla göreve sokmayı düşündü. Sağ elini koltuk altında ısıtırken, sol elle tutuyordu çarmıkları. Tutamaz hale gelince de ısınan elini göreve sokuyor, üşüyen elini yeniden koltuğunun altına yerleştiriyordu.

Gözleri makinist kamarasındaydı. İki arkadaşı kaptanla birlikte içerde olmalıydılar. Dalgaların güçlendiği bir sırada dalga gümbürtülerinin içinden Harun'un sesi duyuldu:

«Hayri Abiii! Atlıyoruz! Sen de gel!»

Hiç düşünmemişti sulara atlayıp kurtulmayı. Evet canyelekleri vardı, hepsinin de sırtında ama, kıyıyı nasıl tutacaklar, sonra kuma nasıl çıkacaklardı? Kaptan nasıl izin veriyordu sulara atlamalarına?

«Kaptaaan!» diye seslendi.

«Barınamıyoruz artık.» diye bir ses geldi yanıt olarak. «Kamara parçalandı.»

Haklıydılar, denize atlamakta. Atlamasalar dalgalar alıp götürecekti nasıl olsa.

Peki, kendisi ne yapacaktı? Atlamak zorunda değildi onlar gibi. Direk kırılıp devrilmedikçe, vucudu soğuğa, yorgunluğa dayandığı sürece burda kalabilirdi. Teknenin alabora olması olanaksızdı. Alttan üstten su alsa da bu kırk ton çimento bir kale gibi tutardı gemiyi.

«Ben kalıyorum!» dedi, «Allah yardımcımız olsun!»

Bir acı çöktü birden yüreğine. Nasıl bırakacaktı onları. Hele Harun'u en çok sevdiği kişinin kardeşini... Gemicilik, arkadaşlık bu muydu?

«Harun!» diye bağırdı karanlığa doğru, «Atlama!»

Alırsa dalga alsındı onu. O zaman atılırdı sulara, belki ikisi birden kurtulabilirlerdi. Harun'un kendisi gibi iyi bir yüzücü olmadığını biliyordu. Bu iş biraz da deneyimle bilgi isterdi. Yeterince bilgisi olduğuna inanıyordu kendisinin. İyi bir Karadenizli yüzücüydü Harun ama, iyi bir gemici değildi henüz.

Şu halde birlikte atılmalıydılar sulara. Ama böyle durup dururken mi, Kaptan'ın isteğiyle...

«Bekle,» diye bağırdı.

Ne kadar geç atılırsa sulara o denli kurtulma umudu var gibi geliyordu kendisine... Ortalık ağarınca daha kolay olurdu kurtulmaları. Dışardan yardım da gelebilirdi. Bir ip bile atsalar, bir kolaylıktı. Belki motorlu sandal bile yüzdürürlerdi... Bu durumda onları, Karadenizlilerin soluğan dedikleri su içi akıntıları alıp götürürdü gecenin karanlığında...

«Harun!»

Ses gelmiyordu. Birkaç kez bağırdı: «Kaptan, nerdesiniz?» diye.

Bilmiyordu onların patelyeye güvenip motordan ayrılmak için bir girişime geçtiklerini. Harun içindeyken mayna etmişlerdi sandalı. Kıçtan yanaşıp kaptanla miçoyu alması düşünülmüştü. Daha denize iner inmez de dalgalar sandalı tekneye vura vura parçalamıştı.

Herkes tek tek can derdine düşmüştü.

Hayri artık motorda kimsenin bulunmadığını biliyordu. Kıyıya doğru sesleniyor, arkadaşlarının adını yineliyordu durmadan.

Bir ara tam ters yönden, Köpek Kayası yönlerinden sesler duydu:

«Bizi kurtarın! Boğuluyoruz!»

Kolayca getirmişti rüzgâr sesleri. Demek tam yıldız karayele dönüşmüştü hava, sular da öyle... Soluğan onları kıyıya çıkarmamış tam ters yöne sürüklemişti.

Güçlerini bağırıp yitirmemeleri gereken arkadaşları umutsuzluk içinde durmadan bağırıyorlardı.

«Allah aşkına, kurtarın bizi!»

Ömer Kaptan'ın sesiydi bu, bitkin umutsuz.

Ona güç vermek için kıyıdan bir yankı duyuldu.

«Dayanın geliyoruz!»

Yükselticiyle bağırıyordu biri:

«Korkmayın yanınızdayız.»

«Allah aşkına...»

Ömer Kaptan'ındı bu son yakarış.

«Hayri Abiii!»

Bu da Harundu. Ne «Beni kurtar!» diyordu, ne de yalvarıyordu. Bir ayrılış seslenişiydi bu. «Hoşça kal.» der gibi... Bu duruma kendisinin de düşebileceğini düşündüğünden mi, boğulan bu arkadaşları karşısında, kendini duygusuzlukla suçladığından mı, hızla indi basamakları. Motora ilk çarpan dalganın göbeğine daldı, az ilerden çıktı. Üçerlemelerin arasına sıkışmıştı. Kendini boşluğa atsın diye motorun sancağından dalmıştı. Kendini kıyıya yakın bulunca Harun'un ters yöne nasıl gittiğini anlayamamıştı. Demek soluğan suyun üstünde değil, suyun içindeydi. Bozguna kapılmazsa suyun üstünde yüzebilecekti. Can yeleği yüzmesini kolaylaştırıyordu. Bilerek ters yöne, Köpek Kayası'na doğru kulaç salladı. Vücudu ısınmıştı? Böyle saatlerce yüzebilirdi. Gücünü biriktirip önce ses duyduğu yöne doğru seslendi:

«Nerdesin, geldim!»

Bir süre bekledi. Hem dinleniyor, hem de çevresinden ses arıyordu?

«Harun, nerdesin?»

Birden umutsuzluk çöküverdi içine. Yalnızlığını anlayınca gücünün, direncinin tükendiğini sezinler gibi olmuştu. Suyun derinliğinden kopan güçlü bir dalga kendisini, altından kavrayıp boşluğa fırlatıvermişti. Su yüzünde dengesini tutturabilmek için debeleniyordu. Henüz kendini toparlayamadan daha büyük bir dalga sudan koparırcasına kaldırdı, kaldırdı, usta bir güreşçi gibi beyninin üstüne fırlatıverdi. Sert bir alana düştüğünü sanmıştı. Kendinden geçmek üzereyken üçüncü bir dalganın kavradığını ne yapsa dengesini tutturamayacağını anlamıştı. Onun egemenliğine kendisini bırakmakta büyük bir rahatlık bulmuştu. Kendini toparlamak istese de başaramıyacağını biliyordu artık. Böylece suyun serinliğine kendini vermekte denizle bütünleşmek gibi tatlı bir esriklik bulmuştu. Varılacak bir yolun sonuna yaklaştığını anlamıştı. Buna ulaşmanın gerçek bir başarı olmadığını anlıyor, başkaca yapacağı bir şey olmadığının bilincine vardığı halde gene de çırpınıp duruyordu. Bu çırpınışlar gittikçe artan dalgaların gücünde amacını şaşırana kadar sürüp gitti.

YİRMİ DÖRDÜNCÜ BÖLÜM

Saliha Hanım, gümüş yüzüklü parmağıyla kapıyı iki kez tıklattı.

«Hala!» dedi Selim içerden, «Sen misin? Benim pamuk Halam, başka kim olabilir sabah sabah.»

Saliha Hala çoktan girmişti içeri. Her zamanki güleç yüzüyle azarlıyordu yeğenini:

«Sabah sabah mı, dedin! Saat kaç, biliyor musun?Fettah Enişten şimdi öğlen namazına gitti, camiye! Sabah sabah haaa!.. Kaçta geldin de yattın? Sözde bizde misafirsin, öyle mi? Anahtarlı misafir, yüzünü görene aşkolsun!»

«Aaa! Ben mi misafirim. İnsan öz be öz halasına misafir mi olurmuş! Benim evim değil mi burası...»

«Senin evin olmasına, senin evin! Bize hiç mi iş düşmeyecek, yarı ev sahibi olarak! Şöyle bir akşam oturup karşılıklı bi çorba da içemeyecek miyiz, diyor enişten. Haksız mı? Sen gelince adamcağız çarşıdan pazardan alıp alıp getiriyor eve... Bize de pişirmek düşüyor, ama yiyen adam nerde? Bak geçen sefer, kızların sergisi olduğu hafta geldin. Bi kahvaltı olsun yaptın mı evde? Selim nerde? Feyzi'de... Selim nerde? İş için Yukarı Akpelit'te... İş için mi kendine iş çıkarmak için mi, o da belli değil..»

«Sen erken seçim diye bir şey duymadın mı? Babam gönderiyor beni, gitmem denir mi? Koskoca Hafız Esat! Saliha Hala'nın Ağabeyi!..»

«Bu öz be öz kardeşim, beni buraya gelin diye gönderdiyse

büsbütün Çamalan'ın nufusundan da silmedi ya! Halanda otur da bi sıcak çorba içme mi diyor sana!»

«Haklısın, benim pamuk Halacığım! Gelmişken bi çorbanı içmeden gitmeyeceğim, bu sefer. Seçimdir, meçimdir diye başka şeyler içmekten senin çorbana sıra gelmiyor ama, er geç içeceğim! Hani Çamalan'da Azmi Efendi'nin oğlu Yılmaz var ya?.. Yılmaz Bilgin... Babam aday yazdırdı, bizim Çamalan adına... Öyle deyim de anla! Partiye martiye aklın ermediği gibi, benim de ermez. Senin anlayacağın, biz Yılmaz'ı tutuyoruz Çamalanlılar. Bu Yukarı Akpelitlilerin selden, yoldan bağrı yanık ya. Onların oyları, bizim Yılmaz'ın çok işine yarayacak gibi geliyor Hafız Esat'a!»

«Baksana sen gözümün elifine! Senin yukarı köye neden gittiğini bilmeyen mi kaldı! Hele o Şaduman'ın damadı olacak genç makinist de boğulduktan sonra!.. Şemsi Usta'yla arkadaşlığı neden ilerletmek istediğini bilmiyor muyum sanıyorsun!»

«Peki, madem kaynakların çok sağlam... Kızın gönlü kimde, onu söyle de olsun bitsin. Hadi benim bi tane pamuk Halacığım!»

«Herhalde sende değil! Amma, kız kısmı gene de belli olmaz! Kim elini çabuk tutarsa...»

«Haklısın, benim pamuk Halacığım! İyi bilirsin bunları... Neden mi? Fettah Enişte'yi baştan çıkardığın yıllarda sen de, Nazifecik gibi bir kızdın? Hem de ünü Çamalan'lardan, Akpelit'lere kadar yayılan bir dilber! Doğru, kız milleti bu, hiç belli olmaz!.. Nişanlısı boğulalı daha on beş gün olmadı, kızı seçim, konuşması dinlerken görüyoruz, meydanlarda!»

«Çok ileri gitmiyor musun? Nazife için söylüyorsan, biraz eksik söylüyorsun. Eğer kızı biraz keyifli gördünse, o batan motordan kardeşi Harun yarı ölü, yarı diri kurtulduğu içindir. Sonra o makinist için de Nazife, sağken evet demiş değil ki. Var mı bilen evet dediğini?»

«Yaşa benim pamuk Halam!.. Ben de buna inanıyorum. Çünkü babası oğlanın başlık parasını geri vermiş, Şemsi Usta'ya. Şimdi sana düşen iş... Hafız Esat ailesi adına bu Şaduman'ın kızı

Nazife'yi anasından istemek!..»

Kaşlarını çatmıştı Saliha Hanım:

«Bana yanlış bir iş yaptırma!» dedi, «Ben ancak o kızı Akpelitli Hacı Fettah ailesi adına isteyebilirim. Biraz da oğlanın babasının kardeşi olarak...»

«Öyleyse bugün seni motora atıp babama, anneme götüreyim, onlardan geniş yetki alasın diye, ne dersin?»

«Bak böyle akıllıca konuşursan, hiç de hayır demem!.. İlk iş olarak namazdan sonra Hacı Enişteni görür, benim için izin istersin; verirse alır götürürsün Çamalan'a!»

«Peki, benim pamuk Halacığım! Bana Zehra Hanım'la bir sütlü kahve yolla da işe hemen başlayayım! Sonra Yılmaz'ı bulayım da Özlüce'ye götürmek için kendisini de yanıma alayım.»

Traş olmak üzere musluğa giderken Saliha Hanım da dışarı çıkmıştı. İlk işi sütlü kahveyi göndermek oldu hizmetçi kadınla.

Selim Soylu aynanın karşısında kendisiyle göz göze gelircesine kendinden geçmişti. Neler düşündüğünün ayrımında bile değildi. İlk kez kendine, yarışmaya çıkmış bir vücut geliştirme yarışçısı gibi açılıp açılıp bakıyordu. Kiminle yarışacaktı? Kazanamazsa birinciliği kime kaptıracaktı. Açıkcası karşısında Akif vardı. Ta okuldan beri babalarının, yarışa soktukları, iki koşucu... Yarış alanı olarak okulu yetersiz görmüşler onları tutup yaşamın tam ortasına sürmüşlerdi. Kendi ikili savaşımları için çocuklarını yetersiz görmüşlerdi de yardımlarını gereksiz mi buluyorlardı yoksa?.. Ne var ki bu iki okul arkadaşı, onlar istemeseler de, yarışıyorlardı işte!

Yaşam Nazife'yi çıkarmıştı yarış konusu olarak karşılarına... Bunu kendileri mi bulmuştu, yoksa babaları mı? Kumarcı, kaderin lafını ederdi ama, kadere inanmazdı. Kaçakçı da öyle. Hiçbir şey rastlantıya bırakılmazdı bu uğurda. Karakollar bağlansa bile alınacak çok önlemler vardı. En baştaki kişi hiçbir zaman yarışta görünmezdi. Yarışı kaybeden, yakalanan, hep kiralık kişilerdi.

Gel gelelim bu işte, yarış alanında ikisi görünüyordu... Bu başlangıçta açık vermek değil de neydi. Nazife'yi halası bile bildikten sonra gizlisi, kapaklısı mı kalıyordu işin.

«Kazanmalıyım öyleyse!» dedi, «Akif'e yenilmemeliyim!»

İyi ama bu kız, Nazife Dağlı yarışmaya değer miydi?

Yarışmacının, böyle düşünmesi gerekmezdi. Karşısına çıkan, kendisini yenmek isteyen kişinin konu ne olursa olsun, yenilmesi gerekirdi. Can pahasına da olsa... Ayrıca Nazife de çekişmeğe değerdi doğrusu.

Kapısı açılmıştı odanın.

«Seni arıyorlar!» dedi, halası, «Azmi Efendi'nin oğlu, kapıda bekliyor! Çık yukarıya buyur, dedim, o gelsin dedi.»

«Halacığım, kim beklerse beklesin, sen hazırlan! Eniştemi gördükten sonra mutlaka götüreceğim seni, Çamalan'a!»

«Peki yavrum! Sen götürürsen, ben de giderim!»

Yılmaz Bilgin, kapının önünde geziniyordu:

«Ne var Yılmazcığım?» dedi, «Hayrola!»

«Gördüm de inanamadım!» dedi, «Topkaç'la karşılaşmayayım mı az önce!»

«Mühendis Cengiz'le öyle mi?»

«Görevli gelmiş sanırım, partiden... İnebolu bölgesine... Hurşit Karaman'ın camlı odasına girerken gördüm,»

«Yarın senin Akpelit'teki konuşman için gelmiştir. Bir gövde gösterisi de o yapacaktır.»

«Tüm Yukarı Akpelitliler inecek yarın! Şemsi Usta söz verdi, hem de kadını erkeğiyle indirecek yarın!»

«Şemsi Usta mı dedin, çok güzel! Hava da güzel olursa motorla getireceğim Çamalan'la Özlücelileri... Feyzi'yi şimdiden kapattım!»

«Bunu iyi düşünmüşsün!»

«Kadın, erkek Yukarı Akpelitliler yemek yiyecek, dedim.»

İşin politikası bir yana, Nazife'ye ufak bir gösteri yapmak istemişti Selim Soylu. Tam halasının görücülüğü de bu araya rastlıyordu.

«Söyle!» dedi, Yılmaz Bilgin. «Bu Cengiz Topkaç konuşmak için Kaymakam'dan, belki de Vali'den izin aldıysa!..»

«Alabilir!» dedi, «Sen saat 14.00'de konuşacağına göre...»

«Cengiz saat 13.00'de mi konuşur diyorsun? Ya da hemen benim peşimden, halk birikmişken... Açıkcası Yukarı Akpelitliler çevre köyleriyle birlikte alana dolmuşken...»

«Bu daha doğru olabilir. Hazır dinleyici bulmuşken... Konuyu sahil yoluna bağlar, söyler de söyler...»

«Selimciğim, sakın bu adam Kastamonu'nun soğancısı hesabına konuşma yapmasın?... Biliyorsun parti ikiye bölündü... Soğancılar kazandı mı bu adam bil ki, Karayolları Genel Müdürüdür...»

«Yol açılmışken Ulaştırma Bakanı da yapabilirsin, ya da Bayındırlık Bakanı... Bu adam boşuna Kastamonu'dan ya da Ankara'dan kalkıp gelmemiştir buralara.. Bir parmak bal çalmışlardır ağzına!..»

Selim Soylu, arkadaşını camiden yana çekip götürüyordu. Yaşlıların namazdan sonra toplandıkları Asmalı Kahve'nin önünde durdular. Hacı Fettah içerde nargile içiyordu. Selim'le göz göze gelince marpucu elinde, kalktı ayağa. Ters ters bakıyordu Yılmaz Bilgin'e. Gene de sesini tatlılaştırarak:

«Buyrun!» diye yer gösterdi.

Ertesi gün konuşacak bir aday adayı için bulunmaz fırsattı bu. Oysa Selim Soylu, halası için izin isteyecekti ayak üstü. Arkadaşı, üstelemeden çöküvermişti bir iskemleye. Kahveci Habib, bu iki yeni müşteri karşısında ne yapacağını şaşırmış, az önce sildiği masayı bir kez daha siliyor, çaydan başka sunacak bir şeyi olmadığı halde, eski günlerin alışkanlığıyla, «Ne emredersiniz?» diye soruyordu:

«Canım!» dedi, Hacı Fettah, «Taze çay yapmışsın, beğendik... Bayatlamadan getir iki çay daha... Hadi, uzatma!»

Sabahtan beri altıncı çayını içecekti Yılmaz Bilgin.

«Evet...» dedi, «Taze çay içilir. Hele Habip Usta'nın semaverinde demlenmişse... Tanımadın değil mi Habip Efendi... Nerden tanıyacaksın. Ben Azmi Efendi'nin oğluyum. Senin Çamalan'da karakolun orda kahven vardı. Babam İnhisar'da kolcuydu o yıllarda... Ayınkacıları kovalamadığı günlerde senin kahvende otururdu hep... Emekliliği de senin kahvende gelmişti ya!..»

«Tanırım babanı!» dedi, «Tanımaz olur muyum!»

«Evin dışında ilk çayı senin elinden içtim ben! İki günlüğüne çıraklık da yapmıştım sana!.. O günlerde gramofon koymuştun kahvene!.. Hafız Burhan'ın gazelini dinleyebilmek için tam iki gün iki çay karşılığı çıraklık...»

Selim kısa kesip çıkmak istiyordu, kahveden. Ne hayır gelirdi bu ihtiyarlardan bu yaştan sonra. Kızıyordu, Yılmaz Bilgin'e. Seçim önceleri, bir oy, bir oydur,diye düşünürlerdi hep bunlar. İster kocakarıdan gelsin, ister burnunun ucunu göremeyen «altmışbeşlikler»den... Oysa politikaya genç yaştakiler sarılmalıydılar inanarak... Ne yazık ki kendisi de bu gençlerden değildi, biliyordu. Babasının çıkarı doğrultusunda bir «sahil yoludur» tutturmuştu. Hepsi bu kadardı politika anlayışının. Birden Nazife'yi anımsadı. Nazife'nin yol mühendislerinin karşısına çıkışını, yeni açılan Kayadibinde... Dozerlerin önüne dikilip köylüler adına konuştuğunu. Böyle bir kızın kocası olmak güzel bir şeydi. Tüm kızlardan farklılığı vardı onun... Öfkeden al al olmuştu yanakları. Saçları daha bir anlamlı sarılığa dönüşmüştü, bu öfkeli yanaklar üstünde...

Fettah Eniştesi, ustalıkla sözü Azmi Efendi'nin «İnhisar»cılığından kurtarıp bugüne getirmiş, soruyordu Yılmaz Bilgin'den:

«Yarın halkın karşısına hangi meseleyle çıkacaksın Yılmaz Bey?» diyordu, «Bak, seçim için vermiş istifasını Cengiz Bey, gelmiş buraya. Başladığım işi bitireceğim Ankara'da, diyecekmiş. Beni seçerseniz size pırıl pırıl bir «sahil şeridi» kazandıracağım. Sen hayır bu yol yapılmasın, diyerek seçimi kazanamazsın! Yukarı Akpelit'ten toparlayacağın yüz elli oy, seni İnebolu'ya bile götürmez, değil ki Kastamonu'ya...»

«Akpelitlilere, yol yapılmayacak diyen kim? Size pırıl pırıl bir kıyı şeridi armağan edeceğim, diyeceğim! Ama bu pırıl pırıl kolyeyi en biçimli gerdanlara en yakışır göğüslere oturtmasını bilmeliyiz. Fukaranın gerdanında kolyenin işi ne, diye soracağım onlara... Akpelitlilere önce yemek verelim, iş verelim diyeceğim!»

Bu kolyeyi düşünüyordu Selim Soylu, Nazife'nin gerdanına takılmış pırıl pırıl yirmi dört ayar altından, ortasında alev alev bir yakutun yandığı bir kolye... Nişan hediyesi olarak böyle bir kolye almalıydı ona. Hem de Kapalıçarşı'daki Artin Usta'dan Şu parmağındaki nal gibi şovalyeyi yaptırdığı o ünlü Ermeni'den.

«Enişte Bey!» diye sokuldu kulağına, sözün Selim'e geçtiği bir sırada. «Halamı bizim Çamalan'a götüreceğim bugün motorla, eğer izin verirsen?»

«Neden götürecekmişin, anlayamadım!» dedi Hacı Fettah, biraz da şakacıktan gür kaşlarını çatarak.

«Şey için... Babamdan bir izin alacağız da... Daha çok annemden...»

Bu kez açıktan açığa gülerek:

«Yoksa ailece halanı geri almaya mı karar verdiniz?» dedi. «Ne yapalım biz de başımızın çaresine bakarız!»

«Yani...» dedi, Selim Soylu, «İzin veriyorsun, öyle mi?»

«Niçinini sonra öğrenmek şartıyla...»

«Tamam Enişte, nedenini yarın akşam kendisinden öğrenirsin. Eee Yılmaz Beyciğim, sen istersen kal biraz daha... Eve kadar gidip halama hazırlanmasını söyleyeyim.»

Onun, tam ortamını bulduğunu anlayınca birden doğruldu:

«Haydi hoşça kalın, şimdilik... » dedi, «Halamı motora götüreyim. Yarım saate varmaz burdayım!»

YİRMİ BEŞİNCİ BÖLÜM

Sabahtan beri vızır vızır işliyordu, Hurşit Karaman'ın camlı odası. Kendisi konuşmadığı zaman telefonu konuşuyordu. Sanki bugün için bağlanmıştı bu iki delikli aygıt. Telefondan baş aldığı bir ara seslendi kapıdan tezgâhtakilere:

«Çağırın bana şu Muhtarı, gelsin! Heeey Zeynel!»

Sanki Muhtar Mecit Efendi boş mu duruyordu, birinci kattaki odasında. Paralel bağlanan bu aygıta, kendisi bıraktı mı, öbür yandan Mecit Efendi yapışıyordu.

«Yarın!.. Yarın bulunacaksınız burda! Buyrun, bekliyoruz. Evet, saati belli. Cuma namazından hemen sonra... Hurşit Ağa'yı mı, durun bağlayayım! Alooo!»

Şu telefonun alıcısının oturduğu çatala iki kez dokunup Muhtar Mecit Efendi'yi çağırmayı bir türlü akıl edemiyordu bu Hurşit Karaman. Mutlaka dükkândan birini göndermesi gerekiyordu çağırtmak için. İşte gene Zeynel dikiliyordu karşısında:

«Beni mi çağırıyor? Peki! Hemen geliyorum!» dedi. Muhtar Mecit Efendi.

Bir dakika, dur durak yoktu bugün! Biliyordu, şu Cengiz Topkaç'ın cami arkasındaki konuşması içindi bu çağrı da...

«Mecit Efendi!» diye başladı Hurşit Karaman, «Yarın çok önemli bir gün bizim için. Dörde kadar hiç kimse inmemeli Yukarı Köy'den... Hele o kızlar, kadınlar... O çığırtkan musibetler. Kim yetiştiriyor bunları! Şehirlerdeki bozguncu gençlerden hiç farkları yok! Hiç birini görmiyeyim dörtten önce buralarda. Bizim toplantımız resmen dörtte başlıyor. Partimizin gösterdiği aday, Cengiz Topkaç!.. Bizim, Yılmaz denilen o gençle hiçbir alakamız yok, anladın mı?»

«Ama o da bizim partiden değil mi?»

«Kimden yanasın Mecit Efendi, kardeşim! İkili oynamak yok! Hizipçilik yok! Parti dediğin başkanın emrinde yürür. Anladın değil mi, Haydi diyelim, yaşlılar, cuma namazına buyursun gelsin... Kızların cuma namazında ne işi var!..»

«Feyzi'yi tutmuş diyorlar Yılmaz'cılar. Çamalan'ın adamları kaç gündür buralarda dolanıp duruyorlar!»

«Hafız'ın oğlu da buradaymış, Hacı Fettah'ın evinde!»

«Evet, Çamalan'a gitti geldi motorla, halasını götürüp getirdi! Gelir gelmez de halası Saliha Kadın, atladı ata... Doğru Yukarı Köy'e!»

«Neee? Yukarı köye gitti haaa!.. Tamam desene! Tüm karı kısrak ne varsa tutup indirecek köyden. Uyuyoruz Mecit Efendi, uyuyoruz! Herifler kocakarıları bile ata bindirip dehliyorlar er meydanına! Bizim erlerimiz nerdeyse sarı yazma örtünüp gelin almaya gidecekler... Dur!.. Sakın, bu işin içinde bir gelin güveyi işi olmasın?»

Başladı Hurşit Karaman kara kara düşünmeye. Olur mu, olurdu. Kurt her zaman için dumanlı havalardan hoşlanırdı. Hacı Fettah Efendi'nin karısı Saliha Hanım ata binip Yukarı Akpelit köyüne çıksa... Kimin için, kimin kızını istemek için çıkardı?.. Sakın şu kendi elceğiziyle bulup çıkardığı Avcı Şaduman'ın kızını istemeye gitmiş olmasın! Olur mu olurdu!

«Mecit Efendi!» diye birden kalktı ayağa.

«Buyur Hurşit Ağa!»

«Hemen atla, benim baklakırı kısrağa! Hemen şimdi!.. Kız gidiyor. Neydi Avcı Şaduman'ın kızının adı?»

«Şaduman Dağlı'nın mı Ağam? Nazife Dağlı!»

«Hemen atla, benim kısrağa! Doğru Yukarı Köy'e!.. Seçim, meçim bi yana!.. Bu işin önüne dikileceksin! Gidiyor kapı gibi kız!.. Hem de kime gidiyor. Can düşmanım Hafız Esat'ın oğluna!»

«Nasıl olur Ağam... Böyle bi şey yok ortada!»

«İşte, sen bu kadar muhtarsın işte! Muhtarlık ne demek biliyor musun? Olay olup bitmeden bulup çıkarmak demek! Olup bitti mi ona Muhtar değil, Başefendi karışır. Yani karakol, senin anlayacağın! Haydi, hemen çık yola, daha duruyor!»

Mecit Efendi geriye dönüp kapıya doğru yürüdü. Birden durup döndü geriye:

«Ağam bi dakka!» dedi, «Hadi ata binip köye vardım, diyelim. Ne yapacağım köyde? Hava kararacak ben köye vardım mı...»

«Yahu! Anlatamadık derdimizi! Hafız Esat benim çöplüğümde eşelenip duruyor. Tavuklarımızı, piliçlerimizi ayartıp götürüyor. Ne yapıp yapıp durduracaksın bu işi... Onun dalaşacak horozu varsa, bizim de var! Onun parası varsa, üç, beş bizde de bulunur. Şaduman'ın kızına bin verip kapatıyorsa, sen iki bin verip bozacaksın pazarlığı! Maksat kalaycılık değil anlamıyorsun!.. Ona kalçasını ırgalattırmam buralarda, o hafız olacak adama... Onun ezberlediğini, ben unutalı yıl oluyor! İkimizi de aynı medreseden kovaladılar, sultan palamut devrinde! Haydi gözünü seveyim Mecit Efendi, sen anlamazsan derdimi, kimse anlamaz, bu Akpelit'te...»

«Yarınki toplantı için...»

«Ben hadımım diyorum, sen çoluktan çocuktan söz ediyorsun. Hafız Esat çöplüğümde eşelenirken ister Yılmaz Bey mebus olsun, ister Cengiz Bey! Umurumda değil! Hadi gözünü seveyim, yorma beni!»

Mecit Efendi, Hurşit Ağa'nın baklakırı kısrağıyla köyün alt başından girerken ortalık henüz kararıyordu. Kısrakta iş vardı kuşkusuz ama, kendisinin de dirilikte hiç yabana atılamayacağına aklı yatmıştı.

Gelini Gülizar, bahçeye girdiğini, oturma odasının penceresinden görünce şaşırıp kalmıştı doğrusu. Arkadaşlarına «Hele durun!» dedi. «Kaynatam bu akşam gelmeyecekti, bir iş var bunda!..»

Hemen seyirtmişti karşılamaya. Kuşkuyla bakıyordu, bahçeye açılan kapıdan:

«Hoş geldin baba!» dedi çekinerek.

«Hiç beklemiyordunuz değil mi?.. Anan nerde?» dedi kaynatası gülümseyerek.

«Ümmüye Teyze çağırmış da. Bir konuğu gelmiş Akpelit'ten. Hayır Çamalan'dan!»

«Bir konuk öyle mi? Ne olmuş bu konuk?.. Dönmüş gitmiş mi sonra?»

«Bilmem! Gitmiş olmalı!»

«Hımm!» dedi, «Demek doğruymuş!»

Doğru olan neydi? Biliyor muydu acaba, kaynatası? Bakışlarından bir anlam çıkarmaya çalışıyordu, Gülizar.

Atın dizginlerini gelinin eline tutuşturmuştu ama, ne yapacağını kendisi de bilmiyordu:

«Hele ben şöyle bir dolaşayım!» dedi, «Ne var, ne yok bi öğreneyim ilk önce!»

Tam bahçe kapısından çıkarken durdu. Nereye gidiyordu? Kimi görecekti? Haberin kaynağı, Gülizar'da değil miydi? Bütün gün Nazife bu evden çıkmazdı. Kızın aklından geçenleri bile bilirdi gelini. Yüzünü kızartıp Gülizar'ı söyletmesini bir başarsa...

Atı bir iki dolaştırıp, ahıra çekmeden önce terini kurutmalıydı. Kaynatasının duraladığını görünce geminden yapışıp durdurdu kısrağı, Gülizar:

«Evden bir şey mi alacaktın?» diye sordu, «Sen zahmet etme, getireyim ben!»

«Yok, kızım!» dedi, «Bir şey alacak değilim!»

Oturma odasının penceresinde biriken başları görünce:

«Kim bunlar!» dedi, «Kimler var evde?»

«Kızlar...» dedi Gülizar, «Bizim köyün kızları... Şemsi Usta'nın karısı dolaşmış köyü. Yarın demiş bütün kızlar, kadınlar Aşağı Köy'e inecek, demiş.»

Bilmezlikten gelip sordu:«Ne varmış Aşağı Köy'de?»

«Hani bir mühendis vardı ya... Bizim Yukarı Köy'den yol geçirecek olan mühendis? Konuşacakmış, caminin arkasındaki düzlükte!»

«Varsın konuşsun! Bundan size ne!»

«Bizim kızlar, bize ne demiyorlar, gider dinleriz diyorlar!»

Gülüyordu Gülizar. Kendisinin de gitmek istediği anlaşılıyordu.

«Kim var gitmek isteyenlerin en başında?»

«Kim olacak Şaduman Amca'nın kızı Nazife!.. Arif Amca'nın Çiçek, Gaffar'ın Emine, Günal, Zekiye, Günseli, Gülsüm... Tüm kızlar, kadınlar...»

«Bunlardan kimler var yukarda oturma odasında?»

Hangisini söylesindi Gülizar?

«Yani...» dedi, Mecit Efendi, «Nazife de var mı?»

«Var, o da var! Çiçek'le birlikte geldiler. Aşağı Köy'den, Fettah Efendi'nin karısının neden geldiğini anlayınca, Nazife onlara geçmiş... Çiçek'i almış yanına... Çıkıp geldiler...»

Bir şeyler sezinler gibi olmuştu Mecit Efendi:

«Kız Gülizar!» dedi, «Açık söyle!.. Bu kadın, bu konuk dediğin kadın, görücü mü gelmiş?»

«Öyle diyor Nazife!»

«Pekiiiy... Bir eve görücü gelince evin kızı kaçar mı evden? Bu görücü kadın kızı Emriye için gelmesin sakın?»

Gülizar sırayı, saygıyı bırakmış gülüyordu:

«Parmak kadar çocuk bu Emriye... Daha on üç, on dört yaşında... Bu yıl bitirdi okulu daha...»

Öğrendikleri, Hurşit Karaman'ın adına iç açıcı haberlerdi. Keyfi biraz yerine gelir gibi olmuştu. Bu kez de Mecit Efendi gülüyordu:

«Sizin eve görücüler geldiğinde sen Emriye'den çok mu büyüktün sanki? Hadi söyletme beni. Bu köyün kızları nasıl büyür, ne zaman büyür, yirmi yıllık muhtarım aklımı bir türlü erdiremedim. Yani sen demek istiyorsun ki, Nazife, Hafız Esat'ın şımarık oğlunu beğenmiyor, öyle mi?»

Eğer iş gerçekten böyleyse hemen atlayıp baklakırı kısrağa, soluğu Hurşit Ağa'nın evinde almalıydı. Ağırdan almaya gelmezdi böyle nazik zamanlarda...

Birden kaşlarını çatıp, Muhtarlık çehresini takındı:

«Bak kızım, Gülizar!» dedi, «Bilirim sen bu Şaduman Dağlı'nın kızı Nazife Dağlı'yla içli dışlısındır. Köyün dirliği düzenliği için soruyorum sana, bu kız Selim Soylu'yu istemediğine göre gönül verdiği biri mi var buralarda?»

Sorunun ağırlığı altında bunalmışa benziyordu Gülizar. Atın huysuzluğundan yakınır gibi öfke ile çekti dizginini, Oysa kısrak gözlerine konan sineklerden kurtulmak için sallıyordu başını durmadan.

«Ver şu beygiri bana!» dedi Mecit Efendi. Aldı dizginleri eline:

«Söyle!» dedi, «Bu Nazife kız boğulan o Sinoplu makinisti de istemiyordu değil mi? Kimi istiyor kimi seviyor bu kız? Babasının bir delikanlıyı beğenmesi yetmiyor mu?

«Nişan geriye verilmiş diye duyduktu biz.» dedi Gülizar, «o kadar...»

«Bırak sen nişanı... Kız istemiyordu değil mi? Bu Nazife kızın aklında biri var, bana kalırsa?..»

Bir süre bekledi. Gülizar hep önüne bakıyordu. Biliyordu hepsini, bilmez olur muydu! Demek, söylemeyecekti bilse de... İki arkadaş arasında bir gizdi bu. Varsın söylemesindi. Bir gerçek vardı, ortada. Selim Soylu'yu istemiyordu Nazife. Bu bilgi de ona yeterdi.

Bahçe kapısı açılıp kapanmıştı. İkisi birden başlarını çevirip baktılar, Harun'du. Çapar Yusuf'un motoru batalı beri ikinci kez görüyordu onu, Muhtar. Harun'un selam vermesini beklemeden:

«İyisin, değil mi Harun!» diye uzattı elini, «Maşallah çok iyisin. Çabuk toparladın kendini!»

«İyiyim Mecit Amca!» dedi, «Şükür, iyiyim amma, iyilik yetmiyor ki... Yusuf Amca, Kapısuyu kumunda yeni bir motor yaptırıyor. Bu sefer diyor, kamaralı, ambarlı olsun, iki yüz tonluk!»

«Yani bekle motorun suya atılmasını demeye getiriyor, öyle mi? Eğer denizden gözün yılmadıysa, Hurşit Ağa'nın motoruna yarın sokarım seni. Beklemezsin boşuna Çapar Yusuf'u...»

«Denizden hangi gemicinin gözü yılmış ki, benim yılsın! Bu yıldız karayel beni o gece boğamadığına göre bi daha hiç boğamaz!..»

«Aslan gibi Sinoplu Hayri'yi aldı götürdü dalgalar... Ne adamdı, değil mi?»

«Bırak Mecit Amca, benim yüreksizliğimden oldu hep... İlk kazamdı bu. Korktum açıkcası... Ona güveniyordum. Güvenmesem seslenmezdim ona!..»

«Şu işe bak sen! Dört dönümlük mısır tarlası da gitti sulara!..»

«İster istemez döneceğim denize... Şu sıra Deliçay alıp götürmeseydi, hıncımı, tarladan, topraktan alırdım!»

Mecit Efendi, gelininin dikilip durduğunu görünce.

«Hadi kızım, Gülizar!» dedi, «Arkadaşlarını bekletme yukarda!»

Mecit Efendi, Harun'un eline yapışmış asma çardağının altına çekiyordu.

«Önce, şu kısrağı ahıra bağlayalım... Sonra biraz konuşuruz.»

Ona yanıt verecek yerde arkasını dönüp, giden Gülizar'a seslendi, Harun:

«Gülizar Kardeş!» dedi, «Sen Nazife'ye söyle de gelsin, İnebolu'dan dönmeyecek babam. Ziraat Bankası, tarlası su baskınını görenlere on bin lira veriyor diye gittiydi,»

«Yani evlin erkeği sensin öyle mi?» dedi, Muhtar, sırtını okşayarak.

«Bizim gibi erkek eksik olsun. Dama bir çift öküz çekemedik askerden döndük döneli. Babam borçlandı da aldı.

«Yaşın ne başın ne daha. Düzelir ilerde!»

Çiçek'le Nazife çıkmışlardı kapıdan. Onları görünce çıkıştı kardeşine:

«Demek aramaya çıkmasam döneceğin yok eve! Anam hiç merak eder demezsin, değil mi?»

Nazife gülümsemeye çalışarak:

«Muhtarın evinde olan kızı kim merak eder! Öyle değil mi Mecit Amca?» dedi.

«Doğru söylüyor!» «Aferin kız Nazife! Verdin ağzının payını! Boşuna akıllı kız demiyorlar sana, köy içinde!»

«Bizim çekişmemiz bitmez!»

Çiçek'e dönerek, «Sen nasılsın bakalım?» dedi Muhtar.

«Nasıl olalım!» dedi, Çiçek, «Yarın bizi yemeye çağırıyormuş Yılmaz Bey, kendisini alkışlayalım diye...Köyce gidiyoruz, Muhtar'ımız izin verirse eğer.»

«İzin vermesem de gidersiniz!» dedi Mecit Efendi. «Siz Çamalan bucağının belâlı kızlarısınız. Sizden Kastamonu Valisi bile yaka silkiyor!»

«Merak etmesin!» dedi Nazife, «Onun adayı Cengiz Topkaç'ı da dinleyeceğiz yarın!»

Çiçek getirdi gerisini:

«Ben daha çok onun için gidiyorum! Artık köprü başında ne tarla kaldı, ne bostan, diyeceğim... Daha ne istiyorsun bizden diye bağıracağım!»

«Yukarda hep bunları mı konuştunuz?» dedi Mecit Efendi, «Hem de bir Muhtar'ın evinde! Ben sizin yerinizde olsam Şaduman Dağlı'nın evine inen görücü kadınları konuşurdum!»

«Ne biliyorsun Mecit Amca konuşmadığımızı?» dedi, Çiçek, «Saliha Kadın, görücü bekleyen bir hanım kız aradı ama bulamadı. Sağ olsun Zeliha Yenge, Gülizar'la köşk önündeki tarlaya fasulye toplamaya gitmiş bu Nazife kız, dedi de, ortalık sütliman oldu!»

«Ya ana, kızına sormadan, babasının ne düşündüğünü öğrenmeden, kısmetse olur dediyse?..»

«Bizim evde neler olup bitiyor da benim haberim yok!» dedi Harun, «Bütün bunlar hep bu akşam mı oldu?»

Bu görücü işinin, Hurşit Ağa hesabına çok olumlu geçtiğini

düşünen, Mecit Efendi:

«Demek verilmiş bir söz yok, ortada, öyle mi?»

«Eğer gelin olacak bensem, umut bile yok!» dedi Şaduman'ın kızı.

«Yılmaz'la Selim'in düzenlediği öğle yemeği ne olacak?»

Bu soruyu biraz da ağzından kaçırmıştı Muhtar. Bunun kaçamak bir yanıtı olamazdı. Çünkü Şemsi Usta, tüm erkeklerden, karısı da köyün kızlarından, kadınlarından teker teker söz almıştı.

Çiçek evden boşanan kızlara duyurmaya çalışarak:

«Gidiyoruz!» dedi, «Cuma namazından sonra cami arkasındaki meydanda biz de bulunacağız, Yılmaz Bey'i dinlemek için... Yolun Yukarı Köy'den geçmeyeceğini açık açık söyleyecekmiş. Biz de alkışlayacağız onu!»

«Ya Feyzi'de yemek?..» diye bir kez daha üstelemek istedi.

«Canım Mecit Amcacığım!» dedi, Harun Dağlı, karnı acıkan girer karnını doyurur. Biz Cideliyiz. Bayram yemeklerine alışığız! Bir gün de onları çağırırız köyümüze!»

«Tamam!» dedi, «Böyle olmalı işte!»

Artık köyde yapacağı bir şey kalmamıştı Muhtar'ın:

«Yarın bekliyorum sizi aşağıda!» dedi, «Bir Muhtar olarak benim de bulunmam gerekir. Akşamdan telefonla Çamalan karakoluyla konuşayım. Başefendi'den jandarma isteyeyim. Ne olur, ne olmaz! Haydi hoşça kalın!»

Tuttuğu dizginleri çekti. Harun, atın özengesine yapışıp Muhtarın binmesini kolaylaştırdı:

«Eee!..» dedi Mecit Efendi, atın üstünden, «Şimdilik hoşça kalın! Toplu olarak çıkın yola! Taşkınlık yapmayın meydanda. Haydi eyvallah!»

Hep birden:

«Güle güle!» dediler, «Yolun açık olsun!»

Harun koşarak bahçe kapısını açtı:

«Var sağlıcakla!»

YİRMİ ALTINCI BÖLÜM

Gülizar cuma sabahı ortalık ağarmadan uyanmıştı. Elini yüzünü yıkadıktan sonra dama inip Çakır ineği sağmaktı ilk işi ama, bugün içinden gelmiyordu ev işi görmek. Arkadaşlarına söz vermişti, onlar gibi giyinecekti. Hep bir örnek... En azdan yirmi genç kız vardı bu Yukarı Akpelit'te. Bunların çoğu nişanlılık bir yana sözlü bile değildi. Kendisi evliydi de bir ayrıcalığı mı vardı onlardan? Almanya'ya hemen evliliğinin ilk yılında çekip giden kocası, yokluğunda oyalansın diye bir «uşak» bile bırakmamıştı geride. Oysa Muhtar Mecit Efendi'nin bu evi, varlıklı sayılırdı, köy yerinde. Damda öküzünden ineğine kadar bağlıydı. Sonra dönüm dönüm verimli topraklar, aşağıda, Köşkönü'nde... Ne su taşkını görüyordu, ne istimlake gidiyordu bu tarlalar.

Yıkanıp kurulanırken ayakları onu konsolun üstündeki aynanın karşısına götürmüştü. Aynanın önünde dikilmesine geçerli bir neden bulmak için tarağı almıştı eline. Bu gür, koyu kestane saçlara ancak bu geniş yüzlü tarakla bir düzen verebilirdi. Bir süre, onları göz göze gelmeden taradı durdu aynanın içinde. Sonra yüreklilikle baktı koyu yeşil gözlerinin içine. Kendini inceleyen bu gözler, yalnız göz rengi, göz biçimi olarak değil, anlam olarak da ilgisini çekiyordu. Derinliklerine baktıkça, kendisini bile düşündürüyordu. Akif de hep böyle karşısına çıktı mı, dalıp kalıyordu yüzüne. Baktıkça kızarıp bozardığını anlıyor, bu durumundan tüm genç kızlar gibi hoşlanıyordu. Saçlarından, yanaklarından, sonra gözlerini kaydırıyor, uzun uzun boyuna bosuna, omuzlarına, göğüslerine bakıyordu. Şu biçimli alnını dolgun dudaklarını hele birden daralıp çukurlaşan çenesini beğenmiyor muydu? Biliyordu onun bu köyde kendisinden başkasını beğenmediğini, Kendisine yakıştırılan Nazife'yi bile... Şaduman'ın kızı kendisinden gençti, güzeldi kuşkusuz. Hemen herkes birleşiyordu onun güzelliğinde. Görünüşte bir üstünlüğü yoktu kendisinden ama, bir kentli kadar görgülü bilgili, üstü başı da düzgündü. Nazife'deki bu rahatlık konuşkanlık kendisinde yoktu. Ne de olsa evli bir kadındı, onun kadar rahat olamazdı. «Şaduman Amca, onun bu itişkenliğinden çok hoşlanıyor!» diye düşündü. Kendisini, Nazife gibi yetitirmemişlerdi. Ama gene de Hurşit Ağa'nın oğlu, Nazife'yi değil, kendisini seviyordu işte!

Gözlerini, o haylaz Akif gibi boynuna, daha aşağılara, beline doğru kaydırdı. Daha dolgun, daha kadınsı buldu buralarını, daha biçimli...

Yüzüne bugün biraz allık sürse miydi? Önce kaynanası Zeliha Kadın ne derdi buna? Mecit Efendi'nin gözüne çarpar mıydı bu süsleniş? Bugün tüm köy kızları, süslenecekler, üstelik de hep bir örnek giyineceklerdi. Başı bozukluk yoktu öyle. Tüm kızlar, sarı yazmalı, önlüklü, kırmızı paçalıklı olacaklardı. İçlerine giyecekleri entariyi istedikleri renkte seçebilirlerdi. Yalnız kırmızılı, lacivertli önlük bellerinde olacaktı. Önlükler hep birdi ama, bağlayışlar değişecekti kuşkusuz. Kimi kısa saracaktı, kimi uzun... Kimi yandan bağlayacaktı, kimi geriden...

Bu sarı yazma geleneğine Yukarı Köylüler daha çok bağlıydılar. Aşağı Köy'dekilerin çoğu, yerli değildi, hemen yarısı Karadeniz'in doğu kesiminden gelmişlerdi. Bu yüzden İnebolulular gibi yeşilli ya da kırmızılı, çizgili örtüler kullanırlardı, masa örtüsü gibi... Dört yanı da püsküllüydü. Kimisinin de işlemeli beyaz örtüleri bulunurdu başlarında.

Cami arkasındaki toplantıda, aşağıdakilerden, daha çok Çamalan'dan gelenlerden bir farklılık olsun diye hep bir örnek giyinmeyi daha uygun bulmuşlardı işte.

«Kız Gülizar, sesin soluğun çıkmıyor, kız uyudun kaldın mı

yoksa?»

Kaynanası haksız da sayılmazdı. Dalıp kalmıştı işte aynadaki görüntüsüne!

«Yok ana!» dedi, «Elimi yüzümü yıkadım, aha iniyom şimdi dama!»

Bugün aşağı, inileceğini biliyordu Zeliha Kadın. Kendisi de inmeyi düşünüyordu ya... Ayakları da gitmiyordu. Kendi yaşındakilerden de, çok inecekler vardı. En başta Yıbıl Arif'in karısı... Şaduman'ın Ümmüye,Demirci Hüseyin'in dulu Safiye... Zekiye'nin, Emine'nin Günseli'nin anaları...

Elinde bakraç dama inerken gördü merdiven başında gelinini:

«Kız Gülizar!» dedi, «Bugün sende bi hal var, hiç yüzün gülmüyo! Söz verdim deyi gideceksen, ben üzerime alayım suçu, kocası Alamanya'da olan kadının ne işi var erkek içinde haaa, ne dersin!»

«Uygun düşmez ana! Onlar benim kurs arkadaşlarım! Hep bi köylüyüz!»

Çok laf dinlememek için hızlı hızlı indi merdivenleri. Damın kapısı aralıktı. Geç vakit çıkmıştı dün akşam burdan. Çıkarken de sıkıca kapaması gerekirdi kapıyı. Demek sabahtan kaynanası inmiş, temizliğine bakmıştı buraların. Son günlerde ne oluyordu bu kadına?.. İyi ama bu hayvanlardaki huysuzluk da ne oluyordu? Hele şu Çakır ineğin tedirginliği?.. Yularından kurtulmak ister gibi dönenip duruyordu.

«Ne oluyorsun!» diye sırtından okşarcasına geçirdi elini. Arkasında bir ayak sesi duyar gibi oldu ama, pek aldırmadı. Kedisi köpeği eksik olmazdı köyün.

«Abla!» diye bir ses duyunca dönüp baktı birden. Damın alacakaranlığında görememişti kim olduğunu... Çocuksu bir erkek sesiydi duyduğu. Ufak yapılı bir erkek belirdi alacakaranlığın içinde:

«Gülizar Abla!» dedi, «Ben Zeynel! Gebeş Ali'nin ölen karısından... Bilirsin anamı, gelin olduğun köyden?»

«Ulan Zeynel!» dedi, «Ne arıyorsun bu damda sen!»

«Korkulacak hiçbir şey yok! Benden kimseye bi kötülük gelmez...»

«Ne işin var burda diyorum sana!»

«Kendiliğimden gelmedim ben!..»

«Seni biri gönderdiyse, kimin gönderdiğini biliyom ben, anladın mı! Geldiğin yere sessiz soluksuz gidecek misin, yoksa bütün köyü ayağa kaldırayım mı?»

«Eline ne geçer bundan abla? Seni ayıplar sonra tüm Akpelitliler... Ne Akif Bey'e bi söz gelir bundan, ne Hurşit Ağa'ya...»

«Doğru söyle! Seni buraya Hurşit Ağa mı gönderdi, oğlu mu?»

«Bi kuşkun mu var, oğlunun gönderdiğinden, Gülizar Abla?.. Anlamıyorsun, Akif Bey Ağabeyim seviyor seni!»

«Sevebilir sevmesine amma, benim evli olduğumu bilmiyor mu o ağabeyin? Dolaşıp durmasın peşimde benim? Geçen gün, seçim meçim diye dolandı durdu köy içinde. O köye ayak bastı mı herkesin gözü üzerimde! Sergi günü de dolandı durdu peşimde, Aşağı Köy'de! Kocamın kulağına giderse çok kötü olur, sonra! Düşünmüyor mu bunları!»

Hem konuşuyor, hem de elindeki bakraçı, ineğin arka ayaklarının arasına koymuş, süt sağıyordu, el alışkanlığıyla.

«Şimdi ben bu ineği sağar çıkarım burdan, sen de geldiğin gibi gidersin!»

«Gitmesine giderim de...» dedi Zeynel sesini alçaltarak, «Buraya neden gönderdi beni Akif Bey, anlatamadım daha sana.»

Bakraç, kaynanasının gözünü doyuracak kadar dolmuştu, rahatlamıştı, biraz.

«Söyle bakalım!» dedi, kendinin de aklının almadığı bir rahatlıkla:

«Bugün Hurşit Ağa oğlu için Nazife'yi isteyecekmiş, hem anasından, hem babasından! Akif Ağabeyim, diyor ki...»

Durdu bir süre Zeynel. Gülizar'ın sözlerine kulak verip vermediğini anlamak istiyordu. Gülizar işini bitirmiş ayağa kalkmıştı.

«Söyle!» dedi, «Aha gidiyom ben!»

«Akif Ağabeyim, eğer sen istersen önüne geçermiş bunun. Eğer bana karşı en ufak bir sevgisi varsa diyor, er geç evlenirim kendisiyle diyor. İnanmazsa denesin beni! Alsın şu gönderdiğim şeyi de...»

«Neymiş o!» diye sordu kadınsı bir ilgiyle.

«Kolye diyor adına, bunun! Alsın diyor, saklasın! Kocasından ayrılıncaya kadar, beklerim onu ben! Kocası Alamanya'larda Alaman kızlarıyla yaşarken onun gibi güzel bi kızın böyle...»

«Peki... Peki... Uzatma!.. Kocamdan ayrılıncaya kadar dolaşmasın peşimde, öyleyse... Hadi, selam söyle kendisine!»

«Sağ ol Abla! Almadın ya gönderdiğini!»

«Teşekkür ettiğimi söyle, yeter! Saklasın, benim için! Alırım ondan sonra!»

YİRMİ YEDİNCİ BÖLÜM

Yukarı Köy'den otuz, otuz beş sarı yazmalının Akpelit pazarında görünmesi ister istemez düşündürmüştü Cengiz Tokaç yanlılarını. Evet bugün cumaydı. Akpelit'in pazarıydı, hemen her pazar köylerden sarı yazmalılar arkalarında küfeleriyle çarşıya inerlerdi ama, bu seferki çok başkaydı. Bir düğün coşkusu seziliyordu, hemen her yüzde. Kırmızı paçalıkların alı, sarı yazmaların sarısı daha bir çekiciydi. Allı, morlu önlükler daha bir uçarıca bağlanmıştı. Yalnız Yukarı Köy'ün genç kızları değil, yaşlıları da kişiliklerini sandıktan, sepetten çıkarmışlar kızlarıyla boy ölçüşmeye kalkışmışlardı.

Hemen hepsi de beyaz çorap, koyu renk ayakkaplarıyla, kırmızı paçalıkların, önlüklerin altında dipdiri bir uyum yaratmışlardı.

Arkalarındaki küfelerle sanki pazara geliyorlarmış gibi geçmişlerdi çarşıdan... Pazar yerindeki işlerini kısa sürede bitirdikten sonra, küfelerini uygun bir yere bırakmışlar, gelin almaya gelir gibi Feyzi'nin dükkânının önünde birikmişlerdi.

Yılmaz Bilgin'in adamları kapıyı tutmuşlardı erkenden. Bir bakıma onun adamları da sayılmazdı, Hafız Esat Soylu'nun, Selim Soylu'nun adamlarıydı bunlar... Cafer Kaptan'lar, Antepli Rasim'ler, Urfalı Şakir'ler...Belediyeci Zühtü'ler, Haylazların Bedri'ler. Çamalan'ın ünlü kişisi Balıkçı Rüstem'ler, Bodur Ali'ler... Başçavuş Murat Özdemir'in kuşkularını üzerlerine çekmemek için kendilerini göstermeden Feyzi'ye girenleri, dükkânın önünde dikilenleri gözden geçiriyorlardı, soğukkanlılıkla... İşkillendiler mi, yavaşça sokulup yanlarına tatlı sözlerle uzaklaştırıyorlardı. Öyle ya,

Yukarı Köy'den de olsalar, Çamalan'dan da gelseler, bu kızlar, bu kadınlar, tüm bu konuklar onların hemşerisi, kardeşi olduğu kadar, kendi düşünceleri doğrultusunda kişilerdi.

Yemekten sonra nasıl olsa cami arkasında kendi adamlarını, kendi sözcülerini dinleyecek değil miydiler? Yemek güle oynaya geçmiş sayılırdı, bir iki ayakta kalmalar dışında her şey yolunda gitmişti. En adı geçen kişi, Haşim'di, Feyzi'nin on iki yaşındaki çırağı... Feyzi'ye gücü yetmeyenler Haşim'e sesleniyorlardı:

«Haşim, kaşık getir!»

«Haşim su getir!»

«Haşim ekmeğiniz yok mu sizin!»

«Haşim biraz daha pilav!»

«Haşim, balık çıkmadı mı bugün!»

«Haşim, söyle Feyzi Usta'ya, köfte yollasın!»

Cuma namazından çıkana kadar bu gürültüler eksik olmadı. Yemek sonuna doğru Cafer Kaptan kapıda göründü:

«Sayın konuklar!» dedi, «Caminin arkasındaki ıhlamurların altı, Yılmaz Bilgin Bey'in konuklarına ayrılmıştır, güneşin altında kalmayasınız, diye... Değerli Belediye Başkanımız adına size afiyet olsun, derim!»

«Sağ olsun! Biz de sizleri bu bayram bizim Yukarı Köy'e bekleriz!» dedi Ümmüye Dağlı, Şemsi Usta'nın karısının dürtmesi üzerine.

Önce sarı yazmalı genç kızlar çıktılar lokantadan... Arkalarından yaşlılar, anneler, teyzeler, halalar...

Ümmüye Kadın, kızının yanından ayrılmıyordu. Bu davranışı onu koruma isteğinden çok, güzel bir kızın anası olmanın tadını çıkarmak için olsa gerekti.

Gülizar, yalnız Nazife'den değil, onun bakışlarından da kaçıyordu sanki. Üzüntülü müydü yoksa bir sevinci gizlediği için mi, belli değildi. Çok düşünceli görünüyordu ilk bakışta. Ötelede birilerini arıyor gibiydi. Kalabalığın arasında kendini güvensizlik içinde gören, tedirgin bir hali vardı. Muhtar gelini olmanın sorumluluğu içinde arkadaşlarına sokuluyor, ölçülü konuşmalara girmekten de uzak kalmıyordu. Sarı yazmalı giyinişini, kendine en çok yakıştıranların başındaydı kuşkusuz. Hele önlüğünü genç kızlar gibi yandan bağlayışındaki incelik bir bakışta gözleri çekiyordu üzerine...

Tüm sarı yazmalılar cıvıl cıvıldı bugün. Birbirlerinden ayrılmadan çarşı içinden geçip cami arkasındaki ıhlamurların altındaki yerlerini almaya yönelirken, onları uzaktan koruyan Yılmaz Bilgin'le Selim Soylu'nun adamlarından bir bölümü de alanda yerlerini almışlardı.

Artık Selim de arkadaşı Yılmaz'la ufaktan bir şeyler yapabilirdi, Feyzi'nin orada. Böyle günlerde gerekliydi de bir bakıma. Yeni konuklar, masaların silinip temizlenmesini beklemeden yerlerine geçmişlerdi. İçki yoktu anlaşmaya göre ama, kadınlar çıktıktan sonra bir sakınca da kalmamış oluyordu. İşlerin yolunda gittiğini gören Feyzi, kendi eliyle doldurup getirmişti Cafer Kaptan'ın bardağını. Kaptan içince de Urfalı Şakir'le Antepli Rasim'in de içmesinde hiçbir sakıncanın kalmaması gerekirdi. Bardaklara su katılmadan içilirse geriye kalanlara neden yasak olsundu! Hele içkilerin parası, içenlerce el altından ödendikten sonra... Çamalanlılar her bakımdan olgun kişilerdi. Akpelitli konuklar da öyle... Harun Dağlı, Selamet olayından beri ilk kez ağzına içki koyuyordu. Karmakarışık duyguların altındaydı bugün. Son kez Bartın'da içmişlerdi Makinist Hayri'yle. Kendisi için çok önemli bir kişiydi kurt denizci. Eski bir gemici olduğu halde karışıp gitmişti sulara. Çiçeği burnunda bir gemici de olsa yaşıyordu işte! Bu acımasız Karadeniz, beğendiğini seçip alıyordu sanki. Böyle ne kaptanları, ne yürekli gemicileri çekip almıştı koynuna. Evet, yaşıyordu, işsiz de kalsa... Yaşamak bir başarıydı bu kıyılarda. Hele ekmeğini bu tuzlu sudan çıkaranlar için.... İşsiz oluşu Çiçek'i kendisinden uzaklaştırmış mıydı? Yoksa ona yaklaşacak gücü kendisinde bulamıyor muydu? Nazife'ye eskisi kadar uğramamasının bir nedeni yok muydu Çiçek'in? Bu denli umutsuzluğa düşmek yersizdi. Cide hastanesinden dönüp geldikten sonra hemen her gün kendisini görmeye gelen o değil miydi, açıktan açığa?

«Düşünme Oğul!» dedi karşıdan, Balıkçı Rüstem, «Haydi iyi günlere!»

Nasıl adamdı bu Rüstem Ağabi, insanın içini okur gibi laf ederdi böyle!

«Haydi iyi günlere, Rüstem Ağabi! Haklısın, gün ola, harman ola!..»

Selim, arkadaşı Yılmaz Bilgin'i sanki bu kendilerine bağlı topluluktan çekip uzaklaştırırmış gibi lokantanın bir köşesine oturtmuştu. Tüm gözlerin üzerlerinde olduğunu seziyor, bu durum da, Selim Soylu'yu ayrıca tedirgin ediyordu. Keyfi yerinde değildi nedense. Yılmaz da bunu düşünüyordu. Her şey umduğundan daha parlak giderken arkadaşının bu tatsızlığı nedendi?

«Haydi Selimciğim!» diye uyardı onu, «İçelim! Bir gün halan iyi haberler de getirir!»

«İyi haberi başkalarının getirmesini beklemekte yanıldık sanırım. İyi haberleri de bizim getirmemiz gerekiyormuş demek!»

«Her işte böyle değil mi? Daha çok politikada!»

«Politikaya hiçbir zaman aklım ermeyecek benim. İnsanın, aklının erdiği işi bile başkalarına bırakması çok gülünç değil mi?»

«Eğer durum böyleyse gülünç!»

«Tıpa tıp böyle! Sen öne atılacaksın! Adamın varsa sana yardımcı olacak!»

«Evet! Tıpkı politikada olduğu gibi!»

«Dedim ya bu işe aklım ermez!»

«Aklın ermese de yardımcı oluyorsun ya, yeter!»

«Doğru! Bir, önden gidenler var, her işte... Bir de ona yardımcı olanlar... Haydi başarıların için içelim!»

«Biraz da dilimin bağının çözülmesi için içiyorum. Bir yerde gerekli oluyor bu!»

«Ben de bu yüzden sabahtan başladım ya! Haydi dostum! Şu başladığın işte başarıların için!»

«Sağ ol!» dedi, Yılmaz Bilgin, «Senin de mutluluğuna!»

«Anladım, bu mutluluk gönül rızasıyla olmayacak!» dedi Selim, «Bu işi de karşımızdakiler Kaçakçılık işine dönüştürdüler!»

«Yani Hafız'ın karşısına bu işte de Hurşit Ağa mı çıktı demek istiyorsun!»

«Evet, öyle görünüyor. Kaçakçılıkta geçerli olan tek kural, malı hasmına yedirmemek. Onu saf dışı bırakıp mala sahip çıkmak!»

Feyzi Usta, kuyu kebabını kendi eliyle ayırıp koymuştu önlerine, en yağsız yerinden. Etin kokusu dükkânın içine yayılan rakı kokusunu bir anda bastırıp dağıtmıştı. Korda pişmiş etin o ilkel kokusu ortalığa yayılıvermişti birden.

«Her şey umduğumdan da güzel gidiyor!» dedi, Yılmaz Bilgin, «Karşımızdakiler şimdiden sinmiş durumda!»

Selim, kendi sorunları içinde bunalmıştı. Onun ne amaçla söylediğini bile düşünmeden içinden geçenleri dökmüştü yeniden ortaya:

«Yeni girişimlere geçtiler!» dedi, «Kimse sinmiş değil! Sıkı durmamız gerekiyor Yılmazcığım!»

Gözü Rasim'le Şakir'e kaymıştı. Etlerini yiyip bitirmişlerdi, bu iki güvendiği kişi. Ondan, çıkmak için izin istiyorlardı:

«Tamam!» dedi, «Siz çıkın, biz de geliyoruz!»

Saat ikiydi, tam konuşma saati... Cami arkasındaki uğultu çevreye yayılmıştı bile. Esnafın bu toplantıyı küçümsememesi için, dükkânlarını bırakıp çıkmaları gerekiyorsa da karılarıyla çocukları çoktan yerlerini almışlardı. En azdan bakışlarıyla Yukarı Köy'den gelenleri horlamak için de olabilirdi bu tutumları. Sarı yazmalarına bürünüp aşağı mahalleye gösteriş yapmaya mı gelmişlerdi, kırmızı paçalıklarına bulaşmış kemrelere bakmadan, bu köylüler!..

Bilmiyorlardı ki, evlerinden izinsiz çıkıp akın akın gelen aşağı mahalleliler, önce Yılmaz Bilgin'i sevindiriyorlardı. Alanı tıklım tıklım doldurdukları için...

Tam Feyzi'den ayrılacakları sırada karşılarına çıkan Çamalan Belediyesi'nin ünlü adamı Zühtü:

«Yılmaz Bey!» dedi, «Soylu motorundan Özlüceliler çıktı, giriyorlar meydana. Beş dakika daha oyalanırsanız yerlerini alırlar!»

Özlücelilerden nerdeyse umudunu kesen Selim'in bile yüzünü güldürmüştü bu haber.

Nasıl yürürlüğe girmişti bu iş? Sanki onun kafasından geçenleri yanıtlamak için getirdi gerisini:

«Motorun kaptanı da Hafız Amca!»

Başka türlü de içinden çıkamazdı bu zor konunun Yılmaz Bilgin:

«Şimdi tuttu bu iş!» dedi, «Sağ olsun Hafız Amca! Çok yaşasın!»

Defne dallarıyla donatılmış konuşma yerine omuzlarda çıkarmışlardı genç Belediye Başkanı'nı, gençler:

«Seni gene böyle omuzlarda götüreceğiz Ankara'ya da!» diyorlardı.

Uzun süren alkışın nedeni birden anlaşılamamıştı. Ihlamurların altında hemşerilerini el kaldırıp selamlayan Hafız Esat'a mıydı, yoksa defne dalları arasından iki elini birden kaldıran Yılmaz Bilgin'e miydi, pek belli olmadı. Herhalde ikisine birdendi bu alkışlar.

Bu alkışların coşkusu arasında Mecit Efendi'yle Şaduman Dağlı'nın düpedüz karşı karşıya gelip konuştukları da meraklıların gözünden kaçmıyordu. Bir ara Şaduman'ı elinden tutup çektiğini bile görenler olmuştu, Muhtar'ın.

Ümmüye Kadın kocasını karşıdan görünce ne Yılmaz'ın konuşması kalmıştı, ne de Mühendis'in gelecek günler için verdiği umutlar...

«Kız Nazife» dedi bir ara sokuldu da, «Baban İnebolu'dan dönmüş, kız aha karşıda!»

«İyi!» dedi, «Hep birlik döneriz biz de köye!»

Buna gerek yoktu ya, söyledi işte. Bu kalabalıkta köye dönmek de bir sorun muydu?

«Eli boş mu geldi, dersin?»

«Erkenden döndüğüne göre hiç bi umut bağlanacak yanı yok, bence!» dedi Nazife.

Tamam! Hep böyle yapardı bu kız! Hiç bi umut bırakmazdı

insanda. Bu öküzlerin taksidi ne olacaktı para almadan döndüyse Ziraat Bankası'ndan?

Mecit Efendi, uzaktan görünce ustaca sokulmuştu, Şaduman Dağlı'ya:

«E, hoş geldin Avcı Başı!..» dedi, elini omuzuna atarken.

«Hoş bulduk Mecit Efendi!»

«Nasıl, bir şey koparabildin mi bari!»

«Koparamadım!»dedi, içini çekerek, «Olmayan tarlanın ipoteği yapılır mı, dediler, İnebolu'da.»

«Başka ne desinler ki?..»

«Ne desinleri var mı? Ne söylediydi Vali? Sel felaketi görenlere hükümet yardım elini uzatacak, demedi miydi?»

«Sel gelip geçeli nerdeyse yıl oluyor.»

Sonra getirdi gerisini:

«Sen şimdi Cengiz Bey'e kulak ver. Oyunuzu bana verirseniz giden tarlaları istimlak etmiş gösterip, hemen ödemelere geçeceğiz diyecekmiş, Hurşit Ağa'dan duyduğuma göre.»

«Onu kim dinleyecek! Hele şu Yılmaz konuşsun, çoluğu çocuğu toplayıp çıkarım yola!»

Öyleyse Mecit Efendi elini çabuk tutmalıydı. Konuşmanın buraya kadar olan bölümü, Hurşit Ağa'nın çağrısına Şaduman'ı hazırlamak içindi. Asıl konuya şimdi geçiyordu Muhtar:

«Ben de gideceğim bu akşam köye!» dedi, «Dinleriz şu Çamalanlıyı. Sonra geçeriz bizim muhtarlık odasına, bi çay içeriz!»

«İki gündür çok yoruldum!» dedi, Şaduman Dağlı, «Erkenden gidip kafayı vuracağım!»

«Gitmeyelim, demiyorum ki sana! Biz birer çay içerken Ümmüye Kadın da gelir, bizim Zeliha Hatun da... Gelinimizi, kızımızı alır, çıkarız yola!»

Yılmaz Bilgin, sesinin ilk ayarını yapıyordu kürsüde, defne dalları arasında:

«Çok sayın Çamalanlılar!.. Ve Çamalan'ın bölünmez bir parçası olan Akpelitliler!.. Ve çevre köylerimizin çalışkan üreticileri!»

«Seviyorum bu adamı!» dedi Şaduman, «Bak nasıl toparladı

lafı, aşk olsun!»

«Neyse...» dedi Mecit Efendi, «Dinleyelim, Hafız Esat'ın adamını, iyi bir giriş yaptı Allah için!»

Bu, Hafız Esat sözü, hiç hoşuna gitmemişti Şaduman Dağlı'nın. Doğrusu aranırsa kendisi de bu ağzından kaçırdığı sözü tutarlı bulmamıştı. Hurşit Karaman'ın görevlendirdiği şu çok değerli dakikalarda, olumlu bilgiler toplayabilirdi.

«Ama ben Hurşit Ağa'nın adamını dinleyecek sabırı göstermiyeceğim!» dedi Şaduman, «Gene sana aşk olsun sabırla dinliyorsun karşı tarafın adamını!»

«Haklısın!» dedi, «Ben biraz da muhtar olduğum için dinliyorum, aldığım oyların hatırı için!»

Öfkelenmişti birden Şaduman, her zaman olduğu gibi.

«Bu seferki seçimde böyle zahmetlerden kurtarırlar seni Akpelitliler artık!»

Yılmaz Bilgin sözü dolaştırmadan asıl konuya girmiş, yazıp da ezberlemiş gibi konuşuyordu:

«Yol istiyoruz, biz yol! Yolsuz yapamayız! Karadeniz kıyılarının halkı olarak. Hani bizim bir kabotaj bayramımız vardı 1 Temmuz'larda... Kendi ticaret gemilerimize binip İstanbul'lara, Trabzon'lara, Samsun'lara, Giresun'lara, Rize'lere gidecektik. Pakeleri, Nemseleri işletmiyecektik. Nerde Seyri Sefain'lerin Denizcilik Banka'larının Konya'ları, Ege'leri, Karadeniz'leri, Ankara'ları... Aksu'ları? Gülcemal'ler, Kemal Bey'ler, Antalya'lar, Bandırma'lar bile kalmadı! Kabotaj bayramlarında onların patelyelerini, filikalarını bile yarıştıramıyoruz artık. Biz benzinle, mazotla işleyen TIR mı istemiştik, kamyon mu, otobüs mü? Karadenizliyiz demeye utanıyoruz, 302 Mersedeslere binerken bile içimiz rahat değil!»

«Doğru söylüyor!» dedi Mecit Efendi, «Çok doğru söylüyor!»

Yılmaz Bilgin akar su gibi çağlıyordu:

«Hadi diyelim denizden çektik elimizi, ayağımızı... Ama denizimizin kıyısını bırakıp da dağlara da vuramayız, yol yapalım derken... Gerçek sahil şeridi, isteriz. İp tutmaca yol isteriz. Dağ mı çıkıyor önümüze delip geçmeliyiz. Çukura mı rastladık, doldurmalıyız! Irmak mı kesti yolumuzu... İstimlak edecek fukara tarlası aramadan, hemen köprünün temellerini atmalıyız. Ağanın tarlasıdır, diye yolu dağa taşa vurduk mu, mühendisi çekeriz karşımıza, arkadaş deriz, sen ağanın parasıyla mı okudun? Seni bu halk, bu köylü, bu donsuz millet okutmadı mı üniversitelerde, diye, sorarız ona!»

Bir alkıştır kopmuştu.

Sarı yazmalılar, buluyorlardı, tam konuşmanın alkışlanacak yerlerini, Yılmaz, konuşması boşa gitmesin diye, durup alkışların sonunu bekliyordu, sabırla... Biraz da şişinerek. Yüzüne alaylı bir gülümseme yapışıyordu bu bekleyiş süresince. İkindi sıcağı bastırırken bitirmişti konuşmasını Yılmaz Bilgin.

Şaduman Dağlı, sonsuz bir çoşku içinde, kendinden geçmişti... Onun bu durumunu yakalayan Muhtar, hemen girmişti koluna:

«Yürü!» dedi, «Görelim bizimkileri!»

Onu düşünmeye bırakmadan kadınların içine doğru sürüklüyordu. Önce Zeliha Kadın'a rastladılar, gelini Gülizar'la birlikte...

«Haydi!» dedi, «Bekliyorum sizi Muhtarlık'ta. Kızım Gülizar, sen de gelirsin!»

Sabahtanberi onu yalnız bırakmayan Şadiye:

«Ben de geliyorum Gülizar Abla!» dedi.

«Peki Şadiye!» dedi, Mecit Efendi, «Ümmüye Teyzen, nerde?.. Ha... Şurda! Hadi yürüyelim!»

Bulmuştu karısını Muhtar:

«Söyle Ümmüye Kadın'a!» dedi, «Alsın da kızını gelsin!»

İşi karısına bırakmamak için Şaduman'ın koluna girmiş, sürüklüyordu kadınlardan yana.

«Bak Ümmüye Hanım!» dedi, «Gidiyoruz bizim Muhtarlık odasına. Birer çay içelim, birlikte gireriz yola! Erken çeker gideriz!»

«Şaşılacak şey!» diye düşünüyordu, Şaduman, bunu Muhtar söylüyordu haaa! Demek keramet, Yılmaz Bilgin'deydi! Böyle sersemletip bırakmıştı, Mühendis'e bel bağlayanları... Konuşuyordu bu Yılmaz, doğrusu! Bir bakan olurdu bu gidişle!

Çekmiş götürüyordu Mecit Efendi. Alandan çıkarmıştı onları.

Gözünü bir saniye Nazife'nin üzerinden ayırmayan Selim Soylu, sanki kopmuştu şu kalabalıktan. İki yanında, kimin, hangi adamının bulunduğuna bakmadan, hem yürüyor, hem konuşuyordu:

«Gidiyor, Nazife! Mecit Efendi namussuzu, hepsini almış götürüyor! Biz ağzımızı açıp bakacak mıyız?»

Nereye gittiğini, niçin götürüldüğünü anlar gibi olmuştu neden sonra:

«Tamam!» dedi, «Bastırıp alacaklar kızı, anası da yanında, babası da! Çıkacak karşılarına Hurşit Ağa'nın karısı. Ne istiyorsunuz başlık parası? Kırk bin mi, elli bin mi? Tamam diyecekti, alıyoruz kızınızı! Hayır mı? Elli bini az mı buldunuz? Soylulara inat yüz bin!»

Yılmaz Bilgin sesleniyordu arkasından!.

«Selim Bey! Bi dakka! Heey, Selimciğim!»

Dönüp baktı! Yılmaz Bilgin'in yanındaki o arkası dönük adam kimdi? Babası mı?.. Tamam, o işte, Hafız Esat! Gülüyor muydu yoksa? Kime Gülüyordu? Demek kızacak, köpürecek bir olay vardı ortada. Başka türlü böyle açıktan açığa gülmezdi. Böyle rahat tasasız görünmezdi başka türlü. Gene birinin canı yanacak demekti. Yılmaz Bilgin:

«Haydi Selimciğim!» dedi, «Motor bizi bekliyor! Biz hemen girelim ki yola, meydan boşalsın! Kim var Mühendisi dinleyecek bizden başka! Onu dinlemek için mi kalkıp geldik buralara? Değil mi ya!..»

Hafız Esat'ın gözünden hiçbir şey kaçmazdı. Demek yola çıkıyormuş gibi görünmesi gerekiyordu. Haklıydı Hafız. Bu konu böyle çözümlenirdi.

«Peki!» dedi. Rasim'le Şakir de yanındaydı. Kendini toparlamaya çalışarak, «Gidiyoruz demek, peki, gidelim! Hadi çocuklar!»

Babasından daha anlayışlı görünmesi gerekirdi,«Yılmazcığım!» dedi, «Kutlarım, seni olağanüstü bir konuşmaydı bu! Canevinden vurdun Hurşit Ağa'nın adamlarını. Ortada onlardan kimse görünmüyordu, ama komşu evler sabahtan tutulmuştu. Cami bile onların adamlarıyla doluydu.»

Rüstem Usta, belediyecilerin arasında, Bodur Ali'nin kolundaydı. Mayalanmış sarhoşluğunu, hemen Feyzi'de tazelemişti. Hurşit Ağa'nın konağından yana elini sallayarak söyleniyordu:

«İşte geldik, gidiyoruz! Şen olasın Hurşit Karaman»

YİRMİ SEKİZİNCİ BÖLÜM

Karayolları'nın Cide'deki on sekiz yataklı lojmanına bakan Said-i Nursi'ci Bayram Topsakal, ikindi namazına yetişmişti, Akpelit Camisi'ne. İktidardaki partinin mukaddesatçı bölümünü ayakta tutanlardandı çevresinde. Her ne kadar memurlar yasasıyla birlikte, parti tüzükleri Bayram'ın bütün eylemlerine pek elverişli değilse de, Topsakal, on yıldır bu lojmanları, tarikatı adına işletmekte en küçük bir zorlukla karşılaşmamıştı. Daha bu işe atandığı yıl, kirayla tuttukları tekke görevini yapan evi, lojmana taşımış, kirasını da, yasa dışı açılan Kur'an kurslarına aktarmıştı.

Cengiz Topkaç'ın söylevi biter bitmez, onu Cide'ye yedekte getirdiği doru ata bindirip pazar günü hükümetin önündeki alana yetiştirecekti, «Allah kısmet ederse!»

Hurşit Ağa'yla Cide'den telefonla konuştuklarına göre, şu saatte, Cengiz Topkaç onun camlı odasında olmalıydı. Alandaki söylevin de bir saat sonra başlaması gerekirdi.

Buraya ayak basalı iki saat olmuştu. Hiçbir şey istediği gibi geçmemişti. Beklediği karşılanmayı bulamamıştı. Herkes maneviyatı bir yana itmiş, akıl ermez işlerin ardına düşmüştü. Neler dönüyordu şu Akpelit'te? Yol işinde, şimdiden pes mi etmişlerdi? Şaduman Dağlı adında birinin ağzının içine bakıyordu Hurşit Ağa. Bu da kim oluyordu! Yol kıyıdan geçsin diyenlerin başında gelen bir çıkarcı! Konağın üst katında Cemile Hanım'ın yanında Dağlı'nın karısı kızı, aşağı camlı odada Dağlı'nın kendisi... Karşısında da kendisinin hiçbir zaman hoşlanmıyacağı pısırık, beceriksiz, belki de Süleymancılar'dan biri olan Muhtar Mecit Efendi!..

Yukarı inip çıkmasında ailece hiçbir sakınca görülmeyen Zeynel, demlediği çaydanlığı, semaverle birlikte camlı odanın bir köşesine oturtmuştu. İstanbul'dan yeni getirilen çay bardaklarını da...

Önündeki senetlerden başını kaldıran Hurşit Karaman, Zeynel'e çıkışıyordu:

«Sen şu çay işlerini Keşfi'ye bırak da hemen bul Akif'i artık! Nerde bu adam sabahtan beri!»

«Başüstüne Ağam!» deyip çıkarken.

«Dur!» dedi, «En son kaçta gördün bu adamı sen?»

Zeynel,oğlunu ulu orta harcayan babayı hizaya getirmek ister gibi:

«Kimi?» diye sordu, «Akif Bey'i mi?»

«Kim, o mu Bey! Akif Bey haaa!..»

İçtenlikle gülüyordu Hurşit Karaman. Başkasının oğluymuş gibi alay ediyordu hem de!

«Söyle, en son saat kaçta gördün bu adamı!»

Bir süre anımsamaya çalışırmış gibi düşündü Zeynel. Bal gibi biliyordu, onu şu Muhtar Mecit Efendi'nin damından çıktıktan sonra Şadiye'lerin bahçesindeki kestanenin altında gördüğünü... Gülizar'la konuştuklarını anlatıp onu sevindirdiğini... Sonra ne mi yapmıştı? Kızın şimdilik almadığı paha biçilmez kolyeyi geri verdikten sonra kestirmeden kendi köyüne geçmişti. Ordan da işe gelir gibi kalabalığa karışıp çarşıya inmişti, tıpış, tıpış...

«Ulan söylesene!» dedi, «Sanki sen mi öldürdün diye sormuşum gibi susuyor! Taş olup kesildi karşımda adam be!»

«Onu dün akşam dükkândan çıktıktan sonra şu sokakta gördüm!»

«Yani bugün değil, öyle mi?»

«Dün... Akşam dedim ya... Akşam da değil, öyle üzeri... Bağışla beni Ağam!.. Feyzi'de gördüm. Tek başınaydı.»

«İçiyordu musibet herif! Öyle değil mi? İçiyordu haaa!»

«Evet Ağam!.. Öyle!.. İçiyordu.»

«Defol!»

Sanki karşısında Akif dikiliyordu da öfkeyle ona bağırıyordu:

«Gözüm görmesin seni! Yıkıl karşımdan!»

Zeynel çıkmış, çok geçmeden gülümseyerek Muhtar'a dönmüştü Hurşit Karaman:

«Sen de görmedin, değil mi? dedi, «İşte böyle bunlar! Bu günün gençlerinde hiç mi hiç hayır yok, diyorum da inanmıyorsunuz! Babalar yumruğu eksik etmeyecek tepelerinden!»

Şaduman Dağlı, oğlu Harun'u düşünüyordu Selamet olayından beri, hem sağlığını yeniden kazanmaya çalışıyor, hem de başı derde girmeden başarabileceği bir iş arıyordu. Artık tarla da yoktu ki, gemiciliği bırak da çalış, diyebilsin! İster istemez gene, ya Hurşit Karaman'ın Akpelit'ine, ya Yediveren'ine girecekti, ya Hafız'ın Soylu'suna! Ya da Kapısu, Kurucaşile kızaklarından çıkacak olan yeni Selamet'ler bekleyecekti, köyde!

«Daldın kaldın Şaduman dostum!» diyordu en tatlı sesiyle, «Senin de başında, erkek evlat var! Kendi başlarına bırakmayacaksın bu adamları! Kızları da öyle! Nasıl, biraz kendine geldi mi oğlun?»

«Çok şükür, iyidir. Bugün buralardaydı.»

«Çalışabilir, durumda öyle mi, Harun? Yani gemicilikte, demek istiyorum?»

Babasının çiftliği mi var ki!.. Bir tarlası vardı, biliyorsunuz o da gitti!»

«Ah Şaduman dostum, adamın hızını kırmaktan başka hiçbir şeye yaramazsınız siz. Bak bugün Cengiz Bey meydanda konuşacak? Eski tapular, tapu diyecek!.. İstimlakler eski tapular üzerinden olacak!.. Söz veriyor! İyi belle! Bayındırlık Bakanı olmazsa, mutlaka Karayolları Genel Müdürü'dür o! İşte karşınızda! Söyle Cengiz Bey dostum!»

Cengiz Topkaç, bir süre güldü:

«Sayın Hurşit Bey ağabeyimiz!» dedi, «Biz burda bu konuları anlatırsak, meydanda ne konuşacağız! Şaduman Efendi'yle çok yakından tanışırız. Öğrendim gelir gelmez durumunu, severim kendisini ben! Gerçekten köyüne, toprağına âşık adamdır. Bugün İnebolu'dan eli boş döndüğünü bile öğrendim! Doğrudur Ziraat Bankası'nın tutumu bir bakıma. Yanmış ambarın öşrü olmayacağı gibi, selin alıp götürdüğü tarlanın da ne ipoteği olur, ne yardımı...»

«Bankada olmayabilir ama o...» dedi Hurşit Karaman, «Bizde itibar, ne tarlaya, ne tapuya, insanadır! On bin lira için mi gitmiştin, İnebolu'lara, buyur sana yirmi bin!»

Haklıydı Hurşit Karaman, kaçakçılıkta önemli olan kişiydi. Tarla da geçerli değildi, yerine göre bankadaki para da... Sağ olan, yaşayan insan önemliydi. İnsanın da verdiği söz! Hurşit Ağa yirmi bin dediyse, yirmi bin cebindedir!

«Sonraaa...» diye sürdürüyordu Hurşit Ağa, «Hemen yarın gelsin oğlun Harun, Raşit Bey'i görsün!.. Başlasın işe... Bizde çalışan hiçbir gemiciden aşağı para almayacaktır. Makinistin yanında çalıştıracağım onu! Bir yıl sonra girdiği motorun makinisti olacak! Yakından tanırım. Babası gibi mert bir adamdır... Babası gibi...»

Birden sözünü kesip yeleğinin cebinden çıkardığı saate baktı:

«Oooo! Tam bir saat geçmiş! Haydi kalkalım! Önce şu çayları içelim. Evet oğlum Keşfi!.. Ver Bey'lere!.. Benimki biraz açık olsun! Yaşlandık artık... Demli çay bizim gibilere gelmez!»

YİRMİ DOKUZUNCU BÖLÜM

Nazife, anası Ümmüye Kadın'ın peşinden Hurşit Ağa'nın evinden çıkarken Cemile Hanım'ın uzattığı eli, hiç de istenilen saygıyla öpmüş değidi. Hurşit Karaman'ın karısı arkalarından:

«Nesini sevmiş bizim Akif!» diye söylendi. «Donyağı gibi kız! Tam Dağlı n'olacak!»

Şadiye de birlikte çıkmıştı, Nazife'yle. Sarı yazmalılardan ayrılamazlardı. En azdan kırk elli sarı yazmalı alanda bekleşiyordu. Nazife'yi aralarında görmekten mutlu olacaklardı. Anlayamıyorlardı, ne olup bitiyordu Hurşit Ağa'nın evinde? Nah, geliyordu işte! önünde de o mühendis!.. Cengiz Topkaç, kılığını kıyafetini çıkacağı kürsüye uydurmuştu. Eskisi gibi mavi tulumlu değildi. Hani köy yerinde giydiği parka dedikleri o cepken biçimi ceket de yoktu arkasında. Eğer denizden doğru serin bir rüzgâr esmese şu daracık giysiler içinde çoktan patlaması gerekirdi, bu mevsimde...

Kalabalıktı alan kuşkusuz. Tüm dükkânlar kapanmıştı. Kıyı köylerinden de beygirine atlayan gelmişti. Hurşit Ağa'nın hatırı vardı. Böyle günde onu bırakmaya hiç gelmezdi.

«Çok sayın Akpelitliler!» diye başlamıştı, duyurulan saatten tam bir buçuk saat sonra, Çamalan'dan da, Özlüce'den de kimsecikler yoktu.

«Biliyorum!» diye sürdürdü konuşmasını, «Çok kalabalık bulmuyorsunuz, dinleyicilerimi. Ben Hurşit Karaman'ın motorları, gemileriyle Karadeniz kıyılarından dinleyici toplamaya çıkmadım.

Bakalım, dedim, atlarıyla, katırlarıyla kaç kişi gelebilecek, dedim! Bakın içinizde atıyla gelmiş bir karayolcu da var, bir at da bana getirmiş, Cide'den... Sağ olsun! Buradaki konuşmam bitince atlayıp gideceğim onunla. Gidiş geliş yirminci yüzyılda atla mı olmalıydı? Soruyorum, size, bir karayolcu için ayıp değil mi bu!

«Ayıp, çok ayıp!» diye bağırdı, sarı yazmalılar. Bunu alkışlamak için bir işaret sayan yakın köylüler:

«Yaşasıın!..» diye bağırıyorlardı.

«Sağ olun!»

Yeniden başlamıştı konuşmasına, «Gazetecinin biri, buralıların ağzından şöyle yazmış gazetesine. «Biz gardiyansız hapishanenin hükümlüleriyiz. Kaçmak istesek bile kaçamayız! Neden kaçamayız! Neden kaçamazlarmış? Ne yolları var, ne izleri... Nasıl kaçsınlar?»

«Çok güzel demişler!»

«Yaşaaa!..»

Uzun bir alkışla gene konuşma ikiye biçilmişti. Bu kez lafı toparlaması zor olmuştu Cengiz Topkaç'ın.

Biz iktidara gelirsek, yani iktidardan gitmezsek, sizlere asfalt yol yapacağız. Hem de gidiş geliş!»

«Gelişiniz olmasa da olur. Daha çoğunu istemeyiz!»

«Sizler daha çoğuna layıksınız!»

«Allah sizin de layığınızı versin!»

«Gelecek toplantılara otobüslerle, minübüslerle, mersedeslerle geleceksiniz! Yol politikamız en kısa zamanda çözüme kavuşacaktır! Her köye asfalt yol, asfalt yola bin özel araba! Bizi ancak otomotiv sanayiimiz kalkındırabilir! Böylece iç pazarlardan dış pazarlara geçeceğiz! İlk hedef Karadeniz sahil şeridi!»

«Sonra Çapar Yusuf'un şeridi!»

Sarı yazmalılar, hep birden bağırdılar:

«Anladık! Var mı başka bir diyeceğin! Geç kalıyoruz biz. Haydi kızlar!»

Otuz, otuz beş sarı yazmalı ıhlamurların altından ortaya çıkıverdiler. Kürsünün önünden başlarını Cengiz Topkaç'tan yana çevirip yavaş yavaş yürüyüşe geçtiler. Kürsünün altında iki jandarmayla dikilen Murat Başçavuş önce önlerine çıkıp yollarını kesecek oldu. Ortada düzeni bozan bir olay görmeyince gülümseyerek yürüyüşlerini izlemeye başladı. Hurşit Karaman, bakışlarıyla Başefendi'den bir önlem beklediğini belirtmek istemişti. Ne yapsaydı Murat Özdemir? Kimseye zorla seçim söylevi dinletemezdi ya!..

Onların yola girip gidişleri bir bakıma Murat Başçavuş'u uyarmıştı. Sol kolunu uzatıp saatine bir göz attı. Sonra kavakların arkasında denize doğru alçalan güneşe baktı. Ufuk kıpkırmızıydı. Güneş batar batmaz toplantının dağılması gerekirdi. Bunu, yeni politikaya atılan Mühendis bilmese de onu bu alanlara çekip getiren bu koca kurt Hurşit Karaman'ın bilmesi gerekirdi. Gel gelelim kafası oğluna takılıp kaldığı için aklının köşesinden bile geçmemişti bu gösteri yasasının en önemli maddesi. Evet nerdeydi bu haylaz oğlan? Bu çok önemli gününde onu sipsivri ortada bırakması doğru muydu?

İçinden çıkılmaz bir tümceden sıyrılmaya çalışan, Hurşit Karaman'la göz göze gelen konuşmacı, bu asık suratı görünce büsbütün şaşırıp kalmıştı kürsüde. Hurşit Ağa:

«Ne söylüyor bu adam?» diye sordu Raşit Bey'e.

«Bilmem efendim!» dedi, «Orman köylüsünden söz ediyor, sanıyorum!»

«Köylünün nesinden!»

«Baltalık hakkından... İhtiyaç için verilen keresteden!»

«Bak keresteye!» dedi, biraz da çevresindekilere duyurarak, «Ona mı kalmış köylünün evini yapması için ihtiyacı olan keresteden konuşmak... Orman köylerinin yolundan konuşsun, söyleyin de!»

Başçavuş, saatini göstererek:

«Vakit tamam!» dedi, «Onu da Cide'de anlatır pazar günü!»

Bir iki adım attıktan sonra kürsüdeki konuşmacıya elini kaldırdı:

«Tamam, efendim!» dedi, «Güneş battı!»

Cengiz Topkaç, bu el kaldırmadan hiçbir şey anlamamıştı. Ya da çok şeyler anlamış, ağzından bir şey kaçırdığını sanıp hemen susmuştu.

«Gün battı!» dedi, «Bu günlük bu kadar!»

Biraz daha sesini yükselterek, «Köylülerimizin gidecek yolları var! Sözünüzü bağlayın lütfen!»

Söyleyecek bir sözü kalmamıştı ki...

«Sayın dinleyicilerim!» dedi, Cengiz Topkaç, «Oylarınızı partimize verirseniz, bütün bu söylediklerimin çok kısa zamanda uygulanacağını göreceksiniz. Hepinize mutlu günler dilerim!»

Şaşılacak bir hızla alan birden boşalıvermişti. Toplantıyı, sonuna kadar izleme görevi verilen Harun Dağlı, koşarcasına uzaklaşmıştı kalabalıktan. babası yola girmiş miydi, yoksa son kez Hurşit Karaman'la bir görüşme daha mı yapacaktı, bilmiyordu. Çipil Hüsnü'nün kahvesinin önünden geçerken, babasının Akpelit'e inince, kapısının arkasına astığı tüfeğine baktı, çengelde duruyordu. Onun yola çıkıp çıkmadığını sormaya hiç gerek yoktu. Demek duyduğu doğruydu. Hurşit Ağa'yla söz kesilecek, Nazife, babasının bile hoşlanmadığı o Akif denilen adamın karısı olacaktı. Buna Nazife ne diyordu, düşünmedi, bile. Kendisi de erkek olduğu halde, çıkabilir miydi, babasının sözünden!

Son hızla kızlara yetişmeyi doğru bulmuştu. Bu, Nazife'den çok, Çiçek'i görmek, konuşmak için olsa gerekti. Bugün çok beğenmişti Çiçek'i... Sarı yazmayı kendisine en çok yakıştıranların başında geliyordu. Hele içine giydiği maviye çalan gri entari sarı yazma takımının tüm parçalarıyla bir uyum sağlamış, ayrıca kendisini de açmıştı. Önden giden kızların bir bölümüne yetişip hızla geçti. Yoktu ikisi de... Yoksa Akpelit'ten çıkmamışlar mıydı? Çukurçeşme'ye kadar koşarcasına yürüdü, rastlamamıştı. Daha da ilerde olamazdı. Çiçek'le Nazife'den gayri köyün tüm kızlarını, kadınlarını görmüştü... İkisi de yoktu aralarında. Toraman Halil'in evinin önünde Halim Dayı'nın oğluna rastladı, askerlik arkadaşı Sami'ye... Yanında da Gebeş Ali'nin Dursun... İkisinin de sıkı ilişkisi vardı Çamalan'la... Kayadibi'nden doğru Çamalan'a her gün gidip gelirlerdi, yeni açılan yoldan. Hafız Esat'ın kaçakçılık işlerine karıştıkları bilinir, geleneklere uyularak hiç kurcalanmazdı. Kulağı delik gençlerdi bir bakıma.

«Merhaba!» dedi, Sami, yüzüne kuşkuyla bakarak, «Çok telaşlı görünüyorsun!»

«Yoook!..» dedi, «Babamı arıyorum da...»

«Babanı değil ama...» dedi, Dursun, «Ananı gördüm Kezban Teyze'yle, Zeliha Teyze'yle geliyorlardı. Kaynakçı Bekir'in evinin oralarda...»

«Kızlar?» dedi, «Bizim Nazife, falan?»

«Nazife'yi mi? Caminin orda gördüydüm, Çiçek'le...»

Demek ikisi de Akpelit'te bir yere takılmışlardı. Yoksa onlar da mı Hurşit Karaman'ın evindelerdi?

Bir süre üçü de konuşacak bir söz bulamadan dikilip kaldılar. Sami Durak, bu suskunluğu bozma görevini üstlenmiş gibi:

«Kulağıma çalındı Çamalanlılar giderken..» dedi, «Bir çatışma hazırlıyorlarmış Hafız'ın adamları... Hafız o mağara olayından beri düşünüyordu zaten. Hurşit Ağa'yı köşeye sıkıştırmayı.. Biraz gemi azıya aldı diyormuş son günlerde...»

«Yani...» dedi, Dursun Çorak, «Hafız, azı dişini sökecekmiş, ağzı gem tutsun diye öyle mi?»

«Gene biz eziliriz, tepişirlerken, ayaklarının altında!..» dedi, Harun.

«Öyle!» dedi, gülerek.

«En iyisi ahırda bulunmamak!» dedi Dursun Çorak.

«Mecbursun!» dedi, Halim Dayı'nın oğlu, ahırın dışında yaşatmazlar ki seni... Sen de atlardan birini, tutmak zorundasın!.. Tuttuğun at kazanırsa sen de kurtarırsın paçayı.»

«Peki!» dedi, «Neymiş çatışmanın sebebi? Durup dururken de çatışma olmaz ki...»

«Vardır bir nedeni helbet... Asıl nedeni ağalık! Buralara iki ağa çok geliyor. Ama, her çatışmanın ayrı nedenleri olacak! Bak sen de bir neden soruyorsun! Ben derim ki, ağalar oğullarına kız arıyorlar... Sen diyeceksin ki ağaya kız mı yok, bu memlekette?.. Gel gelelim bi kızı ikiye bölomezsin ya! İşte bu yüzden sürtüşme uzayıp gidiyor. Bize bile iş düşüyor bu sürtüşmelerde! Ne var ki bu Hurşit Ağa'dan hiç hayır yok, bizim bu Yukarı Köy'e. Bugün sen de gördün işte! Bizimkiler tutuyorlardı Yılmaz Bilgin'i!»

«Açıkcası, Hafız'ı!» dedi, Dursun Çorak.

Bizim kızlar bile tefe aldılar onun mühendisini!.. Size bi şey diyeyim mi? Yahu biz kızlarımız kadar olamıyoruz! Aşk olsun ne yürekli kızlar be!»

Harun, ne yapacağını şaşırmış gibiydi. Ne yapıp yapıp bulmalıydı Çiçek'le Nazife'yi. Başları derde mi girmişti yoksa?

«Bak arkadaşım!» dedi, Sami Durak, «Kafandan neler geçiyor, biliyorum, aşağı yukarı... Hiç telaşlanma, kızlarımız yanlış iş yapmazlar bizim!»

«Dileyelim ki yapmasınlar!» dedi, «Gene de yalnız bırakmamanız gerekir onları! Hadi size uğurlar olsun!»

OTUZUNCU BÖLÜM

Sarı yazmalılar alandan ayrılırken Nazife Dağlı, Çiçek'i elinden tutup çekti. Dükkânlardan birine gireceklerini sanan Çiçek:

«Ne alacaksın?» dedi, arkadaşına, «Düğme mi?»

«Düğmeyi sonra alırız!» dedi, «Bir yere gideceğiz. Bir eve... Çok düşündüm. Başka çıkar yol yok... Babamı, Mühendis konuşurken çağırdı Muhtar gene. Olsa olsa Hurşit Ağa'nın evine götürdü. Gerisini biliyorsun artık!»

«Öyle görünüyor. Bunlar bi kere kancayı taktılar mı...»

«Biz satılık mal değiliz! Babamız da olsa bizi kimse pazara çıkaramaz.»

«Haklısın! Haklısın da... Yanlış iş yaptık mı, nereye dönüyoruz... Ya anamızın evine...»

«Ya babamızın köyüne... Nereye gidelim! Zararı yok... Onlar yanılırsa bize dönüp gidecek ev kalmıyor. Bu işte... Bana kalırsa... Pek yanılmadım gibi geliyor... Bu Akif... Bu Akif var ya... Bu adam, Gülizar'ın peşini hiç bırakmadı. Bu sabah köyde görmüşler gene onu! Ben bu adamla mı evleneceğim. Babamın keyfi için...»

«Sen babanla konuşmadın ki... Bu iş üzerinde. Keşke babanı görseydin ilk önce...»

«Sormazsa ne konuşayım ben onunla!»

İki arkadaş çarşıdan çıkarlarken tüm aşağı Akpelitliler caminin arkasında Mühendis'i dinliyorlardı.

«Nereye gidiyoruz!» diye sordu çekinerek arkadaşına.

«Ben gideceğim yeri biliyorum!» dedi Nazife, «Sen istersen hızlı hızlı yürü... Yetiş arkadaşlara. Daha köy yoluna sapmamışlardır.»

«Demek gittiğin yeri biliyorsun, öyle mi? Herhalde namuslu birinin evidir. Ben neden gelmeyeyim seninle!»

Bi süre durdu, Nazife:

«Aldanmış olabilirim!» dedi, «Aldanmış olursam...»

«Aldanmış olursan ikimiz birden direniriz. Arkadaş değil miyiz... Biraz da... Yakınım sayılırsın!»

«Gel öyleyse!..»

Kestanelerin altından hızla geçtiler. Yeşil boyalı bir kapının önünde durdular. Çiçek, bu evin bir hacı evi olduğunu kapısının boyasından anlamıştı. Nazife tokmağa çekinerek yapıştı. Ama vururken bu çekingenlik kalmamıştı. Sanki her gün çaldığı bir kapıydı. Çok geçmeden de açılmıştı. Evin temizlikçisiydi açan. Tanımıştı Nazife:

«Zehra Abla!» dedi gülerek, «Tanıdın mı beni! Ben, Yukarı Köy'den...»

«Şeyin kızı... Şaduman'ın kızı, değil misin sen?»

«Tanıdın!» dedi, «Saliha Teyze evdedir değil mi?»

Zehra Hanım, daha kendine yeni yeni geliyordu.

«Aman kızım!» dedi, «Girin içeri! Hoş geldin!.. Buyur, canım! Evde olmaz mı? Evde tabi... Nutuk dinlemeye gidecek değil ya!»

Saliha Hanım, merdivenin alt başına inmiş olanı biteni anlamaya çalışıyordu. Kızların ikisini de tanımadığı belliydi. Gene de «Buyurun kızlar!» dedi, «Hoş geldiniz! Ne de yakışmış sarı yazmalar... Aman ne güzel kızlarmış bunlar!.. Sanıyorum Yukarı Köy'densiniz!.. Demek, köyde böyle güzel kızlar varmış, öyle mi?»

İkisi de gülüyorlardı kızların. Niçin geldiklerini unutmuş gibiydiler.

«Var tabi!» dedi, Çiçek, «Olmaz olur mu? Yukarı Köy'de güzel kızlar olmasa siz ata binip istemeğe gelir miydiniz?»

«Aaa!.. Demek ikinizden birini istemeğe geldim, öyle mi? Aman çok yaşayın uşaklarım! Çok, çok sevdim sizleri... Hele buyrun içeri!.. Alıp kaçarlar vallahi sizi! Hele girin içeri de kapıyı sıkı sıkı kapatayım!»

Önce Nazife öpmüştü elini, sonra Çiçek... Saliha Hanım yeniden yapıştı Nazife'nin eline:

«Doğru söyle!» dedi, «Seni mi istemeye geldim anandan?.. Nerdeydin sen? O gün eğer seni görseydim, almadan dönmezdim geri. Anan kovsa da şurdan şuraya gitmezdim!»

«Neyse Teyzeciğim, onların yaptıkları yanlışı düzeltmeğe geldim. Ben bi hafta önce on sekiz yaşıma girdim. Tam on sekizindeyim. Eğer yeğeniniz Selim Bey, hâlâ beni istiyorsa evet demeğe geldim! Yani yapılan yanlışı düzeltmeğe....»

Saliha Hanım, boynuna sarılmış, öpüyordu, yanaklarından.

Sarı yazmasını kendi eliyle almıştı Nazife'nin başından:

«Otur kızım!» dedi, «Kendi evin gibi... Sen de kızım... Geçin şöyle pencerenin önüne... Eee hoş geldiniz, sefalar getirdiniz evimize!»

Nazife, kalktı yerinden, kapıda dikilen Zehra Hanım'ın elini öptü. Yanaklarından öperken kadının gözleri ıslak ıslaktı.

- SON -